수호지

5

수호지 5

이문열 편역 — 시내암 지음

번지는 들불

水滸誌

RHK
알에이치코리아

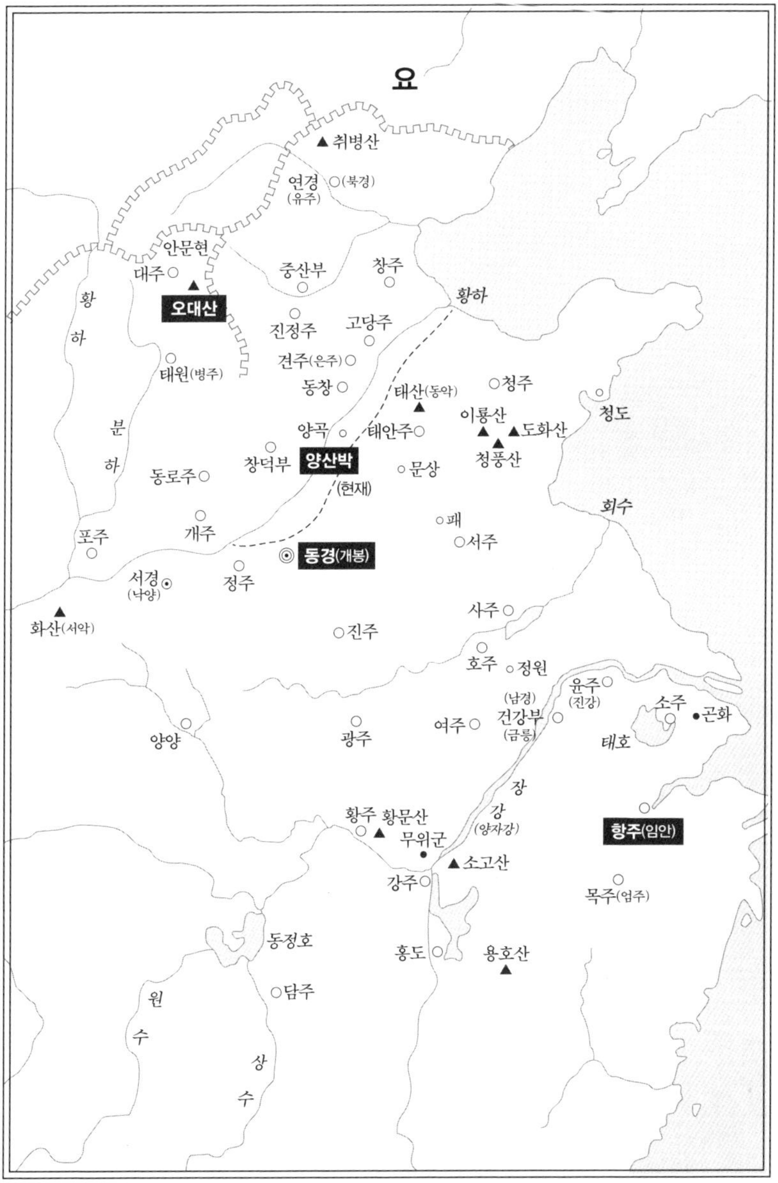

『수호지』의 배경이 된 송나라 지도

차례

5

번지는 들불

水滸誌

병관삭의 불행

그때 갑자기 술집 밖에서 왁자하게 사람을 찾는 소리가 들려왔다. 세 사람이 내다보니 양웅이 스무남은 명의 사람을 데리고 왔는데 모두가 공인들이었다.

대종과 양림은 공인들이 떼거리로 몰려들자 겁부터 났다. 자신들이 양산박 패거린 줄 알고 잡으러 온 것 같아 길게 생각할 것도 없이 술집 뒷문으로 내뺐다.

그렇지만 석수로서는 꼭 그럴 일도 없었다. 혼자 술집 안에 남아 있다가 앞장서 들어오는 양웅을 보며 물었다.

"절급 나리, 무슨 일로 오셨습니까?"

"형씨, 여기저기 찾아다녔더니 이곳에서 술을 들고 계셨구려. 내가 갑자기 그놈들에게 손이 묶여 옴쭉할 수 없었는데 다행히 형씨가 힘을 써 주어 낭패를 면하였소. 그때는 빼앗긴 물건을 찾으려고 그놈들을 뒤쫓느라 깜박 형씨를 잊었던 모양이오. 여기 이 형제들이 내가 길거리에서 봉변을 당한단 소릴 듣고 달려와 도와서 비단은 되찾았소만 형씨가 보이지 않아 몹시 걱정했소. 그런데 아는 사람이 와서 형씨가 어떤 나그네 둘에게 이끌려 이 술집으로 왔단 이야기를 해 주더구려. 그래서 그 이야기를 듣기 바쁘게 이리로 달려온 거요."

양웅이 반가움과 고마움이 함께 담긴 목소리로 그렇게 석수의 말을 받았다. 덩달아 놀랐던 석수가 속으로 마음을 놓았다.

"저는 다른 데서 온 나그네 두 사람이 끄는 바람에 이곳에서 술 한잔을 하고 있었습니다. 대수롭잖은 이야기를 나누느라 절급 나리가 부르는 소리를 못 들은 듯합니다."

석수의 그 같은 말에 양웅이 환한 얼굴로 진작부터 궁금한 걸 물었다.

"형씨의 이름은 무엇이며 고향은 어디요? 이곳은 무슨 일로 오시게 되었소?"

"제 이름은 석수이며 조상 때부터 금릉 건강부에서 살았습니다. 타고난 성미가 그른 일은 참지 못해서 길 가다가도 그른 일을 보면 목숨을 내걸고 덤비는 까닭에 사람들은 저를 반명삼랑(拚命三郎, 죽을 둥 살 둥 모르고 덤비는 놈) 이라 부르기도 하지요. 숙부를 따라 양과 말을 팔러 나섰다가 숙부께서 뜻밖에 돌아가시고 밑천도 거덜나 이곳 계주에 주질러 앉게 됐습니다. 요새는 나무를 해다 팔아 겨우 입에 풀칠이나 하고 있습니다."

석수가 숨김없이 그렇게 털어놓았다. 양웅이 문득 생각난 듯 다시 물었다.

"그런데 형씨와 함께 술을 마시던 그 나그네들은 어디로 갔소?"

"그 두 사람은 절급 나리께서 여러 사람을 데리고 오시는 걸 보자 무슨 싸움이라도 날까 봐 겁이 나는지 먼저 가 버렸습니다."

석수는 그 두 사람이 양산박 패거리란 말을 빼고는 이번에도 사실대로 들려주었다. 그러나 양웅은 애초부터 그 두 사람에게는 그리 관심이 없었다. 그들이 가 버린 게 오히려 잘됐다는 듯 흘려듣고는 자신이 데려온 공인들에게로 돌아섰다.

"어서 주인을 불러 술 두 독만 내오게 하라구. 한 사람 앞에 큰 잔으로 석 잔씩 마시는 거야. 그러고는 먼저들 돌아가게. 우리야 내일 다시 만나면 되지 않나."

공인들도 이미 장보네 패거리가 모두 달아난 뒤라 굳이 양웅 곁에 남아 있어야 할 필요가 없었다. 술집 일꾼이 내주는 대로 술 세 사발씩 들이켠 뒤에 각기 흩어져 돌아갔다.

둘만 남게 되자 양웅이 석수에게 은근한 목소리로 물었다.

"이봐요, 석씨 성 쓰는 친구. 너무 이상히 여기지 말고 내 말을 들어 보시오. 내 생각에 당신은 아마도 이곳에 별다른 친척도 없을 듯하오. 오늘 내가 당신과 형제의 의를 맺고 싶은데 그쪽 생각은 어떻소?"

객지에서 외로운 처지인 석수도 그걸 마다할 까닭이 없었다. 기쁜 얼굴로 제 마음을 나타내며 얼른 물었다.

"절급 나리의 연세는 얼마나 되십니까?"

"나는 올해 스물아홉이오."

양웅이 그렇게 대답하자 오히려 석수가 서둘렀다.

"아우는 올해 스물여덟입니다. 이리 앉으십시오. 제가 절을 올리고 형님으로 모시겠습니다."

그러고는 양웅에게 네 번 절을 올려 형으로 모시는 예를 했다. 양웅은 시원스러운 석수의 성품이 더욱 마음에 들었다. 기쁨을 이기지 못해 호쾌하게 소리쳤다.

"좋네. 오늘 우리 형제 코가 비뚤어지도록 마시세!"

양웅과 석수는 잔이 큰 걸 꺼리지 않고 술잔을 주고받기 시작했다. 한창 술기운이 오르는데 어떤 사람이 대여섯 명을 거느리고 술집으로 들어왔다. 양웅의 장인 반공(潘公)이었다.

양웅이 몸을 일으키며 반공에게 물었다.

"장인어른, 무슨 일로 오셨습니까?"

"자네가 싸운다는 소리를 듣고 달려오는 길이네."

반공이 조금은 마음이 놓인다는 듯 대답했다. 양웅이 석수를 가리키며 말했다.

"고맙게도 여기 이 사람이 도와주어 장보네 패거리는 제 털끝 하나 다치지 못했습니다. 방금 우리는 형제의 의를 맺어 이제부터 이 석씨 친구는 제 아우가 됐지요."

반공도 반가워했다.

"잘됐군. 그것 참 잘됐네. 그럼 나도 자네들 형제 틈에 끼어 술이나 한잔 걸치고 갈까?"

그러면서 술자리에 끼어 앉았다. 양웅이 소리쳐 일꾼 녀석을 부르더니 장인이 데려온 사람들에게도 술 세 사발씩을 따르게 했다.

사람들이 모두 돌아간 뒤 양웅의 장인은 가운데 자리에 앉고 양웅은 그 맞은편 윗자리에, 석수는 아랫자리에 앉았다. 일꾼 녀석이 와서 세 사람에게 술을 따랐다. 술잔을 받으며 반공은 석수를 살폈다. 생김이 씩씩하고 키가 훤칠한 게 썩 마음에 들었다.

"내 사위가 자네 같은 아우를 얻었으니 정말 든든하네. 자네가 곁에서 돕는다면 잘못될 게 무어 있겠나? 관청 밖이든 안이든 아무도 내 사위를 막보지는 못할 거네. 그런데 자네는 전에 무슨 장사를 했나?"

반공이 불쑥 석수를 보고 물었다. 석수가 아비 적의 생업부터 밝혔다.

"돌아가신 아버님께서는 원래 푸줏간을 하셨습니다."

"그럼, 자네는 짐승을 잘 잡겠군."

"어려서부터 푸줏간 밥을 먹었으니 짐승 고기 다룰 줄은 좀 알지요."

석수가 자신 있다는 듯 빙긋 웃으며 대답했다. 반공이 반갑다는 듯 받았다.

"이 늙은이도 원래는 푸줏간을 했지. 그러나 이제는 나이가 들어 일을 제대로 못하는 데다 사위가 관청에 나가게 되어 그만 걷어치웠다네. 요새는 사위한테 얹혀 지내고 있지."

그러고는 석수에게 술잔을 권했다.

잔을 주고받는 사이에 세 사람은 어느새 얼큰해졌다. 세 사람이 일어나며 셈을 치를 때가 되었다. 석수는 나뭇짐을 헐값으로 쳐 술값에서 제했다.

양웅은 석수를 놓아주지 않고 제집으로 데려갔다. 문을 들어서며 양웅이 호기롭게 소리쳤다.

"여보, 어서 나와 시동생을 맞구려."

그러자 발 안쪽에서 여자의 목소리가 흘러나왔다.

"아니, 당신에게 무슨 동생이 있다고 그러세요?"

"글쎄 그건 묻지 말고 어서 나와 보라니까."

양웅이 더욱 소리 높여 재촉했다. 그제야 발이 걷히며 한 아낙네가 달려 나왔다.

그녀는 칠월 칠석날에 태어났다 하여 이름이 교운(巧雲)이었다. 일찍이 계주 사람인 왕 압사에게 시집을 갔으나 이 년 전에 홀로 되어 과부로 지내다가 양웅을 만나 살게 된 지 일 년 남짓했다.

석수는 그녀가 나오는 걸 보고 황망히 예를 올리며 말했다.

"형수님, 여기 앉으십시오."

그리고 그녀가 앉기 바쁘게 절을 올렸다. 그녀가 어색해하며 말했다.

"아직 나이도 얼마 안 되는데 어떻게 절을 받겠어요?"

"이 사람은 오늘 나와 새로 형제를 맺어 생긴 아우요. 당신은 형수가 되니 반만 답례하면 될 거요."

양웅이 몸을 피하려는 아내를 그런 말로 눌러앉혔다.

석수는 그런 그녀에게 예를 갖춰 절 네 번을 올렸다. 그녀도 두 번 절해 예를 받은 뒤 석수를 집 안으로 맞아들였다. 그날 밤 석수는 양웅의 집에서 그 아내 반교운이 치워 준 방에서 잤다.

다음 날이었다. 관청에 나가 봐야 하는 양웅은 집을 나서면서 아내에게 말했다.

"석수에게 옷과 두건을 마련해 주도록 하시오."

그리고 가는 길에 석수가 묵던 객점에 들러 그의 짐을 모두 자기 집으로 옮기게 했다. 형제가 되었으니 한집에 살자는 뜻이었다.

한편 제풀에 놀라 술집 뒷문으로 빠져나간 대종과 양림은 뒤쫓는 사람도 없는데 헐떡이며 성을 빠져나가 외진 주막에서 하룻밤을 묵었다. 그리고 다음 날부터 다시 공손승을 찾아보았으나 역시 헛일이었다. 공손승을 아는 사람도 없고, 그가 사는 곳도 찾을 길이 없었다.

이틀을 아무것도 얻은 것 없이 헤맨 두 사람은 마침내 돌아가기로 의논을 정했다. 그날로 보따리를 싸 계주를 떠나 먼저 음마천으로 돌아갔다. 배선, 등비, 맹강 세 사람과 약속한 대로였다.

음마천의 세 호걸은 반갑게 대종과 양림을 맞았다. 대종은 세 호걸과 그 졸개들을 관군처럼 꾸며 양산박으로 데려갔다. 비록 공손승을 찾지는 못했지만 새로이 수많은 인마를 끌어들인 것도 공은 공이었다. 양산박에서는 그들을 맞아 떠들썩한 잔치로 반겼다.

그때 계주에서는 양웅의 장인 반공이 석수와 함께 다시 푸줏간 열 일을 논의하고 있었다.

"우리 집 뒤로는 작은 골목이 나 있는데 그 골목 쪽으로 빈방이 하나 있네. 그곳은 또 물을 길어 쓰기도 좋은 곳이니 고깃간을 열 만하이. 자네가 거기 거처하며 고깃간 일을 봐 주면 아주 좋을 거야."

나무를 해다 팔아 살았다고는 하지만 고단하기 짝이 없던 석수의 살이였다. 그렇다고 내내 양웅에게 얹혀살 수도 없는 일이라 석수는 얼른 반공의 말을 따르기로 하고 집 뒤로 가 보았다. 반공이 말한 빈방을 살펴보니 푸줏간을 열기에는 아주 알맞았다.

석수의 승낙이 있자 반공은 전에 부리던 일꾼을 다시 데려오고 석수에게는 장부를 맡겼다. 석수는 그 일꾼과 함께 고기 시렁을 매달고 큰 도마며 칼, 물동이 같은 여러 기구를 마련했다. 도살장을 꾸미고 돼지우리를 지어 여남은 마리 돼지를 기르기로 했다.

좋은 날을 받아 반공과 석수가 푸줏간을 열자 이웃 사람들도 모두 와 장사가 잘되기를 빌어 주었다. 양웅의 집안사람들도 석수가 와서 새로 가게를 열게 된 걸 기뻐해 주었다.

세월은 살같이 흘러 어느덧 반공과 석수가 푸줏간을 연 지 두 달이 지났다. 그사이 계절이 바뀌어 가을이 다하고 겨울이 왔다. 하루살이 나무꾼에서 푸줏간의 주인 격이 된 석수는 안팎으로 많이 달라졌다. 입고 있는 옷부터가 예전의 그 남루한 헌 옷이 아니었다.

그러던 어느 날이었다. 그날 아침 일찍 일어난 석수는 멀리 떨어진 고을로 돼지를 사러 갔다. 그런데 사흘 만에 석수가 돌아왔을 때였다. 푸줏간으로 가니 가게가 닫혀 있었다.

이상히 여긴 석수는 집 뒤쪽으로 돌아 안으로 들어가 보았다. 시렁에 걸려 있던 고기며 늘어놓고 쓰던 크고 작은 기구들도 모두 치워지고 없었다.

석수는 찬찬하면서도 눈치가 빠른 사람이었다. 속으로 한참 생각하다가 중얼거렸다.

'천 일(千日)을 좋은 사람이 없고 백 일을 붉은 꽃이 없다더니 결국 이리되었구나. 형님은 관청에 나가 계시느라 늘 집을 비우니 형수가 무어라고 쏘삭댄 거겠지. 내가 새 옷을 지어 입은 걸 보고 나쁘게 말했을 거라. 거기다가 내가 이틀이나 돌아오지 않으니 누군가 이간질을 시킨 자도 있겠지. 그래서 나를 의심하고 장사를 걷어치운 것임에 틀림없어. 할 수 없구나. 저쪽에서 말이 나오기 전에 내가 먼저 가서 그만두겠다는 말을 하고 고향으로 돌아가야겠다. 마음 변하지 않는 사람이 어디 있다더냐…….'

그리고 석수는 떠날 채비를 했다. 몰고 온 돼지를 우리 속으로 들여보낸 뒤 방 안으로 들어가 옷을 갈아입고 보따리를 쌌다.

떠날 채비가 되자 석수는 꼼꼼히 쓴 장부를 들고 뒤채로 가서 반공을 찾았다. 반공은 석수가 찾아올 줄 미리 알고 있었던 것처럼이나 술상을 차려 놓고 기다리고 있다가 석수를 앉게 하고 술을 권했다.

"이보게, 먼 길에 애썼네."

그러나 제 생각에 사로잡힌 석수에게는 그 말이 말뜻 그대로 전해 오지 않았다. 가져간 장부를 대뜸 반공에게 바치며 착 가라앉은 음성으로 제 할 말만 했다.

"어르신네, 고맙습니다. 여기 모든 게 적힌 장부가 있으니 거두어 주십시오. 만약 점 하나라도 거짓이 있다면 하늘과 땅이 나를 죽여 없앨 것입니다."

"아니, 그게 무슨 소린가? 무슨 일이 있기에 이러는가?"

반공이 놀란 눈으로 석수를 보며 물었다. 석수가 아무 내색 없는 얼굴로 미리 준비한 대답을 했다.

"제가 고향을 떠난 지도 벌써 오륙 년이 넘습니다. 이제 고향으로 돌아갈까 해서 이렇게 장부를 돌려드리러 왔습니다. 형님은 이따가 밤에 만나 이 일을 여쭙고 내일 아침 일찍 떠날 작정입니다."

그제야 석수가 왜 그러는지를 알아차린 반공이 느닷없이 껄껄 웃다가 말했다.

"이보게, 잠깐 기다리게. 이 늙은 게 이제야 자네 뜻을 알겠네. 자네가 이틀을 나가 있다 돌아오니 가게 안의 물건을 죄다 치워 놓아 자네는 그게 우리가 가게를 닫으려고 하는 줄로 안 모양이군. 그래서 떠나려는 것 아닌가? 지금 장사가 잘되고 있는 것은 말할 것도 없거니와, 설령 가게를 걷어치운다 해도 자네는 이 집에 있어야지. 하지만 어제 오늘 가게 문을 닫은 까닭은 따로 있네. 자네도 아는지 모르지만 내 딸은 앞서 왕 압사란 사람에게 시집을 간 적이 있지. 그런데 불행히도 그가 죽어 오늘이 그 두 번째 기일이 되네. 우리가 이틀 가게 문을 닫은 것은 바로 그 때문일세. 내일 보은사(報恩寺) 스님을 들여 불공을 드려 준 뒤는 모든 게 그전처럼 될 테니 그 일이나 좀 도와주게. 나는 이미 늙어 밤샘은 못 견디기에 하는 소릴세."

그 말에 석수는 자신이 지나치게 넘겨짚었음을 알았다. 조금 머쓱해져서 목소리를 죽였다.

"어르신께서 말씀하신 대로라면 제 지레짐작이 지나쳤나 봅니다. 잠시 마음을 가다듬고 말씀대로 하지요."

"이보게, 일후로 다시는 그런 의심 말고 맡은 일이나 잘해 주게."

반공이 석수에게 그렇게 당부했다.

그날 석수는 반공에게 술 몇 잔을 얻어 마시고 제 방으로 돌아갔다.

다음 날 아침 일찍 반공의 말대로 허드렛일하는 중 몇이 절에서 내려와 재(齋)를 올릴 채비를 했다. 먼저 제단을 펼치고, 그 위에 불상과 제기며 장구, 징, 요령 같은 악기에다 촛대와 향로를 펼쳤다. 한편 부엌에서는 재에 쓸 음식을 장만하느라 전에 없이 시끌시끌했다.

밖에 나갔던 양웅이 집으로 돌아오더니 석수를 불러 말했다.

"아우, 나는 오늘 당직이라 돌아오지 못하네. 모든 걸 자네가 알아서 해 주게."

정말로 당직이라서라기보다는 아내의 전남편을 위한 재라 집에 있기가 어색해서인 듯했다. 석수가 양웅의 그런 기분을 헤아려 시원스레 대답했다.

"형님, 마음 놓고 가십시오. 제가 알아서 하겠습니다."

양웅은 딴소리 더 하지 않고 집을 나섰다. 석수는 문간에 서서 정말로 주인처럼 이 일 저 일을 살폈다.

한참 있으려니 한 젊은 중이 발을 걷고 들어와 주인을 찾았다.

"스님, 잠시 여기 앉으십시오."

석수가 공손하게 권했다. 젊은 중 뒤에는 다른 중이 상자 두 개를 지고 따라왔다. 앞서 들어온 중의 상좌쯤 되는 듯했다.

"어르신네, 여기 스님들이 오셨습니다."

석수가 안에다 대고 소리쳤다. 반공이 그 소리를 듣고 문간으로 달려왔다.

"아버님, 어찌하여 요즘에는 저희 절에 통 오시지 않으십니까?"

젊은 중이 합장하며 반공에게 말을 건넸다. 반공이 정다운 어조로 받았다.

"이것도 가게라고 벌이고 보니 나가서 불공드릴 틈도 없구나."

주고받는 이야기로 보아 두 사람은 전에 부자라도 맺은 적이 있는 듯했다.

"압사의 기일인데도 가져올 만한 게 없더군요. 국수 몇 묶음하고 동경의 대추 몇 줌 가져왔습니다."

젊은 중은 데리고 온 중이 진 상자를 눈짓하며 그렇게 말했다. 반공이 고마워했다.

"그래도 스님인데, 이런 걸 받아서 도리가 될지……."

그리고 석수를 돌아보며 일렀다.

"일껏 가져온 거니 거두게."

이에 석수는 국수와 대추를 안으로 들이고 차를 내오게 했다.

석수가 젊은 중에게 차를 권하고 있는데 양웅의 아내가 위층에서 내려왔다.

개가를 했다고는 하지만 상복을 갖춰 입기는커녕 엷은 화장까지 하고 있었다.

"도련님, 누가 이 제물을 보냈어요?"

방금 들여보낸 국수와 대추를 두고 묻는 말이었다. 석수가 아는 대로 대답했다.

"어르신을 아버님이라고 부르는 스님이 가져온 겁니다."

그러자 어찌 된 셈인지 양웅의 아내는 갑자기 웃음까지 띠었다.

"그렇다면 해사리(海闍黎, 바다 스님) 배여해(裵如海) 오빠군요. 좋은 스님이에요. '배가(裵家) 바느질집'을 하다가 출가해 보은사의 스님이 되신 분이죠. 그의 스승이 우리 집에 드나들던 사람이라 그도 우리 아버님을 의부(義父)로 모시게 되었는데, 나이가 나보다 두 살 많아 나도 그를 오빠로 부르게 됐어요. 그의 법명은 해공(海公)이구요. 도련님, 이따가 그 사람이 염불하는 소리 한번 들어 보세요. 정말 듣기 좋아요."

그 같은 여자의 수다에 석수가 덤덤히 받았다.

"아, 원래 그런 사이였군요."

하지만 속으로는 왠지 그녀의 수다가 예사롭게 느껴지지 않았다.

양웅의 아내는 말이 끝나기 바쁘게 종종걸음으로 그 젊은 중에게 다가갔다. 석수는 짐짓 뒷짐을 지고 무관심한 표정으로 그녀를 뒤따르다 발 너머로 그녀의 하는 양을 살폈다.

배여해란 중은 그녀가 나타나자 몸을 일으키더니 합장하며 안부를 물었다. 여자가 감사로 대답을 대신했다.

"오빠에게 이렇게 폐를 끼쳐도 되는 건지 모르겠네요."

"누이, 무어 입에 담을 만한 대단한 물건이라구."

그렇게 대답하는 중의 말소리도 여간 은근하지 않았다. 양웅의 아내가 한층 애교 섞어 받았다.

"오빠, 그게 무슨 말씀이세요? 출가한 사람의 물건을 어찌 그냥 받아요?"

"그렇다면 우리 절에 한번 오지 그래. 이번에 수륙당(水陸堂)을 새로 지었는데 누이가 와서 불공을 드리면 좋을걸. 하기야 절급 나리가 어떻게 생각할지 모르지만……."

"그이는 여느 남편들하고는 달라요. 전에 어머니께서 돌아가실 때 『혈분경(血盆經)』(목련정교혈분경의 약칭)을 바쳐 달라구 하신 것두 있구요. 곧 한번 보은사로 가서 폐를 끼칠게요."

"그게 바로 우리 일인데 폐라는 게 무슨 소리야? 이 여해에게 말만 하라구. 모두 알아서 잘해 놓을 테니."

"그럼, 오빠도 우리 어머니를 위해 염불 많이 해 주세요."

둘의 수작은 그렇게 이어졌다. 얼핏 들으면 이상할 것도 없었으나 석수에게는 어쩐지 마뜩잖은 느낌이 들었다. 그 바람에 석수는 계속해 그들 남녀의 하는 양을 엿보았다.

때마침 심부름하는 계집아이가 다시 차를 차려 들고 나왔다. 양웅의 아내가 찻잔을 받더니 소매로 몇 번이고 훔친 뒤 두 손으로 배여해에게 올렸다. 잔을 받는 배여해의 두 눈이 타는 듯 빛나며 그녀의 눈과 마주쳤다. 그녀도 두 눈길 속에 묘한 웃음을 띄워 보내며 여해의 눈길을 피하지 않았다. 색에 미치면 간이 하늘만 해진다던가. 석수가 발 너머에서 보고 있건만 조금도 거리낌이 없었다.

그른 일을 그냥 보아 넘기지 못하는 석수는 울컥 속이 치밀었다.

'저 여자는 내게도 몇 번이나 바람기 있는 말을 걸었지만 나는 그저 형수로만 대했다. 그런데 이제 보니 정말 옳은 사람이 못 되는구나. 내 손에 걸리지 않도록 조심해라. 양웅 형님이 나가 계시지만 나는 눈 시린 꼴 못 본다!'

그렇게 중얼거리고는 발을 홱 걷어 젖히고 들어갔다. 엉큼한 중놈이 놀라 찻잔을 내려놓으며 입에서 나오는 대로 웅얼거렸다.

"어서…… 이리 와 앉으시지요."

"이 도련님은 이번에 그이가 새로 얻은 아우랍니다. 의(義)를 맺었지요."

바람기 많은 계집도 새삼스레 중놈에게 석수를 소개하며 자리를 얼버무렸다. 그래도 중놈은 켕기는 게 있는지 까닭 없이 허둥대며 뒤늦은 인사를 청했다.

"그럼, 대랑(大郎)의 고향은 어디십니까? 크신 이름은 어떻게 되시는지요?"

"나요? 이름은 석수고 금릉 사람이오. 남의 일에 잘 나서서 반명삼랑이란 별호도 있고, 거칠고 무례한 놈이라 스님 눈에 거슬리시더라도 괴이쩍게 보지 마시오!"

석수는 부글거리는 속을 못 참아 퉁명스레 받았다. 음탕한 중놈은 더욱 어쩔 줄 몰라 했다.

"아니오. 제가 어찌……. 그럼, 저는 이만 나가서 다른 스님들을 데리고 오겠습니다."

그렇게 우물거리고는 문밖으로 나갔다. 그런 배여해의 등에 대고 반교운이 아직도 애교가 남은 어조로 한마디 했다.

"오빠, 빨리 돌아오셔야 해요."

그러나 도망치듯 나가는 배여해는 대꾸조차 없었다. 반교운도 배여해가 없어지자 안으로 들어갔다.

한참 있으려니 행자들이 들어와 제상 위의 촛대에 불을 붙이고 향을 사르기 시작했다. 이어 배여해가 여러 중들을 데리고 제단 앞으로 나왔다. 석수와 반공은 그런 중들을 맞아 차와 탕(湯)을 대접했다.

이윽고 북소리와 목탁 소리가 울려 퍼지는 가운데 중들이 경을 읽기 시작했다. 배여해가 또래의 젊은 중 하나와 함께 자루 달린 방울을 흔들며 제례를 이끌었다. 부처를 청해 재를 올리고 제천호법(諸天護法)을 공양한 뒤 죽은 왕 압사가 빨리 천계(天界)에 이르기를 빌었다.

반교운은 빗질한 머리에 화장까지 하고 나와 그래도 죽은 전 남편의 명복을 빈답시고 향을 사르고 절을 올렸다. 음탕한 중놈은 그 같은 반교운의 교태에 반나마 정신이 나간 중에도 방울을 흔들고 소리 높여 염불을 해 댔다. 나머지 중들도 그런 두 사람과 어깨를 나란히 해 엎드렸다 일어났다 했다. 석수가 보기엔 모든 게 그저 가소로울 뿐이었다.

왕 압사의 지방을 불태우는 것으로 한차례 재가 끝나자 반공과 석수는 여러 중들을 앉히고 잿밥을 내놓았다. 잿밥을 먹는 중에도 배여해는 연신 반교운에게 눈길을 보내며 음탕한 웃음을 흘렸다. 계집도 비슷한 웃음으로 땡초에게 화답했다. 이어진 둘의 눈길로 정이 끈적끈적 흐르는 듯했다.

석수는 그 꼴에 다시 속이 뒤집혔다. 가슴까지 차오르는 화를 억누르고 중들이 잿밥을 먹는 데로 눈길을 돌렸다. 잿밥 뒤에 술까지 몇 잔 돌리고 상이 치워졌다. 반공은 중들에게 시줏돈을 나눠 준 뒤 몸이 편찮다며 자러 들어갔다.

재가 한 마당 끝나자 산보를 나갔던 중들이 뜰을 한 바퀴 돌고 다시 돌아왔다. 그때 석수는 이미 배여해와 반교운의 노는 꼴에 배알이 틀릴 대로 틀려 있었다. 배가 아프다는 핑계를 대고 그 또한 판자벽 뒤로 자러 갔다.

석수가 자리를 뜬 뒤 얼마 안 되어 다시 재가 이어졌다. 음탕한 계집은 스스로 북과 목탁을 치기도 하고 중들에게 차와 과자를 내기도 하며 꼬리를 치고 다니고 엉큼한 중놈은 전처럼 앞장서서 재를 이끌어 갔다. 목소리를 뽐내어 경을 읽다가 천왕에게 절하고 빌고 물을 뿌려 죽은 이의 넋을 부르는가 하면 삼보(三寶)에 예를 드렸다.

그럭저럭 삼경이 되자 중들은 피곤하고 지친 기색을 드러냈다. 그러나 배여해만은 밤이 깊을수록 정신이 맑아지는지 한층 소리 높여 염불을 했다. 발 곁에서 그 모양을 보고 있던 반교운은 욕화(慾火)로 몸이 달아 더 견딜 수 없었던지 배여해에게로 다가가 무어라 코맹맹이 소리를 건넸다.

배여해는 한창 소리 높여 염불을 외다가 고개를 돌려 음탕한 계집 쪽을 보았다. 계집이 배여해의 소매를 당기며 속살거렸다.

"오빠, 내일 공덕전(功德錢, 재를 올려 준 데 대한 사례금)을 받을 때 아버님께 말씀드려 주세요. 어머님이 돌아가실 때 『혈분경』을 바쳐 달랬다는 이야기 말이에요. 잊으시면 안 돼요."

"내가 잊을 리 있나. 할 건 꼭 해야지."

배여해가 염불을 하다 말고 그렇게 대답한 뒤 한마디 덧붙였다.

"너희 시동생인가 뭔가 하는 사람 깐깐해 뵈던데."

그러자 계집이 새침한 얼굴로 도리질을 치며 차갑게 말했다.

"그 사람 마음 쓸 것 없어요. 어차피 피와 살을 나눈 형제도 아닌데!"

"그렇다면 나도 마음을 놓지."

엉큼한 중놈은 그렇게 대답하면서 한편으로는 슬그머니 계집의 손을 잡았다. 계집은 짐짓 몸을 빼며 발 뒤로 물러섰다. 중놈이 풀썩 웃더니 다시 잿상 앞으로 가서 아귀(餓鬼)들에게 음식을 뿌려 주는 의식에 들어갔다.

하지만 중놈과 계집에게는 뜻밖으로 그때 석수는 자고 있지 않았다. 오히려 판자벽 뒤에서 가만히 살피고 있던 터라 둘이서 하는 수작을 거의 다 엿듣고 보았다. 일을 내도 큰일을 낼 연놈 같았다.

재는 다음 날 새벽이 되어서야 끝났다. 지전이 살라지고 잿상이 거둬지자 중들은 반공의 두둑한 시주에 감사하고 절로 돌아갔다. 집 안이 조용해지자 석수는 홀로 앉아 간밤에 보고 들은 일을 곰곰이 되씹어 보았다.

'형님은 그토록 호걸이건만 음탕한 계집을 만난 게 한이로구나.'

그런 생각이 들자 속에서 불덩이 같은 게 치밀었으나 마구잡이로 나설 일은 아닌 듯싶었다. 억지로 눌러 참고 제 방으로 돌아가 잤다.

다음 날 아침 양웅이 관청에서 돌아왔다. 그러나 양웅은 간밤의 재에 대해서는 한마디 묻는 법도 없이 아침밥만 한술 뜨고는 다시 밖으로 나가 버렸다.

얼마 후 못된 중놈 배여해가 이번에는 가사 장삼을 훤하게 받쳐 입고 반공의 집으로 왔다. 양웅의 아내는 배여해가 왔다는 소리를 듣자 구르듯 계단을 달려 내려와 집 안으로 맞아들였다.

"간밤 내내 저희를 위해 애쓰셨는데 아직 공덕전도 못 올렸군요."

부리는 계집아이에게 차를 내오라 소리치고 마주 앉기 바쁘게 계집이 입에 발린 소리를 했다. 중놈도 시치미를 뚝 떼고 점잖게 나왔다.

"그거야 무슨 말할 거리라도 되느냐? 오늘 내가 온 것은 어젯밤에 말한 『혈분경』 때문이야. 절로 돌아가기 바쁘게 『경(經)』을 찾아 놓았으니 누이는 와서 베끼기만 하면 돼."

"그것참 잘됐네요."

계집도 그렇게 맞장구를 치고는 곧 부리는 계집아이를 시켜 반공을 불러오게 했다. 딸에게 불려 나온 반공은 먼저 배여해에게 사과부터 했다.

"간밤에는 이 늙은 게 몸이 편찮아 함께 지새우지를 못했네. 모든 건 석씨 총각에게 맡기고 들어갔는데 누가 알았겠나? 그 사람까지 배가 아파 드러누워 아무도 제대로 스님들을 대접하지 못한 꼴이 됐네. 너무 섭섭하게 여기지 말게."

"괜찮습니다, 아버님. 그런 일로 뭘……."

배여해가 그렇게 흉물을 떠는데 곁에 있던 계집이 진작부터 벼르던 이야기를 꺼냈다.

"제가 돌아가신 어머님을 대신해 부처님께 『혈분경』을 바쳐 올리려 했더니 이 오라버님 말씀이 내일이 좋다시잖아요. 오라버님께 먼저 경을 염(念)하고 계시게 하고 아버님과 저는 내일 아침 느지막이 절로 올라가 예불만 드리면 일은 그걸로 다 치른 셈이죠."

"거 좋지."

반공은 그게 죽은 마누라를 위한 일이라는 게 마음에 들어 대뜸 그렇게 대꾸했으나 이내 가게 일이 걱정되었다.

"그렇지만 내일이 대목인데 가게는 누가 보지?"

"그거야 석 도련님에게 맡기면 되잖아요. 안 될 게 뭐 있어요?"

계집이 그때는 얼른 석수를 끌어댔다. 아무것도 모르는 반공이 그냥 넘어갔다.

"저 아이가 이리 원하니 할 수 없군. 내일 가 보도록 하지."

그러자 계집이 은자 몇 냥을 꺼내 배여해에게 내놓았다.

"오빠가 애쓰신 데 비해 사례가 너무 보잘것없네요. 내일 우리가 절에 가거든 국수라도 한 그릇 먹여 주세요."

"무슨 소릴…… 향을 피워 놓고 기다리지."

배여해는 그런 말로 은자를 거두고 일어나면서 새삼 정중하게 손을 모았다.

"많은 보시를 베풀어 주셔서 고맙습니다. 저는 이만 올라가 다른 스님들에게도 말씀드려야지요. 그럼, 내일 두 분 꼭 오시는 걸로 알고 이만 물러갑니다."

계집은 돌아가는 중놈을 문밖까지 따라 나가 바래다주었다.

제 방에서 쉬고 있던 석수는 배여해와 반교운의 수작을 듣지 못했다. 그저 간밤의 마뜩잖은 기분만 간직한 채 느지막이 일어나 고깃간 일을 시작했다. 돼지를 잡고 그 고기를 장만하는 동안에 간밤의 불쾌한 기억은 조금씩 덜해졌다.

그날 양웅은 날이 저물어서야 집으로 돌아왔다. 계집이 전에 없이 살랑거리며 밥상을 차리고 차를 끓여 바쳤다. 저녁을 먹은 양웅이 손발을 씻고 돌아오자 장인 반공이 기다리고 있다가 말했다.

"자네 장모가 죽을 때 저 아이에게 당부한 말이 있다네. 보은사에서 『혈분경』으로 재를 올려 달랬다는 게야. 내일 저 아이와 함께 거기 좀 갔다 올 테니 그리 알게."

아무것도 모르는 노인은 그저 딸이 시키는 대로만 했다. 그러나 양웅은 왠지 꺼림칙한 얼굴로 계집을 보며 퉁명스레 물었다.

"그런 일이라면 당신이 내게 말해 안 될 게 무어요?"

"내가 말하면 공연히 당신이 이상하게 여길까 봐 그랬죠."

도둑이 제 발 저리다고 계집이 까닭 없이 찔끔하며 둘러댔다.

그러나 양웅도 굳이 말릴 까닭은 없어 장인과 아내가 보은사로 가는 일에는 딴소리를 못했다.

다음 날 아침 양웅은 언제나 그러듯 일찍 일어나 관청으로 나갔다. 석수도 여느 때와 다름없이 가게를 열고 장사 준비를 했다.

전과 달리 일찍부터 부산을 떠는 것은 음탕한 계집뿐이었다. 계집은 아침부터 몸을 씻는다, 머리를 빗는다, 옷에 향내를 쏘인다, 몸단장을 했다. 몸종 영아(迎兒)는 향합을 찾고 서둘러 아침상을 차렸으며 반공은 지전과 초를 사고 가마를 구해 왔다.

석수는 그 모든 걸 못 본 척하며 가게 일에만 매달렸다. 아침상을 물린 뒤 영아 년까지 몸단장을 마치자 벌써 사시가 되었다. 말끔히 옷을 갈아입은 반공이 비로소 석수를 찾아보고 말했다.

"번거롭겠지만 혼자서 집안일을 보살펴 줘야겠네. 딸년과 함께 절에 가서 죽은 마누라 명복이나 좀 빌고 와야겠어."

"걱정 말고 다녀오십시오. 여기 일은 제가 알아서 하지요. 좋은 향이라도 많이 사르시고 일찍 돌아오십시오."

석수가 빙긋이 웃으며 말했다. 그러나 속으로는 모든 게 엉큼한 중놈과 음탕한 계집년이 꾸민 일이란 짐작이 갔다. 다시 치솟는 화를 누르며 제 손에 걸려들기만을 기다렸다.

가마에 오른 계집은 뒤따르는 반공과 영아를 재촉해 보은사로 올라갔다. 엉큼한 중놈은 산문 앞까지 나와 기다리다가 가마가 이르는 걸 보자 기뻐 어쩔 줄 몰라 하며 맞아들였다.

"우리 때문에 스님이 애쓰시는구먼."

반공이 남의 속도 모르고 그런 배여해에게 고마움을 나타냈다.

가마에서 내린 계집도 앙큼을 떨었다.

"오빠, 정말 저희 때문에 애써 주셔서 고마워요."

"별소릴…… 나와 이곳 스님들은 이미 새벽부터 수륙당에 올라 염불을 마쳤다. 아직 쉬러 가지 않고 누이가 와 불공을 드리기를 기다리고 있으니 어서 들어가지. 죽은 분을 위해서는 많은 공덕을 쌓는 게 될 거야……."

배여해가 그러면서 계집과 반공, 영아를 수륙당으로 이끌었다.

당 안에는 그의 말대로 향과 촉대가 켜진 가운데 여러 스님들이 염불을 하고 있었다. 계집은 거기서 건성으로 죽은 어미를 위한 불공을 드렸다. 명복을 빌고 삼보에 예배한 뒤 지장보살 앞에서 증맹참회(證盟懺悔)를 하는 순서였다. 향을 사르고 지전을 태움으로써 재가 끝나자 스님들은 모두 잿밥을 들러 수륙당을 나갔다.

"아버님은 누이와 함께 제 방으로 가서 차나 한잔 드시지요."

배여해가 반공 부녀를 그렇게 제 방으로 끌어들였다. 절의 방들 중에서도 가장 으슥한 방이었다.

방에는 이미 모든 게 준비되어 있는 듯했다.

"얘들아, 차를 올려라."

배여해가 그렇게 소리치자 어린 중들이 찻상을 받쳐 들고 나왔다. 붉은 칠한 쟁반에 눈처럼 흰 찻잔과 주전자였는데 거기 담긴 차는 또 비할 데 없이 비싸고 귀한 상품(上品)이었다.

차를 다 마시자 배여해가 잔을 내려놓으며 다시 권했다.

"누이, 저쪽 안으로 다시 한번 들어가 보지."

그리고 반공 부녀와 영아를 절 안쪽 작은 집채로 데려갔다.

그 방 안에는 검은 옻칠을 한 탁자가 놓여 있고 벽에는 몇 폭 이름난 이들의 그림이 걸려 있었다. 그리고 방 한구석의 작은 탁자에는 향로가 얹혀 그때까지도 귀한 향내를 뿜고 있었다.

반공과 교운은 검은 탁자 가에 나란히 앉고, 배여해는 그 맞은편에 앉았다. 교운의 몸종 영아는 그들 곁에 손을 모으고 섰다.

"오빠, 출가한 사람의 거처로는 정말 좋은 곳이네요. 맑고 그윽하고 정갈하면서도 즐거움이 깃든 곳이에요."

교운이 황홀한 눈길로 사방을 돌아보다 그렇게 감탄했다. 그러라고 꾸며 놓고도 배여해가 시치미를 뗐다.

"우스개로 해 보는 소리겠지. 어디 너희 집과 견주기나 해 보겠니?"

그때 반공이 불쑥 말했다.

"여러 가지로 애써 줘서 고맙네. 그럼, 우리는 이만 가 봐야겠네."

이미 불공이 끝난 데다 두 계집과 사내의 수작이 어딘가 마음에 걸린 모양이었다. 잘되어 가는 판에 반공이 그렇게 산통을 깨고 나오자 배여해는 당황했다. 반공의 소매를 잡듯 말했다.

"아버님이 이곳에 오시기도 어려운 일이거니와 우리 사이가 남도 아니지 않습니까? 오늘의 재는 누이가 시주(施主)인데 국수 한 그릇도 안 드시고 가시다니요."

그러더니 밖을 향해 소리쳤다.

"뭣들 하느냐? 상을 올려라!"

이번에도 준비가 되어 있었던지 배여해의 말이 떨어지기 바쁘게 어린 중들이 음식을 날라 왔다. 잠깐 동안에 탁자에는 보기 드문 나물이며 귀한 과일과 여러 먹음직한 요리들이 그득해졌다.

"오빠, 술까지 내놓으시다니요. 이거 오히려 너무 폐를 끼치는 거 아녜요?"

음식이 끼니로보다는 안줏감으로 더 맞아 보여 하는 소린지, 아니면 술을 내오게 하려고 선수를 친 건지 모르지만 아직 술도 없는데 계집이 그렇게 말했다. 엉큼한 중놈이 기다렸다는 듯 대꾸했다.

"절간에서의 예는 아니지만 정으로 내놓는 거니 변변치 못해도 나무라지 마라."

그러고는 술을 가져오게 해 잔에 따르도록 했다.

"아버님, 오랜만에 오셨으니 한번 맛이나 보시지요."

배여해가 술을 권하자 반 노인은 마지못해 잔을 들었다. 그러나 잔을 비운 뒤의 표정은 전혀 달랐다.

"이거 정말 좋은 술이군. 맛이 대단하이!"

그렇게 감탄하는 게 술 맛이 꼭 마음에 든 모양이었다. 배여해가 됐다는 듯 신을 냈다.

"전에 어떤 신도가 집안에서 전해 내려오는 비법을 전해 주어 서너 섬 담가 보았지요. 맛이 마음에 드신다면 내일 몇 병 보내드릴 테니 사위에게도 주십시오."

"하지만 어찌 그럴 수 있나?"

노인은 입으로는 그렇게 사양을 해도 아주 마다하는 표정은 아니었다. 배여해는 다시 교운에게 술을 권했다.

"값 달라고 하지 않을 테니 누이도 한잔 맛보지 그래?"

이에 교운뿐만 아니라 영아까지도 몇 잔을 마시게 되었다. 몇 잔 마신 교운이 문득 애교 섞어 도리질을 친다.

"이제 술은 그만 할래요. 더 마셔선 안 되겠어요."

"누이가 여기 오기도 쉽지 않으니 한 잔만 더 하지 그래!"

배여해가 엉큼한 속셈을 감추고 천연덕스레 한 잔을 더 권했다.

그러나 정작 술이 효과를 본 것은 반공에게서였다. 반공은 혼자 맛보기 아깝다는 듯 가마꾼들까지 불러 술 한 잔씩을 돌리려 했다. 배여해가 말렸다.

"아버님, 그리하시지 않아도 됩니다. 이미 제가 시켜 놓았으니 밖에서도 술과 국수를 잘 대접하고 있을 겝니다. 아버님은 마음 놓으시고 여기서 술이나 몇 잔 드십시오."

그러고는 시치미를 뚝 떼고 몇 잔 거듭 술을 올렸다.

보기와는 달리 배여해가 내놓은 술은 독하기 짝이 없었다. 계집을 어찌해 볼 생각에 특별히 구해 놓은 술인 까닭이었다. 반공은 늙은이라 술을 이기지 못하고 곧 곯아떨어졌다.

"아버님을 침상에 옮겨 잠시 주무시게 해라."

반공이 취해서 흔들거리는 걸 보고 배여해가 기다렸다는 듯 시중드는 어린 중들에게 시켰다.

방해꾼이 없어지자 배여해가 뜻 깊은 웃음을 흘리며 반교운에게 말했다.

"누이, 이제는 마음을 풀고 한잔 들지 그래?"

처음부터 음탕한 마음으로 찾아온 데다 술기운까지 오르자 계집은 벌써 정신이 오락가락해져 해롱댔다.

"오빠, 내게 자꾸 술을 먹여 어쩌시려는 거죠?"

"그저 네가 좋아서……."

영아가 곁에 있는데도 중놈이 거리낌없이 그렇게 이죽거렸다. 계집은 그냥은 더 못 참겠다는 듯 몸을 비꼬았다.

"내가 취했나 봐. 이제 술을 더 못 마시겠어……."

"그러면 내 방으로 가서 불아(佛牙, 상아 같은 걸로 만든 불구(佛具). 절에서는 부처님의 진짜 이로 여김) 구경이나 하지."

중놈이 그렇게 계집을 한층 호젓한 곳으로 끌었다.

"그래요? 그럼 한번 가 봐야지……."

계집이 해롱거리며 따라나서자 중놈은 계집을 누각 위에 있는 제 침방으로 데려갔다. 역시 미리 준비해 둬서 그런지 방 안은 깔끔하게 치워져 있었다.

"정말 좋은 침방이네요. 깨끗하고 조용하고……."

방을 둘러본 계집이 코맹맹이 소리로 말했다. 중놈이 슬슬 수작을 시작했다.

"방만 좋으면 뭘 하나? 색시가 있어야지."

"그럼 하나 얻으면 되잖아요?"

계집이 뭐가 우스운지 낄낄대며 받았다. 중놈도 흉물스레 웃었다.

"누이가 하나 얻어 줄래?"

보는 사람만 없으면 금세 덤벼들어 안기라도 할 듯한 표정이었다. 계집은 퍼뜩 몸종인 영아가 따라와 있다는 걸 상기했는지 그쯤 해서 화제를 바꾸었다.

"불아나 어서 보여 주세요."

그러자 중놈은 엉뚱한 소릴 했다.

"영아를 아래층으로 내려보내면 보여 주지."

얼핏 듣기에는 엉뚱해도 그만 눈치를 모를 계집이 아니었다. 얼른 영아를 불러 시켰다.

"얘, 너는 내려가서 아버님이 깨셨는가 보고 오렴."

못된 눈치 빠르기는 영아도 제 주인에 못지않았다. 군소리 않고 아래층으로 내려가 둘만 있게 해 주었다.

영아가 나가자마자 중놈은 방문을 안으로 닫아걸었다. 그게 무슨 뜻인지 빤히 알면서도 계집은 한번 놀라는 표정조차 짓는 법이 없었다. 오히려 되바라진 얼굴로 중놈을 올려 보며 겁먹은 소리를 냈다.

"오빠, 나를 여기 가둬 놓고 어쩌시려고 그래요?"

그러나 배여해는 더 못 참겠다는 듯 와락 교운을 껴안으며 웅얼댔다.

"정말 사무치게 그리웠어. 이 년 동안이나 내가 얼마나 애타게 너를 기다렸는지 알아? 이제 어렵게 여기까지 왔으니 오늘은 그냥 가지 마라. 한번 내 원을 풀어 줘……."

"우리 집 양반이 언제나 좋기만 한 사람은 아니라구요. 당신이 날 꾀어 낸 걸 알면 살려 두지 않을걸……."

계집이 중놈에게 몸을 내맡긴 채 그렇게 말했다. 그러나 얼굴에는 조금도 남편을 겁내는 기색이 없었다.

이미 색에 달아오를 대로 달아오른 중놈에게 그런 소리가 어찌 귀에 들어오겠는가. 그대로 털썩 계집 앞에 무릎을 꿇으며 간절하게 졸랐다.

"부디 이 불쌍한 중놈을 가엾게 봐줘. 한 번만 내 뜻을 들어줘."

계집이 손을 들어 때릴 시늉을 하며 한층 코맹맹이 소리를 냈다.

"이거 순 머리카락 없는 도둑놈이네. 남의 아낙을 꾀려 하다니. 우리 남편이 널 어떻게 할지 맛을 보여 줘?"

"때리는 거야 네 마음이다만, 그 고운 손이 탈 날까 걱정이다."

중놈이 얼 나간 얼굴로 히쭉히쭉 웃으며 말했다. 그때는 계집도 달아오를 대로 달아 있었다. 그런 장난질도 시간이 아깝다는 듯 와락 중놈에게 덤벼들어 얼싸안아 일으키며 입으로만 을러댔다.

"내가 정말 당신을 때리지 못할 줄 아세요?"

하지만 입으로 주고받는 수작은 그걸로 끝이었다. 중놈은 이제 대꾸할 필요도 없다는 듯 계집을 안아 들고 침상으로 가 옷을 벗겼다. 계집도 기다리던 일이라 그 뒤는 말 안 해도 알 만했다. 영락없이 한 쌍의 짐승처럼 된 두 사내 계집은 반나절은 좋게 침상 위를 뒹굴며 운우(雲雨)의 정을 나누었다. 몇 차례의 회오리가 지나간 뒤에야 어지간히 욕정이 풀렸는지 비스듬히 계집을 끼고 누운 중놈이 입을 열었다.

"너도 내게 마음이 있었음을 아니 이제 죽는다 해도 원망스러운 건 아무것도 없다. 그러나 오늘은 일이 잘되어 잠시 꿈같은 시간을 보냈다만 너와 함께 긴 밤을 즐기며 보낼 수가 없으니 안타깝구나. 이러다간 내가 제명에 살지 못할 것 같다."

이미 색정에 눈이 뒤집힌 계집이 그런 중놈의 품속으로 파고들며 속살거렸다.

"그걸로 너무 괴로워할 거 없어요. 내가 벌써 좋은 계책을 생각해 뒀다구요. 우리 집 그 작자는 한 달이면 스무 날은 당직이니 영아 년만 구슬려 두면 어려울 것도 없는 일이에요. 당신은 매일 뒷문에서 밤이 깊기를 기다리기나 하세요. 우리 집 못난이가 집에 없으면 영아 년을 시켜 향탁을 문밖에 내놓고 향을 사르게 할게요. 그러면 당신은 마음 놓고 제 방으로 들어와 밤새도록 나와 즐길 수 있다구요. 하지만 둘 다 늦잠이 들었다가 들키는 게 걱정인데 그것도 수는 있어요. 당신이 함께 있는 동냥중 하나를 시켜 날이 샌 걸 알리게 하면 될 거예요. 그가 오경쯤 우리 집 뒷문께에 와서 크게 목탁을 치며 소리 높이 염불을 할 때 얼른 나가면 되잖아요? 만약 그런 동냥중을 당신이 살 수만 있다면, 한편으로는 바깥에서 망보는 일도 하고 다른 한편으로는 당신을 깨우는 일도 하게 되니 그야말로 돌 하나로 새 두 마리를 잡는 격이 아니겠어요?"

예나 지금이나 못된 꾀에 깜찍한 게 여자다. 계집은 어느새 두고두고 서방질을 즐길 계책까지 빈틈없이 세워 놓고 있었다. 그 소리를 들은 중놈이 크게 기뻐했음은 말할 나위도 없다.

"그것참 묘한 꾀야. 그러면 되겠군. 마침 호(胡) 도인(道人) 이란 동냥중이 있는데, 내 말이라면 뭐든 들을 사람이야. 그를 써 보자구."

"그럼, 나는 이만 가 봐야겠어요. 여기 오래 미적거리다가 우리 집 그 못난이가 턱없이 의심이라도 하게 되면 큰일이니까. 내가 돌아가더라도 약속은 잊지 마세요."

자신이 짜낸 계책에 감탄하고 있는 중놈에게 그런 다짐을 받고 일어난 계집은 옷을 입고 흐트러진 매무새를 다듬었다.

아무 일도 없었던 것처럼 시치미를 떼고 누각을 내려온 계집은 영아를 찾아 반공을 깨우게 했다. 반공은 그사이에 제 딸년이 무슨 짓을 저질렀는지 상상도 못한 채, 너무 늦은 것만 걱정했다. 가마꾼들은 술이며 국수며 푸짐하게 대접을 받은 뒤라 느긋한 마음으로 문간에서 기다리고 있었다.

배여해는 멀쩡한 얼굴로 반교운을 산문 밖까지 배웅했다. 음탕한 계집은 중놈과 은근한 눈짓으로 작별을 하고 가마에 올랐다.

병관삭 양웅은 남다른 호걸이었지만 한번 짝을 잘못 지으니 아무 소용이 없었다. 음탕한 계집이 함부로 몸을 놀려 양웅은 꼼짝없이 오쟁이 진 못난 남편이 되고 말았다. 그로서는 뜻 아니한 불행이었다. 하지만 의로 맺은 아우 석수가 있는 이상 그게 꼭 불행이랄 수만은 없었다. 뒷날 그가 양산박의 호걸로 이름을 떨치게 되는 첫걸음은 바로 그 불행에서 시작되었기 때문이다.

욕화와 업화

한편 반교운이 산을 내려간 뒤 배여해는 자신의 계집질을 도와줄 중을 찾았다. 보은사에는 오랑캐 나라에서 온 중이 하나 있었는데, 그때는 절 뒤 암자에서 어렵게 지내고 있었다. 절 안팎 사람들로부터 호두타(胡頭陀)라 불리는 이로, 그는 매일 새벽 저잣거리로 나가 목탁을 크게 두드려 날이 밝은 걸 알리고 염불로 사람들에게 부처 섬기기를 권하다가 아침이면 약간의 공양미를 거두어 거처로 돌아오곤 했다.

배여해는 그 호두타를 제 방으로 불러 술 몇 잔을 대접한 뒤 약간의 은자까지 주었다. 그런 뜻밖의 후대에 호두타가 놀라 몸까지 일으키며 물었다.

"저는 아무것도 한 일이 없는데 어찌 이같이 은자까지 내리십니까? 평소에도 늘상 스님의 은혜를 입어 온 몸이라 이같이 하시니 어찌할 바를 모르겠습니다."

"내가 보니 당신은 뜻과 정성이 하나같은 사람이오. 머지않아 돈을 들여 도첩을 사서 옳은 스님이 되도록 해 주겠소. 지금 이 은자는 옷이라도 한 벌 사 입으라고 드리는 것이오."

배여해가 속셈을 털어놓기 전에 그렇게 한 번 더 인심을 썼다. 그전에도 배여해는 호두타에게 잿밥을 보내 먹는 걸 도와주고 산에서 내려가 경 읽는 일을 맡겨 몇 푼 시줏돈을 벌 수 있게 해 준 적이 있었다. 그런 데다 그날 다시 술과 돈을 주고, 또 자신으로서는 꿈같은 도첩까지 사 주겠다니 호두타로서는 감격하지 않을 수가 없었다.

'이 사람이 오늘 은자까지 내리는 것으로 보아 반드시 나를 쓸 데가 있는 모양이다. 그렇다면 그가 말할 때까지 기다릴 건 없지.'

그런 생각으로 곧 배여해에게 물었다.

"스님께서는 무슨 일로 저를 쓰려 하십니까? 말씀만 내리시면 무엇이든 마다 않겠습니다."

배여해가 그제야 속을 털어놓았다.

"호 도인이 물으니 내 속이지 않고 다 말하겠소. 실은 내가 반공의 딸과 친해 오가는데, 그 집 뒷문 위에 향 피우는 탁자가 놓여 있으면 들어가기로 되어 있소. 하지만 내가 무턱대고 매일 산을 내려가 그 집 근처를 맴돌 수가 없으니 당신이 먼저 가서 좀 살펴 주시오. 만약 향 피우는 탁자가 나와 있으면 그때 내가 산을 내려가도록 말이오. 또 번거롭지만 내가 그 집에서 밤을 지내는 날은 오경 무렵해서 그 집으로 와 주시오. 그 뒷문께에서 크게 목탁을 치고 소리 높이 염불을 하면 내가 늦잠에 빠져 낭패당하는 일이 없을 거요."

호 도인은 좀 뜻밖이다 싶었지만 배여해의 말이라 어쩔 수 없이 들어주었다.

"그야…… 어려울 것도 없지요."

그러고는 그날로 산을 내려가 반공의 집으로 갔다.

반공의 집 뒷문께에서 호 도인이 염불을 하며 시주를 빌자 먼저 영아가 나와 물었다.

"도인은 어째 앞문으로 와서 시주를 빌지 않고 뒷문으로 와서 야단이오?"

그러나 호 도인은 대답 없이 염불만 소리 높이 외웠다. 안에서 그 소리를 들은 반교운은 그 중이 배여해가 보낸 사람이란 걸 알아차렸다. 얼른 뒷문으로 나와 살짝 물었다.

"도인은 새벽 오경에 날이 새는 걸 알려 주시는 분이 아니세요?"

"그렇습니다. 저는 새벽에는 목탁과 염불로 사람들을 깨우고 밤에는 향을 살라 여러 부처님을 기쁘게 해 드리는 중이올시다."

호두타가 그제야 그렇게 대꾸했다. 계집은 단번에 그가 하는 말을 모두 알아들었다. 새벽에 배여해를 깨우러 올 뿐만 아니라 저녁에 향 피우는 탁자가 뒷문께에 나와 있는지 아닌지까지 배여해에게 알려 주겠다는 뜻이었다. 이에 계집은 기쁨을 감추지 못하고 영아를 시켜 시줏돈을 가져오게 했다.

호두타는 영아가 시줏돈을 가지러 안으로 들어가기 바쁘게 계집에게 소리 죽여 말했다.

"저는 배여해 스님이 믿고 부리는 사람입니다. 특히 저보고 먼저 길을 익혀 두라 하시기에 이렇게 왔습니다."

"이미 알고 있었어요. 오늘 밤부터 이리로 오셔서 향탁이 나와 있는지 없는지를 살피고 여해 스님께 알려 주시면 고맙겠어요."

계집이 눈도 한번 깜박 않고 그렇게 받았다.

호두타가 알아들었다는 듯 머리를 끄덕이고 있는데 영아가 시줏돈을 가지고 나왔다. 호두타는 아무 일도 없었던 듯 그 시줏돈을 받고 그곳을 떠났다.

하지만 일이 그쯤 되고 보니 반교운이 앙큼하다 해도 몸종인 영아에게만은 모든 걸 털어놓지 않을 수 없었다. 교운은 위층으로 올라가기 바쁘게 영아를 불러 속을 털어놓고 노리개와 푼돈으로 구슬렀다. 영아는 그게 바로 죽는 길인 줄도 모르고 가져 보고 싶던 노리개 몇 개 얻고 푼돈 얻어 쓰는 재미로 교운의 말에 넘어갔다.

일이 되느라고 그런지 마침 양웅은 그날이 당직이었다. 그 바람에 날이 저물기도 전에 집에 돌아와 이부자리를 챙겨 관청으로 갔다. 거기서 밤을 새워야 하는 까닭이었다.

영아는 양웅이 이부자리를 가져가는 걸 보고 뒷문 쪽으로 향탁을 내놓았다. 교운이 일러 준 대로였다. 저녁 무렵 저잣거리로 내려온 호두타가 배여해에게 그 사실을 일러 주었음은 말할 나위도 없었다.

날이 저물자 계집은 몸단장에 옷까지 갈아입고 샛서방이 오기를 기다렸다. 초경 무렵 해서 머리에 두건을 푹 눌러쓴 사내가 뒷문으로 숨어들었다. 못된 중놈 배여해였다. 그러나 영아는 교운에게 들은 말이 있어도 낯선 사내가 불쑥 집 안으로 들어서자 놀라지 않을 수 없었다.

"누구요?"

영아가 놀란 얼굴로 묻자 배여해도 놀라 걸음을 멈추었다. 그때 반교운이 다가와 손으로 배여해의 두건을 벗겼다. 그 안에서 빡빡 민 중머리가 나오자 계집이 꾸짖듯 놀렸다.

"머리 벗겨진 도둑 양반, 아주 꼬락서니가 볼만한데."

하루 종일 좋은 소식 있기만을 기다린 끝이어서인지 중놈은 대꾸조차 할 겨를이 없는 듯했다. 그대로 와락 계집을 껴안고 층계로 갔다. 몸이 달아 기다리기는 계집도 마찬가지라 둘은 곧 한 덩이가 되어 위층으로 올라갔다.

영아는 신호가 제대로 간 걸 알고 뒷문께에 내놓았던 향탁을 치웠다. 그리고 뒷문을 걸어잠근 뒤 제 방으로 자러 갔다.

그날 밤 두 연놈은 아교처럼 끈끈하고 옻칠처럼 착 달라붙어 마음껏 즐겼다. 맛은 사탕 같고 꿀 같았으며 서로 없고 못 살기는 물과 고기였다. 그 짓에 걸신들린 것들처럼 대여섯 번이나 거듭 즐긴 뒤에 혼절하듯 잠에 빠져들었다.

이윽고 오경이 되자 호두타가 골목에 와서 목탁을 두드리고 소리 높이 염불을 외웠다. 그 소리에 놀라 깨어난 연놈은 서둘러 옷을 꿰었다. 중놈이 허둥지둥 방을 나서며 계집에게 말했다.

"가야겠어. 오늘 밤에 또 만나지."

"향탁이 뒷문 쪽에 나와 있거든요. 향탁이 나와 있지 않으면 절대로 와선 안 돼요."

계집이 그렇게 저희끼리의 약속을 상기시켰다.

배여해가 두건을 덮어쓰고 층계를 내려오자 그새 깨어 있던 영아가 뒷문을 열어 주었다. 배여해는 으스름한 골목길로 바람같이 사라졌다.

그날을 시작으로 계집의 화냥질은 불이 일 대로 일었다. 그 뒤 양웅이 숙직으로 집을 비우기만 하면 중놈이 어김없이 계집의 방으로 숨어들었고 계집은 그 중놈과 어울려 밤새껏 요란하게 놀아났다.

집 안에 반공이 있었으나 늙은이라 초저녁부터 잠자리에 들었고 영아란 년은 원래부터 한패라 중놈만 오면 제 방으로 들어가 자는 척 자리를 피해 주었다.

걱정해야 할 사람은 다만 석수 하나뿐이었다. 그러나 색정에 눈이 뒤집힌 계집에게는 그 석수조차 겁나지가 않았다.

중놈도 그 계집에 맛을 들인 뒤로는 제정신이 아니었다. 호두타가 양웅이 집에 없는 걸 알려 주기만 하면 모든 걸 제쳐 놓고 산을 내려가 계집의 방으로 달려갔다. 거기다가 집 안에선 영아란 년이 손발을 맞춰 주니 아무 어려움이 없었다.

두 연놈에게는 꿈같은 한 달이 흘러갔다. 그러나 꼬리가 길면 밟힌다더니 감쪽같다고 믿어 온 계집의 서방질도 들통날 날이 가까워 오고 있었다.

양웅의 집 안에서 낌새를 알아차린 것은 역시 석수였다. 석수는 매일 아무 일 없었다는 듯 가게 일을 돌보았으나 재를 올리던 날 밤의 일이 늘 마음에 걸려 있었다. 하지만 연놈이 엉켜 있는 걸 본 것도 아니라 마음속으로는 찜찜하면서도 어떻게 해 보지 못하고 있었다. 거기다가 어찌 된 일인지 중놈도 그 뒤로는 다시 보이지 않았다.

그런데 이상한 일이 생겼다. 매일 아침 오경쯤에 잠에서 깨면 전에 듣지 못하던 목탁 소리와 염불 소리가 나는 것이었다. 그러잖아도 눈만 뜨면 그때 두 연놈의 수작이 떠올라 의심을 거두지 않고 있던 터라 석수는 이내 짚이는 게 있었다.

"이 골목은 막다른 골목인데, 저 동냥중이 어째서 매일 아침 목탁을 두들기고 염불을 외는지 모르겠군. 아무래도 수상해."

그렇게 생각한 석수는 한번 그 동냥중을 살펴보기로 했다.

때는 마침 선달 중순이었다. 그날도 오경쯤 해서 목탁을 두드리며 그 골목으로 들어선 동냥중은 양웅의 뒷문께에 이르러 큰 소리로 외기 시작했다.

"보도중생(普度衆生) 구고구난(救苦救難) 제불보살(諸佛菩薩)……."

그 소리를 들은 석수는 가만히 몸을 일으켜 문을 열고 뒷문께를 훔쳐보았다. 문득 머리에 두건을 쓴 어떤 놈이 그림자처럼 집안에서 빠져나와 그 동냥중과 함께 사라졌다. 그들이 나간 뒤로 영아 년이 뒷문을 닫아거는 소리가 들렸다.

석수는 비로소 모든 걸 알아차렸다. 눈치 빠른 그라 더 듣고 보지 않아도 무슨 일이 벌어지고 있는지 훤했다.

"형님 같은 호걸이 어쩌다 저런 화냥년을 만났담. 저년에게 속아 정말 꼴이 말이 아니로구나…….”

석수는 그렇게 속으로 한탄하다 아무래도 그냥 있을 수 없어 양웅에게 귀띔을 해 주기로 마음먹었다.

날이 밝자 석수는 전날처럼 가게를 열고 돼지고기를 내다 걸었다. 식전 장사를 하고 아침밥을 먹을 때도 아무런 내색을 않았다. 그러다가 장사 셈을 마치고 한낮이 가까워서야 슬그머니 주아(州衙) 쪽으로 갔다. 양웅을 만나 귀띔이라도 해 줄 생각에서였다.

일이 되느라고 그런지 석수가 주아 근처의 다리께에 이르렀을 때 마주 오고 있는 양웅이 보였다. 양웅이 뜻밖이라는 듯 석수를 보고 물었다.

“아우, 어딜 가나?”

“외상값을 받으러 나왔다가 형님이나 한번 만나 볼까 하고 주아로 가는 길입니다.”

석수의 그 같은 대답에 양웅이 반갑다는 듯 옷깃을 끌었다.

“그래? 그것 마침 잘됐군. 요새 관청 일이 바빠 아우하고 술 한 잔도 제대로 못 마셨지. 어디 가서 앉자구.”

그러고는 석수를 다리 아래의 한 술집 안으로 데려갔다.

술집 안 조용한 곳에 자리를 잡은 두 사람은 술집 주인을 불러 술과 안주를 청했다. 술과 안주가 나오자 양웅은 서둘러 석수에게 권했다. 그러나 석 잔이나 비울 때까지도 석수는 무언가 깊은 생각에 잠긴 듯 머리를 수그린 채 말이 없었다. 성질 급한 양웅이 그런 석수에게 물었다.

“뭐 안 된 일이라도 있나? 집에서 누가 마음 상하는 소리라도 하던가?”

“그런 일은 없습니다. 형님께서 진짜 피붙이처럼 대해 주시는 게 그저 고마울 뿐이지요. 그래선데…… 몇 마디 꼭 드릴 말씀이 있는데, 해도 괜찮겠습니까?”

석수가 조심스레 이야기를 꺼냈다. 양웅이 더욱 궁금해 재촉했다.

“아우가 어째서 오늘은 나를 남 보듯 하나? 할 말이 있으면 거리낌 없이 말해 보게.”

석수가 그래도 조심스레 이야기를 이어 갔다.

“형님은 매일 바깥에 나가 관청 일에 매달려 있기 때문에 집안일은 잘 모르시지요? 그런데 형수란 분, 참으로 좋지 못한 사람이더군요. 벌써 오래전부터 그걸 알고는 있었지만 차마 말씀드리지 못했는데, 오늘 자세히 본 게 있어 이렇게 형님을 찾아왔습니다. 도저히 참고 넘길 수 없는 일이라 바로 말씀드리는 것이니 너무 괴이쩍게 여기지 마십시오.”

“내가 등 뒤에 눈이 달린 것도 아니라서…… 그래, 그년과 놀아나는 놈은 누군가?”

양웅이 갑자기 이맛살을 찌푸리며 물었다. 하지만 아직은 영 실감이 나지 않는 모양이었다. 석수가 비로소 아는 걸 모두 털어놓았다.

“전에 집에서 불공을 드릴 때 해사려란 중놈을 불러온 적이 있지 않습니까? 형수가 그놈과 눈이 맞아 수작이 오가는 걸 제가 모두 보았습니다. 그 사흘 뒤 『혈분경』인가 뭔가를 바친다고 장인 되시는 어른과 형수가 절에 간 일도 수상쩍었습니다. 그날 두 사람 모두 술에 취해 돌아왔더군요. 그런데 요즘에는 웬 동냥중이 새벽같이 우리 골목에 와 목탁을 두드리고 소리소리 염불을 외워 대지 않겠습니까? 수상히 여긴 제가 오늘 새벽에는 가만히 나가 엿보았지요. 그랬더니 과연 그 중놈이 두건으로 얼굴을 가리고 집에서 빠져나가더군요. 그 여자가 화냥질을 않는다면 밤중에 그 중놈이 집 안 어디에 쓰일 데가 있겠습니까?"

그러자 양웅도 무슨 일이 벌어지고 있는지 그제야 느낌이 온 듯했다. 벌컥 화를 내며 소리쳤다.

"그 천한 것들이 어찌 감히 이럴 수가 있느냐!"

"형님, 화를 누르시고 오늘 밤은 모든 걸 평소와 같이 보내십시오. 그 대신 내일 밤에는 숙직이라 핑계 대시고 집을 나가셨다가 삼경쯤 돌아와 대문을 두드리도록 하십쇼. 그러면 그 못된 중놈은 틀림없이 뒷문으로 달아나려 할 겝니다. 그때 제가 뒷문 근처에 숨어 있다가 놈을 잡아다 바치죠. 그걸로 모든 게 환히 드러날 겁니다."

석수가 양웅을 달래며 그렇게 차근차근 말했다. 양웅은 성난 중에도 석수의 말뜻만은 알아들었다.

"아우가 바로 보았네. 그리하지."

"그렇지만 한 가지 꼭 새겨 두실 게 있습니다. 오늘 밤 집에 돌아와서는 절대로 쓸데없는 소릴 하셔선 안 됩니다."

"그러지. 자네와 한 내일 밤의 약속이 있지 않은가?"

양웅은 못 미더워하는 석수에게 그런 다짐까지 했다.

할 이야기가 끝난 뒤에도 두 사람은 몇 잔 더 들이켰다. 하지만 낮술이라 석수도 양웅도 길게 앉아 있을 자리는 못 되었다. 이윽고 자리를 털고 일어난 두 사람은 셈을 치르고 술집을 나섰다.

그때 지방 관리인 우후 네댓 명이 술집에서 나오는 양웅을 보고 소리쳤다.

"절급을 몹시 찾았더니 여기 계셨구려. 지현 나리께서 후원 꽃밭에 자리를 펴시고 절급을 찾고 계시오. 우리와 함께 막대 쓰는 법을 겨뤄 솜씨를 보여 달라는 뜻이오. 빨리 갑시다."

지현이 급히 찾는다는 말에 양웅은 잠시 계집 일을 잊고 석수에게 말했다.

"윗사람이 찾으니 얼른 가 봐야겠네. 아우는 먼저 집으로 돌아가게."

이에 석수는 집으로 돌아가 별일 없었던 것처럼 가게 일을 보았다.

한편 지현에게 불려 간 양웅은 그 앞에서 마지못해 막대 쓰는 기술을 몇 가지 보였다. 양웅의 무예 솜씨를 보고 흐뭇해진 지현은 술을 가져오게 해 큰 잔으로 대여섯 잔이나 내렸다.

그 자리가 끝난 뒤 함께 있던 사람들이 다시 양웅을 술집으로 끌었다. 석수와 이미 얼큰하게 마신 데다 지현이 내린 술로 제법 술이 올라 있던 양웅이라 다시 술집을 갔다 나올 때는 곤드레가 되어 있었다.

양웅은 밤늦게야 사람들의 부축을 받으며 집으로 돌아왔다. 계집은 부축해 준 사람들에게 감사한 뒤 영아와 함께 양웅을 위층으로 밀어 올렸다.

불이 환히 켜진 방 안의 침상에 양웅이 걸터앉자 영아는 신발을 벗기고 계집은 두건을 풀었다. 양웅은 계집이 다가와 머리에 손을 대자 문득 낮의 일이 떠올랐다.

옛말에, 취해서 하는 소리가 오히려 평소 때 마음이라 하더니 양웅이 바로 그랬다. 낮에 석수에게 한 다짐도 잊고 계집을 손가락질하며 욕을 했다.

"더러운 년, 도둑놈의 첩년 같으니라구. 기다려, 네년은 반드시 내 손으로 죽이고 말겠다!"

그 말에 계집은 깜짝 놀랐다. 하지만 저지른 짓이 있어 감히 까닭조차 따져 보지 못하고 양웅이 제풀에 곯아떨어지기만 기다렸다.

양웅은 침상에 머리를 누인 뒤에도 입으로는 계속해 계집을 욕해 댔다.

"더러운 년, 화냥년…… 범이 아가리에 침을 흘리며 널 노리고 있다는 걸 알아야 돼. 이년, 내 손으로 잡지 못해 그렇지…… 걸리기만 하면 놔줄 것 같아? 이 순……."

그래도 계집은 숨을 죽이고 양웅이 잠들기만을 기다렸다.

이윽고 잠이 든 양웅은 다음 날 새벽이 되어서야 눈을 뜨고 찬물을 청했다. 계집이 말없이 나가 찬물 한 사발을 떠 올렸다. 방 안에는 밤새 끄지 않은 등이 그대로 밝혀져 있었다.

물을 마시고 정신이 좀 든 양웅이 계집에게 물었다.

"이봐, 간밤엔 어째서 옷도 벗지 않고 잤나?"

"당신이 엉망으로 취해 돌아와 그랬죠. 곧 토할 것 같아 어디 옷을 벗고 누울 수가 있어야죠. 침대 다리에 기대 고스란히 밤을 새웠어요."

계집이 약간 원망 섞인 투로 그렇게 대답했다. 양웅은 퍼뜩 석수와의 약속을 떠올리고 다시 물었다.

"엊저녁에 내가 무슨 소리 않던가?"

"당신은 술버릇이 좋아 취하면 그냥 주무셨는데 어젯밤은 달랐어요. 전에 없이 막 욕을 하시더군요."

계집이 시치미를 떼고 양웅의 말을 받았다. 양웅은 적어도 석수에게 들은 말은 안 한 것 같아 조금 마음이 놓였다. 해장술 생각도 있고 해서 말을 딴 곳으로 돌렸다.

"석수하고 오래 술 한잔 같이 못했군. 안주 좀 장만하고 그 사람 좀 불러오라구."

양웅 딴에는 석수와 어젯밤의 술주정이 무관함을 보여 주기 위함이었으나 계집은 그 말에 궁금하던 마지막 한 가지까지 알아차렸다. 간밤 양웅의 욕질로 계집은 양웅의 귀에 자신의 서방질이 들어간 걸 알았으나, 누가 일러바쳤는지가 궁금했다. 그런데 양웅이 새벽같이 석수의 이름을 입에 올리는 바람에 눈치 빠른 계집이 단박 알아차린 것이었다.

이것저것 다 알아차리자 계집의 간사한 꾀가 샘솟듯 흘러나오기 시작했다. 먼저 계집이 무기로 쓴 것은 눈물이었다. 양웅이 석수를 불러오라는데도 꼼짝 않고 줄줄이 눈물만 흘렸다.

계집이 탄식까지 섞어 흐느끼자 양웅이 어리둥절해서 물었다.

"여보, 어젯밤 내가 취했다고는 하지만 당신을 괴롭힌 것 같지는 않은데 웬일인가? 뭣 때문에 그래?"

그래도 계집은 대답 없이 눈물만 훔치다가 나중에는 아예 소리까지 내어 울어 댔다. 그래도 일 년 가까이 몸을 섞고 산 터라 양웅은 그런 계집의 눈물에 마음이 약해지지 않을 수 없었다. 계집에게 품고 있던 의심도 잊고 두 번, 세 번 까닭을 물었다.

그래도 대답을 하지 않던 계집은 한차례 슬피슬피 흐느끼고 난 뒤에야 울먹이며 대답했다.

"아버님께서 저를 왕 압사한테 시집보낼 때는 한 뿌리에 난 대나무처럼 함께 살고 함께 죽기를 비셨겠지요. 그런데 그 양반이 이렇게 빨리 죽을 줄 누가 알았겠어요? 당신도 그래요. 다행히도 당신 같은 호걸을 만나 다시 시집오기는 했지만 이번에도 오래오래 잘살기는 틀린 일 같군요. 당신이 하마 이렇게 날 대수롭잖게 여길 줄 정말 누가 알았겠어요?"

"그건 또 무슨 소리야? 누가 그래? 내가 당신을 대단찮게 여긴다고……."

양웅이 얼떨떨해 물었다. 계집이 한층 안타깝다는 표정으로 울먹이며 말을 이었다.

"원래는 말 않으려 했지만…… 당신이 워낙 그놈만 끼고도니까. 그렇지만…… 말을 않으려니 내가 못 참겠고……."

"아니, 무슨 소리야? 무슨 말을 하려구 그래?"

양웅이 더욱 궁금해 물었다. 단순한 무부(武夫)인 그에게는 계집의 단수 높은 속임수가 짐작조차 되지 않았다. 계집은 양웅이 어느 만큼 제 편으로 기울었다 싶자 진작부터 꾸며 둔 이야기를 풀어 나갔다.

"그럼 말할 테니 너무 성내지 마세요. 석수란 사람 말이에요……."

"석수가 어쨌기에?"

"당신은 그 사람이 외롭다 여기고 형제를 맺은 뒤 집 안으로 끌어들였지요. 그 사람도 처음에는 괜찮은 것 같았어요. 하지만 얼마 뒤부터 슬슬 못된 짓거리가 나오기 시작했어요. 당신이 나가고 안 계시기만 하면 제게 다가와 지분거리는 거예요. '형님은 오늘 밤도 안 오실 모양인데 형수님 혼자 주무시기 외롭겠우' 어쩌고 하며 말이에요. 내가 못 들은 척해도 하루 이틀 그러고 마는 게 아니라구요. 거기다가 어제 아침에는 얼굴을 씻고 있는데 그 사람이 들어오더니, 마침 아무도 없는 걸 보자 대뜸 뒤에서 끌어안고 손으로 젖가슴을 주무르더라구요. '형수님, 아이 배 본 적 있우' 하면서 말이에요. 나는 세차게 그 사람의 손을 떨치고 일어났지요. 일 같아선 소리라도 크게 지르고 싶었지만 이웃 사람들이 알면 당신을 얼마나 비웃겠어요? 그래서 간신히 속을 눌러 참고 당신이 돌아오기만을 기다렸지요. 하지만 당신이 그렇게 취해 돌아오시니 어떻게 말할 수가 없었다구요. 그저 그놈을 못 잡아먹어 한인데 당신은 뭐라구요? 아우 석수가 어떻다구요?"

악독한 계집은 제가 한 못된 짓을 한마디 변명조차 하는 법 없이 모든 걸 몽땅 석수에게 뒤집어씌웠다. 그때쯤은 벌써 계집 편에서 말을 듣고 있던 양웅은 그대로 깜박 속아 넘어가고 말았다. 석수와의 약속 따위는 까맣게 잊고 성나는 대로 중얼거렸다.

"호랑이를 그리는 데 가죽은 그릴 수 있어도 뼈는 그리기 어렵고, 사람을 아는 데 얼굴은 알 수 있어도 그 마음은 알기 어렵다더니 바로 그렇구나. 그런 짓을 해 놓고도 도리어 나를 찾아와 해사려가 어쩌구 어쨌다구? 그런 얼토당토않은 소리로 나를 속이려구. 그러고 보니 놈의 얼굴이 왠지 황황해 보이더라. 그따위로 선수를 치다니!"

그러다가 우두둑 이를 갈며 자르듯 말했다.

"어차피 그놈은 나와 피를 나눈 형제도 아니다. 내쫓고 다시 보지 말자!"

그 말을 들은 계집은 속으로 차갑게 웃었다. 어리숙한 무부 하나 속이기는 식은 죽 먹기보다 쉽다는 생각이 들기도 했다.

그사이 날이 훤히 밝았다. 얼른 아래층으로 내려간 양웅은 장인영감을 찾았다.

"이미 잡은 짐승 고기는 소금에 절이기로 하고 장사는 오늘부터 걷어치웁시다."

그러고는 반공이 무어라고 대꾸할 사이도 없이 고기 시렁이며 큰 도마 따위를 모조리 부수어 버렸다. 바로 석수에게 덤벼 멱살잡이로 끌어내지 않는 것만도 양웅으로서는 참고 참은 나머지였다.

한편 석수는 그런 줄도 모르고 그날도 날이 밝는 대로 고깃간으로 나갔다. 그런데 가게 문을 열어 보니 안이 엉망이었다. 고기

거는 시렁이 부서지고 도마와 저울이 가게 바닥에 나뒹굴고 있었다.

석수는 눈치가 빠른 사람이었다. 단박 모든 게 왜 그리됐는지를 알아차렸다.

'옳지, 걱정한 대로 양웅이 술에 취해 그 이야기를 내비친 모양이로구나. 그러자 계집년이 간사한 꾀로 죄를 몽땅 내게 뒤집어씌운 거겠지. 어리숙한 남편을 꼬드겨 가게도 걷어치우게 하고……. 그래야만 내가 그와 다시 만나 사실을 따져 보는 걸 막을 수 있을 테니까. 좋다, 양웅을 더 못나게 만들지 않으려면 내가 한 발짝 물러서자. 따로이 계책을 생각해 보면 어떻게 이 일을 바로잡을 길도 있겠지…….'

석수는 쓰게 웃으며 그렇게 마음을 정했다.

가게를 나와 제 방으로 돌아간 석수는 아무 소리 않고 보따리를 쌌다. 양웅도 그런 석수에게 더는 무안을 주고 싶지 않던지 아침도 먹지 않고 어디론가 휑하니 나가 버렸다.

짐을 다 꾸린 석수는 반공을 찾아가 말했다.

"그동안 여러 가지로 폐를 끼쳤습니다. 오늘 형님께서 가게를 거두셨으니 저도 이만 떠나야겠습니다. 여기 고깃간 장부가 있습니다. 들고 난 돈을 한 푼도 빠뜨리지 않고 적어 둔 것이니 살펴보십시오. 만약 조금이라도 속인 데가 있으면 하늘이 저를 살려두지 않을 것입니다!"

반공도 사위에게 들은 말이 있어 석수를 붙들지 못했다. 이에 양웅의 집을 나간 석수는 가까운 골목의 객점에 방을 얻었다. 빌린 방에 보따리를 풀고 누워 석수는 곰곰이 생각했다.

'양웅과 나는 형제의 의를 맺은 사이다. 만약 내가 이번 일을 밝혀 놓지 않고 떠난다면 양웅은 자칫 목숨까지 잃고 말 것이다. 그가 비록 계집의 말에 깜박 넘어가 나를 원망하고 있다 하나 나는 분별 있는 만큼 이번 일이 뚜렷이 밝혀지도록 해야 될 것 아닌가. 이렇게 엎드려 있지 말고 당장 나가 그가 언제 다시 숙직인지부터 알아봐야겠다. 그날 사경쯤 해서 일어나 그 집 뒷문께에 숨어 있으면 모든 걸 밝힐 수 있는 단서를 잡을 수 있을 게다.'

이윽고 그렇게 결정을 내린 석수는 그날부터 양웅의 집 부근을 살피기 시작했다. 이틀 뒤 양웅 밑에 있는 옥졸이 이부자리를 가져가는 게 그날이 숙직임을 알 수 있게 해 주었다. 객점으로 돌아간 석수는 그날 밤 사경쯤 해 자리에서 일어났다. 날카로운 단도 한 자루를 가슴에 품고 살금살금 방을 빠져나온 석수는 가만히 문을 열고 객점을 나와 양웅의 집이 있는 골목으로 달려갔다.

그 집 뒷문께에 이른 석수는 어둠 속에 몸을 숨기고 오경이 되기를 기다렸다. 오경이 되자 어떤 동냥중이 목탁을 끼고 그 골목으로 들어와 기웃기웃 주위를 살폈다. 석수는 재빨리 몸을 날려 그 중의 등 뒤를 덮쳤다.

"이놈, 꼼짝 마라. 큰 소리를 내면 죽여 버릴 테다. 하지만 말만 잘 들으면 죽이지는 않을 테니 내가 묻는 말에 바로 대답해라. 해사려가 네게 무슨 일을 시키더냐?"

석수가 한 손으로 그 중의 허리춤을 잡고 다른 한 손으로 얼굴

가까이 칼을 디밀며 나지막한 소리로 물었다. 놀란 호두타가 벌벌 떨며 말했다.

“호걸님, 부디 목숨만 살려 줍쇼. 그러면 모든 걸 다 말씀드리겠습니다.”

“빨리 말해라. 네놈을 죽이지는 않겠다.”

“해사려와 반공의 딸이 눈이 맞아 서로 죽고 못 사는 사이입죠. 해사려는 제게 매일 밤 이 집 뒷문께에 향탁이 놓여 있나 없나를 보러 오라 했습니다. 향탁이 나와 있으면 그가 집 안으로 재미를 보러 들어갈 수 있다는 거지요. 또 새벽 오경에는 목탁을 치고 염불을 외워 자신을 불러내 달라 했습니다. 계집질로 늦잠을 자다 낭패를 볼까 해서인 듯합니다.”

얼이 빠진 호두타는 그렇게 아는 대로 모든 걸 털어놓았다. 석수가 다시 그에게 물었다.

“해사려란 놈은 지금 어디 있느냐?”

“지금 이 집 안에서 자고 있습니다. 제가 이제 이 목탁을 두드리면 뛰어나올 겁니다.”

“그럼, 먼저 네놈의 옷과 목탁을 좀 빌려야겠다.”

석수는 그 말과 함께 호두타의 손에서 목탁을 빼앗고 옷을 벗겼다. 호두타는 끽소리 못하고 목탁과 승복을 빼앗겼다. 그러자 석수는 갑자기 칼을 날려 호두타의 목을 찔렀다. 이미 반나마 얼이 빠져 있던 호두타는 비명 한번 제대로 지르지 못하고 죽어 나자빠졌다.

석수는 호두타의 옷을 몸에 걸친 다음 칼을 허리춤에 꽂고 목탁을 들었다. 그리고 소리 나게 목탁을 두드리며 양웅의 집 뒷문께로 다가갔다.

밤새 계집과 재미를 보다 새벽녘에야 곯아떨어졌던 중놈은 그 목탁 소리에 놀라 눈을 떴다. 얼른 옷을 꿰고 층계를 내려오니 영아란 년이 벌써 문을 열어 놓고 있었다.

중놈이 뒷문으로 뛰쳐나오는 걸 보고 석수는 짐짓 더 세게 목탁을 두들겼다. 가까이 온 중놈이 소리 죽여 나무랐다.

"내가 나왔는데 왜 그리 시끄럽게 두들겨?"

그러나 석수는 아무 대꾸 없이 길만 열어 주었다. 아직도 석수가 호두타인 줄만 알고 있는 중놈이 그런 석수를 지나쳐 가려 했다. 그때 석수가 갑자기 그를 쓰러뜨려 타고 앉으며 나직이 소리쳤다.

"큰 소리 내지 마라. 소리치면 죽일 테다. 내가 네놈의 옷을 다 벗길 때까지만 기다려!"

그때 중놈은 비로소 그가 석수인 줄을 알아보았다. 놀라움이 큰 만큼 소리 지를 엄두는 더욱 나지 않았다.

잠깐 사이에 석수는 해사려를 실오라기 하나 걸치지 않은 벌거숭이로 만들었다. 섣달 새벽에 벌거벗긴 해사려는 두려움과 추위로 벌벌 떨며 얼이 빠져 서 있었다. 그러나 석수는 그걸로 그치지 않았다. 가만히 허리춤의 칼을 빼어 들더니 아무 소리 없이 해사려를 찔렀다.

석수가 서너 번 칼질을 하자 벌거숭이 중놈도 숨이 그쳤다. 석수는 피 묻은 칼을 호두타 곁에 던져 두고, 두 사람의 옷을 싸 말아 객점으로 돌아갔다. 나올 때처럼 가만히 문을 밀고 안으로 들어간 뒤 다시 빗장까지 채우고 제 방으로 들어가 자니 객점에서는 아무도 석수가 나갔다 온 줄 몰랐다.

그 무렵 성안에는 왕 노인이라 불리는 죽 장수가 있었다. 그날도 새벽같이 죽 통을 메고 나와 등불을 앞세우고 어린 녀석 하나와 함께 장사를 나섰다. 그런데 늙고 어린 두 사람이 해사려와 호두타가 죽어 있는 골목길을 지날 때였다. 눈이 어두운 왕 노인이 시체에 걸려 그만 넘어지고 말았다. 메고 있던 죽 통까지 엎어져 죽이 허옇게 길바닥에 쏟아진 걸 아까워하는데 곁에 있던 아이놈이 소리쳤다.

"이런, 스님 한 분이 취해 쓰러져 있잖아!"

그 말에 왕 노인은 그리로 다가가 두 손으로 쓰러진 사람을 만져 보았다. 벌써 온기는 느껴지지 않고 끈적한 피만 두 손 가득 묻어 나왔다. 놀란 왕 노인은 자신도 모르게 소리소리 비명을 질렀다. 그 소리를 듣고 깨어난 이웃 사람들이 달려와 불을 밝히고 살펴보았다. 피와 죽이 뒤범벅이 된 가운데 두 사람의 시체가 쓰러져 있었다.

이웃 사람들은 일단 왕 노인을 잡아 계주부로 끌고 갔다. 지부가 대청에 나오자 왕 노인을 끌고 간 사람들 중 하나가 무릎을 꿇고 아뢰었다.

"저 늙은이가 죽 통을 메고 가다가 뭔가에 발이 걸려 넘어지며 죽을 쏟았다고 합니다. 그런데 저희가 나가 보니 쏟아진 죽 속에 두 시체가 있지 않겠습니까? 한 사람은 옳은 스님이고, 다른 한 사람은 그저 동냥중이었습니다. 둘 다 벌거숭이로 쓰러져 있는데, 동냥중 곁에는 날카로운 칼 한 자루가 떨어져 있었습니다."

이어 노인이 숨을 헐떡거리며 말했다.

"이 늙은것은 쌀죽을 팔아 하루하루를 살아왔습지요. 오경이면 일어나 골목골목을 돌아야만 겨우 입에 풀칠이라도 할 수 있습니다. 오늘 아침도 일찍부터 저 돌대가리 아이놈과 죽 장사를 나섰는데 발 아래를 잘 살피지 않은 탓에 뭣에 걸려 넘어져 죽 통을 깨어 먹고 말았습니다. 그런데 나리 이게 어찌 된 일입니까? 이 늙은 게 걸려 넘어진 것은 피가 줄줄 흐르는 시체가 아니었겠습니까? 그래서 놀라 저는 고함을 쳐 이웃 사람들을 불렀지요. 정말 그뿐입니다. 그런데도 이 사람들은 저를 이렇게 관가로 끌고 왔습니다. 상공 나리, 부디 이 늙은것을 가엾게 여기시고 거울같이 맑게 이 몸의 죄 없음을 살펴 알아줍시오!"

말없이 듣고 있던 지부는 거기 온 사람들의 말을 모두 적게 하고, 공문을 내려 사건이 일어난 마을의 이갑(里甲)에게 시체부터 살펴보게 했다. 오작공인과 왕 노인을 비롯한 관련자를 모두 데리고 검시를 마친 이갑이 보고 들은 걸 지부에게 아뢰었다.

"죽은 중은 보은사의 배여해란 사람이고, 그 곁 동냥중 또한 그 절에 있던 호 도인이라고 합니다. 중은 실오라기 하나 안 걸친 벌거숭이인데 몸에는 서너 군데 상처가 있을 뿐이었습니다. 거기다가 범행을 저지른 데 쓴 칼이 호 도인 곁에 떨어져 있는 걸로 보아 호 도인이 그 칼로 배여해를 죽인 뒤 벌받을 게 두려워 스스로 제 목을 찌른 듯합니다."

지부는 그런 이갑의 주장에 따라 보은사의 중들을 불러 호 도인이 왜 배여해를 죽이게 됐는지 알아보게 했다. 그러나 중들은 아무도 그 까닭을 알지 못했다.

일이 그리되고 보니 지부도 그 사건을 어떻게 처리해야 될지 알 수가 없었다. 그때 그 사건을 맡게 된 공목이 나서서 말했다.

"제가 보기에 중이 발가벗고 있는 것은 틀림없이 그 호 도인과 무언가 옳지 못한 일을 저지른 듯합니다. 그러다가 싸움이 나서 서로 죽이고 죽은 거겠지요. 왕 노인과는 아무런 관련이 없는 사건 같습니다. 왕 노인을 끌고 온 사람들에게는 부름이 있을 때까지 기다리라 이르고 시체는 보은사로 옮겨 장례를 치르게 하지요. 문서는 서로 싸우다가 죽이고 죽은 것으로 남기면 되지 않겠습니까?"

답답하던 지부는 그런 공목의 말을 듣기로 했다. 그날로 관련된 사람 모두를 풀어 주고, 문서는 공목의 추측대로 대강 꿰어 맞추었다.

하지만 세상에 끝내 드러나지 않는 일이란 매우 드물다. 숨긴다고 숨겼건만 중놈과 계집의 외입질도 어렴풋하게는 세상에 드러나 있었다. 관가에서는 비록 마무리가 졌으나 성안의 짓궂은 이들은 그 일을 노래로 지어 앞 골목 뒷 골목에서 불러 댔다. 중이 계집질을 밝히다가 발가벗고 죽은 걸 빈정대고, 그것도 일이라고 돕다가 못된 중과 함께 비명에 죽은 호두타를 비웃는 내용이었다.

그 노래는 골목을 돌고 돌아 아직 살아남은 계집의 귀에도 들어갔다. 관가에서 둘이 서로 싸우다가 죽은 걸로 마무리 짓는 걸 보고 은근히 마음을 놓았던 계집은 모든 걸 다 알고 있는 듯한 그 노래의 내용에 깜짝 놀랐다. 그러나 속으로만 끙끙 앓을 뿐 누구에게도 제 걱정을 털어놓지는 못했다.

양웅도 관청에 있다가 그 사건에 대해 듣게 되었다. 그러나 딴 사람들과는 달리 그에게는 대뜸 짚여 오는 게 있었다.

'이 일은 틀림없이 석수가 저지른 것이다. 내가 잠시 계집의 말에 넘어가 공연히 그를 의심한 것 같구나. 오늘 틈이 나거든 그를 찾아보고 사실을 알아봐야겠다…….'

속으로 그렇게 생각을 정하고 관아를 나섰다. 그런데 그가 미처 관아 앞 다리를 건너기도 전에 누군가 등 뒤에서 불렀다.

"형님, 어딜 가십니까?"

양웅이 고개를 돌려보니 말을 건 것은 다름 아닌 석수였다. 양웅이 반가워 소리쳤다.

"아우, 잘 만났네. 그러잖아도 어딜 가서 자네를 찾나 걱정 중이었네."

"그럼, 제가 거처하는 곳으로 가시지요. 할 말이 있습니다."

석수도 양웅을 찾아 나선 길인 듯 그러면서 자신이 세들어 있는 객점으로 양웅을 데려갔다.

아무도 없는 방 안에 마주 앉기 바쁘게 석수가 따지고 들었다.

"형님, 이제 이 아우가 거짓말을 하지는 않았다는 걸 아시겠습니까?"

양웅이 부끄러운 표정으로 빌었다.

"아우, 너무 서운하게 생각진 말게. 그때 내가 어리석어 자네가 시킨 대로 안 한 탓이네. 술 취한 김에 자네에게 들은 말을 계집에게 흘렸더니, 그 간악한 계집이 오히려 자네의 허물을 숱하게 지어내어 우리 사이를 떼어 놓은 거야. 오늘 내가 이렇게 찾아온 것은 바로 그 잘못을 빌기 위해서라네. 부디 마음을 풀게."

"제가 비록 재주 없는 소인이지만, 하늘을 이고 땅에 우뚝 선 남아올시다. 어떻게 그런 못난 짓을 하겠습니까? 그리고 오늘 이렇게 찾아 나선 것은 형님이 앞으로 다시 간사한 꾀에 넘어가 해를 입으실까 걱정이 되어서입니다. 제 말이 거짓이 아니라는 증거를 보여드리지요."

석수는 양웅의 잘못을 따지고 드는 대신 그런 말과 함께 배여해와 호두타의 옷을 꺼냈다.

"그 두 놈의 옷입니다. 제가 죄다 벗겨 왔지요."

양웅은 그걸 보자 화가 머리끝까지 차올랐다. 험하게 얼굴을 찌푸리며 내뱉었다.

"자네가 어찌 생각하든, 나는 오늘 밤 저 더러운 년을 조각조각 찢어 죽일 것일세. 그러지 않고는 이 분을 풀 길이 없네."

"또 그리 나오시네. 그래도 명색 관청에서 일한다는 양반이 어찌 법도도 모르십니까? 직접 서방질하는 걸 잡지도 않고서 어떻게 사람을 죽인단 말씀입니까? 만약 제가 거짓말이라도 한다면 사람을 잘못 죽인 게 됩니다."

이번에는 석수가 오히려 그렇게 말리고 나섰다. 고지식한 양웅이 그 말을 곧이곧대로 듣고 답답하다는 듯 물었다.

"그러면 나더러 가만히 있으라는 겐가?"

"형님, 그러지 말고 제 말을 들으십시오. 대장부다운 처신을 가르쳐 드리겠습니다."

석수가 그렇게 알 듯 말 듯한 소리를 했다. 양웅이 다시 물었다.

"어떻게 하면 대장부다운 처신이 되나?"

"이곳 동문 밖에 취병산(翠屛山)이란 산이 있는데 아주 조용하고 호젓합니다. 형님은 내일 아침 그 계집에게 그곳으로 향을 사르러 가자고 하십시오. 그 계집을 속여 취병산으로 끌고 갈 때는 영아 년도 함께 데리고 가도록 해야 합니다. 그러면 저는 먼저 그 산에 가서 기다리다가 그것들과 얼굴을 맞대고 옳고 그름을 밝혀 보겠습니다. 그래서 모든 게 밝혀지면 그때 형님은 이혼장을 써 주고 그 계집을 버리도록 하십시오. 아주 그럴듯하지 않습니까?"

석수가 비로소 그렇게 속셈을 털어놓았다. 그러나 모두를 털어놓은 것 같지는 않았다. 이번에도 석수의 말을 곧이곧대로 알아들은 양웅이 알 수 없다는 듯 고개를 갸웃거렸다.

"꼭 그럴 필요가 있을까? 자네가 깨끗하다는 것은 내가 이미 알고 있네. 모든 게 그 계집년이 꾸며 낸 거짓말이야."

그래도 석수는 우겨 댔다.

"그렇지 않습니다. 저는 형님에게 누가 진실한지를 알려 드리고 싶은 겁니다."

"아우의 생각이 꼭 그렇다면 틀림없겠지. 알았네, 내일 내가 그 더러운 년을 데려갈 테니 자네도 꼭 나오게."

양웅도 할 수 없었던지 마침내 들어주었다. 석수가 다짐하듯 말했다.

"만약 제가 가지 않는다면, 제 말이 모두 거짓이라고 생각하셔도 좋습니다."

이야기가 그렇게 매듭지어진 뒤 양웅은 석수가 있는 객점을 나와 관아로 돌아갔다. 그리고 평소처럼 관청 일을 보다가 저물어서야 집으로 돌아갔다.

그날 밤 집에서도 양웅은 평소와 다름없이 보냈다. 그러다가 다음 날 아침 날이 밝은 뒤에야 덤덤한 얼굴로 계집에게 말했다.

"어젯밤 꿈에 신인(神人)이 나타나 나를 나무라더군. 왜 전처럼 산에 와 빌지 않느냐는 거야. 앞으로 동문 밖 악묘에 향을 사르고 빌지 않으면 아무것도 안 될 거라던가? 오늘 마침 좀 한가로우니 한번 가 볼까 하는데, 당신 나와 함께 가자구."

"당신 혼자 갔다 오세요. 내가 가서 뭐하겠어요?"

뭔가 안 좋은 게 느껴지는지 계집은 처음에는 그렇게 몸을 사렸다. 말재주가 없는 양웅이었지만 그때는 잘도 꾸며 댔다.

"내가 산에 가 빌려는 건 당신하고 혼인할 때 마음에 정했던 거야. 당신과 함께 가야 돼."

그러자 계집도 더는 마다하지 못했다. 오히려 이왕 갈 바에야 정성이나 보이자는 듯 수선까지 떨었다.

"그렇다면 그냥 갈 수 없지요. 아침은 고기 없이 일찍 먹고…… 몸도 깨끗이 씻어야 해요."

"나는 나가서 향과 지전을 사고 가마를 빌려 오지. 당신은 그

사이 몸을 씻고 머리에 빗질도 하구려. 아 참, 그리고 영아도 함께 데려가도록 하지."

양웅은 아무런 내색 없이 그렇게 맞장구를 치고 집을 나섰다.

그러나 양웅이 먼저 들른 곳은 석수가 있는 객점이었다.

"아우, 아침 먹고 바로 오게. 꼭 와야 되네."

양웅의 그 같은 당부에 석수가 재우쳐 다짐을 했다.

"형님, 혹시 가마를 쓰시더라도 산 중턱에서는 가마를 내리게 하십쇼. 그래서 세 사람이 걸어 올라오게 되면 저는 먼저 거기 가서 눈에 안 띄는 곳에 숨어 있다가 나오겠습니다. 쓸데없는 사람은 결코 데려와서는 안 됩니다."

이에 양웅은 그 말대로 따르기로 하고 저잣거리로 나가 향과 지전을 샀다. 가마를 부른 뒤 집으로 돌아온 양웅은 여전히 아무런 내색 없는 얼굴로 아침상을 받았다. 양웅의 속을 알 리 없는 계집은 그사이 정성 들여 몸을 꾸미고, 영아에게도 떠날 채비를 시켜 놓고 있었다.

오래잖아 가마꾼들이 가마를 메고 집 앞에 왔다. 떠나기에 앞서 양웅은 장인에게 인사까지 드렸다.

"집사람과 함께 악묘에 올라가 향이나 좀 사르고 돌아오겠습니다."

"많이 빌고 곧 돌아오게."

반공도 별 의심 없이 양웅 내외를 보냈다.

계집은 가마에 타고 영아는 걸어서 가마를 따랐다. 그들 뒤를 따라 걷던 양웅은 동문을 나서자 가마꾼들에게 나지막이 말했다.

"취병산으로 가세. 가마 삯은 넉넉하게 셈해 주지."

돈 받고 하는 일을 가마꾼들이 마다할 까닭이 없어 가마는 곧 취병산으로 향했다. 두 시진도 안 되어 가마는 벌써 취병산 기슭에 이르렀다.

취병산은 계주성 동문 밖 이십 리에 있는 산으로, 사람들이 함부로 무덤을 써서 산이 온통 공동묘지처럼 되어 있었다. 다만 산 꼭대기 서편으로 푸른 버드나무 숲이 우거져 있는데, 산이 그 모양이라서 그런지 절은커녕 제대로 된 암자 하나 들어서 있지 않았다.

그 산 중턱에 이른 양웅은 가마꾼들에게 가마를 세우게 했다. 양웅이 손으로 가마의 발을 젖히고 계집더러 나오라고 하자 계집이 밖을 내다보며 물었다.

"어째서 이런 산속으로 오셨어요?"

"잠자코 따라오기나 하라구."

양웅은 그렇게 대답하고 가마꾼들을 돌아보았다.

"이봐요, 여기서들 기다리시오. 따라올 것 없소. 이따가 내려와 술값은 두둑이 드리지."

"그러십쇼. 저희는 여기서 기다리겠습니다."

가마꾼들은 그저 양웅이 시키는 대로만 했다.

양웅은 계집과 영아를 데리고 산을 오르기 시작했다. 야트막한 산등성이를 네댓 개 오르자 갑자기 먼저 와 앉아 있는 석수가 양웅의 눈에 들어왔다.

석수는 아직 못 봤지만 계집도 그때쯤은 이상한 생각이 들었는지 양웅에게 슬몃 물었다.

"향하고 지전은 아니 가지고 오셨어요?"

"사람을 시켜 먼저 가져다 놓게 했어."

양웅이 그렇게 대꾸하고는 계집을 잡아끌듯 오래된 무덤 뒤로 데려갔다. 그때 석수가 칼과 몽둥이는 나무 뒤에 감춰 둔 채 불쑥 뛰어나왔다.

"형수님, 안녕하셨습니까?"

석수가 그렇게 인사를 건네자 계집은 당황해 어찌할 줄 몰랐다.

"도련님이 어떻게 여길……?"

입으로는 그렇게 우물거려도 가슴은 놀라움과 두려움으로 얼어붙는 것 같았다. 석수가 이죽거리듯 말했다.

"여기서 형수님을 기다린 지 오랩니다."

양웅이 굳은 얼굴로 끼어들어 계집을 보고 말했다.

"당신이 전에 내게 말하길 이 사람이 당신에게 엉큼한 수작을 붙이고 손으로 젖가슴을 만졌다고 했지, 그게 정말인가? 마침 여기 다른 사람도 없고 하니 두 사람이 얼굴을 맞대고 그걸 깨끗이 밝혀 보자구."

"에그, 당신두…… 벌써 지난 일인걸. 그걸 갖구 새삼 왜 이러세요?"

계집이 그렇게 꼬리를 사려도 얼굴은 벌써 샛노랗게 변했다. 석수가 두 눈을 부릅뜨고 을러댔다.

"형수, 그걸 말이라구 하슈?"

"도련님, 제 손으로 제 수염 쥐어뜯는 일은 마세요. 그걸 꼭 밝혀야겠어요?"

계집이 안 되겠다 싶었던지 다시 석수에게 허물을 뒤집어씌우려 들었다.

"허엇 참, 이거 말만 가지고 안 되겠군."

석수가 어이없다는 듯 혀를 차고는 가지고 있던 보따리를 풀었다. 안에서 나온 것은 배여해와 호두타의 옷이었다. 석수가 그걸 계집 앞에 펼치며 쏘아붙였다.

"이 옷 누구 것인지 알아보시겠소?"

그걸 본 계집은 낯이 새빨개지며 대꾸를 못했다. 석수가 날카로운 칼 한 자루를 꺼내 양웅에게 주며 말했다.

"자, 이제 나머지는 저기 저 영아 년에게 물어보십쇼."

그러자 양웅이 영아의 머리칼을 움켜쥐어 무릎을 꿇린 뒤 칼을 겨누며 소리쳐 물었다.

"이 더러운 년, 어서 사실대로 말해라! 그 중놈이 어떻게 내 방에 스며들어 저 음탕한 계집과 어울렸으며, 향탁으로 신호는 또 어떻게 했느냐? 호두타는 무엇 때문에 새벽같이 와서 목탁을 두드렸느냐? 바른대로 말하면 목숨은 붙여 주겠지만 한마디라도 거짓을 섞었다간 네년부터 먼저 이겨진 고깃덩어리로 만들고 말겠다!"

"나리, 저는 아무 짓도 안 했습니다. 그저 살려만 주십시오. 모든 걸 사실대로 알려 드리겠습니다."

영아 년이 그렇게 애걸을 하고는 모든 걸 낱낱이 털어놓았다.

계집이 절에 가서 술을 마시게 된 일, 배여해를 따라 위층에 불아(佛牙)를 보러 간 일, 반공이 깼나 살펴보라면서 중놈과 계집이 자기를 따돌린 일, 사흘 뒤 호두타가 와서 시주를 달라 한 일, 계집이 자기에게 시줏돈을 가져오라 이르고 호두타와 뭔가 신호를 정한 일, 그로부터 양웅이 숙직일 때는 향탁을 뒷문께에 내놓게 된 일……. 영아 년은 그렇게 한동안이나 주워섬긴 뒤 다짐처럼 덧붙였다.

"제가 안 본 것은 말씀드릴 수 없지만 지금껏 말씀드린 건 모두가 정말입니다. 터럭만 한 거짓도 없어요."

양웅이 무어라고 입을 떼기 전에 석수가 씨근거리며 끼어들었다.

"형님, 이제 아셨습니까? 그년 이야기를 다 들었으니 이제는 저 여자한테 자세한 걸 물어보십쇼!"

그러자 양웅은 이번에는 계집의 머리끄덩이를 잡고 칼을 겨누며 소리쳤다.

"이 화냥년, 저 영아 년이 이미 모든 걸 불었으니 너도 바로 불어라! 터럭만큼도 속일 생각일랑 말고…… 모든 걸 사실대로 털어놓는다면 네년의 더러운 목숨만은 붙여 주마."

그제야 계집도 더 감추려야 감출 수 없다는 걸 알았는지 바들바들 떨며 빌고 들었다.

"제가 나빴어요. 죽을죄를 지었어요……. 그래도 지난날 부부로 살았던 정을 보아 이번 한 번만 용서해 주세요……."

"형님, 이번에도 어물어물 넘어가셔선 안 됩니다. 반드시 처음부터 끝까지 자세하게 캐내야 합니다!"

석수가 행여라도 양웅의 마음이 약해질까 걱정해 그렇게 쐐기를 박았다. 양웅도 계집의 말에 흔들리는 기색 없이 다그칠 뿐이었다.

"이년, 어서 말해라!"

그러자 계집도 영아 년처럼 그간에 있었던 일을 줄줄이 불어댔다. 맨정신으로는 입에 담기 부끄러운 일까지 하나 남김없이 털어놓는 걸로 보아 이미 반나마 얼이 나간 듯했다.

"그래 놓고도 오히려 내가 너에게 수작을 걸었다고 형님에게 모함을 해?"

다 듣고 난 석수가 새삼 분한지 계집을 노려보며 소리쳤다. 계집이 기어드는 소리로 빌었다.

"전날 이 양반이 취해서 제게 욕을 하시기에 눈치를 챘지요. 도련님이 제 나쁜 짓을 알고 무언가를 일러바친 거라구요. 그래서 이튿날 제가 선수를 친 거예요. 바른대로 말씀드리면 도련님은 제게 아무것도 잘못한 거 없어요. 용서해 주세요……."

모든 게 그걸로 다 밝혀진 셈이었다. 석수가 가만히 양웅을 올려보며 말했다.

"오늘로 모든 게 뚜렷해졌습니다. 이제 어떻게 하시겠습니까? 형님 뜻대로 처결하십시오."

양웅은 험하게 찌푸린 얼굴로 대뜸 석수에게 시켰다.

"아우는 저 더러운 년의 머리에 얹힌 것을 모두 걷고 옷을 죄다 벗기게. 그 뒤는 내가 알아서 하지."

석수는 아무 말 없이 양웅이 시키는 대로 했다. 양웅은 치마끈을 찢어 발가벗은 계집을 나무에 묶었다. 석수는 다시 영아의 머리채를 잡고 칼을 빼 들어 양웅에게 말했다.

"형님, 이 못된 년을 살려 둬서 뭣하겠습니까? 풀을 뽑으려면 뿌리째 뽑아야지요!"

"옳아, 아우가 알아서 하게."

양웅이 두 번 생각할 것도 없다는 듯 머리를 끄덕였다. 영아가 그제야 급해 소리를 질러 댔다. 그러나 그전에 석수의 한칼이 영아를 두 토막 내고 말았다.

참으로 무서운 게 욕화(慾火)였다. 그것이 한번 타오르자 엄청난 업화(業火)로 변해 계집과 중놈뿐만 아니라 호두타와 영아 년의 목숨까지 한꺼번에 살라 버린 것이었다.

나무에 묶인 채 그 끔찍한 광경을 본 계집이 석수를 향해 애처롭게 부르짖었다.

"도련님, 좀 말려 주세요……."

석수가 싸늘하게 받았다.

"그건 내가 할 수 있는 일이 아니오."

양웅과 석수도 양산박으로

그때 양웅이 계집에게로 다가가더니 계집의 혀를 잡아 빼 한 칼로 잘라 버렸다. 그리고 소리조차 지를 수 없게 된 계집을 향해 꾸짖었다.

"이 더럽고 천한 것아! 내가 한때 네 말을 들어 자칫했으면 속아넘어갈 뻔했다. 너는 그 혀로 우리 형제의 정을 갈라놓았을 뿐만 아니라 나중에는 내 목숨까지 해치려고 했지? 도대체 너 같은 년은 오장육부가 어떻게 생겨 먹었는지 구경이나 좀 해 보자!"

말뿐만이 아니었다. 양웅은 정말로 묶인 계집의 배에 칼을 좌악 내리그어 창자를 끄집어냈다. 그리고 소나무 가지에 어지럽게 걸쳐 놓은 뒤 계집의 몸을 일곱 토막으로 갈라놓았다. 아무리 사람 목 베기를 일삼아 온 양웅이라 하지만 너무 끔찍했다.

이윽고 분을 풀 대로 풀고 난 양웅은 계집의 몸에 지녔던 비녀며 노리개를 모두 보따리에 쌌다.

"아우, 가세. 샛서방도 화냥년도 모두 죽였으니 이젠 떠나야지. 하지만 우리 두 사람 어디로 가서 몸을 숨겨야 할지……."

길 떠날 채비를 마친 양웅이 갑자기 막연하다는 듯 석수에게 말했다. 석수가 미리 생각해 둔 곳이라도 있는지 선뜻 받았다.

"갈 곳은 알아 놓았습니다. 형님, 어서 떠나기나 합시다."

"그게 어딘가?"

양웅이 멍한 눈으로 석수를 보며 물었다.

"형님도 사람을 죽였고, 저도 사람을 죽였습니다. 양산박으로 가서 한패가 되지 않는다면 달리 어디 갈 데가 있겠습니까?"

"하지만 아우나 나나 거기에는 아는 사람이 하나도 없지 않나? 우리가 간다고 무턱대고 받아 줄까?"

"그렇지 않습니다. 형님은 세상에 떠도는 산동의 급시우 송공명 이야기를 듣지도 못하셨습니까? 그분이 널리 인재를 모으고 호걸들을 받아들인다는 것은 모두가 다 아는 일입니다. 형님이나 저나 무예라면 남부끄럽지 않을 만한데 우리를 안 받아 줄 까닭이 없습니다."

"무슨 일이든 처음이 어렵고 나중이 쉬워야 뒤탈이 없는 법이지. 그런데 말이야, 아우도 알다시피 나는 관직에 있지 않았나? 그 사람들이 그걸 의심해 받아들여 주지 않을까 걱정이네."

양웅이 그렇게 걱정을 늘어놓자 석수가 피식 웃으며 말했다.

"송강 그분도 압사 출신 아닙니까? 그러니 형님은 마음 놓으십시오. 게다가 저는 믿는 바도 있습니다. 왜, 우리가 처음 알게 된 그날 있잖습니까? 제가 먼저 어떤 사람 둘하고 술집에 있었지요? 그런데 그중의 한 사람이 바로 양산박의 신행태보 대종이었단 말입니다. 또 한 사람은 금표자 양림이구요. 그때 그분들은 제게 은자까지 열 냥 줬습니다. 그러니 찾아가 매달려 봐도 되지 않겠습니까?"

그제야 양웅도 마음이 좀 놓이는 듯했다.

"그런 길이 있다면 그리로 가야지. 그렇다면 가서 노자라도 좀 마련해 떠나도록 하세."

"형님, 그렇게 번잡 떨 일 없습니다. 만약 성안으로 들어갔다가 이 일이 들통나 붙들리기라도 하면 어쩌실 작정입니까? 형님 보따리에 있는 그 비녀와 노리개에다 제게 있는 은자 약간을 보태면 가는 동안의 노자로는 그럭저럭 될 겁니다. 공연히 더 보태려 들다가 시비라도 생기면 아무도 우리를 구해 줄 사람이 없습니다. 머뭇거리지 말고 어서 떠납시다. 산 뒤로 빠져나가면 될 겁니다."

석수는 그렇게 양웅을 말리고 자신도 길 떠날 채비를 했다. 보따리를 등에 묶고 칼을 챙겨 든 뒤 양웅과 함께 그곳을 떠나려는데 소나무 뒤에서 어떤 사람이 나와 큰 소리로 외쳤다.

"이 밝은 세상에 사람을 죽이고 양산박으로 가려 하다니! 내 너희들의 수작을 엿들은 지 이미 오래다."

양웅과 석수가 깜짝 놀라 그 사람을 보니, 그는 큰 소리와는 달리 넙죽 엎드려 절부터 했다. 알고 보니 전에 양웅에게 은혜를 입은 적이 있는 좀도둑이었다. 그의 이름은 시천(時遷), 고당주 사람으로 처마에 매달리고 벽을 타 넘으며 도둑질을 하다가 계주 관아에 붙들려 온 적이 있는데, 그때 양웅이 구해 주었던 것이다.

양웅이 놀라 시천에게 물었다.

"아니, 자네가 여기 웬일인가?"

"형님께서 물으시니 바로 아뢰지요. 실은 제가 요즘 살 길이 없어 남의 무덤을 파헤치고 거기서 나오는 자질구레한 것들로 입에 풀칠을 해 왔습니다. 오늘도 무덤이나 하나 뒤지려고 이 산에 올라왔다가 뜻하지 않게 형님이 하신 일을 모두 엿보게 됐지요. 그러나 감히 몸을 드러내지 못하고 있다가 두 분께서 양산박으로 가려 하시는 걸 보고는 뛰어나오지 않을 수 없었습니다. 제가 이렇게 살아가고는 있지만 버텨 봐야 얼마나 더 버티겠습니까? 하찮은 좀도둑질로 감옥이나 들락거리는 것보다는 두 분을 따라 양산박으로 가는 게 나을 것 같아 묻습니다. 저도 함께 데려가 주실 수는 없겠습니까?"

이에 석수가 양웅을 대신해 허락했다.

"형씨가 이미 그러한 호걸이라면 안 될 것도 없지요. 널리 인재를 불러 모으면서 형씨 한 사람 더 간다고 따지고 들 리 있겠소? 우리와 함께 갑시다."

"그럼, 길은 제가 잡지요. 샛길을 압니다."

시천이 좋아라 앞장을 섰다. 이에 양웅, 석수, 시천 세 사람은 샛길로 취병산을 빠져나와 양산박으로 향했다.

한편 산 밑에서 기다리던 가마꾼들은 붉은 해가 서산으로 기울도록 아무도 돌아오지 않자 지루하기 짝이 없었다. 그러나 양웅이 산 밑에서 기다리라 일러두고 간 까닭에 함부로 산을 올라가 볼 수도 없어 꾹 참고 기다렸다. 그러다가 이윽고 해가 지고 날이 저물어 오자 그들도 더는 못 참고 양웅 일행을 찾아 나섰다. 가마꾼들이 어둑해 오는 산길을 거슬러 올라가니 멀리 한 곳 오래된 무덤가에 까마귀 떼가 어지럽게 날고 있는 게 보였다. 이상히 여긴 가마꾼들이 가까이 다가가 살펴보았다. 까마귀들은 양웅이 꺼내 나무에 걸쳐 둔 계집의 내장을 파먹으며 깍깍거리는 중이었다.

뒤로 자빠질 만큼 놀란 가마꾼들은 발바닥이 땅에 닿을 틈도 없이 내달려 반공에게로 갔다. 반공은 그 끔찍한 소식에 잠시 넋을 놓다가 가마꾼들과 함께 관가로 달려갔다.

그들의 고소가 있자 지부는 곧 관원을 취병산으로 보내 반교운과 영아의 시체를 살펴보게 했다. 조사를 끝내고 돌아온 관원이 지부에게 아뢰었다.

"반교운은 배가 갈라진 채 소나무에 묶여 있고, 몸종 영아는 오래된 무덤 곁에 죽어 있었습니다. 또 무덤 근처에는 아낙네와 중의 옷이 더미를 이루고 쌓여 있었습니다."

그 말에 지부는 문득 얼마 전에 있었던 배여해와 호두타의 죽음이 생각났다. 그들이 왜 발가벗고 죽어 있었나 했는데 그 옷이 이제 나온 것이었다.

지부는 그제야 그 모든 일이 서로 관련이 있음을 짐작하고 반 노인에게 캐묻기 시작했다. 노인이 아는 대로 더듬더듬 대답을 하자 사건의 경위는 이내 뚜렷해졌다.

"내가 보니 그 아낙과 중놈 사이에 깨끗지 못한 일이 있었고, 종년과 동냥중은 그걸 거든 듯하구나. 석수란 자가 그걸 알고 먼저 그 중놈들을 죽였고 양웅이 이제 다시 화냥질한 계집과 그걸 거든 종년을 죽였겠지. 일은 그리된 듯하지만 석수와 양웅을 잡으면 더 자세한 게 나오겠지. 그 두 놈을 어서 잡아들여라!"

지부가 그렇게 영을 내리자 그날로 양웅과 석수를 잡으라는 공문이 계주 각 고을에 돌았다.

일이 뚜렷해진 만큼 가마꾼과 반 노인은 모두 집으로 돌아갔다. 반 노인은 슬픔을 누르고 관을 구해 처참하게 죽은 딸의 장례를 치렀다.

그 무렵 양웅과 석수는 시천을 길잡이로 삼아 벌써 계주 경내를 벗어나 있었다. 길가에서 밤을 새우고 새벽에 길을 떠나니 하루 만에 벌써 운주에 이르렀다. 향림와(香林洼)란 곳을 지나자 문득 큰 산 하나가 앞을 막는데 다시 날이 저물어 왔다.

이미 계주를 벗어난 뒤라 조금 마음이 놓인 세 사람은 주막을 찾았다. 마침 작은 개울가에 주막 하나가 보였다. 세 사람이 주막 문께로 다가가자 막 문을 닫으려던 일꾼이 손을 멈추고 맞았다.

"손님들께선 먼 길을 오신 모양이군요. 이렇게 늦어 주막에 드시다니요."

시천이 그런 일꾼 녀석의 말을 받았다.

"맞아, 오늘 우리는 백 리가 넘는 길을 왔다네. 그래서 이리 늦은 거야."

그러자 일꾼은 세 사람을 주막 안으로 맞아들이고 물었다.

"밥은 지어 드시겠습니까?"

"우리가 알아서 하지."

시천이 다시 그렇게 받았다. 일꾼이 인심 쓰듯 말했다.

"오늘은 마침 묵는 손님이 없어 부엌에 두 쌍의 냄비와 솥이 깨끗하게 씻겨진 채로 있습니다. 손님들이 쓰셔도 괜찮습니다."

"그런데 여기 술과 고기는 있나?"

"오늘 고기가 좀 있기는 했습니다만 근처 마을 사람들이 다 사 가서 이제는 없습니다. 남은 건 술 한 독뿐인데 그것도 안주는 없지요."

"그거 안됐군. 할 수 없지. 쌀이나 한 닷 되 가져다주게. 밥이라도 지어 놓고 봐야겠어."

시천은 일꾼 녀석과의 수작을 그렇게 마쳤다.

일꾼이 쌀을 가져다주자 시천은 쌀을 일어 솥에다 안쳤다. 석수는 느슨해진 보따리를 꾸리고 양웅은 비녀 한 쌍을 일꾼에게 내주며 술부터 가져오게 했다. 비녀를 거둔 일꾼은 술 한 독을 가져다 마개를 따고, 삶은 나물 한 접시와 함께 내놓았다.

시천은 먼저 더운물 한 통을 퍼서 양웅과 석수에게 손발을 씻게 한 뒤 술자리를 시작했다. 빙빙 도는 일꾼 녀석까지 불러 앉히고 큰 잔으로 술을 돌리니 안주가 변변찮은 대로 금세 술자리가 어우러졌다.

넷이서 술을 마시던 중 처마 밑에 여남은 자루의 박도(朴刀)가

걸려 있는 걸 보고 석수가 물었다.

"이 주막에는 왜 저런 물건들을 걸어 두었나?"

"주인어른이 하신 일입지요."

일꾼 녀석이 이상할 것도 없다는 듯 받았다. 석수가 다시 물었다.

"주인이 어떤 분이시기에?"

"손님, 보아하니 세상 물깨나 마신 분 같은데 아직 이곳의 이름도 모르십니까? 앞에 있는 저 높은 산은 바로 독룡산(獨龍山)이고 산 앞의 높다란 언덕이 바로 독룡강(獨龍岡)입니다. 주인어른의 집은 그 위에 있는데, 둘레가 삼십 리나 되는 장원으로 세상에서는 축가장(祝家莊)이라 부르지요. 장주(莊主) 어른의 성함은 축조봉(祝朝奉)이고 세 분 아드님은 이른바 '축씨네 세 호걸[祝氏三傑]'로 불리지요. 이제 아실 만합니까? 또 장원 앞뒤로 육칠백 호가 사는데 모두가 축씨네 소작인들로, 집집마다 저런 칼을 두 자루씩 가지고 있습니다. 이 주막도 마찬가지죠. 이곳 이름은 축가점(祝家店)이고, 늘상 여남은 명의 사람이 있기 때문에 칼도 저와 같이 여남은 자루 걸어 둔 겁니다."

일꾼 녀석은 신이 나서 떠들었지만 석수는 점점 알 수가 없었다.

"그 무기들은 어디에 쓰려고 그러나?"

석수가 그렇게 묻자 아무것도 모르는 일꾼 녀석은 이번에도 거리낌 없이 떠들었다.

"이곳은 양산박에서 멀지 않은 곳 아닙니까요? 그 도적놈들이 언제 양식을 털러 올지 몰라 미리 준비하고 있는 거라구요."

그러자 석수가 무슨 생각을 했는지 불쑥 말했다.

"내 은자 두 냥을 자네에게 줄 테니 내게 저 칼 한 자루만 주게. 쓸데가 있어서 그러네. 안 되겠나?"

"큰일 날 소릴 하십니다요. 저 칼에는 차례로 글자가 새겨져 있어 한 자루라도 없어지는 날에는 제가 몽둥이찜질을 당하게 되어 있습죠. 우리 주인어른의 법도가 결코 가볍지 않은데, 제가 어찌 감히……."

일꾼 녀석이 펄쩍 뛰며 그렇게 대꾸했다. 석수가 빙긋 웃으며 제 말을 거둬들였다.

"실은 우스개로 한번 해 본 소리네. 그리 놀라지 말고 술이나 드세."

한번 떠보려고 한 소린 듯했다. 그러나 일꾼은 그 말에 정신이 퍼뜩 돌아오는지 그쯤에서 자리를 털고 일어났다.

"저는 이만 마시고 안으로 들어가 봐야겠습니다. 손님들은 천천히 마시고 쉬십쇼."

일꾼 녀석이 나간 뒤 양웅과 석수는 말없이 잔을 나누었다. 양산박을 찾아가는 그들로서는 그 주막이 조심스레 행동해야 할 곳이 아닐 수 없었다. 그러나 시천은 꼭 그렇지도 않은 모양이었다. 한동안 술잔을 받다가 못 참겠다는 듯 두 사람을 보고 물었다.

"형님들, 고기 생각나지 않으십니까?"

"아까 일꾼 녀석이 없다 했는데 네가 무슨 수로……."

양웅이 시덥잖다는 듯 받았다. 그러나 시천은 뭣 때문인지 피식피식 웃으며 부엌으로 가더니 오래잖아 커다란 삶은 닭 한 마리를 들고 돌아왔다. 양웅이 놀라 물었다.

"그 닭 어디서 났소?"

"아까 뒤뜰에서 세수를 할 때 닭장 안에 몇 마리 보이더군요. 안주도 없이 술 마실 일이 딱해 한 마리 슬쩍했습니다. 개울물에 가서 잡아 놓고 더운물로 끓여 가지고 털을 뽑은 뒤 푹 삶았습지요. 두 분 형님과 함께 먹으려고 가져왔으니 한번 맛보십시오."

시천이 빙글거리며 대답했다. 양웅이 어이없어 하며 나무랐다.

"시천이 아직도 좀도둑질하던 때의 손버릇을 고치지 못했구나!"

"제 버릇 어디 가겠습니까?"

석수가 웃으며 맞장구를 쳤다. 그러나 세 사람 중 누구도 그걸 큰일로 여기지는 않았다. 그저 한바탕 웃고는 손으로 닭을 찢어 나눠 먹기 시작했다.

그런데 일이 꼬이려니 그런지 그 술집의 일꾼 녀석이 여간내기가 아니었다. 세 사람에게서 무슨 냄새를 맡았는지 영 마음을 놓지 못하다가 잠도 안 자고 기어나와 부엌을 살폈다. 조리대에 닭 털이 흩어져 있고, 닭 머리와 뼈다귀도 몇 개 보였다. 이상히 여긴 녀석은 솥을 열어 보았다. 반쯤 남은 물에는 기름 국물이 둥둥 떠 있었다.

놀란 녀석은 얼른 뒤뜰 닭장으로 가 보았다. 짐작대로 닭 한 마리가 보이지 않았다. 녀석이 씨근거리며 양웅 일행이 묵고 있는 방으로 가 소리쳤다.

"아니 손님들, 이럴 수가 있소? 어째서 남의 닭을 훔쳐 먹은 거요?"

"무슨 귀신 씻나락 까먹는 소리야? 이 닭은 오는 길에 내가 사온 거라구. 네놈 닭은 본 적도 없어!"

시천이 그렇게 시치미를 떼고 나왔다. 그러나 일꾼 녀석도 만만치 않았다.

"그럼 우리 닭은 어디 갔단 말이오?"

"도둑괭이가 물고 갔는지 족제비가 잡아먹었는지 알게 뭐야? 소리개가 채 갔을 수도 있구……."

"닭장 안에 있는 닭을 짐승이 잡아가다니 말이나 되오? 당신이 훔쳐 가지 않았다면 누가 훔쳐 갔단 말이오?"

일꾼 녀석이 덤비는 게 아무래도 그냥 넘어갈 성싶지가 않았다. 석수가 보다 못해 바로 털어놓았다.

"싸울 것 없어. 그 닭 얼마나 가는지 모르지만 내가 값을 물어주지."

그래도 녀석은 수그러들지 않았다. 오히려 더 기세를 올려 소리치는 것이었다.

"안 돼요. 우리 닭은 새벽을 알려 주는 귀한 놈이란 말이오. 그 닭을 대신할 놈이 없다구요. 열 냥을 준대도 싫으니 바로 그 닭만 내놓으시오!"

그런 억지에 석수도 벌컥 화가 났다.

"이놈아, 누굴 놀리려 들어? 이 어르신네가 한 푼도 물어 주지 못하겠다면 또 어쩔 테냐?"

석수가 그렇게 을러댔지만 녀석은 조금도 겁먹는 눈치가 아니었다. 오히려 비웃으며 빈정댔다.

"이보슈, 손님들 이 집에서 돼먹잖게 사람 겁줄 생각일랑 마슈. 이 주막이 어떤 곳인지 알기나 하슈? 당신들을 장원으로 끌고 가기만 하면 단박 양산박의 도적 떼로 여겨 관가에 넘기고 말 거요. 딴 주막과는 다른 곳이란 말이오!"

"그래, 좋다. 내가 바로 양산박에서 온 호걸이다. 어디 한번 나를 잡아가 상을 청해 봐라!"

석수가 더 참지 못하고 그렇게 버럭 소리를 질렀다. 양웅도 성이 나서 거들었다.

"우리는 좋은 뜻에서 돈이라도 몇 푼 물어 주려 했더니, 뭐라구? 우리를 잡아가겠다구?"

그러자 일꾼 녀석이 갑자기 외쳐 댔다.

"도둑 떼가 나타났다!"

일꾼 녀석의 고함 소리에 갑자기 안에서 벌거숭이 장정 네댓이 달려 나왔다. 그들은 일꾼에게 자세한 걸 들어 보지도 않고 대뜸 석수와 양웅에게 덤벼들었다. 두 사람이 돌 뭉치 같은 주먹을 네댓 번 휘두르자 장정들은 모두 한주먹씩 얻어맞고 주저앉았다.

그걸 보고 일꾼 녀석이 다시 고함을 치려 했다. 그때 시천이 한 주먹을 내질러 녀석의 주둥아리를 막았다.

장정들이 못 당하겠다 싶었던지 뒷문으로 내빼는 걸 보고 양웅이 석수에게 말했다.

"아우, 안 되겠네. 저놈들이 가서 사람들을 불러 모을 모양이니, 적당히 요기나 하고 이곳을 뜨세!"

들어 보니 옳은 말이라 두 사람은 양웅의 말대로 했다. 급히 음식 그릇을 비우고 봇짐을 꾸려 멘 뒤 처마 아래 걸린 박도 중에서 마음에 드는 걸 한 자루씩 골라 들고 주막을 나섰다.

"갈 때 가더라도 이것들을 그냥 두고 갈 수는 없지!"

석수가 그렇게 중얼거리며 부엌으로 가더니 짚 검불에다 불을 붙여 주막 곳곳에 불을 질렀다. 초가지붕인 데다 바람까지 불어 주막은 순식간에 소리를 내며 타올랐다. 그 바람에 사방이 훤해졌다. 세 사람은 그 불빛에 의지해 큰길을 찾아 내달렸다.

한참을 달리다 보니 문득 세 사람 앞에 수많은 횃불이 나타났다. 백 명도 넘을 듯한 사람의 떼가 함성을 지르며 그들을 기다리고 있는 것이었다. 석수가 멈추어 선 두 사람에게 나지막이 일렀다.

"겁낼 것 없소. 샛길로 달아납시다."

그러나 양웅의 생각은 달랐다.

"그럴 것 없어. 한 놈이 오면 한 놈을 죽이고 두 놈이 오면 두 놈을 죽여 버리지. 그러다가 날이 밝거든 제대로 길을 찾아 빠져나가세."

양웅이 그러는데 미처 그 말이 끝나기도 전에 사방은 벌써 횃불 든 사람들로 에워싸였다. 싫든 좋든 그들과 싸워서 뚫고 나가는 길뿐이었다.

양웅이 앞장을 서고 석수는 뒤를 끊고 시천은 가운데 서는 것으로 자리를 정한 세 사람은 일제히 박도를 휘두르며 길을 뚫었다. 상대가 누군지도 모르고 불려 나온 장원의 일꾼들은 처음에는 겁 없이 창과 몽둥이를 휘두르며 덤벼들었다.

그러나 양웅이 날랜 솜씨로 예닐곱을 베어 넘기자 먼저 앞을 막고 있던 패거리가 놀라 달아났다. 이어 뒤를 쫓던 패거리도 석수의 솜씨에 놀라 내빼기 시작했다. 석수는 그런 그들을 뒤쫓아가 또한 예닐곱을 베어 넘겼다.

잠깐 동안에 여남은 명이나 피를 쏟으며 쓰러지자 장원의 일꾼들은 정신이 확 돌아왔다. 갑자기 목숨이 아까워져 어디가 어딘지도 모르고 사방으로 흩어져 달아나기 바빴다.

힘이 난 세 사람은 오히려 달아나는 그들을 뒤쫓아갔다. 그런데 얼마 뒤쫓기도 전이었다. 갑자기 함성이 크게 일더니 마른 풀숲에서 줄 달린 갈고리가 두 줄 뻗쳐 왔다. 불행히도 시천이 그 갈고리줄에 감겨 풀더미로 덮어 둔 구덩이 속으로 끌려 들어갔다.

석수는 급히 몸을 돌려 시천을 구하려 했다. 그때 다시 두 줄의 갈고리가 석수를 향해 날아왔다. 양웅이 재빨리 그걸 보고 한 칼로 줄을 끊어 버린 뒤 갈고리가 날아온 풀숲 뒤를 덮쳤다. 거기서 갈고리를 던지던 놈들이 놀란 소리를 지르며 어지럽게 달아났다.

하지만 그사이 시천은 꼼짝없이 장원의 일꾼들에게 사로잡히고 말았다. 양웅과 석수는 시천이 이미 뒤쫓는 놈들의 손에 넘어간 걸 보자 더 싸울 마음이 없었다.

"아무래도 시천을 구하기는 틀린 것 같군. 어디든 길을 찾아 이곳을 빠져나가고 보세."

그렇게 의견을 맞춘 두 사람은 횃불들에서 멀리 떨어진 샛길로 몸을 날렸다. 그 샛길에는 이렇다 할 수풀조차 없었다.

두 사람은 그저 길만 따라 동쪽으로 무턱대고 달렸다.

장원의 일꾼들은 사방을 뒤져 봐도 두 사람이 없자 뒤쫓기를 멈추었다. 다친 저희 편을 둘러메고 시천을 묶어 앞세운 채 축가장으로 돌아갔다.

한편 양웅과 석수는 정신없이 달아나다가 새벽을 맞았다. 날이 훤히 밝아 오는데, 저만치 시골 마을과 주막 한 채가 보이자 석수가 말했다.

"형님, 저기 보이는 주막에 들러 술이라도 한 사발 마시고 가십시다. 길도 좀 물어보고요."

양웅도 지치고 목마르던 참이라 굳이 마다하지 않았다. 이에 두 사람은 그 주막에 들러 봇짐을 풀고 술과 음식을 시켰다.

주막 주인이 먼저 나물 안주와 함께 술을 데워 나왔다. 두 사람이 막 수저를 들려 하는데 문득 한 사내가 주막 안으로 들어왔다. 얼굴이 넓적하고 모난 눈에 못생기고 험상궂은 인상이었다. 차림도 그리 귀하게 보이지 않았다.

"이봐, 나리께서 속히 그 짐을 메고 장원으로 들어오랍신다."

사내가 술집 주인에게 거침없이 소리쳤다. 주인이 연신 허리를 굽신거리며 대꾸했다.

"짐은 꾸려 뒀습니다. 곧 장원으로 올리도록 하지요."

"빨리 가져와야 해!"

사내는 그렇게 한 번 더 다짐을 두고 몸을 돌려 나가려 했다.

그가 양웅과 석수 앞을 지나려는데 양웅이 문득 그를 알아보고 소리쳤다.

"아니, 자네가 여기 웬일인가? 날 알아보지 못하겠나?"

그러자 몸을 돌린 사내가 한동안 양웅을 쳐다보다 맞고함을 쳤다.

"은인께서는 무슨 일로 이런 곳엘 다 오셨습니까?"

양웅은 그런 사내를 자리로 끌고 와 석수에게도 인사를 시켰다. 석수가 어리둥절해 양웅에게 물었다.

"이분은 누구십니까?"

"이 형제는 두흥(杜興)이란 사람일세. 중산부(中山府)가 고향인데 얼굴이 험상궂게 생겨 귀검아(鬼臉兒, 귀신 상판대기)라고 불리기도 하지. 몇 해 전 장사 일로 우리 계주에 들렀다가 한때의 분을 못 이겨 같이 장사하던 동무를 때려죽이고 관가에 잡혀 온 적이 있다네. 그때 나는 저 사람이 무예가 뛰어난 걸 보고 힘을 다해 구해줬지. 그런데 뜻밖에도 이런 데서 만나게 됐네."

양웅이 그렇게 두흥을 소개했다. 그러나 두흥은 석수 쪽을 보지도 않고 양웅에게 다시 물었다.

"어떤 공사(公事)기에 은인께서 몸소 이곳까지 오셨습니까?"

양웅이 그러는 두흥의 귓가에 입을 대고 낮은 소리로 털어놓았다.

"나도 계주에서 사람을 죽이고 양산박으로 가서 한패거리로 지낼 양으로 가는 중일세. 그런데 어젯밤 축가점에서 묵다가 함께 가던 시천이란 놈이 닭을 훔쳐 먹은 일로 시비가 벌어져 그곳 일꾼들과 싸움을 하게 됐지. 싸움 끝에 성이 난 우리는 주막에 불을 싸지르고 도망을 쳤는데 축가장의 일꾼들이 뒤따라오지 않겠나? 우리 두 사람은 여러 놈을 베어 넘기고 도망쳤지만, 뜻밖에도 그 시천이란 놈은 그놈들의 갈고리에 걸려 붙들려 가고 말았네. 겨우 도망친 우리 둘은 이곳에서 길이라도 물으려고 들렀다가 이렇게 자넬 만난 걸세."

"은인께서는 너무 걱정하지 마십시오. 제가 시천이란 사람을 구해 보도록 하겠습니다."

듣고 난 두흥이 시원스레 양웅을 안심시켰다.

양웅이 기쁨을 감추지 못하며 두흥의 손을 덥석 잡아끌었다.

"아우, 잠시 여기 앉게. 함께 한잔하면서 천천히 이야기하지."

그러자 두흥도 마다 않고 술자리에 끼어 앉았다. 양웅이 그런 두흥에게 술잔을 돌리고 자신도 잔을 들었다. 몇 잔 마신 두흥이 먼저 자신의 처지부터 밝혔다.

"저는 은인이 힘써 준 덕분에 계주를 떠나 이곳에 이르게 되었습니다. 그런데 여기서 다행히도 어떤 나리의 믿음을 얻게 되어 그분 댁에서 주관(主管, 청지기) 노릇을 하게 되었지요. 그 나리께서 모든 걸 이 두흥에게 맡기시니 이제 고향으로 돌아갈 생각조차 없어졌습니다."

"그 나리는 어떤 분이신가?"

양웅이 얼른 그렇게 물었다. 두흥이 이것저것 섞어 대답했다.

"이곳 독룡강 앞에는 세 개의 언덕이 있고, 그 언덕배기에 기대어 세 개의 마을이 들어 있지요. 가운데가 축가장이고, 서쪽이 호가장(扈家莊), 동쪽이 이가장(李家莊)입니다. 이 세 곳에서만도 만이 넘는 군마를 낼 수 있을 만큼 큰 마을들입니다. 그중에서도 가장 세력이 큰 마을은 축가장인데, 그 집의 어른을 축조봉이라 하고, 아들 삼 형제는 축씨삼걸로 싸잡아 불립니다. 맏이는 축룡(祝龍)이고 둘째는 축호(祝虎)며 셋째는 축표(祝彪)라 하는 호걸들이죠. 그 밖에 또 그들의 무예사범으로 난정옥(欒廷玉)이란 이가 더 있는데 그도 혼자서 만 명을 당할 만한 용맹이 있다 합니다. 그 집에서 끌어모으면 장원의 일꾼들만으로도 천 명은 넘게 모을 수가 있구요. 서쪽 호가장의 주인은 호 태공(扈太公)이고, 그에게는 비천호(飛天虎, 나는 호랑이) 호성(扈成)이란 아들이 있는데 제법 용맹스럽습니다. 그러나 정말로 영웅이라 할 수 있는 것은 오히려 그 딸 일장청(一丈青, 키 큰 예쁜이) 호삼랑(扈三娘)이지요. 두 자루의 일월쌍도(日月雙刀)를 잘 쓰는데, 말 위에서 쓰면 더욱 그 솜씨가 빛난다 합니다. 그리고 동쪽에 있는 이가장은 바로 이 두흥의 주인 되시는 분이 그곳의 어른으로 계시지요. 이응(李應)이란 분이신데, 한 자루 혼철(渾鐵)로 만든 점강창(點鋼鎗)을 잘 쓰고, 등에 꽂은 다섯 자루 비도(飛刀)는 백 발짝 안에 있으면 쓰러뜨리지 못할 사람이 없다고 합니다. 이 세 마을은 결의해서 생사를 함께하고 궂은 일이든 좋은 일이든 서로 돕기로 맹세한 사이입니다. 지금은 양산박의 호걸들이 혹시 양식이라도 털러 올까 봐 힘을 합쳐 막을 준비를 하고 있지요. 하지만 이제 제가 두 분을 모시고 장원으로 돌아가 이응 나리께 잘 말씀드리면 시천을 구해 낼 길이 있을 겁니다. 나리께서 편지 한 장만 써주시면 축가장에서도 시천을 풀어주겠지요."

"자네가 말하는 그 나리는 바로 세상에서 말하는 박천조(撲天鵰, 치솟는 독수리)라고 알려진 이응이란 분 아닌가?"

두흥의 이야기를 듣고 난 양웅이 문득 생각났다는 듯 물었다. 두흥이 고개를 끄덕였다.

"그렇습니다. 바로 그분입니다."

석수도 곁에서 알은체를 했다.

"세상에 들리는 소리로 독룡강이란 곳에 박천조 이응이란 호걸이 산다더니 바로 이곳이었구나. 그가 장부답다는 말은 귀가 따갑도록 들었으니 한번 가서 만나 보는 게 좋겠소."

이에 양웅은 술집 주인을 불러 술값을 치르려 했다. 두흥이 펄쩍 뛰며 양웅을 말리고 제 돈으로 셈을 치렀다.

술집을 나온 세 사람은 곧 이가장으로 갔다. 두흥의 안내로 장원 밖에 이른 양웅과 석수는 잠시 걸음을 멈추고 장원을 살펴보았다. 참으로 크고 좋은 장원이었다. 장원을 빙 둘러 넓은 해자가 파여 있고, 그 안으로 색칠한 담이 쳐져 있는 언덕에는 또 아름드리 버드나무가 수백 그루나 자라고 있었다.

장원의 대문과 바깥은 적교(弔橋)로 이어져 있는데, 적교를 지나 안으로 들어가니 뜰 가득 창칼 거는 시렁이 늘어서 있고 번들거리는 병기가 시렁마다 가득 꽂혀 있었다.

"두 분 형님께서는 여기서 잠시만 기다려 주십시오. 제가 안으로 들어가 나리께 아뢰겠습니다."

대청에 이르자 두흥이 양웅과 석수에게 나직이 말하고 안으로 들어갔다.

두홍이 들어가고 오래잖아 이응이 그 당당한 풍채를 드러냈다. 두홍은 양웅과 석수를 이끌어 이응에게 절하고 보게 했다. 이응이 황망히 답례한 뒤 두 사람에게 앉기를 권했다. 양웅과 석수는 몇 번이나 사양하다가 못 이기는 체 이응이 내준 자리에 앉았다.

이응이 술을 내오게 해 양웅과 석수를 대접했다. 술잔을 받기에 앞서 두 사람이 절하며 간청했다.

"바라건대 어르신께서는 먼저 시천이 놈부터 살려 주십시오. 축가장에 글 한 통을 써 주시면 그놈의 목숨을 구할 수 있을 것입니다. 그놈이 죽었는지 살았는지 모르고는 목구멍에 술이 넘어가질 않습니다."

그 말에 이응은 집안에 데리고 있는 글 잘 쓰는 이를 불러 축가장에 보내는 글 한 통을 쓰게 했다.

글이 다 되자 거기에 손수 이름을 쓰고 도장을 찍은 이응은 부주관(副主管)에게 내주며 말했다.

"너는 빠른 말 한 필을 꺼내 타고 이 편지를 축가장에 전하여라. 그리고 그쪽에서 내주는 사람이 있거든 바로 이리 데려오너라."

명을 받은 부주관은 그길로 말에 올라 축가장으로 달려갔다.

양웅과 석수는 시천을 구하기 위해 애써 주는 이응에게 절하며 고마움을 나타냈다.

"두 분은 마음 놓으시오. 내 편지가 갔으니 금방 풀어 줄 것이외다."

이응이 그런 두 사람에게 자신 있게 말했다. 두 사람은 그 말에 거듭 감사했다.

"자, 두 분은 나와 함께 뒤채로 갑시다. 거기서 한잔 들며 기다리시지요."

이응은 양웅과 석수를 뒤채로 이끌었다. 두 사람이 거기서 잘 차려진 아침상을 받고 차를 얻어 마시는데 이응이 창 쓰는 법에 대한 이야기를 꺼냈다. 양웅과 석수도 무예 이야기라면 싫어하는 사람은 아니었다. 아는 대로 이야기를 받자 이응은 한층 신을 냈다.

축가장으로 갔던 부주관은 한낮에 가까울 때에야 돌아왔다. 이응이 그를 불러 물었다.

"데리러 갔던 사람은 어디 있느냐?"

"제가 축조봉 어른께 편지를 바쳤더니 그 어른은 놓아 보낼 뜻이 있으신 듯했습니다. 그러나 나중에 축씨네 삼 형제가 들어와 일이 틀어지고 말았습니다. 그들은 벌컥 화를 내며 답장도 주지 않고 사람도 놓아주지 않더군요. 관청으로 끌고 가겠다는 겁니다."

부주관이 풀 죽은 소리로 그렇게 대답했다. 이응이 놀라 두흥을 불렀다.

"우리 세 마을은 함께 죽고 함께 살기로 결의한 마을이다. 내 편지가 갔으면 당연히 풀어 주어야 하는데 어째서 그런 일이 벌어질 수 있는가? 필시 부주관이 말을 잘못해서 그리된 것일 게다. 두(杜) 주관, 아무래도 네가 한 번 더 다녀와야겠다. 직접 축조봉 어른을 만나 보고 자세한 말씀을 올려라."

"그럼, 제가 가 보지요. 나리께서 손수 글을 써 주신다면 그 사람들이 어찌 아니 풀어 주겠습니까?"

두흥이 선선히 일어나며 말했다.

"그래야겠지."

이응은 그러면서 이번에는 스스로 붓을 들어 편지를 썼다. 그 편지를 받은 두흥은 마구간에서 빠른 말 한 필을 꺼내 안장을 얹고 장원 문을 나갔다. 말에 오른 두흥이 채찍질을 해 가며 축가장으로 달려가는 걸 보고 이응이 다시 양웅과 석수에게 말했다.

"두 분은 이제 마음 놓으시오. 내가 손수 글을 써 보냈으니 시천이란 사람은 곧 풀려날 것이오."

양웅과 석수도 이번에는 일이 잘 풀릴 줄로 믿었다. 이응에게 한 번 더 감사하고, 함께 술을 마시며 시천이 풀려나기만 기다렸다.

그러나 기세 좋게 장원을 나간 두흥은 날이 저물어 가도록 돌아오지 않았다. 걱정이 된 이응은 다시 사람을 보내 알아보도록 했다. 그때 머슴 하나가 달려 들어와 알렸다.

"두 주관님께서 돌아오셨습니다."

"몇 사람이 돌아오더냐?"

이응이 얼른 그렇게 물었다. 머슴의 대답이 뜻밖이었다.

"두 주관님 혼자서 쫓기듯 돌아오고 계십니다."

"그것참 괴이쩍은 일이다. 그 사람들이 그런 적이 없는데 오늘은 무슨 일인지 모르겠구나."

이응이 머리를 갸웃거리며 그렇게 중얼거리고는 두흥을 맞으러 앞뜰로 나갔다. 양웅과 석수도 그런 이응을 뒤따랐다.

그때 말에서 내린 두흥이 장원 문으로 들어서는 게 보였다. 무엇에 화가 났는지 시뻘건 얼굴에 이를 악문 채 씨근거리며 서 있는 두흥에게 이응이 물었다.

"차근차근 말해 보아라. 도대체 무슨 일이 있었느냐?"

그러나 두흥은 제 성을 못 이겨 얼른 대답조차 못했다. 한참이나 더 씨근거리다가 겨우 화를 누르고 입을 열었다.

"제가 나리의 글을 가지고 축가장 앞에 이르니 축룡, 축호, 축표 삼 형제가 문께에 앉아 있더군요. 인사를 하자 축표가 무엇하러 왔느냐며 대뜸 고함부터 질렀습니다. 저는 공손하게 허리를 굽히고 나리의 편지를 가져왔다고 말씀드렸지요. 그러자 축표는 험상궂은 얼굴로 욕을 퍼부었습니다. '네 주인은 어째서 사람의 도리조차 모르느냐? 아침에도 웬놈을 보내 양산박 도둑 시천이란 놈을 풀어 달라더니, 이건 또 뭐야? 이제 그놈을 관가로 끌고 가려는데 네놈은 뭣하러 왔어?' 하면서 말입니다. 저는 시천이 양산박 패거리가 아니고 우리 장원으로 나리를 찾아온 손님이라고 말했지요. 그리고 축가장의 객점을 잘못 불지른 것은 나리께서 물어 주실 것이라고 하면서 그를 용서해 달라고 빌어 보았습니다. 축가 세 놈은 어림없다며 소리소리 저를 꾸짖더군요. 그래도 저는 나리의 편지를 내놓으며 거듭 빌어 보았습니다. 하지만 그 편지를 받아 간 축표 놈은 겉봉을 뜯어보지도 않고 갈기갈기 찢어발기면서 저희 머슴들을 시켜 저를 문밖으로 끌어내게 했습니다. '이 어르신네를 성나게 하지 마라! 까불면 너희…….' 축호와 축표는 제게 그렇게 을러대더군요. 무슨 뜻인가 했으나 하도 기세들이 사나워 대꾸 한마디 못하고 서 있는데 그 짐승 같은 세 놈은 이어 거리낌 없이 소리쳤습니다. '너희 주인 이응이란 놈도 잡아다가 양산박 도둑놈들과 한패로 관가에 끌고 갈 테다.' 하고 말입니다. 저는 할 수 없이 말에 올라 돌아오기는 했지만 어찌나 분통이 터지는지 도중에 숨이 막혀 죽는 줄 알았습니다. 그런 놈들과 생사를 같이하자고 결의한 게 잘못이지요. 이제 보니 의리라고는 티끌만큼도 없는 놈들입니다!"

두흥의 그 같은 말을 들은 이응은 가슴속에서 성난 불길이 삼천 길은 치솟는 것 같았다. 부르르 몸을 떨며 소리쳤다.

"무엇을 하느냐? 어서 내 말을 끌고 오너라!"

곁에 있던 양웅과 석수가 말렸다.

"어르신, 참으십시오. 저희들 때문에 좋던 의를 상해서야 되겠습니까?"

그러나 이응은 그 말이 귀에 들리지 않는 사람처럼 안으로 달려들어가 금장식 된 갑옷에 짐승의 얼굴이 새겨진 엄심갑(掩心甲)을 두르고 나왔다. 몸에 다섯 자루 비도(飛刀)를 꽂고 손에 익은 점강창(點鋼鎗)을 잡은 뒤 투구를 쓰니 그대로 전장에 나가는 장수의 모습이었다.

말에 오른 이응은 장원의 날랜 용사 삼백 명을 불러 모으고 두흥에게도 갑옷 한 벌을 입혀 말 이십여 기를 이끌고 뒤따르게 했다. 양웅과 석수도 각기 칼을 꼬나들고 그런 이응을 뒤따랐다.

이응이 무리를 이끌고 축가장에 이르렀을 때는 해가 서산으로 넘어간 뒤였다. 독룡강 아래 이른 이응은 거기서 끌고 간 인마를 벌여 세웠다.

원래 축가장은 독룡강에서도 가장 좋은 곳에 높직이 자리 잡고 있었다. 사방을 둘러싸서 해자를 내고 언덕에는 삼 층으로 성벽 같은 돌담을 쌓았는데, 그 담은 튼튼하기도 하려니와 높이도 두 길이 넘었다.

장원으로 드는 대문은 앞뒤로 둘, 모두 적교로 바깥과 이어져 있었다. 담 밖으로 다시 목책이 둘러쳐 있고, 담벽에는 창칼이 삼엄하게 세워졌는데 망루에는 또 북과 징이 걸려 마치 성과 같았다.

이응이 말고삐를 당겨 말을 세우고 축가장을 향해 소리쳤다.

"축씨네 세 아들은 들어라! 너희가 어찌 감히 이 어르신네를 욕했느냐?"

그러자 장원 문이 열리며 오륙십 기의 인마가 몰려나왔다. 앞선 사람은 축조봉의 셋째 아들인 축표였다. 이응이 축표를 손가락질하며 꾸짖었다.

"이 머리에 쇠똥도 안 벗어진 놈아, 네 애비와 나는 일찍이 생사를 함께하기로 하고 사귄 사이다. 우리는 한마음 한뜻이 되어 고을을 돌보기로 맹세하고 서로 간 사람을 달라 하면 사람을 내놓고, 물건을 청해 오면 물건을 내주어 돕기로 했다. 그런데 오늘 내가 두 번이나 편지를 보냈거늘, 너는 어찌 애비가 한 약조를 어겼느냐? 무슨 일로 내 편지를 찢고 내 이름을 욕되게 하였느냐?"

축표가 지지 않고 맞섰다.

"도둑 시천이 놈이 이미 모두 털어놓았는데 무슨 그따위 헛소리냐? 속이려 해 봤자 소용없으니 썩 꺼져라! 어서 꺼지지 않으면 너도 도둑 떼와 한패거리로 알고 잡아다 관가에 바치겠다!"

자식뻘밖에 안 되는 축표가 그렇게까지 나오자 이응도 더는 화를 누를 수가 없었다. 그대로 말 배를 박차고 창을 휘두르며 축표에게 덮쳐 갔다. 축표도 겁내는 기색 없이 말을 몰아 부딪쳐 왔다.

독룡강 아래서 축표와 이응의 싸움이 어우러졌다. 밀고 밀리고, 치고받으며 두 사람이 부딪기를 열일고여덟 번, 축표가 이응을 못 당해 내겠던지 문득 말 머리를 돌려 달아나기 시작했다. 힘이 난 이응이 그런 축표를 뒤쫓았다.

달아나던 축표는 창을 살며시 말안장에 꽂고 활과 화살을 꺼냈다. 처음부터 힘이 모자라 달아난 게 아닌 듯했다. 축표가 시위에 화살을 먹이는가 싶더니 갑자기 등을 뒤집어 활을 쏘았다. 이응이 급히 몸을 수그려 피하려 했지만 축표가 쏘아 보낸 화살은 어김없이 이응의 팔에 와 꽂혔다.

화살을 맞은 이응이 몸을 뒤틀며 말에서 떨어졌다. 축표가 얼른 말 머리를 돌리고 이응을 덮치려 했다. 그걸 본 석수와 양웅이 한 소리 크게 외치며 달려 나가 축표를 막았다. 축표는 양웅과 석수를 한꺼번에 맞상대할 자신이 없었던지 다시 말 머리를 돌려 달아나려 했다.

양웅이 그런 축표의 말 뒷다리에 한칼을 먹였다. 말이 아픔을 못 이겨 꼿꼿이 서는 바람에 축표는 하마터면 말에서 떨어질 뻔했다. 그걸 본 축표네 사람들이 어지럽게 화살을 날리며 축표를 구하러 왔다.

양웅과 석수는 평소의 차림 그대로 달려 나와 갑옷을 걸치고 있지 않았다. 쏟아지는 화살을 어쩔 길이 없어 그대로 물러나지 않으면 안 되었다. 그러나 그때 두흥은 이미 이응을 구해 물러난 뒤였다. 양웅과 석수도 굳이 싸울 마음이 없어 물러나는 이가장 사람들 뒤를 따랐다.

축가장 사람들은 그런 이가장 사람들을 두어 마장 뒤쫓다가 날이 껌껌해진 탓인지 곧 돌아갔다.

장원으로 돌아간 두흥은 이응을 말에서 부축해 내리고 안채로 업어 들였다. 식구들이 모두 나와 이응의 다친 곳을 돌보았다. 먼저 화살을 뽑고 갑옷을 벗긴 뒤 다친 곳에 고약을 붙였다.

이응의 치료가 끝난 뒤 양웅과 석수는 이가장 사람들과 의논했다.

"나리께서 이같이 욕을 본 데다 화살까지 맞았으니 시천은 구해 내지 못하고 오히려 나리께 누명만 끼친 셈이구려. 이렇게 된 이상은 어쩌는 수가 없소. 우리 두 사람이 양산박으로 가서 조개와 송강 두 두령을 찾아보고 여기 일을 알려야겠소. 그들의 힘을 빌려 나리의 원수도 갚고 시천이 놈도 구해 내는 게 가장 나은 길인 듯싶소."

양웅과 석수가 두흥을 보고 그렇게 입을 뗐다. 두흥도 그 길밖에 없어 보이는지 고개를 끄덕였다. 이에 두 사람은 이응을 찾아보고 자기들의 뜻을 밝히며 작별을 했다. 이응이 무거운 어조로 그들을 떠나보냈다.

"내가 뜻했던바 아니나 이 지경이 되고 보니 달리 어찌해 볼 수가 없구려. 두 분은 너무 괴이쩍게 여기지 말고 떠나시오."

그리고 두흥에게 금은을 가져다 노자를 내놓게 했다. 양웅과 석수가 사양하자 이응이 간곡히 말했다.

"먼 길이 남았으니 두 분은 너무 사양하지 마시오."

이에 두 사람은 금은을 거두어들이고 이가장을 떠나 양산박으로 향했다.

길을 나선 양웅과 석수는 며칠 안 되어 양산박 근처에 이르렀다. 은근히 긴장한 두 사람이 큰길을 따라 부지런히 걷고 있는데 문득 저만치 새로 차린 듯한 주막 하나가 보였다. 두 사람은 그 술집으로 들어가 술을 사 마시며 다시 한번 양산박으로 드는 길을 물어 보았다.

그런데 그 주막은 바로 양산박에서 새로 낸 주막 중의 하나로 석용이 맡아서 보고 있었다. 양웅과 석수가 들어와 술을 마시면서 양산박 가는 길을 묻자 석용은 그들을 눈여겨보았다. 두 사람 모두 예사 나그네들 같지 않았다.

"두 분은 어디서 오시는 분들입니까? 양산박 가는 길은 무엇 때문에 물으시는지요?"

석용이 양웅과 석수의 자리로 다가가 그렇게 물었다. 두 사람이 입을 모아 대답했다.

"우리는 계주에서 오는 사람들이오만……."

그러자 석용은 문득 떠오르는 게 있어 물었다.

"그렇다면 저 석수라는 분이오?"

"나는 양웅이고, 이 아우는 석수요. 형께서는 어떻게 석수의 이름을 아시오?"

양웅이 석용의 말을 받아 되물었다. 석용이 공손히 말했다.

"제가 어떻게 알겠습니까만 전에 대종 형님께 들은 게 있어 놔서요. 계주에서 돌아오시는 길에 이곳에 들러 여러 번 형의 말을 하기에 이름이 귀에 익습니다. 이제 산채로 오시게 되었으니 얼마나 기쁜지 모르겠습니다."

그러고는 두 사람에게 자신이 누군지를 밝혔다. 두 사람도 좀 더 상세히 자신을 밝힌 뒤 축가점에서 당한 일을 이야기했다. 석용은 일꾼을 시켜 두 사람에게 술과 안주를 대접하게 해 놓고 자신은 집 뒤 물가의 정자에 가서 건너 양산박에 대고 소리 나는 화살 한 대를 쏘아 보냈다.

오래잖아 건너 언덕 갈대숲에서 졸개 하나가 배 한 척을 저어 왔다. 석용은 양웅과 석수를 그 배에 태워 똑바로 압취탄(鴨嘴灘) 나루로 보냈다. 석용이 이미 화살에 매단 편지로 알린 까닭에 대종과 양림이 산 위에서 내려와 그 두 사람을 맞았다.

예를 마친 뒤 네 사람이 산 위에 이르니 여러 두령들이 모두 취의청에 모여 있었다. 대종과 양림은 양웅과 석수를 조개와 송강을 비롯한 여러 두령에게 차례로 인사시켰다. 예가 끝나자 조개는 양웅과 석수에게 오게 된 경위를 물었다. 두 사람은 자신의 무예를 말하고 함께 있게 해 주기를 빌었다. 두령들은 모두 두 사람이 온 걸 기뻐하며 서로 자리를 양보하려 했다.

이야기는 다시 시천과 축가장의 일로 이어졌다. 양웅이 문득 어두워진 얼굴로 말했다.

"우리와 함께 이곳으로 오려고 한 사람 중에 시천이란 놈이 있었는데, 잘못해 축가점의 새벽 알리는 닭을 잡아먹은 까닭에 시비가 벌어졌습니다. 석수가 성난 김에 그 주막에 불을 지르자 축가장 사람들이 떼를 지어 덤벼 시천이 놈은 그만 붙들려 가고 말았지요. 그 뒤 이응이 두 차례나 축가장에 글을 보내 시천을 놓아 달라고 했지만 축씨네 셋째 아들놈은 말을 듣기는커녕 갖은 욕을 다 했습니다. 특히 이곳 산채의 여러 두령들까지 모두 붙잡아 없애겠다고 큰소리를 치는 판이니 어찌 그런 놈을 그냥 보아 넘기시겠습니까?"

그러고는 이응과 축표의 싸움 경과까지 자세히 이야기했다. 듣고 난 조개가 벌컥 화를 내며 소리쳤다.

"여봐라, 우선 저 두 놈부터 끌어내 목을 베어라!"

서슬이 시퍼런 게 두 사람이 몹시 못마땅한 모양이었다. 송강이 얼른 그런 조개를 말렸다.

"형님, 잠시 노기를 거두십시오. 저 두 장사는 천 리를 멀다 않고 우리를 찾아와 도움을 구하는데, 어찌하여 목을 베려 하십니까?"

"우리 양산박의 호걸들은 왕륜을 내쫓은 뒤로는 모두 충의를 으뜸으로 삼고 백성들에게 널리 은덕을 베풀려고 애써 왔소. 어떤 형제도 산을 내려가 그러한 우리의 의기를 더럽힌 적이 없소. 그래서 먼저 오고 나중 오고를 가릴 것 없이 모두 호걸 소리를 듣고 있는 거요. 그런데 저놈들은 양산박 호걸들의 이름을 빌려 닭을 도둑질해 먹은 까닭에 여기 우리들까지 앉아서 욕을 먹게 하였소. 오늘은 먼저 저 두 놈의 목을 베어 그 목으로 군기부터 세워야겠소. 그다음 내가 친히 군마를 이끌고 그 돼먹잖은 마을을 쓸어버릴 작정이오. 떠나기에 앞서 날카로운 기세를 상하지 않기 위해서도 저 두 놈의 목을 베어야 한단 말이오. 얘들아! 뭣들 하느냐?"

조개가 여전히 성난 기세로 그렇게 졸개들을 재촉했다. 송강이 다시 조개를 말렸다.

호걸들, 축가장을 치다

"그렇지 않습니다, 형님. 형님께서는 저 두 분 아우님들의 말을 곧이곧대로 듣지 마십시오. 그 고상조(鼓上蚤, 북 위의 벼룩) 시천이란 자는 저 사람들과 같은 유가 못 됩니다. 축가장과 시비를 일으키게 된 것은 그자고, 저 두 사람이 우리를 욕되게 한 건 아닙니다. 또 제가 사람들로부터 들은바로는 축가장 놈들은 진작부터 우리와 맞서 싸울 준비를 해 왔다는군요. 잠시 화를 누르시고 달리 생각해 보십시오. 마침 우리 산채는 인마가 많이 불어났건만 식량이 넉넉하지 못합니다. 시비도 우리가 먼저 찾아가 건 게 아니라 도리어 그쪽에서 걸어온 셈이니 이판에 그놈들을 들이치는 게 어떻겠습니까? 만약 그놈들의 장원만 손에 넣는다면 네댓 해 양식 걱정은 안 해도 될 겁니다. 우리가 저희를 건드린 적이 없는데, 제 놈들이 저토록 무례하니 어찌 그냥 둘 수 있겠습니까? 하지만 형님은 이 산채의 어른이십니다. 제가 비록 재주 없으나 한 갈래 군마와 몇몇 두령을 데리고 산을 내려가 축가장을 치지요. 만약 그 마을을 쓸어버리지 못한다면 결코 이 산채로 되돌아오지 않겠습니다. 어떻습니까? 그리하면, 첫째 이 산채의 기세도 아니 꺾이고, 둘째 하찮은 것들에게 업신여김을 당하지도 않게 되며, 셋째 많은 양식을 얻어 산채에서 쓸 수 있게 되고, 넷째 이응을 산채로 데려올 수 있게 됩니다."

오학구도 곁에서 송강을 거들었다.

"공명 형님의 말씀이 옳습니다. 어찌 우리의 손발같이 된 형제를 목 벨 수 있겠습니까?"

"저 두 형제의 목은 칠 수 있으나 빼어난 호걸들이 우리를 찾아오는 길을 막아서는 안 됩니다. 형님께서 만약 이 두 사람을 죽인다면 앞으로 어느 누가 우리 산채를 찾아오겠습니까?"

대종도 힘을 들여 조개를 말렸다. 다른 두령들도 한결같이 말리고 나서자 조개도 마지못한 듯 양웅과 석수를 목 베라는 영을 거두었다.

일이 그쯤 되자 양웅과 석수도 스스로 잘못을 빌었다. 양산박의 규율을 섬뜩하게 맛본 셈이었다. 송강이 그들을 타이르듯 말했다.

"두 분 아우님은 행여라도 달리 생각하지 마시오. 이게 우리 산채의 매서운 영이외다. 비록 이 송강이라 할지라도 죄를 지으면 목이 날아가는 법이오. 어찌 감히 사사로운 정을 내세울 수 있겠소이까? 이번에 새로이 철면공목(鐵面孔目) 배선(裵宣)이 군정사(軍政司)가 되어 이미 정해 둔 예에 따를 뿐이외다. 그러니 아우님들은 조금 전의 일을 너무 서운히 여기지 마시오."

그 말에 양웅과 석수는 다시 한번 머리를 조아리며 죄를 빌었다. 그제야 조개는 양웅과 석수에게 양림 다음 자리를 내주게 했다.

산채의 모든 졸개들을 불러들여 새로 맞게 된 두령을 보게 한 뒤 잔치가 벌어졌다. 소와 말을 잡고 술을 독째 걸러 마시고 즐기는 잔치였다. 잔치가 끝난 뒤 양웅과 석수에게도 거처가 정해지고, 수십 명 졸개가 딸려져 시중을 들게 되었다.

다음 날 다시 큰 잔치가 벌어지고 거기서 두령들은 드디어 축가장 칠 일을 의논했다. 송강은 철면공목 배선에게 산을 내려갈 사람의 수와 송강을 도울 두령들을 고르게 했다. 모두 축가장과 그 부근 마을을 들이칠 패들이었다.

곧 산을 내려가고 남을 두령들과 졸개의 머릿수가 정해졌다. 조개는 산채에 남아 움직이지 않고, 오학구, 유당, 완씨 삼 형제, 여방, 곽성이 그런 조개를 도와 산채를 지키게 했다. 나루터와 관문, 주막 등을 맡아 지키던 사람들도 그대로 남아 지키기로 하고 새로 온 두령 맹강만 산을 내려갈 마련을 대신해 싸움배 만드는 일을 돌보게 했다.

그 나머지는 모두가 송강을 따라 축가장을 치러 가게 되었다. 산을 내려가는 인마는 두 패로 나뉘어 출발했다. 한패는 송강이 화영, 이준, 목홍, 이규, 양웅, 석수, 황신, 구붕, 양림과 삼천의 졸개에 마군 삼백을 이끌게 되었다. 다른 패는 임충, 진명, 대종, 장횡, 장순, 마린, 등비, 왕왜호, 백승이 역시 삼천 졸개와 삼백 마군을 거느리고 산을 내려갔다. 송강이 이끄는 부대가 먼저요, 임충이 이끄는 부대가 뒤따라 내려가 앞뒤에서 호응키로 했다.

양산박의 방비도 한층 엄해졌다. 금사탄과 압취탄에 각기 작은 진채가 새로이 서고, 송만과 정천수가 그곳을 지키면서 떠난 부대의 말먹이와 양식을 대게 했다. 그 모든 게 정한 대로 이루어지자 조개는 떠나는 두령들과 물가에서 작별하고 다시 산으로 돌아갔다. 대부분의 두령과 졸개들이 떠난 터라 산채를 지키는 일도 여간 큰일이 아니었다.

양산박을 떠난 송강과 두령들은 오래지 않아 독룡강에 이르렀다. 송강은 독룡강 한 마장 못 미치는 곳에 이르러 인마를 세우고 진을 쳤다. 군막을 세우고 목책을 둘러 진채가 어우러진 뒤 송강은 화영과 더불어 의논했다.

"내가 들으니 축가장으로 가는 길이 매우 복잡하다더군. 무턱대고 군사를 몰고 나가서는 안 될 듯하네. 먼저 두 사람을 보내 앞길을 살펴보게 하도록 하세. 길이 들고 나는 게 어떤지를 알아낸 뒤에 밀고 들어가야 적을 이길 수 있을 것이네."

송강이 그렇게 말하자 난데없이 이규가 끼어들었다.

"형님, 이놈이 오랫동안 한가하게 지내 사람 죽여 본 지 오래되오. 먼저 나를 한번 보내 주시우."

"너는 안 돼. 만약 적진을 쳐부수고 맞붙어 치고받는 일이라면 마땅히 너를 보내야겠지. 그러나 이번 일은 세작 노릇이야. 너에

겐 맞지 않아."

송강이 한마디로 거절하자 이규가 피식피식 웃으며 빈정댔다.

"이따위 보잘것없는 놈의 마을 하나를 가지고 형님이 뭣 때문에 힘을 낭비한단 말이오! 내게 아이들 이삼백만 딸려 주시면 까짓 놈의 장원쯤은 콩가루로 만들어 버리겠우. 그 안에 있는 놈들은 모조리 반 토막을 내 버리고 말이오. 그런데 뭣 때문에 먼저 사람을 보내 살핀다 어쩐다 수선을 떠시오?"

"시끄러워. 너는 저리 가 있다 부르거든 와!"

송강이 마침내 이규를 꾸짖어 입을 다물게 했다. 이규가 입을 쑥 빼고 물러나며 투덜거렸다.

"까짓 파리 같은 놈들 몇 마리 때려죽이면 되는 일에 왜 이리 법석을 떠는지 모르겠네……."

송강은 그래도 못 들은 척하고 석수를 불러들였다.

"아우님이 전에 한번 이곳에 와 본 적이 있으니 양림과 함께 가 보는 게 좋겠네."

그 같은 송강의 말에 석수가 고개를 끄덕이고는 말했다.

"지금 형님께서 수많은 인마를 이끌고 오셨으니 축가장인들 어찌 방비가 없겠습니까? 우리는 변장을 하고 들어가야 할 것 같은데 어떤 사람으로 변장해야 될지 모르겠습니다."

"나는 귀신 쫓는 중의 복색을 했으면 하오. 몸에 칼을 숨기고 손에는 고리 달린 법장(法杖)을 들고 갈 테니 형제는 그 소리를 따라 떨어져 오도록 하시오. 너무 멀리 떨어져서는 안 되오."

송강의 대답에 앞서 양림이 먼저 그렇게 제안하고 나섰다. 그제야 석수도 떠오르는 게 있는 모양이었다.

"나는 계주에서 나무장사를 했으니 나뭇짐을 지고 가도록 하지요. 몸에 무기를 감추고……. 급한 일이 생기면 멜대도 쓸데가 있겠지."

그렇게 맞받았다. 양림이 만족해서 말했다.

"그것 좋지. 형제와 나는 손발이 척척 맞는구먼. 오늘 저녁에 준비했다가 내일 새벽에 일찍 떠납시다."

다음 날 아침 날이 밝자 간밤 이야기와는 달리 석수가 먼저 나뭇짐을 지고 진채를 나섰다. 오래잖아 양림도 석수를 뒤따랐다.

석수가 한 이십 리 걸으니 갑자기 길이 복잡하게 얽히기 시작했다. 사방으로 구불구불 나 있는 데다 나무까지 빽빽이 들어차 어디로 가야 할지 알 길이 없었다.

석수는 할 수 없이 나뭇짐을 내려놓고 쉬었다. 한참 있으니 지팡이에 달린 놋쇠 고리 소리가 점점 가까이 왔다. 석수가 보니 중으로 꾸민 양림이 오고 있었다. 머리에는 해진 삿갓을 쓰고 몸에는 헌 승복을 꿰었는데 손에 쥐고 있는 법장이 더욱 그럴듯했다.

석수는 부근에 아무도 없는 걸 보고 양림을 불러 말했다.

"이곳은 길이 몹시 꼬불꼬불하고 얽혀 있어 어느 길이 전에 이웅을 따라갔던 길인지 알 수가 없소. 그때는 날이 어두웠는 데다 그 사람들은 익숙한 길이라 마구 달려 자세히 보지 못해선 듯하오."

"길이 구부러졌건 펴졌건 상관하지 말고 그저 큰길로만 가 봅시다."

양림이 별로 머뭇거리는 기색 없이 그렇게 대꾸했다. 이에 석수는 다시 나뭇짐을 지고 그중에서 가장 넓은 길만 따라 앞으로 나아갔다.

얼마쯤 가다 보니 갑자기 앞에 마을 하나가 나타나고 몇 군데 술집과 고깃간이 보였다. 석수는 나뭇짐을 지고 그중 한 술집 앞으로 가서 짐을 내려놓았다.

거기서 잠시 쉬는 척하며 살펴보니 역시 그 마을은 예사 마을이 아니었다. 술집, 고깃간 할 것 없이 안에는 창과 칼이 세워져 있고 나다니는 사람들도 하나같이 '축(祝)' 자가 크게 쓰인 누런 헝겊을 가슴과 등에 늘어뜨리고 있었다.

석수는 그중 한 늙은이를 골라 공손하게 물었다.

"어르신네, 이게 무슨 풍습입니까? 무슨 일로 집집마다 창칼을 세워 두었는지요?"

"당신은 어디서 온 손님이오? 아무것도 모르는 모양인데 어서 갈 길이나 가시오."

늙은이가 퉁명스레 대답했다. 그래도 석수는 공손함을 잃지 않고 말했다.

"저는 산동에서 대추 장사를 하던 놈이올시다. 장사를 망쳐 밑천을 털어먹은 터라 고향으로 돌아가지 못하고 나무장사로 나섰지요. 그런데 이곳은 어딥니까?"

"어서 갈 길이나 가라니까. 그래서 빨리 피하는 게 좋을 거요. 이곳에는 오래잖아 큰 싸움이 날 거란 말이오."

"이 같은 산골 마을에서 큰 싸움이 난다니요?"

“이보시오, 나그네. 당신 정말 몰라서 묻는 거요? 그렇다면 말해 주지. 이곳은 축가촌이란 마을이고, 언덕 위에는 축조봉 어른의 저택이 있소. 그런데 양산박 패거리와 사이가 나빠 지금 양산박에서 많은 인마가 이 마을을 치려고 마을 어귀까지 와 있소. 저희들 생각으로는 마구잡이로 덤비고 싶지만 이리로 오는 길이 워낙 복잡해 함부로 못 들어오고 있을 뿐이지. 그래서 축가장에서도 영이 떨어졌소. 마을 집집마다 장정들은 싸울 채비를 하고 있다가 부르면 모두 나와 적을 막도록 하라고.”

마음씨가 무던해서인지 늙은이는 석수를 별로 의심하는 기색 없이 털어놓았다. 석수는 시치미를 떼고 계속해 물었다.

“어르신네, 이 마을 사람 수가 얼마나 되기에 그런 싸움을 벌일 수 있습니까?”

“우리 축가촌만 해도 만 호는 넘지. 또 동서에 두 마을이 있어 돕기로 되어 있고. 동쪽 마을은 박천조 이응 나리가 계시고, 서쪽 마을은 호 태공의 장원이 있는데 특히 호 태공 댁 따님이 대단하다오. 이름은 호삼랑이고, 달리는 일장청이라 불리기도 하는 아가씨지. 무예가 여간 아니라오.”

“그렇다면 양산박 패거리를 무엇 때문에 겁냅니까?”

“겁내는 건 없소. 우리가 처음 이곳에 올 때처럼 길을 몰라 헤매다가 붙잡히겠지.”

“어떻게 해서 처음 오는 사람은 붙잡히고 맙니까?”

“우리 마을로 오는 길을 두고 옛사람이 한 말이 있네. ‘좋구나 축가장,/ 길 한번 대단하다./ 들어오기는 쉬워도/ 나갈 길은 전혀

없네.'라고."

거기까지 들은 석수는 그냥은 더 캐어물을 수가 없었다. 혹시 늙은이가 의심이라도 할까 봐 갑자기 우는 시늉을 하며 절을 하고 물었다.

"어르신네, 이놈은 장사를 하다가 밑천을 털어먹고 고향에도 돌아가지 못하고 있는 불쌍한 놈입니다. 나뭇짐이라도 팔아 볼까 하고 들어왔다가 뜻밖의 싸움판에 끼이게 되었으니 이 일을 어찌합니까? 어르신, 이 나뭇짐을 여기 두고 갈 테니 이놈이 빠져나갈 방도만 일러 주십시오."

그러자 마음 좋은 늙은이는 측은한 듯 석수를 보고 말했다.

"내가 언제 자네 나무를 달라 하던가? 그 나무는 사 주지. 어쨌든 잠시 안으로 들어가게. 술이라도 한잔 들고 가지."

석수는 그 같은 늙은이의 말에 감사하며 나뭇짐을 지고 늙은이를 따라 술집 안으로 들어갔다.

늙은이는 석수에게 술 두 사발과 쌀죽 한 그릇을 내놓았다. 석수는 술 마실 정신도 없는 사람처럼 거듭거듭 절을 하며 알고 싶은 것만 되풀이하여 물었다.

"어르신네, 제발 빠져나갈 길을 일러 주십시오!"

그러자 노인은 더 애태우지 않고 바로 일러 주었다.

"자네가 이 마을을 빠져나가려면 백양나무가 서 있는 곳에서 돌아가야 하네. 길이 넓든 좁든 백양나무가 선 곳에서 돌면 살길이지. 그러나 그 나무가 없는 길로 가면 끝장이야. 딴 나무를 돌아서는 살아나갈 수 없어. 한번 길을 잘못 들면 오른쪽으로 가든 왼쪽으로 가든 달아날 길도 없단 말이네. 또 그런 길에는 대꼬챙이가 박혀 있거나 가시 난 쇠줄이 쳐져 있어 밟으면 튀어 오르니 잡히지 않고 어쩌겠나?"

그 말에 석수는 뛸 듯이 기뻤다. 그러나 애써 기쁜 기색을 감추고 거듭 감사한 뒤 다시 공손히 물었다.

"어르신네의 존함은 어찌 되시는지요?"

"이 마을에는 축씨가 가장 많지. 그러나 나는 두 자 성인 종리(鍾離)를 쓰네. 조상 적부터 여기 살아왔지."

"내려 주신 술과 밥은 잘 먹었습니다. 뒷날 반드시 후히 셈해 드리겠습니다."

석수는 그러면서 떠날 채비를 했다. 그때 바깥이 떠들썩했다.

"세작을 한 놈 잡았다."

석수가 가만히 귀 기울여 보니 그런 외침이었다. 깜짝 놀라 석수는 늙은이를 따라 밖에 나가 보았다. 일고여덟 명의 장정이 어떤 사람을 끌고 오고 있었다. 석수가 그 사람을 살펴보니 그는 다름 아닌 양림이었다. 승복이며 삿갓은 벗기우고 벌거숭이로 꽁꽁 묶인 채였다.

석수는 속으로 괴로운 신음을 내뱉었으나 겉으로는 아무 일 없는 사람처럼 늙은이에게 물었다.

"저 사람은 누군가요? 왜 저렇게 꽁꽁 묶였습니까?"

"자네는 듣지도 못했나? 양산박의 괴수 송강이 보낸 염탐꾼이라지 않던가?"

"어쩌다가 붙들렸답니까?"

석수가 다시 그렇게 묻자 늙은이는 구경꾼들에게 가서 알아보고 일러 주었다.

"간도 큰 놈이지. 혼자서 염탐질을 하려고 중 옷을 입고 마을로 숨어들었다는구먼. 길을 모르니까 큰길만 골라 들어오다가 이리저리 헤매던 끝에 죽을 길로 접어든 모양이야. 백양나무 있는 데서 돌아야 한다는 걸 모르고 함부로 가다가 사람들 눈에 띄었겠지. 나리의 장원에서 간 장정들이 잡으려 하자 칼을 빼어 대여섯 명이나 다치게 했다는군. 그러나 결국 혼자서 여럿을 당해 내지 못해 붙잡혔다는 게야. 저놈을 알아본 사람의 말로는 금표자 양림이란 자라더군."

그런데 미처 늙은이의 말이 끝나기도 전에 다시 길 앞에서 떠들썩하게 외치는 소리가 들렸다.

"셋째 나리께서 둘러보러 오셨다!"

석수는 놀란 중에도 벽에 몸을 붙이고 가만히 밖을 살펴보았다. 맨 앞에는 창을 든 스무 명의 장정이 뒤따랐다. 말 탄 장정들은 하나같이 활과 화살통을 안장에 매달고 있었다. 그리고 다시 그 뒤로는 네댓 필의 말이 가운데의 한 젊은이를 둘러싸듯 따르고 있는데, 그 젊은이는 눈빛같이 새하얀 말에 갑옷 투구를 갖추고 번쩍이는 창을 든 채였다.

석수는 단번에 그를 알아보았으나 이번에도 아무것도 모르는 척 늙은이에게 물었다.

"지금 지나가는 저 나리는 누굽니까?"

늙은이가 자랑스러운 듯 대답했다.

"축조봉 어른의 셋째 아들인 축표 도련님이라네. 서쪽 마을 호가장의 일장청 아가씨를 아내로 맞게 될 분인데 삼 형제 중에서 가장 무예가 뛰어난 분이야."

뻔히 알면서도 늙은이의 말을 귀담아듣는 척하던 석수는 더 알 게 없다 싶자 그곳을 떠나기로 했다.

"어르신네, 여기서는 어떻게 나가면 되겠습니까?"

석수가 그렇게 묻자 늙은이가 고개를 설레설레 흔들며 말했다.

"오늘은 이미 저물었네. 가다가 싸움이라도 만나면 애꿎은 목숨만 잃고 말아."

석수가 그런 늙은이에게 매달렸다.

"어르신네, 부디 이 가엾은 놈 목숨을 구해 주십시오!"

"오늘 밤은 내 집에서 자고 내일 아무 일이 없거든 그때 떠나게."

맘씨 좋은 늙은이가 다시 그렇게 인심을 썼다. 석수도 어두운 밤에 위태로운 길을 뚫고 나갈 마음이 없어 그 말을 따르기로 했다. 몇 번이나 그 늙은이에게 절하며 감사하고 집 안에 눌러앉았다.

석수가 집 안에 앉아 있는 동안에도 네댓 차례나 관가에서 나온 파발마가 문 앞을 지나갔다.

"마을 사람들은 들어라. 오늘 밤 붉은 등이 내걸리거든 모두 뛰어나와 양산박의 도둑놈들을 잡아라. 그것들을 관청으로 끌고 오면 후한 상을 받을 것이다."

말 위에 탄 전령은 저마다 그렇게 외쳐 댔다. 석수가 늙은이에게 물어보았다.

"저 사람은 누굽니까?"

"이곳의 포도순간(捕盜巡簡)일세. 오늘 밤에는 꼭 송강을 잡기로 되어 있다네."

늙은이가 그렇게 일러 주었다. 석수는 속으로 그 관원이 말한 붉은 등과 늙은이의 말을 연결 지어 곰곰 생각해 보았다. 대강 짐작이 가는 데가 있었다. 그러나 석수는 아무런 내색 없이 횃불 하나를 얻어 들고 집 뒤 골방으로 자러 갔다.

한편 송강은 양산박의 인마와 함께 마을 어귀에 머물면서 양림과 석수가 돌아오기만을 기다렸다. 그러나 아무리 기다려도 그들이 오지 않자 이번에는 구붕을 들여보내 보았다. 오래잖아 구붕이 돌아와 말했다.

"제가 엿들어 보니 저것들은 염탐꾼 하나를 붙들었다고 떠들어대고 있었습니다. 또 제가 가 보니 길이 꼬불꼬불하고 복잡해 깊이 들 수가 없었습니다."

그 말에 송강이 성난 소리로 외쳤다.

"어떻게 염탐 간 이들이 돌아와 알려 주기를 기다려 군사를 내겠소? 또한 염탐꾼을 붙잡았다면 다른 한 사람도 무사하지는 못할 거요. 양림과 석수 두 형제가 붙들린 게 틀림없소. 오늘 밤 무조건 밀고 들어가 그 형제들을 구해 내야 할 것 같소이다. 다른 두령들의 뜻은 어떻소?"

그러자 이규가 좋아라 나서며 떠들어 댔다.

"내가 먼저 앞장서겠습니다. 볼 것 없이 쳐들어갑시다!"

이번에는 송강도 그를 말릴 구실이 없었다.

송강은 모두에게 싸울 채비를 하게 한 뒤 먼저 이규와 양웅에게 한 부대를 주고 앞장을 서게 했다. 이준은 또 다른 부대로 그 뒤를 받치도록 하고, 목홍에게는 왼쪽을, 황신에게는 오른쪽을 맡겼다. 송강은 화영, 구붕 등과 함께 중군이 되었다. 그리하여 각기 맡은 위치대로 깃발을 휘두르고 함성을 지르며 밀고 드니 축가장쯤은 금세 때려 부술 것 같았다.

송강의 인마가 독룡강에 이르렀을 때는 해가 뉘엿할 무렵이었다. 송강은 두령들과 졸개들을 휘몰아 축가장을 들이쳤다. 선봉인 이규는 벌거숭이로 커다란 쇠도끼 두 자루를 휘두르며 앞장서 내달았다. 그러나 장원 앞에 이르러 보니 적교는 높이 매달려 있고, 문에는 불빛 한 줄기 내비치지 않았다. 이규는 망설임 없이 장원을 둘러싸고 있는 해자의 물속으로 뛰어들려 했다. 양웅이 그런 이규를 말렸다.

"아니 되오. 문을 닫아걸고 있는 게 반드시 무슨 꿍꿍이속이 있는 것 같소. 송강 형님이 오시기를 기다려 따로 의논해 본 뒤에 움직입시다."

하지만 그런다고 가만히 참고 있을 이규가 아니었다. 쌍도끼를 휘두르며 건너편 축가장 담벽 쪽을 향해 소리소리 욕을 해 댔다.

"축가 늙은 도적놈아, 어서 나오너라. 흑선풍 어른이 예 오셨다!"

그러나 장원에서는 아무런 대꾸가 없었다.

오래잖아 송강의 중군이 그곳에 이르렀다. 양웅은 송강에게 그곳의 형편을 알렸다. 송강은 가만히 축가장 쪽을 살펴보았다. 양웅의 말대로 창칼도 인마도 보이지 않는 게 이상했다. 그러자 문득 깨달아지는 게 있었다.

"이거 내가 잘못했구나. 적과 싸우는 데 조급하게 굴지 말라고 천서(天書)에도 쓰여 있지 않던가. 그런데도 나는 두 형제를 구하는 일에만 정신이 팔려 이 밤중에 무턱대고 군사를 내고 말았다. 뜻밖에도 너무 깊이 들어와 적의 장원 앞까지 이르렀건만 적이 보이지 않는구나! 틀림없이 적에게 무슨 계책이 있는 것 같으니 어서 삼군을 물려야겠다."

송강은 그렇게 후회하며 인마를 물리려 했다. 이규가 그러는 송강에게 소리치며 뻗댔다.

"형님, 이미 군마는 여기까지 왔는데 물러나다뇨? 내가 앞장설 테니 모두 따라오시오!"

그런데 미처 그 말이 끝나기도 전이었다. 갑자기 축가장 안에서 한 소리 포향이 울리더니 독룡강 언덕에 수천의 횃불이 밝혀지며 축가장의 문루와 성벽에서 화살이 비 오듯 쏟아졌다.

송강은 급히 영을 내려 인마를 물리게 했다. 그때 다시 뒤따라오던 이준의 부대가 이르러 급한 소리로 알렸다.

"우리가 온 길이 모두 막혀 버렸습니다. 틀림없이 매복이 있습니다."

이에 더욱 놀란 송강은 졸개들에게 시켜 사방으로 길을 찾아보게 했다. 그사이에도 이규는 쌍도끼를 들고 찍어 죽일 상대를 찾아 오락가락했다. 그러나 축가장 쪽 사람은 하나도 눈에 띄지 않았다.

그때 다시 독룡강 꼭대기 쪽에서 한 소리 포향과 함께 함성이 울렸다. 사방이 온통 적으로만 둘러싸인 느낌이었다.

송강은 한참을 넋 빠진 듯 있다가 졸개들에게 큰길 쪽으로 길을 뚫어 보게 했다.

그러나 삼군은 조금도 앞으로 나가지 못하고 여럿이 질러 대는 신음 비슷한 소리만 들려올 뿐이었다.

"저게 무슨 소리냐?"

송강이 놀라 물었다. 여러 졸개들이 입을 모아 대답했다.

"앞에 뱀처럼 꼬불꼬불한 바윗길이 있는데 기껏 내닫고 보면 어느새 제자리로 돌아와 있는 꼴이라 기가 막혀 내는 소립니다."

"군마에게 횃불을 밝히고 앞장서게 하라. 사람 사는 집이 보이는 곳으로 길을 잡으면 빠져나갈 수 있을 것이다."

송강이 그렇게 영을 내렸다. 이에 양산박 군사는 그 말대로 횃불을 밝히고 길을 찾아 나아갔다. 그런데 얼마 가기도 전에 다시 행렬의 앞머리가 술렁대더니 이런 외침이 들려왔다.

"횃불로 길은 찾았지만 거기는 대꼬챙이와 쇠로 만든 가시덤불에다 통나무로 가로막혀 있습니다. 나아가기 어렵습니다!"

그 소리에 송강은 더욱 정신이 아득했다. 당장은 무얼 해야 할지 몰라 멍하니 서 있는데 갑자기 좌군 가운데쯤에 있는 목홍의 부대 쪽이 술렁거리더니 누군가 달려와 알렸다.

"석수가 돌아왔습니다."

그리고 이어 칼을 든 석수가 송강의 말 앞으로 달려와 소리쳤다.

"형님, 너무 당황하지 마십시오. 제가 이미 길을 알아 두었습니다. 가만히 삼군에게 영을 내리시어 백양나무가 서 있는 곳에서 길을 돌라 하십시오. 길이 넓고 좁고를 가릴 것 없이 그리로만 나가시면 됩니다."

송강은 곧 삼군에게 영을 내려 석수가 시키는 대로 하게 했다. 백양나무가 선 곳에서 도니 정말로 길이 열렸다.

그런데 알 수 없는 일은 뒤쫓는 적군이 조금도 줄지 않는 것이었다. 벌써 십 리 가까이나 빠져나왔건만 앞을 가로막는 적은 늘어나기만 했다. 의심이 난 송강은 석수를 불렀다.

"이보게 아우, 그런데 길을 막는 적군은 어째서 점점 불어나나?"

"저것들이 등불로 신호를 삼는 듯합니다."

석수가 퍼뜩 늙은이의 주막에서 들은 말을 떠올리고 그렇게 대답했다. 그때 곁에 있던 화영이 송강을 보고 말했다.

"형님, 저기 나무 그늘에 달린 등불이 보이십니까? 저게 우리가 동쪽으로 움직이면 동쪽으로 흔들리고 서쪽으로 움직이면 서쪽을 가리키며 흔들립니다. 저게 바로 저놈들의 신호인 듯싶습니다."

"자네가 저걸 어찌해 볼 수 있겠나?"

송강도 그 등불을 살피다가 다시 화영을 보며 물었다.

"그야 어려울 것도 없지요!"

화영이 그렇게 대꾸하며 화살을 뽑아 시위에 먹였다. 화영이 그 나무 쪽으로 말을 내닫다가 문득 시위를 힘껏 당기고 화살을 한 대 날렸다.

화살은 어김없이 그 등불을 맞혀 아래로 떨어뜨렸다.

등불이 꺼져 버리자 숨어 있던 적병들은 절로 어지러워졌다. 양산박 패거리가 어디 있는지 몰라 이리저리 몰려다닐 뿐 전처럼 괴롭히지 못했다. 그 틈을 타서 송강은 석수에게 길을 인도하게 했다.

송강이 이끄는 양산박 군사가 겨우 마을 어귀에 이르렀을 때였다. 산 앞뒤에서 갑자기 함성이 일며 횃불이 수없이 타올랐다. 또 적의 매복이 있는가 싶어 송강은 행군을 멈추게 하고 석수를 먼저 보내 알아보게 했다. 오래잖아 석수가 돌아와 알렸다.

"우리 산채에서 뒤따라온 부대가 우리를 도우러 왔습니다. 지금 복병을 쳐서 흩는 중입니다."

이에 힘을 얻은 송강은 군사를 몰아 앞으로 나갔다. 마을 어귀를 막고 있던 축가장의 병력은 앞뒤로 적을 맞자 더 버티지 못하고 사방으로 흩어져 달아났다.

송강의 군사들이 임충과 진명이 이끄는 군사들과 만났을 때는 이미 날이 훤히 밝은 뒤였다. 송강이 인마를 점검해 보니 진삼산 황신이 보이지 않았다. 송강은 놀라 황신이 없어진 까닭을 알아보게 했다. 간밤 그 뒤를 따랐던 졸개 하나가 알려 왔다.

"황 두령께서는 어젯밤 송강 두령의 영을 받고 앞서 나아가 길을 찾다가 적에게 사로잡혔습니다. 갈대숲으로 잘못 들어갔다가 두 줄기 줄 달린 갈고리에 걸려 말에서 떨어지자 대여섯 명이 덤벼들어 묶어 버리더군요. 저희가 구하려 해 보았지만 어찌할 수가 없었습니다."

그 말을 들은 송강은 크게 노하여 그 졸개를 목 베려 했다. 진작 그 일을 알리지 않은 걸 벌주려 함이었다. 임충과 화영이 겨우 그런 송강을 말렸다.

그 자리는 곧 수습되었으나 두령들은 근심이 되지 않을 수 없었다.

“축가장은 쳐부수지 못하고 도리어 형제 둘만 잃었구나. 이 일을 어쩌면 좋은가?”

서로 얼굴을 마주보며 그렇게 수군거렸다. 양웅이 나서서 말했다.

“이곳의 세 마을은 서로 힘을 합쳐 돕고 있습니다. 그러나 동쪽 마을의 이응은 지난번 축표의 화살에 맞아 아직 상처를 치료하느라 자리에 누워 있습니다. 형님은 왜 그분을 찾아 의논해 보지 않으십니까?”

그 말에 송강은 문득 깨달은 듯 소리쳤다.

“아하, 내가 그를 잊고 있었구나. 그 사람은 이곳의 지리에 훤할 텐데…….”

그러고는 비단 몇 필과 양고기, 술에 안장 갖춘 좋은 말 한 필을 마련하게 한 뒤 직접 이응을 찾아 나섰다.

임충과 진명에게 진채를 맡기고 송강이 말에 오르니 화영과 양웅, 석수가 졸개 삼백 명을 이끌고 그런 송강을 호위했다.

송강이 이가장 앞에 이르러 보니 장원의 문은 굳게 닫히고, 적교마저 달아매어져 있었다. 성벽 같은 담 위에 창칼이 벌려 세워져 있고, 문루마다 통나무와 바윗덩이가 쌓여 있는 게 싸움 준비를 단단히 갖춘 태세였다.

커지는 싸움

송강이 말 위에서 장원 쪽을 향해 소리쳤다.

"나는 양산박에서 온 송강이란 사람이오. 이곳의 주인어른을 뵈러 왔을 뿐 딴 뜻은 없으니 그리 알려 주시오."

그때 이가장의 장원 문 위에는 두흥이 서 있었다. 송강을 본 적은 없으나 양웅과 석수를 알아보고 얼른 문을 연 뒤 작은 배를 저어 건너왔다.

두흥이 송강 앞으로 와서 공손히 허리를 굽히자 송강도 얼른 말에서 내려 대답했다. 양웅과 석수가 송강 곁에 와서 알려 주었다.

"이 아우는 이응 나리 댁 사람으로 귀검아 두흥이라 합니다."

송강이 전부터 알던 사람처럼 두흥에게 말했다.

"바로 두 주관이셨구려. 수고스럽지만 이응 어른께 말씀 좀 올려 주시오. 양산박의 송강은 오래전부터 대관인의 이름을 흠모해 왔으나 아직까지 인연이 닿지 않아 찾아뵙지 못하다가 이제야 왔노라고요. 이번에 축가장과 싸우게 되는 바람에 이곳을 지나게 된바, 변변찮으나마 예물을 갖추고 한번 뵈려 할 뿐 딴 뜻은 없노라고 말입니다."

그 말을 들은 두흥은 다시 배를 저어 장원으로 돌아갔다.

안채로 들어간 두흥은 그때껏 상처가 낫지 않아 자리에 누워 있던 이응에게 송강이 한 말을 전했다. 이응이 엄한 목소리로 두흥의 말을 받았다.

"그는 양산박 도둑 떼의 우두머리가 아닌가? 그런 사람이 어찌 나를 보자는가? 사사로이 안 적도 없으니 자네가 가서 말해 주게. 내가 몸이 아파 누운 터라 나가 만날 수가 없노라고. 다음 날 만나 보기로 하고 예물도 돌려보냈으면 좋겠네."

주인의 말이라 두흥은 군소리 못하고 이응 앞을 물러났다. 다시 배를 저어 송강에게로 가 죄스러운 듯 전할 뿐이었다.

"나리께서는 마땅히 몸소 나오시어 두령님을 뵈어야 하나 지금은 몸에 입은 상처가 무거워 자리에 누워 계신 까닭으로 만나 뵙지 못하겠다 하십니다. 다음 날 인연이 닿으면 만나 뵙기로 하자시며, 예물도 받지 못하게 하셨습니다."

"저도 이곳 주인어른의 뜻은 짐작이 갑니다. 그러나 내가 다른 곳도 아닌 축가장을 치려다가 이롭지 못해 찾아온 것이니 한번 만나 주셨으면 매우 고맙겠습니다. 그런데도 그분은 오히려 축가장에서 이상히 여기는 것이 두려워 만나려 하지 않으신다니 섭

섭합니다."

송강이 축가장이란 말에 힘을 주며 그렇게 두흥의 말을 받았다. 두흥은 제가 공연히 송구스러워 어쩔 줄 몰라 하며 묻지도 않은 것까지 일러 주었다.

"아닌 게 아니라, 주인어른은 정말로 편찮으십니다. 제가 비록 중산(中山) 땅 사람이지만 이곳에 산 지 이미 여러 해 되어 이곳 사정에 밝으니 주인어른을 대신해 아는 대로 일러 드리지요. 이곳의 가운데 마을은 축가장이고 동쪽은 우리 이가장이며 서쪽은 호가장입니다. 이 세 마을은 서로 서약하고 생사를 같이하며 돕기로 되어 있습니다만, 우리 이가장은 얼마 전 축가장과 다투어 이번 싸움에는 끼어들지 않을 것입니다. 다만 걱정되는 것은 호가장이 축가장을 돕고 나서는 일입니다. 호가장에는 그리 대단한 인물은 없으나 일장청 호삼랑이란 여장군은 얕볼 수 없습니다. 한 쌍의 일월도(日月刀)를 아주 잘 쓰지요. 축가장의 셋째 아들 축표와 혼인하기로 되어 있어 축가장을 치시려면 동쪽은 몰라도 서쪽은 마음 써서 방비해야 합니다. 축가장은 큰 문이 둘 있는데 하나는 독룡강 앞에 있고 다른 하나는 독룡강 뒤에 있습니다. 앞문을 치시더라도 양쪽에서 협공해야만 깨뜨릴 수 있을 겁니다. 또 앞문에 이르는 길은 꼬불꼬불한 바윗길일 뿐만 아니라 좁고 넓은 게 고르지 않아 매우 찾기 어렵습니다. 하지만 언제나 백양나무가 선 곳에서 구부러지면 괜찮을 겁니다. 달리 길을 찾다가는 아주 어려운 지경에 빠지게 됩니다."

그 말이 끝나기 바쁘게 석수가 두흥에게 물었다.

"그놈들이 만약 백양나무를 모두 베어 버리면 어쩌겠소?"

"나무를 벤다 쳐도 뿌리까지 뽑아 없애지는 못할 겁니다. 뿌리를 보고 길을 찾지요. 그러나 그때는 밝은 대낮에 쳐들어가야 합니다. 어두운 밤에는 결코 그 길로 들어서지 말아야겠지요."

두흥이 얼른 그렇게 알려 주었다.

듣고 난 송강은 두흥에게 감사하고 이가장에서 물러났다. 두흥에게서 필요한 걸 알아낸 이상 만나려 하지 않는 이응을 억지로 만나야 할 까닭은 없었다.

송강이 진채로 돌아가자 그곳에 남아 지키던 두령들이 나와 맞았다. 진채 안으로 들어가 두령들과 함께 앉은 송강은 이응을 만나려고 하다 뜻을 못 이루고 돌아온 걸 간단히 들려주었다.

"우리는 좋은 뜻으로 제 놈에게 예물까지 보냈는데, 그놈이 뛰어나와 형님을 맞지 않더라구요? 제게 삼백 명만 주슈. 당장 달려가 그놈의 장원을 둘러엎고, 그 건방진 놈의 상투를 잡아끌고 와 형님을 뵙게 하겠소."

이규가 대뜸 침발을 튀겨 가며 그렇게 떠들었다. 송강이 이규를 나무랐다.

"너는 또 함부로 지껄이는구나. 그분은 부귀한 양민인데 어찌 관가를 걱정하지 않을 수 있겠느냐? 어떻게 맘 놓고 우리를 만날 수 있겠느냐?"

"그놈이 어디 어린애요? 사람 낯을 가리게."

이규가 그렇게 비쭉대자 함께 있던 두령들이 모두 웃었다. 송강이 그들을 보다가 결연히 말했다.

"그러나 이응이 저렇게 나오니 어쩌겠소? 우리 형제가 둘씩이나 붙들려 가 죽었는지 살았는지 모르는 판이니 이대로 있을 수는 없지 않소? 형제들은 한 번 더 나를 따라 축가장을 칩시다. 힘을 다해 싸우면 구해 낼 길도 있을 거요."

"형님의 말씀을 누가 감히 듣지 않겠습니까?"

두령들이 입을 모아 그렇게 대꾸한 뒤 그중의 하나가 다시 물었다.

"그런데 이번에는 누구를 앞세울 작정이십니까?"

"당신들이 그 어린 것을 겁낸다면 내가 앞장을 서 보지!"

이규가 또 그렇게 설치고 나섰다. 송강이 그런 이규를 주저앉혔다.

"너를 앞세워도 나을 게 없다. 이번에는 좀 빠져라."

그 말에 이규는 불끈 화가 났으나 송강 앞이라 억지로 참았다. 송강은 그런 이규를 못 본 척 마린, 등비, 구붕, 왕영 네 사람에게 눈짓하며 말했다.

"이번에는 자네들 네 사람이 앞장을 서 줘야겠네."

그리고 대종, 진명, 양웅, 석수, 이준, 장순, 장횡, 백승에게는 물길을 따라 싸울 채비를 하게 하는 한편, 임충, 화영, 목홍, 이규는 두 길로 나누어 뒤에서 호응하게 했다.

양산박의 장졸들은 각기 할 일이 정해지는 대로 배불리 밥을 먹고 다시 싸우러 나갔다. 송강은 스스로 앞장을 서서 바로 적을 치기로 했다. 붉은 '수(帥)' 자 깃발을 앞세운 그 곁으로 마린, 등비, 구붕, 왕영 네 두령이 백오십 명의 말 탄 군사와 천 명의 보군을 이끌고 뒤따랐다.

축가장으로 내닫던 그들은 곧 독룡강 앞에 이르렀다. 송강이 말고삐를 당겨 나아가기를 멈추고 축가장을 살펴보니 큰 깃발 하나가 바람에 펄럭이는데 흰 바탕에는 이렇게 쓰여 있었다.

물 고인 곳을 쳐서 조개를 사로잡고

塡平水泊擒晁蓋

양산을 짓밟아선 송강을 묶으리라

踏破梁山捉松江

그걸 본 송강은 화를 누르지 못하고 맹세했다.

"내 축가장을 치지 않고는 양산박으로 돌아가지 않으리!"

다른 두령들도 축가장에 내걸린 글을 보고는 한결같이 분개해 마지 않았다.

송강은 뒤따르는 두령들이 오기를 기다려 축가장을 치기 시작했다. 두 번째 부대는 축가장의 앞문을 치게 하고 자신은 앞선 부대와 함께 축가장의 뒷문을 치러 갔다. 독룡강 뒤쪽으로 나 있는 문이었다.

그러나 송강이 인마를 이끌고 가 보니 뒷문과 담벽은 여느 문과 벽이 아니었다. 그야말로 구리로 된 문에 쇠로 된 담이라 할 만큼 방비가 엄중했다.

송강이 함부로 밀고 들지 못하고 있는데 서북쪽에서 한 떼의 인마가 함성을 지르며 달려 나왔다. 송강은 마린과 등비에게 군사를 나눠 주며 축가장 뒷문을 지키게 하고, 자신은 구붕과 왕영을 데리고 나머지 인마와 함께 적을 맞으러 나갔다.

언덕 아래로 쏟아져 내린 건 스무남은 기의 말 탄 군사였다. 그들은 한 여장군을 에워싸고 있었는데, 그녀는 바로 일장청 호삼랑이었다. 호삼랑이 탄 말은 푸른빛 도는 갈기를 가진 말로, 일월쌍도를 안고 그 위에 앉은 그녀 뒤로는 다시 사오백 명의 군사가 따르고 있었다. 호가장의 일꾼들이었다.

그들이 축가장을 돕기 위해 나온 걸 안 송강이 주위를 돌아보며 말했다.

"호가장에 어여쁜 여장군이 있다더니 바로 저 사람인 게로군. 누가 나가 맞서 보겠는가?"

그러자 송강의 말이 떨어지기 전에 왜각호 왕영이 달려 나왔다. 워낙 여자를 밝히는 그라 여장군이란 말을 듣자 앞뒤 살필 것도 없이 나선 것이었다.

왕왜호가 창을 끼고 말을 박차며 나아가자 양쪽 진영에서 함성이 올랐다. 호삼랑도 쌍칼을 휘두르며 말을 몰고 나와 왕영과 맞섰다. 한쪽은 쌍칼을 잘 쓰고 한쪽은 단창 솜씨가 뛰어나니 곧 볼만한 싸움이 한판 어우러졌다.

두 사람의 싸움이 여남은 합에 이르렀을 때였다. 송강이 말 위에서 보니 아무래도 왕영의 창 솜씨가 밀리는 것 같았다.

사실이 그랬다. 왕영은 일장청을 처음 볼 때부터 어떻게 하든 사로잡을 생각으로 싸움을 서둘렀다. 그러나 일장청의 솜씨가 그렇게 매서울 줄 어떻게 알았겠는가. 갈수록 손발이 굳고 창 솜씨가 어지러워질 뿐이었다. 거기다가 더 기막힌 것은 일장청의 아리따움에 홀린 것일까? 목숨을 걸고 싸우는 마당인데도 일장청만 바라보면 정신이 아뜩해지는 일이었다.

일장청이 여자로서 그런 눈치를 모를 리 없었다.

'이 괘씸한 놈…….'

속으로 그렇게 앙칼지게 내뱉으며 쌍칼을 휘둘러 베고 들었다. 그 매서운 기세를 왕영이 어찌 당해 내겠는가. 얼결에 말을 돌려 달아나려 했다.

일장청이 뒤따라 오른손에 들고 있던 칼을 거두고 고운 팔을 내뻗어 왕영을 말 아래로 끌어내렸다. 일장청을 따르던 장정들이 우르르 덤벼들어 그런 왕영을 쓰러뜨리더니 사로잡아 끌고 갔다. 왕영이 끌려가는 걸 보고 구붕이 창을 휘둘러 구하려 했다. 일장청은 다시 그런 구붕을 맞아 싸웠다. 구붕은 원래가 조상 때부터 군문에서 일한 집 후손이라 한 자루 철창을 잘 썼다. 구붕이 일장청과 엇물려 한판 눈부신 싸움을 하는 걸 보고 송강은 속으로 갈채를 보냈다.

하지만 구붕의 놀라운 창 솜씨에도 불구하고 일장청은 조금도 흐트러짐이 없었다. 오히려 구붕마저 베어 넘길 듯 날렵하게 쌍칼을 휘둘렀다.

멀리서 보고 있던 등비는 왕왜호가 사로잡혀 간 데다 구붕마저 일장청을 이기지 못하자 그냥 있을 수 없었다. 말 배를 걷어차고 사슬낫을 휘두르며 구붕을 도우러 갔다.

그때껏 싸움을 구경하고 있던 축가장도 등비가 고함을 지르며 일장청 쪽으로 덮쳐 가는 걸 보자 그냥 있지 않았다. 행여라도 일장청이 실수할까 보아 얼른 적교를 내리고 장원의 문을 열었다.

축가장에서 삼백여 인마를 이끌고 나온 축룡은 대뜸 창을 휘두르며 송강을 사로잡으려 했다. 마린이 쌍칼을 휘두르며 말을 몰아 그런 축룡과 맞섰다.

일장청에게로 달려가던 등비는 송강에게 무슨 일이 있을까 보아 더 나아가지 못했다. 송강을 지키려고 그 곁으로 돌아가 두 패의 싸움이 돌아가는 형편을 구경할 수밖에 없었다.

한편 송강은 마린도 축룡을 이기지 못하고 구붕도 일장청보다 나을 게 없자 속으로 은근히 애가 탔다. 그런데 갑자기 한 떼의 인마가 내리막길을 따라 쏟아져 나오는 게 보였다. 가만히 보니 벽력화 진명이었다. 장원 뒤편에서 싸우는 소리를 듣고 도우러 달려온 길이었다.

송강은 기쁨을 이기지 못하며 진명을 향해 크게 소리쳤다.

"진 통제, 마린과 바꿔 싸워 주시오!"

진명은 원래 성미가 급한 사람이었다. 제자라 할 수 있는 황신이 사로잡혀 가서 화가 잔뜩 나 있던 차에 송강의 고함 소리가 들리자 그대로 말을 박차 축룡에게로 달려갔다.

축룡은 진명이 가시 돋친 방망이를 휘두르며 덮쳐 오자 잠시 마린을 제쳐 놓고 진명과 맞섰다. 몸을 뺀 마린은 왕왜호를 끌고 가는 호가장의 일꾼들을 뒤쫓았다. 이 틈에 왕왜호를 되찾을 생각이었다.

일장청은 마린이 왕왜호를 빼앗으려 드는 걸 보고 가만있지 않았다. 구붕을 매섭게 공격해 물리친 뒤 얼른 마린을 가로막았다.

일장청과 마린이 다 쌍칼을 쓰는 사람들이라 두 사람이 어울리자 눈부신 칼부림이 벌어졌다. 칼 부딪치는 소리는 좋은 옥이 바람에 흔들려 부딪치며 내는 소리 같았고, 칼 빛은 눈이 흩어지고 꽃잎이 날리는 듯했다. 구경하는 송강의 눈이 어지러울 지경이었다.

한편 축룡은 진명을 맞아 싸우기는 해도 그 적수가 되기에는 솜씨가 많이 떨어졌다. 열 합에 이르자 벌써 축룡의 손발이 어지러워지기 시작했다. 그때 축가장의 무예 사범인 난정옥이 철퇴를 몸에 지닌 채 창을 끼고 달려 나왔다.

일장청에게서 놓여 난 구붕이 이번에는 그런 난정옥과 맞섰다. 그런데 난정옥은 어찌 된 셈인지 그런 구붕과 정면으로 맞서지 않고 말을 세워 기다리다가 비스듬히 한번 창을 날리고는 그대로 달아나기 시작했다.

구붕은 난정옥이 자신의 기세에 겁을 먹고 달아나는 것이라 단정했다. 눈치 없이 난정옥을 뒤쫓다가 그가 날린 철퇴에 맞아 말 위에서 떨어졌다.

"얘들아, 구붕을 구해라!"

보고 있던 등비가 그렇게 소리치고는 철창을 휘두르며 난정옥에게로 달려 나갔다. 송강은 졸개들을 시켜 다친 구붕을 구해 내게 하고 다시 말 위에 앉았다.

그때 마침내 진명을 당해 내지 못한 축룡이 말 머리를 돌려 달아나기 시작했다. 난정옥은 덤비는 등비를 떨쳐 버리고 축룡을 쫓으려는 진명을 막아섰다.

곧 진명과 난정옥 사이에 싸움이 불을 뿜었다. 둘 다 무예라면 남에게 지기 서럽다는 사람들이라 말이 엇갈리기를 스무 번이 넘도록 싸웠으나 승부가 나지 않았다.

난정옥이 다시 꾀를 썼다. 싸우는 중에 일부러 손발이 어지러워진 척하더니 겁먹은 듯 달아나기 시작했다. 진명이 깊이 생각할 것도 없이 그런 난정옥을 뒤쫓았다. 난정옥은 진명을 풀숲이 무성한 곳으로 끌어들였다. 그러나 진명은 난정옥이 더러운 꾀를 쓰고 있다는 걸 알지 못하고 그냥 뒤쫓았다.

축가장은 곳곳에 사람들을 감추어 놓고 있었다. 그 풀숲도 마찬가지여서 거기 있던 축가장의 일꾼들은 진명이 멋모르고 뛰어들자 갈고리 달린 줄을 어지럽게 던졌다. 말 다리에 줄이 감겨 진명이 탄 말이 쓰러지자 진명도 말에서 굴러떨어졌다. 다시 축가장의 일꾼들이 우르르 달려와 그런 진명을 꽁꽁 묶었다.

등비는 진명이 말에서 떨어지는 걸 보고 놀라 구해 내려고 그리로 달려갔다. 그러나 말을 쓰러뜨리기 위한 밧줄이 여기저기 얽혀 있는 걸 보고 얼른 말 머리를 돌리려 했다. 그때 갑자기, '잡아라!' 하는 소리와 함께 다시 갈고리 달린 줄이 어지럽게 날아와 말 위에 앉은 등비를 얽어 버렸다.

등비마저 사로잡히는 걸 보자 송강은 어찌할 줄 몰랐다. 겨우 구해낸 구붕을 말에 태워 데려가게 하고 괴로운 한숨만 거푸 내쉬었다.

일이 그쯤 되자 마린도 일장청만 잡고 늘어질 수는 없는 일이었다. 한차례 무서운 기세로 칼을 휘둘러 일장청을 떨쳐 버린 뒤, 송강을 호위하러 돌아갔다.

그러나 싸움판의 형세는 이미 글러 버린 뒤였다. 진명과 등비가 적에게 사로잡혀 가고 구붕이 크게 다쳐 더는 맞설 수 없게 된 송강은 인마를 몰아 남쪽으로 달아났다.

그런 송강군의 등 뒤를 난정옥과 축룡, 일장청이 무리를 나누어 뒤쫓아왔다. 아무리 찾아도 길은 없고, 추격은 다급하니 모두가 사로잡히는 수밖에 없는 듯했다.

그런데 때맞춰 구원이 왔다. 남쪽에서 한 호걸이 말을 달려오는데, 그 뒤를 오백이 넘는 인마가 따르고 있었다. 송강이 놀란 눈을 들어보니 바로 몰차란 목홍이 이끄는 인마였다.

그뿐만이 아니었다. 동남쪽에서도 두 호걸이 삼백이 넘는 인마를 이끌고 달려왔다. 한 사람은 병관삭 양웅이요, 다른 하나는 반명삼랑 석수였다. 동북쪽에서도 한 호걸이 달려 나오며 외쳤다.

"모두 게 섰거라."

송강이 보니 그는 소이광 화영이었다. 세 갈래의 군마가 한꺼번에 구원을 온 것이었다.

송강은 기뻐 어쩔 줄 몰라 하며 그들과 함께 반격을 시작했다. 이번에는 뒤쫓던 난정옥과 축룡이 도리어 쫓기는 신세가 되었다.

축가장 쪽에서 갑자기 싸움의 형세가 바뀐 길 알았다. 축호만 남아 장원을 지키게 하고 막내 축표가 나가 싸움을 돕기로 했다. 축표는 한 마리 말을 끌어내 장창을 비껴들고 올라탔다. 그 뒤를 오백이 넘는 인마가 따랐다.

축가장 쪽에서도 사람이 나오자 싸움은 다시 크게 어우러졌다. 이제는 누가 이기고 지는지 분명치 않은 싸움이 한동안 어지럽게 벌어졌다.

장원 앞에 기다리던 이준과 장횡, 장순 형제는 그 틈을 타 축가장을 치려 했다. 물길을 따라 내려와 장원 쪽으로 밀고 들어가 보았다. 그러나 성벽 같은 장원의 담 위에서 비 오듯 화살이 쏟아져 가까이 갈 수가 없었다. 물 건너 대종과 백승이 고함을 질러 댔으나 그걸로는 아무런 힘이 되지 못했다.

그사이 날이 저물어 왔다. 송강은 다친 구붕을 먼저 마을 어귀의 진채로 옮기게 하고 다시 징을 울려 군사를 거둬들이게 했다.

양산박 군사들은 한편으로는 싸우면서 한편으로는 물러나는 형국으로 진채를 향했다. 혹시라도 그들이 길을 잃을까 봐 송강이 몸소 말을 몰아 길을 찾았다.

그때 어디선가 일장청이 나타나 그런 송강을 덮쳤다. 너무나 갑작스러운 일이라 송강은 싸울 생각도 못하고 동쪽으로 달아났다. 일장청이 송강을 놓치지 않으려고 말을 박차 뒤쫓았다.

쫓고 쫓기는 여덟 개의 말발굽 소리가 마치 구리 사발을 두드리는 것 같았다.

그러는 사이 두 필 말은 마을 깊숙이 들어와 있었다. 더욱 겁날 것이 없게 된 일장청은 드디어 손을 뻗어 송강을 사로잡으려 했다.

그때 산 언덕에서 누군가가 소리쳤다.

"요 못된 계집년아, 우리 형님을 쫓아 어쩌자는 것이냐?"

송강이 소리나는 곳을 보니 흑선풍 이규가 쌍도끼를 수레바퀴처럼 휘두르며 달려 나왔다. 그 뒤에 졸개 칠팔십 명이 뒤따르고 있었다.

일장청이 놀라 말 머리를 돌리고 가까운 수풀 속으로 뛰어들었다. 그런데 이번에는 그 숲속에서 여남은 명의 말 탄 군사가 달려나왔다. 송강이 보니 앞장선 것은 표자두 임충이었다.

"이년, 어디로 달아나려느냐!"

임충이 일장청의 길을 막으며 크게 소리쳤다. 일장청은 아무 대꾸 없이 그런 임충에게 덤벼들었다. 임충이 장팔사모를 들어 일장청의 쌍칼을 받았다.

두 사람의 싸움이 열 합에 이르렀을 때였다. 임충이 짐짓 빈 곳을 드러내 그리로 일장청의 칼질을 끌어들였다. 그리고 일장청이 거기에 걸려들어 헛칼질을 하자, 슬쩍 피하더니 원숭이 같은 팔을 뻗어 덥석 허리께를 낚아챘다.

임충이 어린아이 다루듯 일장청을 말 위에서 들어 올려 겨드랑이에 끼는 걸 보고 송강은 기쁨을 이기지 못했다. 자기도 모르게 소리 높여 찬사를 보냈다.

임충은 끼고 온 일장청을 졸개들에게 던져 묶게 한 뒤 송강 앞으로 다가왔다.

"형님, 다친 곳은 없으십니까?"

"나는 괜찮네."

송강은 그리 대답하고 이규를 뒤로 보내 다른 두령들을 모두 마을 어귀로 불러들이게 했다.

"날이 이미 저물었으니 싸우기가 마땅찮구나. 모두 진채로 돌아오라 이르라."

이에 이규는 다른 두령들을 부르러 가고 임충은 송강을 보호해 마을 어귀의 진채로 갔다. 사로잡은 일장청도 함께 끌고 갔음은 말할 나위도 없었다. 이윽고 뒤처져 있던 두령들과 졸개들도 모두 진채로 돌아왔다.

축가장 쪽도 인마를 거두었다. 비록 마을 사람들은 많이 죽었으나 적의 두령을 다시 둘이나 더 사로잡아 기세는 좋았다. 축룡은 그들을 죄수 싣는 수레에 가두게 하고, 송강을 사로잡으면 함께 동경으로 끌고 가 상을 청할 생각이었다. 호가장에서도 사로잡은 왕영을 축가장으로 묶어 보냈다.

송강은 모든 인마가 마을 어귀의 진채로 돌아오자 먼저 일장청의 일부터 처리했다. 스무 명의 늙수그레한 졸개와 두령 넷을 불러 빠른 말 네 필을 내주면서 말했다.

"일장청의 두 손을 묶어 말에 태우고 오늘 밤 안으로 양산박에 데려가시오. 산채에 이르거든 내 아버님께 넘기고 두령들은 내게 돌아와 알리면 되오. 나머지는 내가 산채로 돌아가면 알게 될 거요."

두령들은 송강이 일장청에게 마음이 있는 걸로 알았다. 모두 조심해서 일장청을 데려가기로 하고, 먼저 다친 구붕을 수레에 실어 떠나보낸 뒤 자신들은 일장청을 지키며 뒤따랐다. 송강의 말대로 지체 없이 밤길을 떠난 것이었다.

한편 그들이 떠나간 뒤 송강은 군막 안에 홀로 앉아 걱정에 잠겨 있었다. 그날 싸움에서 다시 세 두령이 사로잡혀 가고 한 두령이 다쳤으니 대장 된 자로서는 걱정이 아닐 수 없었다. 그 바람에 그 밤은 거의 눈 한번 붙이지 못하고 하얗게 새웠다.

다음 날이었다. 염탐을 나갔던 졸개가 돌아와 송강에게 말했다.

"군사 오학구 선생께서 완씨 삼 형제와 여방, 곽성 및 오백의 인마를 데리고 오셨습니다."

송강은 그 말에 진채 밖까지 나가 오용을 맞아들였다.

오학구는 가지고 온 술과 음식을 송강에게 올리는 한편, 다른 두령들과 졸개들도 배불리 먹였다.

"산채의 조 두령님께서 형님의 싸움이 이롭지 못하단 말씀을 듣고, 특히 저와 다섯 두령을 보내 도우라 하셨습니다. 요즈음 승패가 어떻습니까?"

몇 잔 술을 권한 뒤 오용이 송강에게 그렇게 물었다. 송강이 탄식과 함께 말했다.

"한마디로 말씀드리기 어렵소이다. 축가 놈들이 저희 담벽 높이 흰 깃발을 세우고, 무어라고 써 놓은지 아시오? '물 고인 곳[水泊]을 쳐서 조개를 사로잡고, 양산을 짓밟아선 송강을 묶으리라!' 그렇게 써 놓았으니 이리 겁 없을 수가 있소? 그래서 먼저 한번 들이쳤다가 지리(地利)를 못 얻어 양림과 황신을 잃었고, 밤에 군사를 내었으나 다시 험한 꼴을 당하고 말았소이다. 또 어제 싸움에서는 왕왜호가 일장청에게 사로잡히고, 난정옥이란 놈은 구붕을 철퇴로 쳐서 상해 놓았으며, 진명과 등비는 놈들의 밧줄에 걸려 붙들렸소. 만약 임충이 일장청을 사로잡지 못했더라면 우리

예기가 크게 꺾일 뻔했소이다그려. 정말 이렇게 되니 어찌해야 할지 모르겠소. 이 송강은 축가장을 쳐부수고 우리 형제를 구해내지 못한다면 이곳에서 죽을지언정 산채로는 돌아가지 않을 작정이오. 무슨 낯으로 조개 형님을 뵈옵는단 말이오!"

그러자 오학구가 가볍게 웃으며 송강을 위로했다.

"저 축가장은 마땅히 하늘이 부서지게 할 것입니다. 이제 때가 이르고 있으니, 제 생각에는 머지않아 산산조각이 날 듯합니다."

"축가장이 어째서 머지않아 깨뜨려진단 말이오? 때가 이르고 있다니 그게 무슨 때요?"

송강이 한편으로는 놀랍고 한편으로는 기뻐 얼른 그렇게 물었다. 오용이 자신 있다는 듯 대답했다.

"오늘 바로 그때가 올 것입니다. 석용을 보고 우리에게로 와 함께 지내겠다는 사람이 있습니다. 그 사람은 난정옥과 아주 사이가 좋을 뿐 아니라 양림, 등비와도 잘 아는 처지지요. 그가 형님께서 축가장과 불리한 싸움을 하고 있단 소리를 듣고 특별히 계책 하나를 짜냈습니다. 그걸로 우리 패거리에 드는 예를 차리겠다는 겁니다. 곧 그가 올 것인데, 닷새 안으로 그의 계책을 시행하는 게 어떻습니까?"

그러고는 그 계책의 대강을 송강에게 말했다.

등주에서 온 호걸들

그러면 오용이 말한 계책을 밝히기 전에 새로 양산박의 식구가 되기 위해 찾아온 사람들부터 먼저 알아보자.

등주산(登州山) 아래 사냥꾼 형제가 살고 있었는데 형의 이름은 해진(解珍)이요, 아우는 해보(解寶)였다. 둘 모두 한 자루 강철로 만든 갈래[叉]창을 잘 써 그 솜씨가 사람들을 놀라게 할 만했다. 고을에서 한다 하는 사냥꾼들도 그들 형제와는 감히 다툴 생각을 못하고 으뜸 자리를 양보할 정도였다. 그러나 성격이 어지간히 모진 데가 있었던지 형의 별명은 양두사(兩頭蛇, 머리 둘 달린 뱀)요, 아우는 쌍미갈(雙尾蝎, 꼬리 둘 가진 전갈)로 불렸다.

해진과 해보는 부모를 여의었으나 아직 장가를 들지 않아 형제가 한집에서 살았다. 형 해진은 일곱 자 키에 얼굴은 검붉었고 머리는 가늘지만 어깨는 떡 벌어져 누가 봐도 힘깨나 쓸 듯했다. 아우 해보 또한 일곱 자가 넘는 키에 둥글고 시커먼 얼굴이었는데, 성깔은 형보다 더했다. 양쪽 허벅다리에 각기 비천야차(飛天夜叉)를 그려 넣고 있었으며, 한번 성이 나면 나무를 뽑고 산을 흔들어 하늘과 땅이 모두 시끄러울 지경이었다.

그런데 어느 날 그 형제에게 관가로부터 감한(甘限) 문서가 내려왔다. 감한이란 어떤 일을 기한 내에 하지 못하면 감심(甘心)이란 벌을 받게 되는 관명(官命)의 일종이었다.

'사흘 안으로 호랑이 한 마리를 잡아 바치도록 하라.'

관가에서 그런 문서를 받고 집으로 돌아온 형제는 곧 거기 따를 채비를 했다. 독 바른 화살과 덫에 걸 활에 갈래창을 꺼내고, 표범 가죽 옷에 호랑이 가죽 조끼를 걸친 뒤 산으로 올라갔다. 그러나 높은 나무 위에 올라가 하루 종일 살폈지만 관가에서 잡으라는 짐승은 영 보이지 않았다. 이에 허탕을 친 형제는 활을 거두고 집으로 돌아왔다.

다음 날 형제는 마른 양식을 준비하고 다시 산 위로 올라갔다. 하지만 그날도 날이 저물도록 아무것도 만나지를 못했다. 형제는 해가 저물어도 산을 내려가지 않고 나무 위에 올라가 새벽까지 기다려 보았다. 여전히 아무런 기척이 없었다. 하는 수 없이 나무에서 내려온 형제는 서쪽 산비탈로 내려가 날이 밝을 때까지 앉아 있었다. 그러나 역시 허탕이었다.

"이거 큰일이로구나. 기한을 어기면 벌을 받을 것인데 이를 어쩌면 좋으냐?"

형제는 마음이 다급해져 서로 마주 보며 그렇게 탄식했다.

그럭저럭 사흘째가 되었다. 그날도 허탕을 친 형제는 밤을 새워 가며 호랑이를 기다리고 있었다. 사경 무렵이 되자 며칠 간의 피로가 쌓인 탓인지 몹시 졸음이 왔다. 그래서 막 눈을 붙이려는데 문득 쳐놓은 줄에서 소리가 났다. 무언가 큰 짐승이 걸렸다는 뜻이었다.

펄쩍 뛰어 일어난 형제는 갈래창을 집어 들고 소리 난 쪽으로 가서 살펴보았다. 호랑이 한 마리가 덫에 설치해 둔 독화살을 맞고 뒹굴고 있었다.

형제는 갈래창을 들고 그 호랑이에게 덤볐다. 호랑이는 사람이 오는 걸 보자 몸에 화살을 꽂은 채 달아나기 시작했다. 형제는 그런 호랑이를 뒤쫓았다.

하지만 산을 반도 내려가기 전에 호랑이가 더 견뎌 내지 못했다. 화살에 바른 독이 몸에 퍼지는지 갑자기 한 소리 괴로운 울부짖음에 이어 가파른 산 아래로 굴러떨어지기 시작했다.

"잘됐다. 이 산은 모 태공(太公)네 집 뒤뜰로 이어져 있지. 우리 그 집으로 가서 호랑이를 찾아냅시다."

산이 너무 가팔라 뒤따를 수 없게 되자 해보가 형 해진에게 말했다. 해진도 그게 좋겠다 싶어 아우의 말을 따랐다.

서둘러 산을 내려간 형제는 갈래창을 멘 채 모 태공의 집 문을 두드렸다. 그때는 이미 날이 훤히 밝을 무렵이라 모 태공의 머슴이 대문을 열어 형제를 맞아들였다.

모 태공은 해진 형제가 왔다는 전갈을 머슴에게서 받고도 한

참이나 있다가 나왔다.

"어르신네, 뵈온 지 오래되었습니다. 오늘 한 가지 볼일이 있어 이렇게 번거로움을 끼칩니다."

해진 형제가 갈래창을 뉘어 놓고 모 태공에게 허리를 굽히며 공손하게 말했다. 모 태공이 그 말을 받았다.

"조카들이 무슨 일로 이리 일찍 날 찾아왔나? 할 말이 있다면 뭐든 해 보게."

"아무 일 없는 데야 이렇게 일찍 어르신의 잠을 깨울 리 있겠습니까? 실은 저희 형제가 관가로부터 사흘을 기한으로 호랑이 한 마리를 잡아 바치라는 명을 받았습지요. 저희는 사흘이나 허탕을 치다가 오늘 새벽에야 한 마리를 쏘았는데 뜻밖에도 호랑이가 어르신네의 뒤뜰로 떨어졌습니다. 번거로우시겠지만 잠시만 길을 빌려주시어 그 호랑이를 찾게 해 주셨으면 고맙겠습니다."

해진이 그렇게 자기들 형제가 찾아온 까닭을 밝혔다. 모 태공이 선선하게 대답했다.

"뭘 그걸 가지고…… 어쨌든 호랑이가 우리 뒤뜰에 떨어졌다니 두 분은 잠시만 여기 앉아 기다리시게. 배가 고플 테니 아침밥이라도 한술 뜨는 게 어떤가?"

그러고는 일꾼을 불러 상을 차려 오게 했다.

모 태공이 술과 밥을 권하자 마지못해 먹고 마신 해진과 해보가 다시 몸을 일으키며 말했다.

"어르신의 고마우신 뜻에 무어라 감사드려야 할지 모르겠습니다. 이제는 호랑이를 찾게 해 주셨으면 합니다."

"이미 우리 뒤뜰에 떨어졌다면 무슨 딴 일이야 있겠나? 천천히 차를 마시고 가도 늦지 않을 거네."

모 태공이 여전히 느긋한 얼굴로 말했다.

해진 형제는 모 태공이 그렇게 나오는데 굳이 서둘러 떨치고 일어설 수가 없었다. 할 수 없이 다시 자리에 앉았다. 일꾼이 기다렸다는 듯 두 사람 앞에 차를 내왔다.

천천히 차 한 잔을 비운 뒤에야 비로소 모 태공이 말했다.

"이제는 가서 호랑이를 찾아보게."

"고맙습니다, 어르신네."

형제는 그렇게 감사하고 방을 나갔다. 모 태공은 두 사람을 데리고 장원 뒤로 갔다. 뒤뜰 밖으로 나가는 문을 열려고 머슴을 불러 열쇠를 가져오게 했지만, 도무지 문이 열리지 않았다. 보고 있던 모 태공이 말했다.

"오래 드나든 사람이 없다 보니 자물쇠에 녹이 슬어 열리지 않는 모양이네. 쇠망치를 가져와 부수고 열어야겠어."

그러자 머슴 하나가 가서 쇠망치를 가져왔다. 자물쇠가 부서지고 문이 열리자 모 태공과 해진 형제는 뒤뜰로 들어갔다. 그러나 아무리 구석구석을 뒤져 봐도 호랑이는 보이지 않았다.

"이보게 조카님들, 혹시 잘못 본 게 아닌가? 자세히 보지 못해 우리 뒤뜰로 떨어졌다고 하는지 모르겠구먼."

"두 사람이 모두 잘못 볼 리야 있습니까? 또 우리는 여기서 나고 자란 사람들입니다. 그것도 모르겠습니까?"

해진이 그렇게 받았다. 모 태공이 시무룩해져 말했다.

"그럼 찾아보게. 있으면 끌고 가게나."

그때 해보가 이상하다는 듯 고개를 갸웃거리며 끼어들었다.

"형님, 여기 좀 보십쇼. 이 근처 풀이 무성한데 이렇게 모두 쓰러져 있습니다. 또 땅에는 핏자국도 있구요. 그런데 어째서 여기 없단 말입니까? 아무래도 어르신네의 머슴들이 끌고 간 것 같습니다."

"그런 소리 말게. 우리 머슴들이 어떻게 여기 호랑이가 떨어져 있는 줄 알겠으며, 또 그걸 끌고 가겠나? 더군다나 여기 들어올 때 자물쇠를 부수고 오지 않았나? 그리고 자네들도 함께 들어와 놓고 어찌 그런 소리를 하나?"

모 태공이 펄쩍 뛰며 그렇게 받아쳤다. 하지만 그때는 이미 해진도 모 태공을 의심하기 시작한 뒤였다.

"어르신네, 그러지 마시고 호랑이를 돌려주십시오. 관가에 끌고 가야 합니다."

말은 부드러워도 눈초리는 사납게 치째졌다. 모 태공도 본색을 드러냈다. 갑자기 목소리를 높여 형제를 나무랐다.

"너희 두 놈이 이 무슨 어거지냐? 나는 좋은 뜻으로 네놈들에게 술이며 밥까지 대접했는데 네놈들은 도리어 행패질이냐? 뭐 내게 호랑이를 내놓으라고? 네놈들이야 몽둥이찜질을 당하건 말건 내가 알 게 뭐냐?"

모 태공이 그렇게 뻗대었다. 해진과 해보가 두 눈을 부릅뜨고 노려보며 소리쳤다.

"그렇다면 집 안을 샅샅이 뒤져도 되겠소?"

"이 집은 네놈들 집이 아니고 또 내외란 게 있는 법이다. 네놈들이 이리 무례할 수 있느냐?"

모 태공이 그렇게 고함으로 맞섰지만 해보는 성큼성큼 집 안으로 들어가 호랑이를 찾아보았다. 처음부터 딴생각이 있어 감춘 호랑이가 쉽게 눈에 띌 리 없었다. 화가 난 해보는 마루 위로 올라갔다. 해진도 그런 아우를 따라 난간을 걷어차 부수고 마루로 올라갔다.

"해진과 해보란 놈이 대낮에 강도질을 한다!"

모 태공이 그들 뒤에서 외쳐 댔다. 그러나 화가 잔뜩 난 해진 형제의 귀에는 그 소리가 들리지 않았다. 마루 위에 있는 의자며 탁자를 마구 부수었다. 그러다가 아무래도 찾는 건 안 보이고 미리 준비가 있었던지 몽둥이 든 머슴들만 늘어서자 대문 밖으로 뛰어나갔다.

"내 호랑이를 가로챈 놈아, 관가에 가서 따져 보자!"

화를 풀지 못한 해진과 해보는 장원 문밖에서 다시 한번 장원을 손가락질하며 욕을 퍼부었다.

두 사람이 한창 욕을 퍼 대고 있을 때였다. 갑자기 말 탄 사람 서넛이 한 떼의 사람들을 이끌고 장원 쪽으로 왔다. 해진이 보니 앞선 사람은 모 태공의 아들 모중의(毛仲義)였다. 해진이 그에게 다시 퍼 댔다.

"댁네 머슴들이 내 호랑이를 가로채 끌고 갔소. 그런데도 댁의 어른은 우리에게 돌려주기는커녕 도리어 우리를 때리려 했소!"

그러자 모중의가 점잖게 받았다.

"모두가 촌놈들이라 뭐가 뭔지 모르고 그랬을 거네. 아버님은 반드시 그놈들에게 속으셨을 테고……. 너무 화내지 말고 나를 따라오게. 집으로 가서 그걸 찾아 줌세."

그 뜻밖의 대답에 순진한 해진과 해보는 오히려 마구잡이로 퍼부어 댄 자신들이 부끄러워졌다. 연신 머리를 숙여 모중의에게 감사하고 그 뒤를 따라갔다.

"문을 열어라!"

모중의가 소리치자 장원의 문이 크게 열렸다. 해진과 해보는 모중의를 따라 다시 장원 안으로 들어갔다. 그런데 알 수 없는 것은 모중의였다. 장원 안으로 들어서자마자 표정부터 바뀌면서 대문을 닫아걸게 하고, 대뜸 집 안을 향해 소리쳤다.

"이놈들을 잡아라!"

그러자 낭하 양쪽에서 이삼십 명의 머슴들이 우르르 달려 나왔다. 뿐만이 아니었다. 모중의가 데려온 사람들도 모두가 포졸들이었다. 그 두 패가 앞뒤로 해진 형제를 덮쳐 오니 그들은 손도 한번 제대로 못 써 보고 꽁꽁 묶이는 신세가 되어 버렸다.

"어제저녁 우리 집에서 호랑이 한 마리를 쏘아 잡았는데 네놈들이 와서 내놓으라고? 거기다가 네놈들은 힘만 믿고 우리 집 재물을 엎고 가재도구까지 부수었으니 그 죄가 얼마나 큰지 아느냐? 네놈들을 관청으로 끌고 가 그 벌이 어떤 것인지 맛보여 주겠다. 이 고을을 위해서도 너희 같은 해로운 놈들은 없어져야 해!"

모중의가 묶여 있는 해진 형제를 노려보며 그렇게 꾸짖었다. 장원 밖에서의 점잖은 말투와는 달라도 너무 달랐다.

그도 그럴 것이 그날 새벽에 호랑이를 가로채 몰래 관가에 끌어다 바친 것은 바로 그 모중의였다. 그런 다음 그는 포졸들을 데리고 와 예상대로 악을 쓰고 있는 해진과 해보를 묶어 버린 것이었다. 하지만 그런 내막을 모르고 그들의 계책에 걸려든 해진과 해보는 변명조차 제대로 하지 못했다.

모 태공은 해진과 해보의 갈래창과 그들이 부순 가재도구를 증거물로 싸고 두 사람을 벌거벗긴 뒤 꽁꽁 묶어 등주 관청으로 끌고 갔다. 그때 등주에는 왕정(王正)이란 공목(孔目)이 있었는데, 그는 바로 모 태공의 사위였다. 그는 장인과 처남이 시키는 대로 먼저 지부(知府)에게 찾아가 해진 형제를 나쁘게 말해 두었다. 그리고 그 형제가 끌려오자 그들의 말은 들어 보려고도 않고 매질부터 시작했다.

'매 앞에 장사 없다'고, 마음먹고 하는 매질을 이기지 못한 해진과 해보는 끝내 왕정이 원하는 대로 말해 주고 말았다.

"호랑이를 가로채려고 각기 갈래창을 들고 쳐들어갔다가 재물까지 털게 되었습니다."

그 같은 공초를 읽어 본 지부는 곧 그들 형제에게 스물닷 근짜리 큰칼을 씌우게 한 뒤 중죄인들을 가두는 감방에 처넣게 했다. 그들 형제로 보아서는 너무도 어처구니없는 횡액이었다.

모든 게 뜻대로 되기는 했지만 그래도 모 태공과 모중의 부자는 마음이 놓이지 않았다. 장원으로 돌아가기 바쁘게 이마를 맞대고 의논했다.

"혹시라도 놈들이 풀려나면 큰일이다. 이판에 아주 저놈들을 죽여 뒤끝을 깨끗이 해야겠다."

이윽고 그렇게 의견을 맞춘 그들 부자는 다시 주아로 갔다. 그리고 사위인 왕정을 불러내 가만히 일렀다.

"우리를 위해 풀을 맸으면 뿌리까지 뽑아 주어야지. 그놈들을 아예 없애 버리도록 애써 주게. 우리는 지부에게 뇌물을 주어 구워삶아 놓겠네."

한편 죽을죄를 지은 죄수나 드는 감옥에 던져진 해진과 해보는 그곳 관례대로 절급에게 끌려 나갔다. 포길(包吉)이란 절급이었다. 그는 모 태공에게서 은냥깨나 얻어먹은 데다 왕 공목에게서 당부 받은 것도 있어 그들 형제를 죽이기로 마음을 굳히고 있었다.

"어서 이리로 와 무릎을 꿇어라!"

해진 형제를 데리고 나온 옥졸이 그렇게 소리치자 형제는 포길 앞에 무릎을 꿇었다. 포 절급이 까닭도 없이 잡아먹을 듯한 눈길로 노려보며 물었다.

"너희 두 놈이 양두사와 쌍미갈이라고 불리는 놈들이냐?"

"사람들이 저희를 그렇게 부르는 모양입니다만 저희는 죄 없는 사람을 해친 적이 없습니다."

해진이 움츠러든 목소리로 그렇게 대꾸했다. 그러나 절급의 기세는 험하기만 했다.

"이 짐승 같은 놈들 잘 걸렸다. 이제 내 손에 걸렸으니 양두사는 일두사(一頭蛇)가 되고, 쌍미갈은 단미갈(單尾蝎)이 될 줄 알아라!"

그렇게 내뱉고는 다시 둘을 감옥에 처넣게 했다.

그 말에 옥졸은 해진 형제를 데리고 다시 감옥으로 갔다. 가는 도중 곁에 사람이 없자 그 옥졸이 나직이 물었다.

"두 분은 날 알아보시겠소? 나는 당신네 형님의 처남이오."

"우리는 여기 있는 형제뿐이고 달리 형님이 없습니다."

해진이 어리둥절해 그렇게 받았다. 옥졸이 깨우쳐 주듯 다시 물었다.

"그럼 두 분은 손 제할의 동생분들 아니시오?"

그제야 해진도 생각나는 게 있었다.

"손 제할은 고종형님입니다. 그러고 보니 당신은 악화(樂和)란 분 아니십니까? 만나 본 적은 없지만……."

"바로 그렇소. 내 성은 악이며 이름은 화요. 조상 때는 모주(茅州)에서 살았는데 윗대부터 이리로 옮겨 왔지요. 누이가 손 제할에게 시집을 가고 나는 이것도 벼슬이라고 여러 해 옥졸 노릇을 해 왔소. 사람들은 나를 철규자(鐵叫子, 목소리 굳센 이 또는 목청 좋은 이) 악화로 불러 줍디다. 매부는 내가 무예를 좋아하는 걸 보고 몇 가지 창법을 가르쳐 주었구요."

원래 이 악화란 사람은 총명하고 영리하기가 그지없는 사람이었다. 무슨 음악이든지 한번 들으면 다 알고, 일을 처리하는 데도 처음만 들으면 끝은 절로 알았다. 창봉 이야기며 무예에 관한 것도 엿이나 꿀보다 더 좋아하는데, 해진과 해보를 보니 한눈에 호걸이라 구해 주고 싶은 마음이 일었다. 그러나 홀로는 될 일이 아니라, 우선은 그들 곁에 자신이 있다는 것부터 알린 것이었다.

"두 분께서 알아 두시는 게 좋을 듯해서 말씀드립니다. 아까 포길이란 그 절급은 모 태공에게 뇌물을 받아먹고 어떻게 하든 두 분을 죽이려고 하고 있습니다. 정말 어떻게 해야 할지……."

이윽고 악화가 아는 대로 해진 형제에게 털어놓고 걱정스러운 표정을 지었다. 급해진 해진이 매달리듯 말했다.

"당신이 손 제할 이야기를 하지 않았다면 몰라도 이왕 이야기를 했으니 그분에게 우리 형제 소식을 전해 주십시오. 그렇게만 해 주셔도 고맙기 짝이 없겠습니다."

"누구에게 그 소식을 전하면 되겠습니까?"

악화가 그건 어려울 거 없다는 듯 해진에게 물었다. 해진이 얼른 대답했다.

"내게 친가 쪽으로 누이 되시는 분이 있는데 바로 손 제할의 아우에게 시집을 갔습니다. 지금 동문 밖 십리패에 살고 있지요. 고모의 딸로 보통 모대충(母大蟲, 암호랑이) 고대수(顧大嫂)라 불립니다. 지금 술집을 열고 푸줏간도 하고 노름방도 빌려주며 사는데 암호랑이라는 별명처럼 힘이 세어 스무남은 명이 덤벼도 못 당할 정도지요. 매부 되는 손신(孫新)도 그 누이를 무예로는 못 당한다니까요. 그런데 그 누이가 우리 형제와는 사이가 좋습니다. 또 손신과 손립(孫立)의 고모가 우리 어머니시니 그쪽으로도 그 사람은 우리 형님이 되구요. 그분들에게 우리 소식을 알려 주면 그 누님이 어떻게든 와서 구해 줄 겁니다."

"그거라면 어려울 것 없지요. 마음 놓으십시오."

악화는 그렇게 승낙하고 구운 떡과 고기를 사서 해진과 해보의 감방에 넣어 준 뒤 밖으로 나갔다.

한달음에 동문 밖으로 달려간 악화는 이어 십리패로 향했다. 얼마 안 가 술집 한 채가 눈에 들어왔다. 문에는 양고기, 쇠고기가 걸려 있고 뒤채에는 노름판이 벌어지고 있는 게 해진의 말대로 푸줏간과 노름방을 겸한 술집이었다.

악화는 술집 안에서 한 아낙네가 궤짝 위에 앉은 걸 보고 그게 고대수일 거라 짐작했다. 그녀 앞으로 가서 공손히 물었다.

"이 집 주인 되시는 양반이 손씨 맞습니까?"

"그렇습니다만, 술을 마시러 오셨어요? 고기를 사러 오셨어요? 노름을 하시려면 뒤켠으로 가서 끼이세요."

고대수는 손님인 줄 알고 그렇게 맞았다. 악화가 먼저 자신을 밝혔다.

"저는 손 제할의 처남 되는 악화란 사람입니다."

그러자 고대수가 웃으며 반겼다.

"악화 사형이셨구먼요. 동서하고 많이 닮으셨네요. 들어와서 차라도 한 잔 드시도록 하세요."

이에 악화는 고대수를 따라가 손님 자리에 앉았다. 악화가 앉기 바쁘게 고대수가 물었다.

"고을에서 일 보신다는 말은 들었지만 워낙 살이가 이래 놔서 언제 한번 찾아뵐 틈이 있어야지요. 그런데 오늘은 무슨 바람이 불어 예까지 오셨습니까?"

악화가 뜸들이지 않고 바로 일러 주었다.

"말이야 바른말이지, 아무 일 없었다면 예까지 왔겠습니까? 오늘 두 사람의 죄수가 들어왔는데 여지껏 만난 적은 없지만 이름은 알 만한 사람들이었습니다. 한 사람은 양두사 해진이고, 하나는 쌍미갈 해보라고…….”

그러자 고대수가 얼굴색이 변해 물었다.

“그 아이들은 내 동생들인데…… 그래, 무슨 죄로 잡혀왔답디까?”

“그 두 양반이 호랑이를 한 마리 잡은 모양인데 고을의 부자 모 태공이 그 호랑이를 가로채고 모함을 한 겁니다. 강도로 몰아 재물을 털려 했다며 관청에 잡아다 바친 거지요. 그리고 아래위를 뇌물로 구워삶아 형제를 아예 죽여 버리려고 수작을 부리고 있습니다. 아마 포 절급이 그 일을 맡겠지요. 저는 그게 몹시 온당치 못하다는 걸 알았지만 혼자서는 구하기 어렵더군요. 그래서 첫째로는 인척의 정으로, 둘째로는 의기로도 그냥 두고 볼 수 없어, 그분들에게 그 같은 내막을 일러 드렸습니다. 그랬더니 그분들이 누님에게 가서 구해 달라고 하는 말을 전해 달라더군요. 정말이지 빨리 손쓰지 않으면 그 두 사람을 구하기는 힘들 겁니다.”

그 말을 들은 고대수는 한편으로 혀를 차면서 일꾼을 불렀다.

“빨리 가서 주인어른을 찾아보아라. 급한 일이 있다고 말씀드리고 어서 모셔 와야 한다!”

그 말을 듣고 일꾼 녀석이 달려간 지 얼마 안 되어 손신이 왔다.

손신은 원래 경주(瓊州) 사람으로 무반(武班)의 집 후손이었다. 형과 함께 등주로 부임하게 되자 그대로 눌러앉아 가정을 이루고 그곳 사람이 되었다. 키가 크고 힘이 센 데다 형에게서 무예를 배워 채찍과 창을 잘 썼다. 그곳 사람들은 그들 형제를 울지공(尉遲恭, 당나라 때의 이름난 무장)에 견주었는데 그 까닭에 아우인 손신은 소울지(小尉遲, 작은 울지공)라 불렀다.

손신이 악화와 인사를 나누고 나자 고대수가 해진과 해보의 일을 이야기했다. 듣고 난 손신이 악화에게 말했다.

"일이 그리되었다면 사형은 먼저 돌아가 감옥에 있는 그들 형제나 잘 돌봐 주시오. 우리 내외는 깊이 의논해서 어떻게 구할 방도를 짜내 보겠소이다."

"제가 쓰일 데가 있다면 언제든 찾으십시오. 힘을 다해 돕겠습니다."

악화가 그리 다짐했다. 고대수는 술 한 상을 잘 차려 악화를 대접한 뒤 은 한 주머니를 내주며 말했다.

"번거롭겠지만 감옥으로 가거든 이걸 옥졸들에게 골고루 나눠 주시오. 그래야 모두 동생들을 잘 돌봐 줄 테니까요."

악화도 들어 보니 옳은 말이라 사양 않고 그 은을 거둬들였다.

악화가 감옥으로 돌아간 뒤 고대수가 손신을 보고 걱정스러운 얼굴로 물었다.

"여보, 동생들을 구해 낼 무슨 방도가 없어요?"

"모 태공은 돈 많고 세도 좋은 놈인데 두 동생이 놓여나는 걸 훼방 놓을 테니 일이 쉽진 않을 거요. 어쨌든 죽이려 들 테니 그들 형제가 죽고 사는 게 그놈 손에 달린 거나 다름없소. 감옥을 부수고 꺼내 오지 않는 한 달리 도리가 없을 것 같소."

손신 역시 밝지 못한 표정으로 그렇게 대꾸했다. 그러자 고대수가 얼른 말했다.

“그렇다면 당신과 내가 오늘 밤 함께 손을 씁시다.”

손신이 그런 아내를 보고 빙긋 웃으며 핀잔처럼 말했다.

“사람도 급하기는. 이 일은 좀 더 깊이 생각한 뒤에 손대야 할 거요. 감옥을 부수고 사람을 빼내기가 어디 그리 쉽겠소? 형님과 그 두 사람이 도와주지 않으면 이번 일은 안 될 거요.”

“그 두 사람이란 누구 말인가요?”

“바로 그들 아재비와 조카 두 사람이지. 노름 좋아하는 추연(鄒淵)과 추윤(鄒閏) 말이오. 지금 등운산(登雲山)에서 무리를 모아 도적질을 하고 있다는데 나와는 아주 친한 사이지. 만약 그 두 사람이 도와준다면 이번 일은 다 된 거나 다름없소.”

“등운산은 여기서 멀지 않잖아요? 오늘 밤이라도 당신이 찾아가 그들 아재비와 조카에게 도움을 빌어 봐요.”

고대수가 다시 그렇게 재촉하고 나섰다. 손신도 늑장 부릴 일이 아니라 생각했던지 고개를 끄덕였다.

“지금 곧 가지. 당신은 술과 안주나 푸짐하게 마련해 두구려. 내가 그들을 이리로 불러올 테니까.”

이에 고대수는 일꾼들을 시켜 돼지 한 마리를 잡고 여러 가지 과일과 나물을 장만해 한 상 가득 벌여 놓았다.

날이 저물 무렵 손신이 추연과 추윤을 데리고 술집으로 돌아왔다.

추연은 내주(萊州) 사람으로 어려서부터 노름을 아주 좋아했다. 그 바람에 자라서는 일없는 건달이 되고 말았지만 사람됨은 호걸로 불리기에 모자람이 없었다. 충직하면서도 선량한 데다 무예가 뛰어났고, 성품은 굳세면서도 기개가 높아 남 밑에 들기를 싫어했다. 이에 세상 사람들은 그를 이름보다 출림룡(出林龍, 숲에서 나온 용)이란 별명으로 부르기를 좋아했다.

추윤은 그런 추연의 조카였다. 그러나 나이는 아재비인 추연과 비슷했는데도 다투는 경우는 많지 않았다. 생김이 유별나 뒷머리에 큰 혹이 나 있는데, 성이 나면 박치기로 받아넘기는 버릇이 있었다. 한번은 박치기로 개울가의 소나무 한 그루를 부러뜨린 적이 있어 그걸 보고 놀란 사람들은 그 뒤로 그를 독각룡(獨角龍, 외뿔 용)이라 부르며 두려워했다.

고대수는 그들 아재비와 조카를 맞아들여 뒤채에 차려 둔 술상 앞에 앉혔다. 손신이 해진과 해보의 이야기를 그들에게 들려주고 감옥에서 빼낼 방도를 물었다.

듣고 난 추연이 한참 생각에 잠겼다가 말했다.

"내게 졸개가 팔구십 명 있긴 하나 믿을 만한 놈은 스무 명 남짓이오. 그건 그렇고 내일 이 일을 해치우고 나면 나는 있을 곳이 없어질 터인즉 그것부터 생각해 봐야겠소. 우리는 오래전부터 가려고 작정해 둔 곳이 있는데 두 내외분도 함께 가시겠소?"

"어디로 가시든 우리도 따라가겠어요. 두 동생들만 구해 주세요."

고대수가 생각할 것도 없다는 듯 추연의 말을 받았다. 추연이 비로소 마음속으로 점찍어 두었던 곳을 밝혔다.

"지금 양산박은 한창 기세가 뻗어 나가고 있고 송공명은 널리 인재를 받아들이고 있소. 또 거기에는 우리가 아는 사람이 셋이나 되오. 하나는 금표자 양림이고 또 하나는 화안산예 등비이며 나머지는 석장군 석용이오. 모두 양산박에 든 지 오래되니 동생 두 분을 구해 낸 뒤에는 우리 모두 양산박으로 갑시다. 두 분은 어떠시오?"

"좋아요. 만약 안 가겠다는 사람이 있으면 내가 한 창에 꿰어 놓고 말겠어요!"

고대수가 다시 그렇게 잘라 말했다. 추연이 딴 걱정을 했다.

"그래도 한 가지가 더 있소. 우리가 다행히 그 사람들을 빼낸다 해도 등주의 군마가 뒤쫓아오면 여간 귀찮지 않소. 그건 어찌하겠소?"

그 일은 손신이 나서 안심시켰다.

"나의 친형님이 이 고을의 군마 제할이오. 등주는 그 한 사람이 있어 여러 번 도적 떼가 몰려와도 쳐서 쫓을 수 있었소. 아마 여기서는 그의 이름을 모르는 사람이 없을 게요. 내가 내일 직접 찾아가 뵙고 우리가 쫓기는 일이 없게 부탁드려 보지요."

"그렇지만 벼슬하던 양반이 풀숲에 들어 도적 떼가 되려 하겠소?"

추연이 그래도 걱정스러운 듯 손신에게 물었다. 손신이 한 번 더 그런 추연을 안심시켰다.

"그 일은 걱정 마시오. 내게 좋은 생각이 있소."

이에 대강 의논을 끝낸 추연, 추윤과 손신 내외는 밤새 술을 마시다가 날 샐 무렵해서야 눈을 붙였다.

다음 날 아침 손신은 일꾼 하나를 불러 말했다.

"너는 두어 사람과 함께 수레 한 대를 구해 오너라."

그리고 그 일꾼이 시킨 대로 해 오자 다시 시켰다.

"성안으로 들어가 우리 형님 손 제할과 형수 악대랑자(樂大娘子)를 찾아보고 말해라. '저희 마님이 위독하시니 어서 와서 좀 봐주십시오.'라고 말이야."

곁에 있던 고대수가 남편을 거들었다.

"내가 몹시 아파 다돼 간다고 하라구. 그러면서 꼭 여쭐 말씀이 있어 뵙기를 청한다고 하면 반드시 오실 게야. 죽기 전에 한 번만 뵙자구 하더라고 전하란 말이야."

이에 일꾼들은 고개를 끄덕이고 나갔다. 일꾼들이 수레를 끌고 손립의 집으로 간 뒤 손신은 초조한 마음으로 문 앞에 나와 기다렸다. 밥 한 그릇 먹을 시간이 지났을 무렵 멀리서 수레가 다가오고 있는 게 보였다. 형수 악대랑자는 수레에 타고 형 손립은 말을 탄 채 여남은 명의 군졸과 함께 수레를 뒤따르고 있었다.

그들이 가까이 다가오는 걸 보고 손신이 고대수에게 알렸다.

"형수님이 오셨소."

"그럼 이렇게 하세요."

고대수가 남편의 귀에 대고 한동안 소곤거렸다.

손신은 아내 고대수가 시키는 대로 뛰어나가 형님과 형수를 맞아들였다. 손신이 정말로 고대수가 몹시 아픈 것처럼 말하고 형수를 방 안으로 안내하는 사이 손립도 말에서 내려 집 안으로 들어왔다.

손립은 여덟 자가 넘는 큰 키에 얼굴이 누르께하고 수염이 무성한 호걸이었다. 병울지(病尉遲, 병든 울지. 울지는 당 태종 때의 명장)란 별명은 바로 그 누르께한 얼굴에서 연유된 듯했다. 굳센 활을 잘 쏘고 말을 잘 타는 데다 한 자루 긴 창과 강철로 된 채찍에 솜씨가 있었다.

"얘야, 제수씨가 무슨 병이냐?"

집 안으로 들어온 손 제할이 아우 손신에게 물었다. 손신이 미리 아내와 짠 대로 대답했다.

"그게 좀 말씀드리기 거북하군요. 어쨌든 안으로 들어오십시오. 안에서 말씀드리지요."

이에 손립은 방 안으로 들어갔다. 손신은 일꾼들을 시켜 손 제할의 말고삐를 묶어 두게 하고 데려온 군졸들에게 술을 대접하게 했다.

손신이 다시 손립과 악대랑자가 기다리는 방으로 돌아간 것은 한참 뒤였다.

"이제 병실로 들어가 집사람을 보시지요."

이에 손립은 악대랑자와 함께 손신이 가리키는 방으로 들어갔다. 그러나 방 안에는 병자가 보이지 않았다. 손립이 어리둥절해 아우에게 물었다.

"제수씨는 어디 누워 계시냐?"

그러나 손신이 무어라 대답하기도 전에 다른 문으로 고대수가 추연, 추윤과 함께 들어왔다. 멀쩡한 고대수를 보고 손립이 놀라 물었다.

"제수씨, 어디가 편찮으십니까?"

"아주버님, 제 병은 동생들을 구해 내지 못해 생긴 병이랍니다."

고대수가 손립에게 절을 올리고 난 뒤 천연덕스럽게 말했다. 손립이 다시 어리둥절해서 물었다.

"그것참 알 수 없군요. 동생들을 구하다니 무슨 동생들 말씀이오?"

"아주버님, 설마 귀머거리에 벙어리까지 되신 건 아닐 테지요. 성안에 잡혀 있는 두 형제를 정말로 모르십니까? 제게 형제가 되면 아주버님께도 형제가 되는데……."

고대수가 원망기 섞인 말투로 그렇게 받았다. 그래도 손립은 얼른 알아듣지 못했다.

"도무지 까닭을 모르겠구려. 그 두 형제라니 어떤 형제 말이오?"

"아주버님이 여기까지 오셨고, 일은 급하니 바로 말씀드리겠습니다. 해진과 해보가 등운산 아래의 모 태공과 왕 공목의 모함에 걸려들어 목숨이 경각에 달려 있습니다. 이제 저희들은 저기 계신 두 분 호걸과 함께 성안으로 들어가 옥을 깨고 그 둘을 구하기로 의논을 모았습니다. 그 뒤에는 양산박으로 들어갈 작정인바 걱정은 내일 일이 터지고 난 다음입니다. 그리되면 아주버님께 화가 미칠 것이니 이를 어찌합니까? 그래서 병을 핑계로 아주버님 내외분을 부른 것입니다. 어쩌시렵니까? 저희와 함께 양산박으로 가지 않으시겠습니까? 아주버님이 가시지 않아도 저희들은 갑니다. 그리고 만약 일이 그리되면 관가에서 아주버님을 그냥 두지 않을 겝니다. 불 가까이 있으면 그을게 마련이라고, 아주버님이 저희 대신 관가에 잡혀가셔서 문초를 받고 옥에 갇히게 되겠지요. 그때는 구해 드릴 사람은커녕 밥 한 그릇 따뜻하게 넣어 줄 사람도 없습니다. 어찌하시겠습니까? 그래도 남으시겠습니까?"

고대수가 열을 올려 그렇게 말했다. 손립은 다 듣고 난 뒤에도 얼른 마음을 정하지 못했다.

"나는 이 등주 고을의 군관이오. 어찌 차마 그렇게까지야……."

그렇게 우물거리는 걸 보고 고대수가 문득 두 자루 칼을 뽑아 들었다. 추연과 추윤도 단도를 뽑아 들고 고대수 곁에 붙어 섰다. 금세 무슨 일이라도 저지를 사람 같았다. 놀란 손립이 소리쳤다.

"제수씨, 잠깐 기다리시오. 그리 서둘 일이 아니오. 내가 깊이 생각해 보겠소. 그다음 천천히 의논합시다."

겁에 질린 악대랑자는 입도 한번 열지 못하고 벌벌 떨며 서 있을 뿐이었다. 고대수가 다시 손립을 몰아댔다.

"아주버님은 가시지 않더라도 큰동서는 먼저 보내셔야지요. 그래야만 저희들이 마음 놓고 손을 쓰지 않겠습니까?"

"그럴 것까지는 없소."

손립이 그렇게 받은 뒤에 생각을 바꾼 듯 말했다.

"우리가 간다 해도 여유를 가지고 모든 걸 처리합시다. 먼저 집으로 돌아가 짐을 꾸린 뒤 이것저것 허실을 살펴본 다음 일을 벌여야 할 거요."

"아주버님의 처남 되는 악화가 허실을 살피는 일을 맡아 주고 있습니다. 짐은 일을 벌이고 난 뒤 가서 꾸려도 늦지 않을 겝니다."

고대수가 조금도 물러나지 않고 서둘러 댔다. 마침내 손립도 마음을 정한 듯했다. 길게 한숨을 내쉬며 무겁게 고개를 끄덕였다.

"이미 여러분이 그리하기로 했다면 내가 어찌 빠질 수 있겠소? 남아 봤자 기껏 관가에 잡혀가 고생할 뿐이니 모든 걸 다 때려치우도록 하지. 그 일이나 제대로 되도록 함께 의논해 봅시다."

그가 그렇게 말하자 모든 게 결정이 났다.

손립은 먼저 추연을 불러 말했다.

"자네는 등운산 산채로 가서 재물을 꾸리고 마필을 챙겨 길 떠날 채비를 갖추게 하게. 그런 다음 자네는 믿을 만하다고 말한 스무 명만 데리고 이리로 오게."

추연이 그 말대로 따르자 손립은 다시 아우 손신에게 말했다.

"너는 성내로 들어가 악화에게 무슨 특별한 소식이 있는가를 알아보고 일을 짜라. 해진과 해보에게도 우리가 구하러 간다는 걸 알리게 하고."

한번 마음을 먹자 손립은 누구보다도 시원시원하게 일을 진행시켜 나갔다.

다음 날이 되었다. 추연은 등운산 산채의 금은을 꾸리고 인마를 점검한 뒤 심복 스무 명만 골라 손신의 주막으로 데려왔다. 손신이 일꾼들 중에서 믿을 만한 일고여덟을 끌어들이고, 손립도 데리고 온 군졸들을 달래 한패를 만드니 함께 일할 사람이 그럭저럭 마흔을 넘었다.

손신은 돼지 두 마리와 양 한 마리를 잡아 모두들 배불리 먹인 다음 일을 시작했다. 먼저 고대수가 밥 나르는 아낙네로 변장한 뒤 칼을 품고 감옥으로 떠났다. 그리고 그 뒤를 손신과 추연, 추윤, 손립이 각기 자기의 사람을 이끌고 따랐다.

한편 등주 감옥의 포 절급은 모 태공에게서 뇌물을 잔뜩 받아먹은 터라 틈만 나면 해진과 해보를 죽이려고 엿보고 있었다. 하지만 먼저 움직인 것은 고대수 쪽이었다. 그날 미리 짠 대로 악화가 감옥 문 밖에 수화곤(水火棍)을 들고 서 있는데 사람 찾는 방울 소리가 들렸다.

"누구냐?"

악화가 고대수인 줄 뻔히 알면서도 짐짓 소리쳐 물었다. 고대수가 천연스레 대답했다.

"밥 나르러 온 사람입니다."

악화는 두말없이 감옥 문을 열어 고대수를 들어오게 했다. 마침 그걸 본 포 절급이 악화에게 소리쳐 물었다.

"저 아낙은 누구냐? 여기가 어디라고 감옥 안까지 밥을 날라오다니! 예로부터 감옥 안은 바람도 들어오지 못하게 해야 한다고 않더냐?"

"해진과 해보의 누이인데 직접 밥을 가져온 듯합니다."

악화가 우물쭈물 그렇게 대답했다. 해진, 해보라는 말에 포 절급이 눈에 쌍심지를 켰다.

"안으로 들어가지 못하게 하라. 밥은 네가 들고 안에 들여다 주어라!"

그렇게 소리소리 질렀다. 악화는 하는 수 없이 고대수에게서 상을 받아 감옥 안의 해진 형제에게 가져다주었다. 해진이 밥을 가져온 악화에게 가만히 물었다.

"어젯밤 말씀드린 일은 어찌 되었소?"

"누님께서 여기 오셨습니다. 앞뒤를 봐서 손을 쓸 테니 기다리십시오."

악화는 그렇게 대답하고 슬그머니 두 사람의 손발을 풀어 주었다. 그때 옥졸 하나가 밖에서 소리쳐 알렸다.

"손 제할께서 오셔서 문을 두드리고 계십니다. 들어오시려고 하는 모양인데 어떻게 할까요?"

포 절급이 거만하게 그 말을 받았다.

"그는 영중(營中) 사람인데 내게 무슨 일이 있다는 게냐? 우리와는 상관없는 사람이니 문을 열어 주지 마라!"

고대수가 살금살금 그런 포 절급 곁으로 다가갔다. 밖에서 다시 옥졸이 소리쳤다.

"손 제할께서 화가 나셔서 문을 마구 두드리십니다. 어찌하면 좋겠습니까?"

포 절급은 그 소리에 화가 났다. 몸을 일으켜 나가 보려는데 갑자기 고대수가 칼을 빼들며 소리쳤다.

"내 동생들은 어디 있느냐?"

포 절급은 그제야 일이 심상찮음을 느꼈다. 고대수에게 맞대꾸할 겨를도 없이 밖으로 내빼려 했다.

밖의 어수선한 소리를 듣고 해진과 해보도 움직이기 시작했다. 이미 악화가 열어 놓은 칼과 사슬을 벗어 던지고 밖으로 뛰쳐나왔다.

포 절급이 재수 없게도 그런 해진 형제와 마주쳤다. 감옥에 묶여 있어야 할 그들이 나온 걸 보고 얼이 빠져 쳐다보는데 해보가 목에 쓰고 있던 칼로 그를 후려쳤다. 포 절급은 손 한번 쓰지 못하고 그 목칼에 맞아 머리가 으스러졌다.

그러는 동안 고대수도 가만히 있지 않았다. 손에 든 칼을 휘둘러 달려 나온 옥졸 네댓을 찔러 눕힌 뒤 큰 소리를 지르면서 감옥 밖으로 달려 나갔다.

손립과 손신은 옥문 밖에서 기다리고 있다가 해진 형제와 악화, 고대수가 달려 나오자 그들과 함께 주아로 몰려갔다. 주아에 이르니 추연과 추윤이 벌써 왕 공목의 목을 잘라 들고 뛰어나왔다.

이에 그들은 성문 쪽을 향했다. 걷는 사람은 앞서고 말 탄 사람은 활 시위에 화살을 먹인 채 뒤따르며 함성을 지르니 그 기세가 여간 아니었다. 길가의 집들은 모두 문을 닫아걸고, 아무도 내다보려고 하지 않았다.

주아에는 공인과 포졸들이 더러 있었지만 손 제할을 알아보고는 감히 맞설 생각을 못했다. 일행은 그런 손립을 에워싸듯 하고 성문을 빠져나가 십리패로 갔다. 십리패에서는 악대랑자가 수레와 함께 기다리고 있었다. 그들이 그곳에 이르자 악대랑자는 수레에 오르고, 고대수는 말을 구해 탔다.

"모 태공 그 늙은 도적놈을 어찌 그냥 두었소? 그놈에게 원수를 갚지 않고는 갈 수 없소!"

해진과 해보가 양산박으로 떠나기에 앞서 그런 고집을 부렸다. 손립도 고개를 끄덕였다.

"듣고 보니 그렇군."

그러고는 손신과 악화를 불러 말했다.

"너희들은 수레와 함께 먼저 가거라. 우리도 곧 뒤따르겠다."

이에 손신과 악화는 수레에 탄 악대랑자를 호위해 먼저 떠났다.

손립은 해진, 해보, 추연, 추윤과 주막의 일꾼이며 등운산에서 내려온 패거리에다 자기를 따르기로 한 군졸들을 모두 데리고 모 태공의 장원으로 달려갔다. 때마침 모 태공과 모중의는 집 안에서 일이 저희 뜻대로 된 걸 기뻐하며 술을 마시고 있었다. 아무런 방비 없이 있다가 손립의 패거리가 들이치니 무슨 수로 견뎌 내겠는가. 모 태공과 모중의뿐만 아니라 모든 집안 식구가 늙고 젊고를 가리지 않고 놀란 혼이 되고 말았다.

모 태공의 집안을 몰살시킨 손립과 해진 등은 집 안의 재물을 털어 수십 자루를 만들고 뒤채에서 좋은 말 여덟 마리를 끌어내 그중 네 마리에 실었다. 해진과 해보는 옷가지 좋은 걸로 갈아입고 난 뒤 집에 불을 지르고 말에 올랐다. 모 태공 일가는 대단찮은 호랑이 한 마리 때문에 당해도 너무 끔찍하게 당한 꼴이었다.

모 태공 집을 떠나 한 삼십 리쯤 가니 수레를 몰고 앞서 가던 손신과 악화를 따라잡을 수 있었다. 이에 일행은 다시 한 덩어리가 되어 양산박으로 향했다. 도중의 마을에서 말 몇 필을 더 구해 밤낮없이 달리니 길은 한층 수월해졌다.

이틀도 안 되어 그들은 석용이 열고 있는 주막에 이르렀다. 전부터 석용을 알고 있는 추연이 그에게 등비와 양림의 소식을 물었다. 석용이 대답했다.

"송공명이 축가장을 치러 가는데 그 두 사람 모두 따라갔소. 그러나 두 번이나 일이 잘못돼 듣기로는 양림, 등비 두 사람 모두 축가장에 사로잡혔다는 거요. 그들이 어찌 되었는지 모르나 걱정이오. 축가장은 세 아들이 모두 호걸인 데다 난정옥이란 자가 도와 여간이 아니랍니다. 두 번이나 들이쳤으나 아직도 깨뜨리지 못했다더군요."

이렇게 말하는 석용은 걱정스럽기 짝이 없다는 표정이었다. 듣고 난 손립이 빙긋 웃으며 말했다.

"우리가 양산박에 들려고 하나 이렇다 할 공을 세운 게 없소. 이번에 한 계책을 올려 축가장을 쳐부순다면 우리를 한패로 받아 주는 데 대한 작은 보답은 될 것이오. 그렇지 않소?"

"그 계책이란 게 무엇입니까?"

석용이 반가워하며 그렇게 물었다. 손립이 자신 있게 대답했다.

"난정옥과 나는 같은 스승에게서 무예를 배웠소. 내 솜씨는 그가 잘 알고, 그의 솜씨는 내가 잘 아오. 그런 사이니만큼 이제 내가 등주에서 운주를 지키러 가는 길이라면서 축가장을 찾으면 그는 반드시 문을 열고 나와 맞을 것이오. 그래서 안으로 들어간 뒤 안팎에서 호응하면 반드시 축가장을 쳐부술 수 있소. 이 계책이 어떻소?"

손립은 이어 자신의 계책을 자세히 이야기하기 시작했다. 미처 그의 이야기가 끝나지도 않았는데 졸개 하나가 달려와 알렸다.

"오학구 군사께서 산을 내려와 축가장으로 응원을 간답니다."

그 말을 들은 석용은 곧 그 졸개를 보내 오학구를 모셔 오게 했다. 손립과 해진 형제가 와 있는 걸 알리고 그 계책을 전하려 함이었으나 졸개가 수고스럽게 달려갈 필요는 없었다. 졸개가 석용 앞을 떠나기도 전에 말발굽 소리가 요란하게 나더니 여방, 곽성과 완씨 삼 형제가 나타나고 이어 군사 오용이 오백 인마를 거느리고 뒤따라왔다.

석용은 오용을 주막 안으로 맞아들이고 손립과 해진, 해보, 고대수, 손신, 추연, 추윤을 모두 인사시켰다. 그리고 예를 끝내기 바쁘게 손립이 말한 계책을 오용에게 전해 올렸다. 듣고 난 오용은 기뻐 어찌할 줄 몰랐다.

"이왕 여러 호걸께서 우리와 함께 지내기로 하고 오신 길이라면 산으로 올라갈 것 없이 우리와 함께 축가장으로 갑시다. 먼저 이번 일로 공을 세운 뒤에 한패가 되는 게 좋지 않겠소?"

손립은 물론 등주에서 온 사람들은 모두 기꺼이 그 말을 따르기로 했다.

오용이 그들의 우두머리 격인 손립에게 감사와 함께 말했다.

"그럼 나는 이 인마와 더불어 먼저 떠나겠소. 여러분들도 되도록 빨리 뒤따라오시오."

그리고 서둘러 축가장으로 떠났다.

오용이 축가장에 이르러 송강을 만나 보니 듣던 대로 싸움이 어렵기는 어려운 모양이었다. 송강은 이마를 펴지 못하고 얼굴 가득 걱정에 차 있었다. 오용이 술을 내어 그런 송강을 위로하며 말했다.

"석용, 양림, 등비 세 사람이 알고 있는 사람 중에 등주의 병마

제할로 있던 손립이란 호걸이 있는데 난정옥과 한 스승에게 무예를 배웠다고 합니다. 이번에 여덟 사람을 데리고 우리 양산박을 찾아와 함께 지내기를 빌면서 축가장을 부술 계책을 내어 자기들을 받아 주는 데 대한 보답을 하겠다고 그러더군요. 이미 계책을 세워 두었는바, 그가 축가장 안으로 들어가 밖의 우리와 호응하면 모든 게 금세 풀릴 듯합니다. 곧 뒤따라와서 형님을 뵈올 겁니다."

송강도 그 말을 듣고 기쁨을 감추지 못했다. 홀연 모든 근심을 벗고 구름 위에 떠 있는 기분이었다. 얼른 술상을 차리게 하고 손립이 오기만을 기다렸다.

손립은 자기가 데려간 사람들 중에서 당장 쓰지 않을 사람들과 수레며 재물을 산채 한곳에 옮겨 놓은 뒤 해진, 해보, 추연, 추윤, 손신, 고대수, 악화 일곱만 데리고 송강을 보러 갔다. 송강은 그들을 반가이 맞아 술자리에 앉히고 다시 한번 계책을 가다듬었다.

그사이 오용은 다른 두령들을 불러 놓고 계책을 전하며 사흘째는 어찌하고 닷새째는 어찌하라는 등 자세히 할 일을 일러 주었다. 그사이 모든 계책을 가다듬은 손립 일행은 축가장으로 향했다.

모든 배치가 끝난 뒤 오용이 문득 대종을 불렀다.

"아우는 산채로 돌아가 철면공목 배선과 성수서생 소양, 통비원 후건, 옥비장 김대견, 이 네 사람을 급히 데려오게. 내 그들을 쓸 일이 있네."

이에 대종은 양산박으로 되돌아갔다.

등주에서 온 호걸들로 양산박 군사들이 아연 활기를 되찾고 있을 때 진채를 지키던 군사가 달려왔다.

"서촌 호가장의 호성이 양을 끌고 술을 지워 찾아왔습니다."

송강은 얼른 호성을 군막 안으로 불러들이게 했다. 호성이 중군 군막으로 찾아와 절하고 말했다.

"제 누이가 철이 덜 든 데다 나이까지 어려 일을 제대로 살피지 못하고 함부로 덤비다가 이번에 붙잡힌 바 되었습니다. 바라건대 장군께서는 그 철없는 것을 불쌍히 여겨 한 번만 용서해 주십시오. 제 딴에는 축가장과 혼인이 정해졌다고 해서 그 편을 들려다가 그리된 듯합니다. 만약 장군께서 누이를 놓아주신다면 앞으로 우리 호가장은 무어든 명대로 따르겠습니다."

축가장, 마침내 패망하다

“어쨌든 거기 앉으시오. 앉아서 이야기합시다.”

송강은 우선 호성을 자리에 앉히고 말을 이었다.

“축가장이 무례하게도 까닭 없이 우리 산채를 업신여겨 이번에 군사를 내게 되었소. 따라서 우리가 미운 건 축가장이지 당신네 호가장이 아니오. 그런데 당신의 누이가 우리의 왕왜호를 사로잡아 갔기 때문에 우리도 당신의 누이를 사로잡은 거요. 당신들이 왕왜호를 놓아주면 우리도 호삼랑을 놓아주겠소.”

그러자 호성이 갑자기 당황했다.

“한데…… 그 호걸은 뜻밖에도 축가장에서 끌어가고 말았습니다.”

“그럼 우리 왕왜호는 지금 어디 있소?”

오용이 곁에 있다 끼어들었다. 호성이 낯없어 하며 우물거렸다.

"지금 축가장에 갇혀 있습니다. 그런데 제가 어떻게 데려올 수 있겠습니까?"

"당신이 왕왜호를 우리에게 내줄 수 없다면 우린들 어떻게 당신의 누이를 내줄 수 있겠소?"

송강이 굳은 얼굴로 그렇게 말했다. 오용이 다시 끼어들었다.

"형님, 꼭 그리 말씀하실 건 아닙니다. 제 말도 한번 들어 보십시오. 앞으로는 축가장에서 무슨 소리를 하더라도 당신네 호가장에서 도우러 가서는 안 됩니다. 만약 축가장에서 그리로 도망을 가는 자가 있더라도 반드시 우리에게 넘기십시오. 붙잡힌 사람들을 우리에게 넘겨 주면 우리도 당신의 누이를 돌려 드리겠습니다. 그리고 한 가지 미리 말씀 드릴 일은 당신의 누이가 우리 진채 안에는 없다는 것입니다. 어제 사람을 시켜 양산박 본채로 보내 송 태공께 보살피도록 했으니 마음 놓고 돌아가도록 하십시오. 우리에게도 따로 생각이 있습니다."

오용이 송강과 호성을 번갈아 돌아보며 그렇게 말하자 호성이 다짐했다.

"앞으로는 결코 축가장을 도우러 나서지 않겠습니다. 만약 그쪽에서 도망 오는 자가 있으면 반드시 잡아다 장군께 바치겠습니다."

그제야 송강도 고개를 끄덕였다.

"만일 그렇게만 해 주신다면 우리에게 금은이나 비단을 바치는 것보다 나은 선물이 되겠소."

그리고 좋은 말로 호성을 달래 돌려보냈다.

한편 축가장으로 향한 손립 일행은 장원 부근에 이르러 깃발을 바꾸었다. '등주병마제할 손립(登州兵馬提轄孫立)'이라 쓰인 깃발이었다. 그런 손립이 일행과 함께 축가장 뒷문에 이르자 담벼락 위에서 망을 보던 장정이 안에 들어가 알렸다.

난정옥은 등주의 손 제할이 왔다는 말을 듣자 나와서 살펴보고 돌아가 축씨 삼 형제에게 말했다.

"저 손 제할은 나와 형제 같은 사이로 어렸을 적부터 한 스승에게 무예를 배웠네. 그런데 오늘 무슨 일로 여기를 왔는지 모르겠구먼."

그러나 어찌 됐든 모르는 척할 수는 없는 일이었다. 곧 스무남은 명 인마와 함께 대문을 열고 적교를 내리게 한 뒤 밖으로 나와 손립을 맞아들였다.

손립과 그를 따르는 사람들도 모두 말에서 내려 처음 만나는 예를 표했다. 예가 끝난 뒤 난정옥이 물었다.

"자네는 등주를 지키고 있는 줄 알았는데 여기는 웬일인가?"

"총병부께서 문서를 내리시어 저더러 운주의 성을 지키라고 했습니다. 양산박의 도적 떼를 막기 위함이지요. 그런데 그리로 가다 보니 형님께서 이곳 축가장에 계시다는 이야기가 들리더군요. 그래서 한번 찾아뵙기로 하고 왔습니다. 바른대로 하자면 앞문으로 와야겠지만 오다 보니 마을 어귀에 수많은 인마가 진을 치고 있더군요. 쓸데없는 충돌이라도 일어날까 봐 샛길을 찾아 이렇게 뒷문으로 오게 되었습니다. 형님 얼굴이나 한번 뵙고 가면 되지 공연히 번거롭게 하고 싶지 않아섭니다."

손립이 그렇게 천연덕스럽게 대답했다. 손립의 속을 알 리 없는 난정옥이 그 말에 반가운 표정을 지었다.

"그놈들이 바로 양산박의 도적 떼라네. 연일 싸우는 중인데 벌써 그놈들의 두령 몇 놈을 잡아 두었지. 우두머리 되는 송강이란 놈만 사로잡으면 모두 한꺼번에 관가로 넘길 생각이네. 거기다가 다행히 이번에 아우가 또 이곳을 지키러 왔다니 그야말로 비단옷에 수놓기요, 가문 논에 비 뿌리는 격이군!"

손립이 웃으며 그런 난정옥의 말에 맞장구를 쳤다.

"이 아우가 비록 재주 없지만 여기까지 왔으니 그냥 갈 수야 없지요. 작은 힘이라도 보태 그놈을 잡으면 그게 모두 형님의 공이 되지 않겠습니까?"

난정옥은 몹시 기뻐하며 손립 일행을 장원 안으로 맞아들이고 적교를 다시 매달았다. 손립은 데려간 사람들과 수레를 난정옥이 내준 곳에 쉬게 한 뒤 옷을 갈아입고 안채로 들어갔다. 축조봉과 그의 세 아들 축룡, 축호, 축표가 기다리고 있다가 손립과 예를 나누었다. 예가 끝난 뒤 난정옥이 축조봉에게 말했다.

"내 아우는 손립이라 하오며 따로이 병울지라 불리기도 합니다. 등주의 병마제할로 있는데 이번에 총병부의 명을 받아 이곳 운주를 지키러 왔다고 합니다."

"그럼 이 늙은이도 저분의 다스림 밑에 있게 되는군."

축조봉이 조금도 의심하는 눈치 없이 그렇게 말했다. 손립이 겸손을 떨었다.

"하찮은 벼슬을 말해 뭣하겠습니까? 오히려 어르신네의 많은 가르침이 있기를 빕니다."

그때 축씨 삼 형제가 모두에게 앉기를 권했다. 주인과 손님이 각기 자리를 정해 앉은 뒤, 손립이 그들 형제를 보고 말했다.

"연일 싸우셨다니 매우 피곤하시겠소."

"그래도 승패가 나지 않는군요. 여러분들도 먼 길 오시느라고 많이 지치셨겠습니다."

축룡이 형제들을 대신해 그렇게 받았다.

손립은 이어 고대수와 악대랑자를 그 집안 식구들과 보게 하고 손신과 해진, 해보는 불러내 모두 형제로 소개했다. 그리고 악화는 운주에서 보낸 구실아치로, 추연과 추윤을 등주의 군관이라고 둘러댔다.

축조봉과 그 세 아들이 비록 총명하다고 해도 안식구까지 딸린 일행과 수많은 보따리며 수레까지 끌고 온 손립을 달리 의심할 길이 없었다. 거기다가 난정옥까지 손립을 보증하니 꼼짝없이 속아넘어가고 말았다. 소를 잡는다, 술을 거른다 하며 상을 차려 대접하기 바빴다.

그럭저럭 이틀이 지나갔다. 손립이 축가장 안으로 들어간 지 사흘째 되던 날 장원의 일꾼이 급하게 달려와 알렸다.

"송강이 또 군사를 내어 장원으로 쳐 올라오고 있습니다!"

그 소리를 들은 축표가 큰소리를 쳤다.

"내가 나가 그놈을 사로잡아야겠다!"

그리고 말에 오르더니 백여 기를 이끌고 장원 문을 나갔다.

축표가 적교를 내리고 해자를 건너오자 송강 편에서도 한 떼의 군마가 마주쳐 나갔다. 오백 명가량의 졸개가 한 두령을 에워싸고 밀려오는데 그 두령은 바로 소이광 화영이었다.

화영이 활과 화살을 말 등에 매단 채 긴 창을 휘두르며 달려오는 걸 보고 축표도 창을 꼬나들고 말 배를 찼다.

두 사람은 곧 독룡강 아래서 맞붙었다. 서로 찌르고 피하기를 수십 합이나 했지만 얼른 승부가 나지 않았다. 그때 화영이 짐짓 힘에 부치는 척하다가 말 머리를 돌려 달아나기 시작했다. 기세가 오른 축표는 말을 몰아 그런 화영을 뒤쫓으려 했다. 누군가 등 뒤에서 그런 축표를 말렸다.

"장군은 뒤쫓지 마시오. 저자는 아주 활을 잘 쏘는 놈이오."

그제야 축표도 퍼뜩 깨달아지는 게 있어 말고삐를 당겼다. 그리고 데리고 나간 인마를 불러들여 다시 장원으로 들어간 뒤 적교를 내걸었다.

장원 안으로 들어가 말에서 내린 축표는 술상이 차려진 안채로 들어갔다.

축표가 술잔을 들려는데 손립이 물었다.

"소(小)장군께서는 오늘 그 도적을 사로잡으셨소?"

"그놈들 중에 소이광 화영이란 놈이 있는데 창을 제법 쓸 줄 알지요. 오늘 나와 오십여 합을 싸우다 달아나기에 뒤쫓으려 했으나 그놈이 활을 잘 쏜다기에 그만두고 돌아왔습니다."

축표가 멋쩍은 얼굴로 그렇게 대답했다. 손립이 지나가는 소리로 말했다.

"내가 비록 재주 없으나 내일 나가 몇 놈 붙잡아 보겠소."

이튿날 싸우러 나갈 구실을 그렇게 미리 만들어 둔 것이었다. 그러나 그날은 그 정도로 해 놓고, 악화를 술자리로 불러내 노래를 부르게 하는 등 시치미를 떼다가 날이 저물자 제 방으로 돌아가 쉬었다.

다음 날인 넷째 날 정오 무렵이었다. 장원의 일꾼이 안채로 달려와 다시 급한 소리를 질렀다.

"송강 군사가 또 장원으로 쳐들어옵니다!"

그러자 축룡, 축호, 축표 삼 형제가 모두 갑옷을 걸치고 장원 앞문으로 달려갔다.

멀리서 북소리, 징소리가 요란하더니 곧 맞은편에 한 떼의 인마가 나타나 진세를 펼쳤다.

그때 축조봉은 장원 문루 위에 앉고, 왼편에는 난정옥, 오른편에는 손립이 앉아 있었다. 축씨 삼 형제는 수많은 인마와 함께 장원 문 곁에 벌려 서서 싸울 채비를 했다.

오래잖아 송강의 진중에서 표자두 임충이 나타나 욕을 퍼부어 대기 시작했다. 성난 축룡이 적교를 내리게 하더니 창을 들고 말 등에 뛰어올랐다. 축룡은 백여 명의 인마를 이끌고 크게 함성을 지르며 똑바로 임충을 덮쳐 갔다.

양쪽에서 울리는 북소리, 징소리가 요란한데 임충이 장팔사모를 휘둘러 축룡을 맞았다. 잠깐 사이 두 사람의 싸움은 서른 합을 넘겼으나 승부가 나지 않았다. 이에 양편에서 징을 쳐 두 사람은 싸움을 그치고 제 진중으로 돌아갔다.

보고 있던 축호가 몹시 성이 났다. 갑자기 칼을 비껴들고 말에 올라 진 앞으로 달려 나갔다.

"송강은 나오너라. 결판을 짓자!"

축호가 그렇게 소리치자 미처 말이 끝나기도 전에 송강의 진중에서 한 장수가 뛰어나왔다. 몰차란 목홍이었다.

축호와 목홍이 다시 어울렸다. 이번에도 싸움이 서른 합을 넘었으나 또 승부가 나지 않았다.

보고 있던 축표가 성을 못 참고 창을 잡았다. 축표가 말에 올라 백여 기를 이끌고 달려가자 송강의 진중에서는 병관삭 양웅이 나왔다. 곧 축표와 양웅의 창이 얽히며 불꽃을 튕겼다.

두 패가 어울려 싸우는 걸 보자 손립이 몸이 근질거려 못 견디겠다는 듯 손신을 불렀다.

"가서 창과 갑옷 투구를 가져오너라."

그리고 오추마(烏騅馬)라고 부르는 자신의 말을 끌고 와 안장을 얹게 했다.

이윽고 갑옷 입고 투구를 쓴 손립이 팔에는 쇠 채찍을 감고 창을 비껴든 채 말에 오르자 축가장에서 징이 한 번 크게 울렸다.

그 소리에 맞춰 손립이 진 앞으로 나서자 송강의 진중에서는 임충, 목홍, 양웅이 싸움을 그치고 말 머리를 나란히 해 섰다. 손립이 말 배를 차고 나서면서 축가장 사람들에게 큰소리쳤다.

"내가 저놈들을 잡아오는 걸 보시오!"

그러고는 송강의 군사 쪽을 향해 더욱 큰 소리로 외쳤다.

"야 이 도둑놈들아, 너희 중에 나하고 맞붙을 자신이 있는 놈은 나오너라. 결판을 짓자!"

그러자 송강의 진중에서 북소리가 울리더니 한 사람이 말을 몰아 나왔다. 그는 바로 반명삼랑 석수였다.

곧 두 마리의 말이 엇갈리면서 손립과 석수의 창이 얽혔다. 그러나 이번에도 쉰 합이 넘도록 승부가 나지 않았다.

워낙 손립이 큰소리를 치고 나간 터라 은근히 기대하던 축가장 사람들은 적이 실망스러웠다. 그런데 갑자기 싸움판에 놀라운 변화가 일어났다. 손립이 일부러 빈 곳을 보여 석수의 헛창질을 끌어들이더니 그걸 슬쩍 피하면서 말 위의 석수를 가볍게 집어 올리는 게 아닌가. 손립은 어린아이 다루듯 석수를 끼고 장원 앞으로 오더니 땅바닥에 내던지며 소리쳤다.

"이놈을 묶어라!"

손립이 석수를 사로잡아 오는 걸 보고 힘을 얻은 축씨 삼 형제가 일제히 군사를 몰아치고 나갔다. 기세가 꺾인 송강 군사는 제대로 싸워 보지도 못하고 뿔뿔이 흩어져 달아났다.

송강 군사를 멀리 쫓은 뒤에야 군사를 거둔 축씨 삼 형제는 문루로 돌아와 손립을 치하해 마지않았다. 손립이 별로 뽐내는 기색 없이 그들에게 물었다.

"잡은 도둑이 모두 몇이나 되오?"

축조봉이 아들들을 대신해 대답했다.

"처음에 시천이란 놈을 붙들고, 다음에 염탐질하러 온 양림이란 놈을 붙들고, 다시 황신이란 놈을 붙들고, 호가장의 일장청이 왕왜호란 놈을 잡아 보낸 데다가, 싸우는 중에 진명과 등비를 사로잡았고, 이번에 다시 석수란 놈을 잡았으니 모두 일곱이외다. 특히 이 석수란 놈은 저번에 우리 객점을 불태운 놈이오."

손립이 천연덕스럽게 그런 축조봉에게 말했다.

"한 놈도 죽여서는 안 됩니다. 죄수 싣는 수레 일곱 채를 마련해 집어넣고 술밥 간에 배불리 먹이십시오. 굶겨서 비쩍 말라 있으면 남 보기에도 좋을 거 없습니다. 다음에 송강이란 놈을 사로잡으면 모두 동경으로 묶어 보내 천하에 축씨네 삼걸이 있음을 알게 하십시오!"

"다행히도 제할님의 도움까지 있으니 이제 양산박 도둑들은 모두 뿌리 뽑힐 것이오."

축조봉은 멋모르고 좋아하며 그렇게 떠든 뒤 손립을 안채의 술자리로 이끌었다.

원래 석수의 무예는 결코 손립보다 못하지 않았다. 그러나 손립이 축가장 사람을 속이는 데 도움을 주기 위해 일부러 사로잡혀 준 것이었다.

그리하여 축가장 사람들의 믿음을 더욱 굳게 한 손립은 슬슬 일을 꾸미기 시작했다. 먼저 추연과 추윤, 악화를 시켜 집 안의 문이며 길목을 살피게 하고 장원의 지세도 익혀 두게 했다.

한편 잡혀 있던 등비와 양림은 추연과 추윤이 축가장 안을 어슬렁거리는 걸 보고 일이 돌아가는 걸 금세 눈치챘다. 자신들이 구함받을 때도 오래 남지 않았다는 생각에 속으로 몹시 기뻐했다.

악화는 한술 더 떠 아무도 보는 사람이 없으면 잡혀 있는 두령들에게 다가가 바깥의 소식까지 전해 주었다. 고대수와 악대랑자는 또 그들대로 안채에서 문이며 샛길을 살펴 두었다.

손립이 축가장에 들어간 지 닷새째 되는 날이었다. 손립이 축가장 사람들과 함께 장원 안을 한가로이 거닐고 있는데 사람이 달려와 알렸다.

"오늘은 송강이 군사를 나누어 네 길로 우리 장원을 치고 있습니다."

"네 길이 아니라 열 길로 나누어 쳐들어온들 무슨 상관이냐? 너희 아랫것들은 당황하지 말고 어서 싸울 채비나 해라. 갈고리와 던지는 오랏줄을 많이 마련해 반드시 그놈들을 사로잡도록 해야 한다. 죽은 놈을 잡아서는 아무짝에도 쓸모가 없다!"

손립이 마치 주인이나 되는 것처럼 그렇게 축가장의 군사들에게 시켰다.

곧 축가장 쪽도 싸울 채비에 들어갔다. 사람들은 모두 갑옷을 입고 무기를 꺼내 들었다.

축조봉은 몸소 한 떼의 장정들을 데리고 문루 위로 올라가 밖을 살펴보았다. 동쪽으로 한 떼의 적군이 몰려오는 게 보였다. 앞선 두령은 표자두 임충이었고, 그 뒤를 이준과 완소이가 오백 명이 넘는 인마를 이끌고 따랐다. 서쪽도 오백 명이 넘는 인마가 몰려오는데, 앞선 것은 소이광 화영이었고, 그 등 뒤에는 장횡과 장순이 받쳐 주고 있었다.

남쪽에서도 한 떼의 인마가 밀고 들어왔다. 몰차란 목홍, 병관삭 양웅, 흑선풍 이규 세 사람이 이끄는 오백의 인마였다. 그렇게 되고 보니 사방이 온통 병마로 뒤덮인 것 같고 북소리, 함성 소리에 천지가 떠나갈 듯했다.

보고 있던 난정옥이 굳은 얼굴로 말했다.

"오늘 저것들이 밀고 올라오는 기세를 보니 가볍게 맞서서는 안 될 것 같소. 나는 한 떼의 인마를 이끌고 나가 서북쪽으로 오는 적을 막겠소."

"나는 앞문으로 나가 동쪽으로 밀고 드는 놈들을 쳐부수겠습니다."

축룡이 난정옥의 말을 받아 그렇게 말했다. 축호도 한 갈래를 맡았다.

"나는 뒷문으로 나가 서남쪽으로 오는 놈들을 막지요."

그러자 축표도 가만히 있지 않았다.

"나는 앞문으로 나가 송강을 사로잡겠소. 뭐니 뭐니 해도 그놈이 가장 우두머리 아뇨?"

그렇게 큰소리를 치고 나섰다. 아들들의 씩씩한 기상에 축조봉은 흐뭇하기 짝이 없었다. 술을 가져오게 해 한 잔씩 상으로 내리고 기세를 돋워 주었다.

술을 마신 세 아들은 각기 말에 올라 삼백여 기를 거느리고 장원 문 밖으로 뛰쳐나갔다. 나머지 사람들은 모두 장원의 문루에 올라 함성을 지르며 응원했다.

그때 추연과 추윤은 큰 도끼를 가지고 잡혀간 두령들이 갇혀 있는 곳간 왼편으로 다가갔다. 해진과 해보도 몰래 무기를 숨기고 장원 뒷문에서 멀지 않은 곳을 얼씬거렸다. 손신과 악화는 장원의 앞문 좌우에 가 있었고 고대수는 데려간 졸개들에게 악대랑자를 보호하게 한 뒤 자신은 쌍칼을 들고 집 앞으로 나가 기다렸다. 바깥에서 일이 벌어진 기척이 들리면 바로 손을 쓸 작정이었다.

한편 송강의 군사들이 보니 갑자기 축가장에서 큰 북소리와 함께 포향이 터지고 장원의 앞뒷문이 함께 열렸다. 이어 적교가 내려지더니 네 줄기 군마가 쏟아져 나와 사방으로 치고 들었다. 그 뒤를 손립이 십여 명 군사를 데리고 따라나와 적교 위에 섰다. 장원 문 안에 있던 손신은 원래 가지고 있던 깃발을 꺼내 얼른 문루에 걸었다.

그 깃발을 본 악화가 창을 들고 큰 소리로 노래를 시작했다. 그 노랫소리를 들은 추연과 추윤이 갑자기 함성을 내지르며 도끼를 휘둘렀다. 금세 곳간을 지키던 장원의 일꾼들 십여 명을 베어 넘긴 두 사람은 얼른 두령들이 갇힌 수레를 부수어 열었다.

곧 호랑이 같은 일곱 명의 두령이 뛰쳐나와 각기 시렁에 얹힌 창을 집어 들고 함성을 지르며 치고 찌르기 시작했다. 그 함성을 들은 고대수가 쌍칼을 휘두르며 집 안으로 뛰어들었다. 그리고 집 안의 아낙네들을 한칼에 하나씩 모조리 죽여 버렸다.

일이 그렇게 되자 축가장 안은 갑자기 걷잡을 수 없는 혼란에 빠졌다. 축조봉은 형세가 이롭지 못한 걸 보고 우물로 뛰어들어 죽으려 했다. 그러나 석수가 먼저 보고 한칼로 베어 죽인 뒤 그 목을 잘랐다. 나머지 여남은 명 호걸들도 일제히 뛰어들어 장원의 사람들을 마구잡이로 죽여 댔다.

그때쯤 해서 뒷문 근처에 있던 해진과 해보가 말먹이 풀 더미에 불을 질렀다. 곧 검은 연기가 하늘을 찌르듯 솟았다.

장원에서 불길이 솟는 것을 본 송강의 네 갈래 군마는 힘을 얻어 앞으로 내달았다. 그러나 축가장의 인마는 달랐다. 먼저 축호가 장원 안에서 불이 난 걸 보고 군사를 돌렸다.

손립이 적교 위에 서 있다가 축호를 가로막으며 큰 소리로 외쳤다.

"이놈, 어디로 가려느냐?"

그제야 축호는 일이 어떻게 돌아가는지를 알아차렸다. 얼른 말머리를 돌려 다시 송강의 군사들이 있는 쪽으로 달아났다. 여방과 곽성이 기다렸다는 듯 그런 축호에게 일제히 창을 내질렀다. 축호가 말과 함께 땅에 쓰러지자 양산박의 군사들이 어지럽게 칼질을 해 곧 그를 다져진 고깃덩어리로 만들어 버렸다.

축호가 그 모양이 되자 그가 이끌던 졸개들은 사방으로 흩어져 달아났다. 손립과 손신이 앞으로 나가 송공명을 장원 안으로 맞아들였다.

한편 동쪽 길로 나아간 축룡은 임충과 맞붙었다. 그러나 임충의 무예를 당할 길이 없어 장원 뒤로 쫓겨 오게 되었다. 축룡이 적교 곁에 이르러 보니 장원 뒷문에서 해진과 해보가 장원 일꾼들의 시체를 하나씩 밖으로 내던지고 있었다.

축룡은 화염 속에서 급히 말 머리를 북쪽으로 돌려 달아났으나 오래는 못 갈 팔자였다.

난데없이 흑선풍 이규가 뛰어들더니 쌍도끼를 풍차처럼 휘둘러 먼저 축룡의 말 머리를 베어 버렸다. 이에 축룡은 손 한번 제

대로 쓰지 못하고 말 아래로 떨어져 이규의 한 도끼질에 정수리가 갈라졌다.

축표의 운명도 두 형과 크게 다르지는 못했다. 장원의 일꾼들이 달려와 알려 준 덕에 무슨 일이 벌어졌는가를 알게 된 그는 감히 축가장으로 돌아가지 못하고 호가장으로 달아났다. 그러나 호성은 그를 받아들이기는커녕 자기 장원의 일꾼들을 불러 그를 사로잡았다. 호성은 축표를 묶어 송강에게로 데려가려 했다. 그런데 재수 없게도 가는 도중에 이규와 맞닥뜨리고 말았다.

이규는 다짜고짜 도끼를 휘둘러 축표의 머리를 쪼개 놓았다. 놀란 호가장의 일꾼들이 사방으로 흩어져 달아났다. 이규는 그걸로 만족하지 않고 다시 도끼를 휘두르며 호성을 덮쳐 갔다. 호성은 형세가 좋지 않은 걸 보고 말도 버린 채 황황히 달아났다. 그는 집으로도 돌아가지 못하고 연안부(延安府)로 피해 거기서 나중에 군관으로 출세하게 된다.

한편 이규는 사람 죽이는 데 완전히 신바람이 났다. 똑바로 호가장으로 덤벼들어 호 태공의 가족 모두를 죽여 버렸다. 늙고 젊고 여자고 남자고 가릴 것 없이 단 한 사람도 살아남은 사람이 없자 드디어 졸개들을 시켜 마필이며 장원 안의 재산을 몽땅 털었다. 그리고 불을 질러 호가장을 기둥 하나 안 남기고 태워 버린 뒤 거둔 것을 바치러 진중으로 돌아갔다.

이때 송강은 이미 축가장 안으로 들어가 있었다. 송강이 대청 가운데 자리 잡고 기다리자 여러 두령들이 들어와 공을 아뢰었다. 사로잡은 사람이 사오백이요, 빼앗은 말은 오백 필이 넘고,

붙들어 모은 소와 양은 그 수를 헤아릴 수가 없을 정도였다.

그 모든 것을 보고 기뻐하던 송강이 문득 가벼운 탄식과 함께 말했다.

"난정옥이 호걸이라던데 그를 죽인 것이 정말 아깝구나."

난정옥이 난군(亂軍) 속에서 죽었다는 말을 듣고 하는 소리였다. 그때 사람이 들어와 알렸다.

"흑선풍이 호가장을 깡그리 태워 버리고 얻은 것을 바치려고 왔습니다."

"전날 호성이 이미 와서 항복을 했는데 누가 그를 보고 호가장을 치라 했느냐? 또 장원에 불을 어찌해서 질렀다더냐?"

송강이 놀라 그렇게 물었다. 그런데 미처 그 물음이 끝나기도 전에 흑선풍이 온몸에 피 칠갑을 하고 뛰어들었다. 그는 두 자루 도끼를 허리에 꽂은 채 똑바로 송강 앞에 나가 씩씩하게 소리쳤다.

"축룡은 내가 이미 죽였고 축표란 놈도 쪼개 버렸소. 호성은 달아났으나 호 태공의 가족들은 깨끗이 쓸어버렸으니 이보다 더 큰 공이 어딨단 말이오? 내게도 상을 주시오."

송강이 소리 높여 그런 흑선풍을 꾸짖었다.

"축룡을 네가 죽였다는 것은 본 사람이 있다더라만 다른 사람은 어째서 죽였느냐?"

"내가 닥치는 대로 베어 가며 호가장으로 쫓아가는데 일장청의 오라비가 축표를 데리고 나오더군요. 축표는 한 도끼질에 쪼개 버렸으나 호성 그놈을 놓친 게 아까웠소. 그놈의 집구석을 한 놈도 남기지 않고 쓸어버린 것은 그 때문이오."

흑선풍은 그래도 눈치를 못 채고 잘했다는 듯 떠벌렸다. 송강이 더욱 소리 높여 꾸짖었다.

"이 바보 같은 놈아, 누가 너더러 거길 가라더냐? 너도 호성이 며칠 전에 양을 끌고 술을 지고 우리에게 와서 항복한 건 알고 있지 않으냐? 그런데도 어찌하여 내 말도 듣지 않고 네 멋대로 달려가 그의 가족까지 몰살했단 말이냐? 일부러 나의 장명을 어기려고 작정이라도 하였느냐?"

"형님은 벌써 잊었는진 몰라도 나는 똑똑히 기억하고 있소! 호성 그놈은 전날 그 못된 계집년을 시켜 형님을 뒤쫓으며 죽이려 하질 않았소? 그런데도 형님은 그에게 인정을 베풀려는 거요? 형님 생각에는 그놈의 누이와 혼인이라도 할 작정인 게구려. 그러니까 꼭 처남 장인 생각하듯 하시는 게지!"

이규가 불퉁거리며 그렇게 대꾸했다. 송강은 더욱 성이 났다. 얼굴이 새빨개져 목소리를 높였다.

"이놈 철우야, 돼먹잖은 소리 마라. 내 어찌 그 아가씨를 두고 딴생각을 하겠느냐? 다 따로이 생각해 둔 바가 있다. 그건 그렇고, 이 시커먼 놈아, 사로잡은 사람은 몇이나 되느냐?"

"어떤 놈이 번거롭게 사로잡고 자시고 한단 말이오? 눈에 띄는 대로 다 찍어 버리고 말았지."

이규가 여전히 뻣뻣하게 대꾸했다. 송강이 더 상대할 수 없다는 듯 여럿을 돌아보며 소리쳤다.

"저놈은 나의 군령을 어긴 놈이다. 죄대로 하자면 목을 잘라야 하나 축룡과 축표를 죽인 공이 있으니 그걸로 벌을 면해 준다. 그러나 앞으로 또다시 군령을 어기면 그때는 기필코 용서하지 않으리라!"

그래도 흑선풍은 섭섭할 것 없다는 듯 히히덕거렸다.

"공이야 빼앗겼지만 사람을 실컷 죽여 기분 한번 좋구나."

송강과 이규가 그렇게 옥신각신하고 있을 때 군사 오학구가 한 떼의 인마를 데리고 축가장 안으로 들어왔다. 오학구는 술잔을 들어 송강의 승리를 기뻐해 주었다. 송강은 오학구와 이런저런 이야기 끝에 축가장에서 다스리던 마을들을 깨끗이 쓸어버릴 의논을 했다. 그때 석수가 나서서 말했다.

"그래도 마을에는 내게 길을 가르쳐 준 종리(鍾離) 노인처럼 착한 사람들도 있습니다. 그런 사람들까지 해쳐서는 안 됩니다."

그 말에 송강도 깨달아지는 게 있는 듯 석수더러 그 노인을 찾아오게 했다. 나간 지 얼마 되지 않아 석수가 종리 노인을 데리고 장원으로 돌아왔다. 노인이 송강과 오학구 등에게 절을 하자 송강은 금과 비단이 든 자루 하나를 노인에게 상으로 내리며 말했다.

"어르신네의 낯을 보지 않았더라면 이 마을은 한 집도 남지 않고 쑥밭이 되었을 것이오. 어르신네의 착하신 마음 때문에 이 마을 모든 백성들이 살아남을 수 있게 되었소."

종리 노인은 송강의 말에 고마워 어찌할 줄 몰랐다. 수없이 절을 하며 감사를 드렸다. 그런 노인을 보고 송강이 다시 말했다.

"내가 연일 여기서 어르신네 마을 사람들을 소란스럽게 했소이다. 오늘 축가장을 쳐부수어 마을의 해로움을 제거했으니 집집마다 쌀 한 가마씩을 내리겠소. 우리의 인정인 줄 알고 받아 달라 해주시오."

그러고는 종리 노인부터 쌀을 나누어 주기 시작했다.

이어 송강은 거두어들인 축가장의 재물을 처리하기 시작했다. 남은 쌀을 모두 수레에 싣게 하고 금은을 비롯한 재물들은 삼군의 두령들에게 골고루 상으로 나누어 주었다. 그 밖의 소, 양, 나귀들은 산채로 끌고 가 쓰기로 했다. 축가장을 치고 얻은 양곡만도 오십만 섬이 넘어 송강은 몹시 흐뭇했다.

모든 처리가 끝나자 크고 작은 두령들이 인마를 수습해 돌아갈 채비를 했다. 그때 새로 늘어난 두령들도 있었다. 손립, 손신, 해진, 해보, 추연, 추윤, 악화, 고대수 등으로, 그들은 힘을 다해 양산박의 일곱 호걸을 구해 내 새로이 두령의 서열에 끼게 되었다. 손립을 비롯한 새 두령들도 데리고 온 인마와 재물을 수습해 양산박 인마의 뒤를 따랐다. 마을 사람들은 늙고 어리고를 가리지 않고 모두 길가로 나와 향을 사르고 떠나는 양산박 두령들을 배웅했다. 송강을 비롯한 두령들은 모두 말에 올라 세 대로 나눈 인마를 이끌고 밤낮없이 달려 산채로 돌아갔다.

한편 박천조 이응은 화살에 맞은 상처가 나은 후에도 장원 문을 굳게 닫아걸고 밖으로 나오지 않았다. 다만 사람을 몰래 보내 축가장의 소식을 탐지할 뿐이었다. 그러다가 놀라움 반 기쁨 반으로 축가장이 송강에게 패망했다는 소식을 듣게 되었다. 하지만 자기들은 아무런 피해가 없는 것에 안도해 있는데 하루는 장원의 일꾼이 들어와 알렸다.

"지부께서 몇십 명의 수하를 거느리고 우리 장원으로 오셨습니다. 축가장의 일을 물어보고 싶은 모양입니다."

그 말에 이응은 황망히 두흥을 불러 장원 문을 열고 적교를 내리게 한 뒤 지부를 맞아들였다. 이응은 흰 비단으로 팔을 싸맨 채 지부를 집 안으로 안내했다. 대청 앞에 이르러 말에서 내린 지부가 대청 위에 자리를 잡자 그 옆에 공목이 앉고 그 아래로 압사며 우후들이 벌려 서고 계단 아래로는 수많은 절급과 옥졸들이 늘어섰다. 이응이 절을 올리자 지부가 그에게 물었다.

"축가장이 몰살되었다는데 어찌 된 일인가?"

"저는 축표가 쏜 화살에 왼팔을 맞아 그 뒤로는 장원 문을 닫고 감히 밖으로 나가지 못했습니다. 그래서 그 일에 대해선 잘 모릅니다."

이응이 그렇게 공손히 대답했다. 지부가 갑자기 목소리를 높였다.

"딴소리 마라. 축가장에서 글을 올려 말하기를 네가 양산박의 도적 떼와 결탁하여 그 인마를 끌어들이고 장원을 치게 한 것이라 했다. 더구나 너는 전날에 도적들이 보낸 말과 양, 술, 비단, 금은 따위를 받았다는데, 네 말을 어찌 믿을 수 있겠느냐?"

이응이 놀라 발뺌을 했다.

"저도 법도를 아는 사람입니다. 어찌 도적들에게서 그런 것들을 받아들였겠습니까?"

"뻔한 소리 하지 마라. 어쨌든 관아로 가자. 거기서 무릎맞춤을 하면 절로 모든 게 밝혀질 것이다."

지부가 그렇게 말한 뒤에 옥졸들을 보고 소리쳤다.

"저놈을 잡아라. 함께 관아로 데려가 축가장 놈들과 대질시키면 될 것이다."

그러자 지부 곁에 있던 우후 둘이 우르르 달려 나와 이응을 묶었다. 지부가 말에 오르자 데려온 사람들이 그를 둘러쌌다. 지부가 다시 주위를 둘러보며 물었다.

"어떤 놈이 주관(主管)인 두흥이냐?"

"저올시다."

두흥이 쭈뼛쭈뼛 나서며 그렇게 대답했다. 지부가 그런 두흥에게 자르듯 말했다.

"고소장에는 네놈 이름도 있었다. 함께 가자. 뭣들 하느냐? 이 놈에게도 사슬을 채워라."

이리하여 이응과 두흥은 지부 일행에 끌려 나란히 이가장을 나서게 되었다.

길을 떠난 지 삼십 리가 채 안 되었을 때였다. 갑자기 길가에서 송강, 임충, 화영, 양웅, 석수 등이 한 떼의 인마와 함께 길을 막았다. 임충이 크게 소리쳤다.

"양산박 호걸들이 여기 와서 기다린 지 오래다."

그 소리에 지부를 비롯한 관아의 사람들은 감히 맞설 엄두를 못 내고 이응과 두흥을 버려 둔 채 달아났다.

"저놈들을 쫓아라."

송강이 좌우를 보고 소리쳤다. 양산박 패거리들이 한차례 쫓는 척하다가 되돌아와 말했다.

“뒤쫓아가 봤지만 어디로 갔는지 알 수 없습니다. 지부 그놈을 잡기만 하면 박살을 내려고 했더니…….”

그러자 송강이 이응을 돌아보며 웃는 얼굴로 말했다.

“관가에 가셨더라면 어떻게 발명을 하려고 그러셨소. 우리들이 그냥 가 버리면 반드시 어른께 누를 끼칠 것 같아서 이리 기다렸습니다. 이미 어른께서 저희와 함께 도둑이 되는 것을 마다하셨지만 저희 산채에 가서 며칠 쉬는 거야 어떻겠습니까. 거기서 아무 일 없다는 걸 아신 뒤에 다시 산채를 내려가셔도 늦지 않을 겁니다.”

그렇게 되니 이응과 두흥도 마다할 수 없었다. 송강 일행을 말없이 따랐다.

송강 일행은 그로부터 며칠 안 되어 양산박으로 돌아왔다. 양산박 산채에서는 조개를 비롯한 여러 호걸들이 북을 울리고 피리를 불며 산을 내려와 그들을 맞았다. 한차례 술을 내어 모두를 대접한 뒤 함께 취의청으로 올라가 둥글게 앉았다.

송강은 이응을 윗자리에 오르게 한 뒤 여러 두령들한테 인사를 시켰다. 예가 끝난 뒤 이응이 송강에게 말했다.

“우리 두 사람은 장군의 대채로 와서 여러 두령들과 만나는 행운이 있었습니다. 우리는 여기서 기다려도 되겠지만 걱정은 가족들이 어떻게 되었는가 하는 것입니다. 우리를 산 아래로 내려보내 알아볼 수 있도록 해 주시면 고맙겠습니다.”

오학구가 무엇 때문인지 빙긋 웃으며 말을 받았다.

"어른께서는 그러실 것까지 없습니다. 어르신네 가족은 이미 여기 와 계시니까요. 더군다나 어르신네의 장원은 이미 잿더미가 되었는데 돌아가기는 어디로 가신단 말씀입니까?"

하지만 이응은 도무지 그 말을 믿을 수 없었다. 어리둥절해서 기다리고 있는데 얼마 안 있어 수레를 앞세운 한 떼의 인마가 산채 위로 올라왔다. 이응이 보니 바로 자신의 장원 일꾼들과 가족들이었다. 이응이 놀라 달려가 아내와 자식들에게 경위를 물었다.

"당신이 지부에게 잡혀가신 뒤 얼마 안 있어 두 명의 순간(巡簡)이 네 명의 도두와 삼백 명 졸개를 이끌고 집으로 들이닥쳐 저희들을 수레에 오르라고 말했습니다. 그리고 모든 재물을 상자에 담고 소, 말, 양, 노새까지 모조리 끌어간 뒤 장원에 불을 질러 깨끗이 태워 버렸습니다."

이응이 들으니 일이 어떻게 되었는지 대강 짐작이 갔다. 분명 양산박 패거리들이 한 짓 같았다. 그러나 성을 낼 수도 없어 그저 속으로만 괴롭게 탄식했다. 조개와 송강이 그런 이응 앞에 엎드리며 잘못을 빌었다.

"저희 형제가 전부터 어른의 큰 이름을 듣고 흠모한 나머지 이번 계책을 세웠던 것입니다. 부디 너그럽게 용서해 주십시오."

이응으로서도 용서하지 않을 수 없는 처지였다. 말없이 고개를 끄덕여 그들을 따를 것을 비쳤다.

송강이 다시 그런 이응에게 말했다.

"집안 식구들을 뒤채의 거처로 모셔 쉬게 하시지요."

이응은 이미 취의청 앞뒤의 여러 집채에 두령들의 가족들이 사는 것을 본 터였다. 아내와 아들을 보고 가만히 일렀다.

"시키는 대로 따라가 짐을 풀어라."

자리가 정리된 뒤에 송강은 두령들에게 그동안에 있었던 이런 저런 일들을 이야기했다. 듣고 난 두령들이 모두 흐뭇해했다. 송강이 갑자기 껄껄 웃으며 이응에게 말했다.

"이 장주(莊主), 장주의 장원으로 간 두 명의 순간과 지부 일행을 보시지요."

그리고 사람들을 불러내는데 지부처럼 꾸민 것은 소양이었고 순간으로 꾸민 두 사람은 대종과 양림이었다. 공목으로 꾸민 사람은 배선이요, 우후로 꾸몄던 사람은 김대견과 후건이었다. 이어 송강은 도두 노릇을 했던 네 사람을 다시 불러냈다. 이준, 장순, 마린, 백승이 그들이었다. 그 모두를 본 이응은 하도 기가 막혀 눈을 크게 뜬 채 입만 크게 벌리고 서 있을 뿐이었다.

송강은 작은 두령들을 시켜 소와 말을 잡게 하고 술을 거른 뒤 이응을 비롯해 새로 산채에 들게 된 열두 명의 호걸들을 위해 크게 잔치를 열었다. 이응, 손립, 손신, 해진, 해보, 추연, 추윤, 두흥, 악화, 시천, 호삼랑, 고대수가 그들이었다. 악대랑자와 이응의 가족들도 따로이 뒤채에서 상을 받고 이번에 싸우느라 힘들었던 여러 졸개들도 배불리 먹었다. 북소리, 피리 소리 요란한 가운데 한바탕 흥겨운 잔치를 끝낸 호걸들은 날이 저문 후에야 헤어졌다.

다음 날이었다. 송강은 다시 여러 두령들을 모이게 한 뒤 특별히 왕왜호를 불러 말했다.

"내가 전에 청풍채에서 자네에게 혼인을 시켜 주마고 한 적이 있었지. 그게 늘 마음에 있어도 잘 안 되었는데 이번에 우리 아버님께서 딸 하나를 얻으셨기로 자네를 사위로 삼고자 하시네."

그러고는 송 태공에게 사람을 보내 일장청 호삼랑을 데리고 술자리로 나오게 했다. 호삼랑이 나오자 송강은 몸소 그녀를 맞아 자리에 앉히고 말했다.

"내 아우 왕영은 비록 무예는 누이에게 뒤지나 그래도 좋은 사람일세. 내가 당초에 저 사람에게 중매를 서 주겠다고 한 적이 있는데 아직도 그 약조를 지키지 못했네. 이제 누이가 우리 아버님을 양아버님으로 모시고 있는 만큼 여기 여러 두령들이 중매쟁이가 되어 저 왕영과 혼인이 되도록 했으면 좋겠네. 말이 난 김에 여기서 좋은 날을 받아 두 사람이 부부가 되도록 하지."

일장청은 송강이 의리를 무겁게 여기는 사람임을 잘 알고 있었다. 마음 한구석이 차지 않는데도 마다할 수 없었다. 말할 것도 없이 왕영은 입이 귀밑까지 찢어질 만큼 좋아했다. 일장청도 다소곳이 머리 숙여 송강에게 그 중매를 감사하니, 보고 있던 두령들이 모두 기뻐해 마지않았다. 송강에게 갔던 일부의 의심도 씻은 듯이 없어졌다. 두령들은 모두 송강이야말로 덕 있고 의리를 아는 장부라고 우러러 마지않았다.

일장청과 왕영의 혼인 말로 술자리가 한층 흥겨워져 모두들 술잔을 기울이고 있는데 산 아래 주귀의 술집에서 사람이 왔다.

"저쪽 숲 앞의 큰길 위에서 한 떼의 사람들이 지나가기에 졸개들을 보내 털었더니 그들 중에 운성현의 도두 뇌횡(雷橫)이란 사람이 있었습니다. 주귀 두령께서는 그분을 청해 들여 지금 술집에서 술과 밥을 대접하고 계시면서 저더러 먼저 올라가 알리라고 했습니다."

산 밑에서 올라온 졸개가 이렇게 알려 왔다. 조개와 송강은 그 말을 듣고 몹시 기뻐했다. 그 자리에서 몸을 일으켜 군사 오용과 함께 산 아래로 달려갔다.

뇌횡도 양산박으로

주귀는 벌써 금사탄 언덕에다 배를 대어 놓고 기다리고 있었다. 송강이 주귀와 함께 온 뇌횡을 보고 황망히 엎드려 절을 하며 말했다.

“뵈온 지 정말로 오래되었습니다. 항상 도두를 잊지 못하고 있었지요. 오늘은 무슨 일로 이 하찮은 곳을 지나게 되었습니까?”

송강이 그토록 공손하게 절을 올리자 뇌횡은 어쩔 줄을 몰라 했다. 그 또한 황망히 엎드려 답례를 하고 말했다.

“아우는 지현의 명을 받아 동창부(東昌府)에 공문을 보내고 돌아오는 길입니다. 한 길목을 지나는데 이곳 사람들이 나와 돈을 내놓으라 하더군요. 그래서 아우가 보잘것없는 이름을 대었더니 주형께서 알고 저를 데리러 나오셨습니다.”

"정말 하늘이 도우셨구려."

송강이 그렇게 말하고 뇌횡을 산채로 이끌었다. 취의청에 이른 송강은 두령들을 보고 모두 뇌횡을 보게 하고 술을 내어 대접했다. 떠들썩한 잔치 같은 닷새가 지나갔다. 그동안 뇌횡은 송강과 더불어 이런저런 못다 한 이야기들을 주고받으며 정을 한층 두터이 했다. 하루는 조개가 뇌횡에게 주동의 소식을 물었다.

"주동은 지금 현의 감옥에서 절급 일을 보고 있습니다. 새로 온 지현께서 아주 좋아하시지요."

뇌횡이 그렇게 대답했다. 송강은 바로 대놓고 말하지는 못해도 뇌횡이 그대로 산채에 머물러 주기를 간절히 바랐다. 그러나 뇌횡에게는 아직 양산박에 들어 한패가 될 생각은 없었다.

"늙으신 어머님께서 이미 연세가 높아 따를 수가 없습니다. 어머님께서 세상을 버리신 후에나 아우도 이곳에 와 함께 지내도록 하지요."

뇌횡은 그렇게 거절의 뜻을 비쳤다. 그리고 그날로 모두에게 작별한 뒤 산을 내려갔다. 송강을 비롯한 여러 두령들이 며칠이라도 더 잡아 두려 했으나 되지 않았다. 두령들은 저마다 금과 비단을 내어 그에게 주었다.

한 자루 가득 금은을 지고 산을 내려간 뇌횡은 금사탄을 건넜다. 여러 두령들이 배 타는 곳까지 나와 그를 배웅했다.

산채로 돌아온 송강과 조개는 취의청에서 군사 오용과 더불어 두령들에게 산채 일을 다시 분담시킬 의논을 했다. 새로 온 두령들도 많고 일도 늘어난 까닭이었다.

오용은 송공명과 모든 걸 의논해 결정한 뒤 다음 날 두령들을 불러 모았다. 먼저 뽑은 것은 양산박 밖에서 술집을 할 두령들이었다.

"손신과 고대수는 원래 술집을 하던 사람들이니 이들 부부로 하여금 동위, 동맹 형제를 대신하게 했으면 좋겠소. 그들 형제는 따로이 시킬 일이 있을 거요."

이어 송강은 시천에게는 가서 석용을 돕게 하고 악화는 주귀를 돕게 하고 정천수는 이립을 돕게 했다. 동서남북에 있는 네 곳의 술집에서 술과 고기를 파는데 술집마다 두령이 둘인 셈이었다. 이들은 장사를 하는 한편 바깥 소식도 탐지하고 아울러 사방의 호걸들을 모아들이는 일을 맡았다.

일장청과 왕왜호 부부는 뒷산 아래의 산채에서 말을 돌보는 일을 감독하게 하고, 금사탄에 있는 작은 산채는 동위와 동맹 형제가 지키게 했다. 압취탄의 작은 산채는 추연과 추윤, 조카와 아재비 두 사람이 지키게 되었고, 산 앞의 큰길은 황신과 연순이 말 탄 졸개를 데리고 진채를 차리게 했으며, 해진과 해보 형제는 산 앞 첫 번째 관을 맡아 지키게 되었다. 두천과 송만은 완자성의 두 번째 관을 지키게 되었으며, 유당과 목홍은 산채 입구 세 번째 관을 맡았다. 완씨 삼 형제는 산 남쪽의 수채(水寨)를 맡았고, 맹강은 전처럼 싸움배를 만드는 일에 그대로 매달리게 되었다. 이응과 두흥, 장경 세 사람은 산채의 돈과 곡식과 비단과 금은을 맡아 헤아리고, 도종왕과 설영은 양산박 안의 성벽이며 보루를 쌓는 일을 보살피게 되었다.

나머지 두령들에게도 약간의 변동이 있었다. 후건은 옷과 갑주와 투구와 깃발 등을 만드는 일을 모두 맡았고, 주부와 송청은 잔치 뒤치다꺼리를 하게 되었다. 목춘과 이운은 살 집을 짓고 산채에 목책을 둘러치는 일 따위 목수 일을 맡았고, 소양과 김대견은 손님 맞는 일과 일체의 문서를 다루게 되었으며, 배선은 군정을 맡아 공을 상 주고 죄를 벌주는 일을 밝히게 했다. 그 밖에 여방, 곽성, 손립, 구붕, 마린, 등비, 양림, 백승은 대채 여덟 군데에 나누어 살고, 조개와 송강, 오용은 산꼭대기 본채 안에서 살게 되었으며, 화영, 진명은 산 왼편 채에 머물고, 임충, 대종은 산 오른편 채에 머물렀으며, 이준, 이규는 산 앞에, 장횡, 장순은 산 뒤에 머물게 되었고, 양웅과 석수는 취의청 양쪽의 거처에서 취의청을 지키기로 되었다. 이와 같이 모든 두령들이 각기 할 일을 정해 받자 양산박은 한층 새로워졌다.

한편 양산박을 떠난 뇌횡은 거기서 얻은 재물 보따리와 함께 별일 없이 운성현에 이르렀다. 집으로 돌아가 늙은 어머니를 본 뒤에 옷을 갈아입은 뇌횡은 받아 온 공문을 들고 현청으로 지현을 보러 갔다. 지현에게 공문을 바치고 돌아온 뇌횡은 집에서 하룻밤을 쉰 뒤 다음 날부터 전처럼 현청 일을 보았다.

그러던 어느 날이었다. 하루는 뇌횡이 현청에서 일을 보고 있는데 누군가 뒤에서 말했다.

"도두께서는 언제 돌아오셨습니까?"

뇌횡이 돌아보니 그 사람은 현청에서 잡일을 도와주고 있는 이소이(李小二)라는 사람이었다. 뇌횡이 별 표정 없이 대답했다.

"며칠 전에 돌아왔네."

그러자 이소이가 무슨 대단한 소식이라도 전해 주듯 말했다.

"도두께서 오래 나가 계신 바람에 좋은 구경거리를 놓치셨습니다요. 요사이 동경에서 새로 온 떠돌이 행원(行院, 광대, 창기)이 있는데, 얼굴도 예쁘고 재주도 아주 뛰어났습지요. 백수영(白秀英)이라는 계집입니다. 백수영은 처음 이곳에 왔을 때 도두님을 뵈러 왔지마는 마침 도두님께서 공무로 멀리 나가시고 안 계신 바람에 뵙지 못하고 돌아갔습니다. 그러나 아직도 무대는 세워져 있고 노래와 여러 가지 재주도 보여 주고 있지요. 매일 공연을 하는데 혹은 춤을 추고 혹은 피리를 불거나 금(琴)을 뜯으며 혹은 노래를 하는데 그야말로 인산인해를 이룹니다요. 도두께서도 한 번 가 보시지 않겠습니까? 정말 대단한 계집아이지요."

그 말을 들은 뇌횡은 마침 긴히 할 일도 없어서 슬며시 마음이 동했다. 현청을 나와 이소이와 함께 백수영이 재주를 보여 준다는 무대가 있는 곳으로 갔다. 가 보니 무대 밖을 둘러친 장막 문 위에는 금색 글자로 된 현수막이 수없이 내걸려 있고 깃발도 여러 가지로 휘날렸다. 안으로 들어간 뇌횡은 곧바로 왼쪽에 있는 줄 제일 첫 번째 자리로 가서 앉았다. 무대를 보니 본공연을 시작하기 전에 가벼운 웃음거리 연극이 공연되고 있었다.

오래잖아 연극은 끝이 나고 한 늙은이가 무대 위로 나왔다. 머리를 수건으로 단정히 묶고 다갈색 옷을 걸쳤는데 허리에는 검은 띠를 두르고 있었다. 늙은이가 부채를 흔들면서 입심 좋게 늘어놓았다.

"이 늙은것은 동경에서 일찍부터 재주를 팔며 살아온 목숨인데 혹 아시는지 모르지만 백옥교(白玉喬)가 바로 소생이올시다. 이제 나이 들어 나는 무대에 서지 못하고 딸아이 수영을 대신 세웁니다. 수영의 춤과 노래며 피리 솜씨와 금 뜯는 솜씨를 어여삐 보아 주십시오."

이어 징소리가 크게 한 번 울리더니 백수영이 무대에 올라왔다. 백수영은 사방을 향해 절을 한 뒤 잡은 막대로 박자를 맞추며 칠언절구를 노래하기 시작했다.

새로 온 새 즐거우면 있던 새는 날아가고
늙은 양이 말라 가면 젊은 양은 살이 찐다
사람의 먹고 입는 일 참으로 어렵구나
쌍쌍이 나는 원앙새를 못 따르네

노래가 하도 좋아 듣고 난 뇌횡이 갈채를 보냈다. 백수영이 다시 말했다.

"오늘 이 백수영이 내어 건 화본(話本)은 풍류가 그윽하고 격식이 있는 것입니다. '예장성(豫章城) 쌍점(雙漸)이 소경(蘇卿)을 쫓다'란 것이니 한번 들어 주십시오."

그러고는 다시 목소리를 뽑아 때로는 노래하고 때로는 읊어 갔다. 듣는 사람들의 갈채가 끊이지 않았다. 백수영의 화본이 한창 대목에 이르렀을 때 그 아비 백옥교가 끼어들었다.

"아무리 돈 안 드는 재예라지만 세상에 공짜가 어디 있겠느냐?

애야, 잠깐 내려오너라."

아비가 그렇게 말하자 백수영은 북채를 놓은 뒤 쟁반을 들고 일어났다. 백옥교가 그런 딸을 가리키며 말했다.

"여기 돈을 내면 재수가 있고 운이 좋아집니다요. 여러분, 딸년이 내미는 손이 비어서 지나가지 않게 해 주십쇼."

그래 놓고는 백수영에게 일렀다.

"애야, 한 바퀴 돌아보려무나. 손님들이 너에게 많은 상을 내릴 것이다."

이에 백수영은 쟁반을 들고 자리를 돌기 시작했다. 뇌횡의 자리가 왼쪽 제일 앞줄이라 절로 뇌횡에게 먼저 가게 되었다. 뇌횡은 얼른 품속을 뒤져 보았으나 뜻밖에도 돈을 한 푼도 가지고 온 것이 없었다. 미안한 뇌횡이 백수영에게 말했다.

"오늘 잊고 돈을 한 푼도 가져오지 않았네. 내일 두둑이 상을 내림세."

"사람은 앉은 자리 값을 해야 하는 법이에요. 나리께서는 맨 앞줄에 앉으셨으니 몇 푼이라도 정성을 보이세요."

백수영이 상글상글 웃으며 그렇게 졸랐다. 뇌횡은 얼굴이 벌게져서 어찌할 줄 몰랐다.

"내가 어쩌다 돈을 가지고 나오지 않아서 그러네. 돈을 주기 싫어서가 아닐세."

그렇게 어물거렸다. 백수영이 이번에는 새침한 소리로 쏘아붙였다.

"나리께서 노래를 들으러 오시면서 어찌 돈을 가지고 오는 것을 잊었단 말이에요?"

"내가 자네에게 네댓 냥 은자 주는 것쯤은 힘든 일이 아니지만 오늘 잊고 돈을 가지고 오지 않았으니 어쩌겠나?"

뇌횡이 더욱 난처해 그렇게 받았다. 그래도 백수영은 지나가지 않고 붙어서서 빈정댔다.

"오늘 한 푼도 없는 양반이 네댓 냥을 쉽게 말하시는군요. 이거야말로 신 매실을 보고 목마름을 참고 그림의 떡을 보고 배고픔을 달래라는 소리와 같네요."

그때 백옥교가 뒤에서 소리를 질렀다.

"얘야, 너는 눈도 없느냐? 성안 사람하고 촌사람을 구별도 못하는구나. 졸라도 바로 보고 졸라야지. 아무것도 모르는 사람은 그냥 지나가고 다른 분들께나 인정을 구해 봐라."

그 말에 뇌횡은 벌컥 화가 났다. 백옥교를 노려보고 소리쳤다.

"내가 어찌 아무것도 모른다고 하는가?"

"당신이 만약에 여기 계신 분들처럼 사리를 아는 양반이라면 개대가리에 뿔이 돋겠소."

백옥교도 지지 않고 맞받아 그렇게 빈정댔다. 옆에 있던 사람들이 시비가 붙은 걸 보고 모두 일어났다. 뇌횡은 화가 몹시 났다. 더욱 소리를 높여 백옥교를 꾸짖었다.

"이 천한 늙은 게 감히 누구를 놀리느냐?"

그래도 백옥교는 수그러들 줄을 몰랐다.

"당신은 나를 소 나무라듯 하지만 그리 잘한 것도 없소."

그때 사람들 중에 뇌횡을 알아보는 이가 있어 그런 백옥교를 보고 일러 주었다.

"그래서는 아니 되오. 저분은 우리 현의 뇌 도두요."

"뭐? 여근두(驢筋頭, 노새의 성기. 남자를 욕하는 말)라고?"

백옥교가 뇌 도두라는 말을 일부러 우스꽝스럽게 바꾸어 받았다. 겁을 내기는커녕 오히려 놀리고 있는 셈이었다.

뇌횡은 더 참지 못했다. 자리를 차고 일어나 무대로 달려가서 백옥교를 끌어내렸다. 뇌횡의 한주먹 한 발길질에 백옥교는 입술이 터지고 이빨이 부러져 나갔다. 사람들이 더 험한 꼴이 날까 봐 모두 달려와 뇌횡을 말렸다. 뇌횡도 백옥교가 늙은 사람이라 그쯤 하고 돌아갔다.

원래 백수영이란 계집은 새로 온 지현과 동경에 있을 때부터 그렇고 그런 사이였다. 이번에 특히 운성현에 온 것도 그런 지현을 따라서였다. 백수영은 아비가 뇌횡에게 얻어맞아 크게 다친 걸 보고 가마 한 대를 소리쳐 부르더니 똑바로 관가로 가 지현에게 일러바쳤다.

"뇌횡이란 놈이 우리 아버님을 때렸을 뿐만 아니라 무대까지 부숴 버리고 말았지 뭐예요. 제 놈이 그렇게 나를 업신여길 수 있나요."

지현은 아끼는 계집이 와서 그렇게 일러바치자 몹시 화가 났다.

"말로 할 게 아니고 고소장을 써 오너라."

말하자면 베갯머리 송사에 넘어가 뇌횡을 벌줄 작정이었다. 백수영은 그 아비 백옥교에게 얼른 고소장을 써서 올리게 했다. 지현은 백옥교를 불러들여 그 상처를 살피고 뇌횡을 잡아들이려 했다. 현청 안의 사람들이 모두 뇌횡과 좋게 지내는 터라 그를 위해 지현을 찾아보고 여러 가지로 말려 보려 애를 썼다. 그러나 계집이 지현과 한방에 있으면서 계속해서 속살거리니 지현이 마음을 돌려 줄 턱이 없다. 곧 사람을 보내 뇌횡을 잡아 오게 했다.

뇌횡이 잡혀 오자 지현은 매질하며 조서를 받아 낸 뒤 큰칼을 씌우고 저잣거리로 끌고 나가 조리돌리게 했다. 그때 계집이 또 지현에게 가서 속살거려 뇌횡을 제 아비가 당한 무대 있는 곳에 끌어가 조리돌리게 만들었다.

다음 날이었다. 계집의 말대로 지현은 뇌횡을 전날 무대가 있던 곳으로 끌고 가게 했다. 조리돌리는 옥졸들이 모두 뇌횡과 친한 사람들이라 조리돌릴 때 옷을 벗기고 밧줄로 얽는 법을 제대로 지키지 않았다. 계집이 그걸 보고 가만있질 않았다. 무대 앞 찻집에 가 앉아 있다가 조리돌리는 옥졸들이 지나가자 그들을 불렀다.

"당신들은 저 사람과 한패가 되어 멋대로구려. 지현 나리께서는 저 사람의 옷을 벗기고 꽁꽁 묶어서 조리돌리라 하셨는데 어째서 당신들 마음대로 인정을 쓰는 게요? 이따가 내가 지현 나리께 이 모든 걸 일러바치면 당신들이 어떻게 될지나 알고 있소?"

계집이 옥졸들을 보고 딱딱거렸다. 여우가 무서운 게 아니라 그 뒤에 있는 호랑이가 무섭다고 워낙 지현이 아끼는 계집이 나서 따지고 드니 옥졸들도 굽어들지 않을 수 없었다. 좋은 말로 백수영을 달랬다.

"아가씨, 성내실 건 없습니다요. 곧 법대로 옷을 벗기고 얽겠습니다."

"그렇게만 한다면 내가 당신들에게 술값을 드리지요."

백수영이 그렇게 말하며 곁에 남아 법대로 하게 만들었다. 옥졸들이 할 수 없다는 듯 뇌횡에게로 돌아가 말했다.

"형님, 할 수 없군요. 옷을 벗지 않으면 안 되겠습니다."

그리하여 뇌횡은 벌거벗긴 채 거리를 끌려 다니게 되었다.

그런데 구경꾼들 중에 마침 뇌횡의 어머니가 있었다. 옥에 갇힌 아들에게 밥을 날라 주러 가다가 아들이 벌거벗고 조리돌리는 것을 보자 울며 달려와 옥졸들을 나무랐다.

"당신들은 내 아들과 같이 관아에서 일하는 사람들 아니오. 어찌 이러실 수가 있소?"

"할머니, 저희들 말을 들어 보십시오. 우리는 뇌 도두께 인정을 베풀어 보려고 했지만 고소한 사람이 따라다니며 법대로 하라고 하니 어찌합니까? 만약 그 말을 듣지 않으면 지현에게 일러바쳐 우리를 벌주겠다고 을러대는 바람에 봐줄 수가 있어야지요."

옥졸들이 그런 말로 궁한 변명을 했다.

"내 지금껏 살았지만 고소한 사람이 직접 따라다니며 옥졸들을 호령하는 꼴은 또 처음 보겠네."

뇌횡의 어머니가 분하다는 듯 그렇게 말했다. 옥졸들이 낮은 소리로 달랬다.

"할머니, 저 계집은 지현과 그렇고 그런 사이라고요. 저 계집이 지현에게 한마디만 일러바쳐도 우리와 도두 양쪽 모두가 괴로워집니다요."

그래도 뇌횡의 어머니는 분을 억누르지 못했다. 우르르 달려들어 아들의 밧줄을 풀려고 드는 한편 큰 소리로 계집을 향해 욕을 했다.

"저 천한 년이 세력을 업고 날뛰어도 너무 날뛰는구나. 내가 이 밧줄을 풀 테니 네년이 어쩌는가 보자."

그 소리를 들은 백수영이 가만히 있지 않았다. 찻집에서 뛰어나와 큰 소리로 맞받았다.

"이 할망구가 어쩌려고 이래?"

뇌횡의 어머니가 어찌 그 말을 듣고 참겠는가. 이번에는 계집을 손가락질하며 욕을 퍼부었다.

"야, 이 천 놈이 올라타고 만 놈이 누른 천한 암캐야, 네년이 감히 그렇게 욕할 수 있느냐?"

그 말을 들은 백수영은 성이 머리끝까지 났다. 버들 같은 눈썹을 곧추세우고 별 같은 눈을 홉뜨며 큰 소리로 욕을 했다.

"이 늙은 이[蝨] 같은 년아, 어디서 거지 같은 년이 와서 함부로 나를 욕해?"

"그래 욕을 했다. 어쩔 거냐? 네년이 운성현의 지현이라도 된단 말이냐?"

노파가 그렇게 맞받았다. 백수영은 더 참지 못했다. 쭈르르 달려가 손바닥으로 뇌횡의 어머니를 후려쳤다. 뇌횡의 어머니가 놀라고 분해 맞섰다. 백수영은 그런 노파에게 다시 덤벼 눈에 불이 번쩍 일도록 따귀를 올려붙였다.

그 꼴을 보고 뇌횡이 어찌 참을 수 있겠는가. 진작부터 마음속으로 계집을 미워해 오던 차에 다시 계집이 어머니를 때리는 것을 보자 한꺼번에 치솟는 화를 억누를 수 없어 쓰고 있던 칼로 백수영을 후려쳤다. 칼의 널빤지가 백수영의 머리 위에 정통으로 떨어졌다. 백수영은 머리가 수박처럼 쪼개져 땅바닥에 쓰러졌다. 여러 사람이 일으켜 보니 뇌수가 흘러내리고 눈알이 튀어나와 있었다. 숨결은커녕 손가락 하나 움직임이 없는 게 그 자리에서 숨이 끊어진 것 같았다.

옥졸들은 백수영이 맞아죽은 걸 보고 조리돌리기도 그만둔 채 뇌횡을 지현에게로 끌고 갔다. 지현은 모든 사실을 듣자 뇌횡을 자기 앞으로 끌어오게 해 사실을 확인했다. 그리고 사건이 일어난 곳의 이정(里正)과 구경꾼들을 불러들이게 해 증인을 삼은 뒤 백수영의 시체까지 조사를 마쳤다.

뇌횡이 아무것도 부인하지 않고 자기가 한 일을 그대로 말하니 그 어머니는 일없이 집으로 돌려보내졌다. 뇌횡은 전보다 더 큰 칼을 쓰고 더 깊은 감옥으로 보내졌다. 그때 뇌횡을 맡은 절급이 바로 미염공(美髥公) 주동이었다. 그는 뇌횡과 둘도 없이 친하게 지내는 사이였지만 당장은 어찌할 수 없었다. 그저 술과 밥이나 잘 먹이고 감옥이나 깨끗이 청소하게 해 뇌횡을 편하게 해 줄 뿐이었다.

얼마 뒤에 뇌횡의 어머니가 밥을 가지고 왔다. 그녀는 주동이 뇌횡을 맡은 걸 보고 울며 말했다.

"이 늙은 게 이미 나이 예순이 넘네. 그런데 저렇게 된 아이를 어찌 차마 눈뜨고 보겠나? 자네가 평소 형제같이 지낸 정으로 저

아이를 잘 봐주게."

"어머니께서는 안심하고 돌아가십시오. 앞으로는 밥도 낼 필요 없습니다. 제가 알아서 바깥에서와 못지않게 지내도록 하지요. 그리고 방도가 있으면 어떻게든 아우를 구해 보도록 하겠습니다."

주동이 그렇게 뇌횡의 어머니를 안심시켰다. 뇌횡의 어머니가 그런 주동의 손을 잡고 눈물을 흘렸다.

"자네가 우리 아이를 구해만 준다면 다시 낳아 준 부모나 다름없지. 만약 내 아이에게 무슨 좋지 않은 일이 생긴다면 이 늙은 목숨도 죽고 못 살 것이네."

"그 말씀 명심하겠습니다. 어머니께서는 너무 걱정 마십시오."

주동이 한 번 더 뇌횡의 어머니를 안심시켰다. 그제야 그녀도 마음이 놓이는지 몇 번이나 주동에게 감사하고 돌아갔다.

뇌횡의 어머니가 돌아간 뒤 주동은 하루 종일 생각에 잠겨 보았으나 뇌횡을 구해 낼 방도는 떠오르지 않았다. 중간에 사람을 넣어 지현을 뇌물로 구슬리기도 하고 아래위로 돈을 써 인정을 구해 보기도 했지만 될 일이 아니었다. 지현이 비록 주동을 아끼는 사람이었으나 또한 워낙 백수영에게 빠져 있었던 터라 그 백수영을 때려죽인 뇌횡을 용서할 수가 없었다. 거기다가 백수영의 아비 백옥교가 첩첩이 고소장을 써 와 지현에게 뇌횡을 죽이라고 쑤석거리니 어찌 주동이 애쓴 보람을 얻을 수 있겠는가.

그리하여 현에서 가두어 둘 수 있는 두 달이 지나자 뇌횡은 그 사건에 관한 모든 서류와 함께 제주부로 넘겨지게 되었다. 그때 뇌횡을 제주부로 호송하게 된 게 또한 주동이었다.

주동은 십여 명 옥졸들과 함께 뇌횡을 호송해 운성현을 떠났다. 한 십 리쯤 가니 술집 하나가 나왔다.

"우리 저기서 술 한잔씩 하고 가세나."

주동이 그렇게 말하자 옥졸들은 좋아라 그 말을 따랐다. 옥졸들이 술을 마시고 하는 사이에 주동은 뇌횡을 데리고 술집 뒤 으슥한 곳으로 갔다. 뇌횡이 쓴 칼을 벗겨 주고 묶인 것을 푼 주동이 말했다.

"아우는 이제 돌아가게. 가서 어머니를 모시고 오늘 밤으로 다른 곳으로 피하도록 하게. 이곳 일은 내가 알아서 하겠네."

"제가 가는 것은 좋습니다만 반드시 형님에게 누를 끼칠 것인바 그 일을 어쩌시렵니까?"

뇌횡이 얼른 가지 못하고 주동에게 물었다. 주동이 걱정할 것 없다는 듯 말했다.

"이보게 아우, 자네는 모르네. 지현은 자네가 그 계집을 때려죽였다고 해서 잔뜩 앙심을 먹었다네. 그래서 꼭 자네가 죽도록 이 문서를 꾸미고 제주로 보내는 것이니 이번에 가면 자네는 반드시 목숨을 잃을 거네. 그렇지만 나는 자네를 놓아줘도 죽을죄를 지은 것은 아니지. 게다가 나는 걱정할 부모도 없으니 가산을 몰수당해도 괜찮네. 자네 갈 길이 머니 걱정 말고 가기나 하게."

그 말을 들은 뇌횡은 다소 안심이 된 듯 주동에게 절을 하고 뒷문으로 달아나 자기 집으로 돌아갔다. 그리고 대강 보따리를 꾸린 뒤 늙은 어머니를 모시고 그날 밤으로 양산박을 찾아 떠났다.

한편 주동은 뇌횡이 썼던 칼을 풀숲에 던져 두고 술청으로 달려가 옥졸들을 보고 소리쳤다.

"뇌횡이 달아났다. 일을 어찌하면 좋으냐?"

"저희들이 얼른 그놈 집에 가서 잡아오겠습니다."

아무것도 모르는 옥졸들이 그렇게 서둘고 나섰다. 주동은 일부러 한참이나 시간을 띄운 뒤에 옥졸들을 데리고 현청으로 돌아갔다. 그때는 이미 뇌횡이 멀리 달아났을 시간이었다. 주동은 천연덕스러운 얼굴로 지부에게 머리를 숙이고 말했다.

"제가 조심을 하지 않아서 가는 도중에 뇌횡을 놓치고 말았습니다. 뒤쫓았으나 잡지를 못했으니 이 죄를 어찌 갚아야 할지 모르겠습니다. 무슨 벌이든지 달게 받겠습니다."

지현은 원래 주동을 몹시 아끼는 사람이었다. 속으로는 대강 짐작이 가면서도 주동만은 어떻게 벌을 주지 않으려 했다. 하지만 백수영의 아비 백옥교는 그렇지 않았다. 위 관청에 고소를 해서 주동이 일부러 뇌횡을 놓아주었음을 일러바쳤다.

그렇게 되니 지현도 더는 주동을 봐줄 수가 없었다. 할 수 없이 주동을 묶어 제주로 보냈다. 주동의 집안사람이 제주로 먼저 올라가 뇌물을 쓰고 주동이 오기를 기다렸다. 주동의 죄는 단순한 것이었으므로 오래 끌고 자시고 할 것이 없었다. 등허리에 매스무 대만 맞고 창주로 귀양 가도록 결정이 났다.

이번에는 주동이 죄수가 되어 목에 칼을 쓴 채 두 공인과 함께 길을 떠났다. 주동의 집안사람들이 옷과 노자를 갖춰 주고 두 공인에게도 후하게 인심을 썼다. 따라서 운성현을 떠난 주동은 별일 없이 창주 횡해군으로 갔다.

창주에 이른 주동과 공인들은 성안으로 들어가서 주부(州府)를 찾았다. 마침 지부는 부청(府廳)에 나와 있었다. 두 공인이 주동을 데리고 그 앞에 나가 공문을 바쳤다. 공문을 다 읽은 지부는 가만히 주동을 살펴보았다. 보니 주동의 생김이 속되지 않은 데다 익은 대춧빛 같은 얼굴에 아름다운 수염이 배까지 늘어진 게 십분 마음에 들었다.

"저 죄수는 감옥으로 데려가지 말고 여기 이 부청 안에 남겨 잔일이나 거들도록 하여라."

지부가 그렇게 영을 내리자 그 자리에서 주동이 쓰고 있던 칼이 벗겨졌다. 주동을 데리고 왔던 두 공인은 지부가 주는 답신 공문을 받고 제주로 돌아갔다.

주동도 뇌횡을 따라서

주동은 그날부터 부중에 있으면서 지부의 시중을 들었다. 그러면서 창주성 안의 압사, 우후며 승국, 절급, 옥졸들에게도 두루 돈을 써서 인정을 보이니 그들도 모두가 다 주동을 좋아하였다. 그러던 어느 날이었다. 하루는 지부가 대청에 앉아 있고 주동은 계단 아래 서 있는데 지부가 주동을 가까이 불러 물었다.

"너는 어찌하여 뇌횡을 놓아주고 대신 네가 이리로 귀양을 오게 되었느냐?"

그 같은 물음에 주동이 시치미를 떼고 대답했다.

"소인이 어찌 뇌횡을 일부러 놓아주었겠습니까? 잠시 조심을 않아 놓쳤을 뿐입니다."

"그렇다면 이렇게까지 무거운 죄를 받을 건 없지 않은가?"

지부가 다시 물었다. 주동이 그냥 대답했다.

"고소를 한 사람이 제가 일부러 뇌횡을 놓아주었다고 생각하는 까닭입니다. 그 바람에 큰 죄를 짓게 된 것입니다."

"뇌횡은 어찌해서 그 기생을 죽이게 되었는가?"

지부가 다시 궁금하다는 듯이 물었다. 주동은 뇌횡이 백수영을 죽이게 된 일을 상세히 설명했다. 다 듣고 난 지부가 말했다.

"네가 뇌횡이 효도하는 걸 보고 의기로 일부러 놓아주었지?"

그래도 주동은 바른대로 털어놓지 못했다.

"제가 어찌 감히 관청을 속이고 윗사람을 어기겠습니까?"

그러면서 주동과 지부가 이야기를 주고받고 있을 때 병풍 뒤에서 어린아이 하나가 나왔다. 지부의 아들로 나이는 네 살이었다. 인물이 잘생기고 영리해서 지부가 금이야 옥이야 사랑하는 아들이었다. 지부의 아들은 주동을 보자마자 아장아장 걸어가서 업어 달라고 보챘다. 주동은 하는 수 없이 지부의 어린 아들을 안고 부중을 돌며 함께 놀아 주었다. 지부의 아들은 두 손으로 주동의 긴 수염을 잡아당기며 응석을 부렸다.

"이 수염을 날 주어."

지부가 그러는 어린 아들을 나무랐다.

"얘야, 빨리 손을 놓아라. 그러는 것이 아니다."

그러자 지부의 아들은 생떼를 썼다.

"나는 이 수염 난 사람이 좋아. 이 사람하고 놀 테야."

주동도 그러는 지부의 아들이 밉지 않아서 지부를 보고 말했다.

"마침 별로 할 일도 없으니 도련님을 데리고 부중을 한 바퀴 돌아오지요."

"저 아이가 자네를 좋아하는 듯하니 그럼 한 바퀴 돌아보고 오게."

지부도 꼭 안 될 것도 없다는 듯 그렇게 받아 주었다.

이에 주동은 지부의 어린 아들을 안고 부중을 나와 한나절을 함께 놀았다. 맛있는 과자를 사 먹이고 뜻대로 함께 놀아 주면서 한나절을 보낸 뒤에 돌아가자 지부가 아들을 보고 물었다.

"얘야, 어디를 갔다 왔느냐?"

"저 수염 난 아저씨가 나를 데리고 거리 구경을 시켜 주면서 과자도 사 주었어요."

그 말에 지부가 주동을 돌아보고 고마운 뜻을 나타냈다.

"네가 무슨 돈이 있다고 아이에게 과자까지 사 주었느냐?"

"하찮은 성의입니다. 구태여 입에 담을 것이 못 됩니다."

주동이 그렇게 겸양을 했다. 그래도 지부는 몹시 기분이 좋았던지 안에서 술을 내오게 해 주동에게 내렸다. 지부 댁의 계집종이 은으로 된 술병과 찬합을 들고 나와 주동에게 술을 권했다. 주동은 사발 같은 잔으로 거푸 석 잔을 받았다. 지부가 그런 주동을 보며 말했다.

"앞으로도 우리 아이가 자네와 놀고 싶어 하거든 함께 놀아 주게."

"예, 그러겠습니다."

주동도 그리 나쁜 일이 아니다 싶어서 기꺼이 대답했다.

그로부터 주동은 지부의 아들과 친하게 되어 그와 놀아 주는 일이 하루의 중요한 일과가 되었다.

그럭저럭 한 반달이 지났다. 때는 칠월 보름 우란분(盂蘭盆, 매달려 고통받는 영혼들을 위한 불교의 제례) 대재일이 왔다. 해마다 곳곳에서 강물에 등을 띄워 보내는 행사가 있는 날이었다. 그날 저녁 무렵이었다. 지부의 계집종 하나가 주동에게 와서 말했다.

"주 도두님, 도련님께서 오늘은 강물에 등 띄우는 행사를 구경하고 싶어 하십니다. 마님께서 분부하시기를 도두님이 도련님을 안고 가서 한번 구경시키고 오라는군요."

"음, 그러지."

주동이 별 어려운 일도 아니다 싶어 그렇게 응했다. 조금 있으려니 지부의 아들이 푸른 한삼에 머리는 두 줄 구슬로 묶고 안에서 나왔다. 주동은 그런 지부의 아들을 어깨 위에 얹고 부아를 나와 지장사(地藏寺)로 갔다. 거기서 강에 띄우는 등 구경을 하려 함이었다.

지장사에 이르니 초경 무렵이었다. 주동은 지부의 아들을 무등을 태운 채 절 안을 한 바퀴 돈 뒤 수륙당(水陸堂)에 가서 방생을 하고 등을 띄우는 행사를 구경했다. 지부의 어린 아들은 난간 위에 올라가 구경을 하며 깔깔거렸다. 그런데 누군가 주동의 등 뒤에서 옷소매를 당기며 말했다.

"형님, 잠깐만 저리 가시지요. 드릴 말씀이 있습니다."

주동이 돌아보니 그곳에는 뜻밖에도 뇌횡이 와 있었다. 주동이 깜짝 놀라 뇌횡에게 눈짓을 하고 지부의 아들에게 달래듯 말했다.

"도련님, 여기 조금만 앉아 기다리십시오. 제가 저기 가서 사탕을 사다 드리겠습니다. 절대로 다른 곳엘 가셔서는 안 됩니다."

"어서 갔다 와요. 나는 다리 위에서 등불 구경을 하고 있을게."

사탕을 사 준다는 말에 지부의 아들이 선선히 응낙했다.

"곧 돌아오지요."

주동은 그렇게 말하고 몸을 돌려서 뇌횡에게로 갔다.

주동은 뇌횡과 마주 서자마자 궁금한 듯 물었다.

"그래 아우가 여기 웬일인가?"

그러나 뇌횡은 대답 대신 주동을 한구석 조용한 곳으로 끌고 갔다. 뇌횡은 거기서 주동에게 큰절을 올린 후에 자기가 그곳으로 오게 된 까닭을 들려주었다.

"형님이 목숨을 구해 주셔서 저는 어머님과 함께 운성현을 떠났습니다만 어디 갈 데가 있어야지요. 할 수 없이 양산박으로 가서 송공명 밑에 있게 되었습니다. 제가 형님의 은덕을 말씀드렸더니 송공명 또한 지난날 형님께서 놓아준 은혜를 잊지 못해했습니다. 조 천왕과 다른 두령들도 모두 형님을 생각하는 정이 얕지 않더군요. 그래서 이번에 특히 제가 군사 오용과 함께 형님의 형편을 살피러 온 것입니다."

"오 선생은 어디 계신가?"

주동이 얼른 그렇게 물었다. 그러자 등 뒤에서 오학구가 나타나며 말했다.

"오용이 여기 있습니다."

그러고는 주동 앞에 엎드려 큰절을 올렸다. 주동이 황망히 답례하고 물었다.

"오랜만에 뵙습니다. 선생께서는 그간 별고 없으셨는지요?"

"산채의 여러 두령들이 하나같이 주 형을 그리워하고 있습니다. 그래서 이번에 이 오용과 뇌 도두를 보내 주 형을 산채로 모셔 오라더군요. 여기 온 지는 여러 날 되었으나 계신 곳이 관청 안이어서 뵙지를 못하다가 오늘 저녁에야 이렇게 인사드리게 되었습니다. 바라건대 주 형께서는 우리와 함께 산채로 가시어 조개와 송강 두 분 형님을 기쁘게 해 주십시오."

주동은 그 말을 듣고도 한참이나 대답을 않다가 무겁게 입을 뗐다.

"선생께서는 아무래도 잘못 알고 오신 것 같습니다. 뇌횡 아우는 그대로 두면 목숨을 잃게 되어 있어 내가 의기로 놓아주었고 그는 또 달리 갈 데가 없어 산채로 들어간 것입니다. 하지만 나는 하늘이 가엾이 보시어 여기서 일 년 반만 있으면 귀양살이를 끝내고 고향으로 돌아가 양민이 될 수 있습니다. 그런데 어떻게 선생의 뜻을 따를 수 있겠습니까? 바라건대 두 분께서는 이만 돌아가 주십시오. 여기 오래 계시다가 좋지 않은 일이 있을까 두렵습니다."

뇌횡이 곁에서 끼어들었다.

"형님이 여기 계시면 남의 밑에서 그 시중이나 들어야 하는데 그게 어찌 대장부가 할 일이겠습니까? 저와 함께 산으로 가서 지냅시다. 조개, 송강 두 분 형님도 형님을 우러러 기다린 지 오랩니다. 공연히 꾸물거리다가 일이 잘못되면 그 또한 낭패일 것입니다."

"이보게 아우, 그 무슨 소린가? 내가 자네를 놓아준 것은 자네의 어머니가 늙고 돌보아 줄 사람이 없어서였네. 그런데 오늘 자네는 오히려 나를 불의한 곳으로 끌어들이려 하는가?"

주동이 노기까지 띠며 뇌횡을 나무라듯 말했다. 주동의 생각이 굳은 걸 보고 오학구가 슬몃 꼬리를 뺐다.

"도두께서 가지 않으시겠다면 하는 수 없구려. 그럼 저희들은 이만 물러나겠습니다."

"여러 두령께 안부나 전해 주시오."

주동이 그렇게 대답하자 오학구와 뇌횡도 단념한 사람처럼 더 말이 없었다.

그런데 주동이 원래 있던 곳으로 와 보니 거기 있어야 할 지부의 아들이 보이지 않았다. 주동은 걱정이 되어 이리저리 찾아보았으나 어디로 갔는지 알 길이 없었다. 그때 뇌횡이 주동의 옷깃을 잡으며 말했다.

"형님, 너무 그리 허둥거리실 것 없습니다. 저희가 원래 두 사람을 더 데리고 왔는데, 형님께서 아니 가시려 하니 그 사람들이 지부의 아드님을 데리고 간 것 같습니다. 우리 모두 함께 가서 찾아보도록 하지요."

"아우, 이거 정말 큰일이네. 만약 우리 도련님께 무슨 일이 있으면 지부 나리는 죽고 못 살 것이네."

주동이 더욱 어쩔 줄 몰라 하며 그렇게 걱정했다. 뇌횡이 좋은 말로 달랬다.

"형님, 저만 따라오십시오. 다 잘될 겁니다."

이에 주동은 하는 수 없이 뇌횡과 오용을 따라 지장사를 떠났다. 그러나 성 밖까지 나와도 지부의 아들이 보이지 않자 주동은 점점 당황하기 시작했다.

"자네 친구들이 도련님을 안고 갔다면 도대체 어디 있단 말인가?"

"형님께서 저만 따라오시면 지부의 아들을 돌려드리도록 하겠습니다."

뇌횡이 그렇게 천연덕스레 대답했다. 그래도 주동은 마음이 놓이지 않는지 다시 걱정을 늘어놓았다.

"너무 늦으면 지부 나리께서 걱정이 여간 아니실 텐데……."

"저희 친구들은 이것저것 살피는 사람들이 아니라 바로 우리가 거처하는 곳으로 갔을 것입니다."

"그 사람들 이름이 뭔가?"

"잘은 모릅니다만, 흑선풍이라 불리는 것 같았습니다."

흑선풍의 악명은 주동도 듣고 있었다. 다른 사람도 아닌 그가 지부의 아들을 데려갔다니 놀라지 않을 수 없었다.

"그 사람은 강주에서 사람을 마구 죽인 그 흑선풍 아닌가?"

"예, 바로 그 사람입니다."

오용이 천연덕스레 대답했다. 주동은 급했다. 걸음을 배나 빨리해 그들을 뒤쫓았다.

약 이십 리나 갔을까, 갑자기 어디선가 이규가 나타나 소리쳤다.

"나 여기 있소."

주동은 흑선풍 이규를 만난 적이 없지만 생김을 보니 단박에 누군지 알아차릴 수가 있었다. 얼른 그에게로 다가가며 물었다.

"우리 도련님은 어디 두었나?"

"아이구, 절급 형님이십니까? 도련님은 저기 있습니다."

흑선풍이 공손하게 대답했다. 그러나 주동은 아무래도 느낌이 좋지 않았다. 굳은 얼굴로 흑선풍을 노려보며 을러댔다.

"당신, 좋게 말할 때 빨리 도련님을 데려오시오."

그러자 이규가 손으로 제 머리를 가리키며 뚱딴지 같은 소리를 하였다.

"도련님 머리칼이라면 여기 있소!"

주동은 그게 더욱 불길했다. 화를 누르고 다시 점잖게 물었다.

"그러지 말고 바로 일러 주시오. 도련님은 어디 있소?"

그제야 이규가 한쪽을 가리키며 일러 주었다.

"붙들어다 몽한약 한 봉지를 입에 털어넣고 성 밖으로 업고 나왔더니 아직 잠이 안 깬 모양이오. 지금 저기 숲속에서 자고 있으니 한번 가 보시구려."

그 같은 이규의 말에 주동은 얼른 숲속으로 달려갔다. 밝은 달빛 아래 찾아보니 정말로 지부의 아들이 땅바닥에 누워 있는 게 보였다. 주동은 얼른 아이를 안아 일으켜 보았다. 그러나 아이는 이미 머리가 두 쪽이 나서 죽어 있었다.

주동은 화가 머리 끝까지 올라 숲에서 뛰어나왔다. 그런데 이번엔 오용도 뇌횡도 이규도 안 보였다. 주동은 씩씩거리며 사방을 찾아보았다. 그때 이규가 멀리서 쌍도끼를 딱딱 마주치며 놀리듯 소리쳤다.

"어이, 여기야. 이리 와!"

눈이 뒤집힌 주동은 금세 이규를 잡아 찢어 죽일 듯 그쪽으로 달려갔다. 이규가 얼른 몸을 돌려 달아났다. 주동이 그 뒤를 쫓았으나 이규는 원래 산과 고개를 평지 걷듯 뛰어 오르내리는 사람이라 잡을 수가 없었다. 주동은 가다가 숨이 차 헐떡이며 멈춰 섰다. 그때 어디선가 이규가 불쑥 나타나 또 소리쳤다.

"어이, 여기야. 빨리 와!"

주동은 이를 악물고 다시 그런 이규를 쫓기 시작했지만 아무래도 잡을 수 없기는 마찬가지였다.

그렇게 쫓고 쫓기는 사이 날이 차츰 밝아 왔다. 이규는 여전히 저만치 앞서서 주동이 급하게 쫓으면 자기도 뛰어서 달아나고, 천천히 쫓으면 천천히 걸어서 달아나다가 어떤 큰 장원 안으로 들어가 버렸다.

"네놈이 여기서 몸 붙이고 있는 모양이구나. 이제야 잡을 수 있겠지……."

주동은 이규가 집 안으로 들어가는 걸 보고 그렇게 중얼거리며 따라 들어갔다.

대문을 지나 안채 마루께로 가다 보니 집 양편 벽에 수많은 창칼이 걸려 있는 게 눈에 들어왔다. 주동은 성난 중에도 이상한 기분이 들었다.

'이상하다…… 보아하니 이 집은 꽤나 높은 벼슬아치의 집 같은데…….'

그러자 함부로 뛰어들지 못하고 걸음을 멈춘 뒤 안에다 대고 소리쳤다.

"집 안에 아무도 안 계십니까?"

그때를 기다리고 있었다는 듯 마루 위의 병풍 뒤에서 한 사람이 나타났다. 소선풍 시진(柴進)이었다. 시진이 시치미를 뚝 떼고 물었다.

"그대는 뉘시오?"

주동이 보니 그의 생김이 남달리 뛰어난 데다 몸에 밴 위엄도 여느 사람 같지 않았다. 저도 모르게 기가 죽어 황망히 답례를 올리고 말했다.

"저는 운성현에서 절급 노릇을 하던 주동이란 자로 죄를 짓고 이곳으로 귀양 와 있습니다. 어젯밤 지부의 아드님을 모시고 등불 띄우는 걸 구경 나왔는데 흑선풍이란 놈이 그만 지부의 아드님을 죽여 버리지 않았겠습니까? 그래서 그놈을 뒤쫓는 길인데 방금 이 장원으로 들어왔습니다. 번거로우시겠지만 저를 도와 그놈을 좀 잡게 해 주십시오. 그런 놈은 관가에 잡아다 바쳐야 합니다."

"미염공이셨구려. 잠시 들어와 앉으시지요."

시진은 흑선풍 이야기에는 쓰다 달다 말도 없이 주동에게 안으로 들기만을 청했다. 주동은 그가 자신을 알아보는 게 이상해 물었다.

"저를 알아보시는 듯한데…… 나리의 성함은 어찌 되시는지요?"

"저는 소선풍 시진이라고 합니다."

주동은 뜻밖에 시진을 만나게 되어 놀랐다. 얼른 허리를 굽히며 알은체를 했다.

"시 대관인의 크신 이름을 오래전부터 들어오고 있었습니다. 오늘 뜻밖에도 이렇게 뵙게 되었으니 몸 둘 바를 모르겠습니다."

"나도 미염공의 이야기는 많이 들었소. 자, 어쨌든 안으로 들어오시오. 들어와서 이야기합시다. 이것참, 공에게는 안됐소만 내가 워낙 강호의 호걸들과 사귀기를 좋아해서…… 게다가 우리 집안은 조상께서 송조(宋朝)에 천자의 자리를 물려준 공이 있어 '단서철권(丹書鐵劵)'이란 걸 받은 게 있소. 죄를 지은 사람이라도 우리 집으로 도망쳐 오면 아무도 잡아갈 수 없지요. 그런데 근간 나와 친한 벗 하나가 글을 보내 왔습니다. 공에게도 옛 친구가 되는 급시우 송공명인데 그가 편지에서 이르기를 오학구와 뇌횡과 흑선풍을 우리 집에 좀 있게 해 달라고 하더군요. 공을 산채로 모셔 가 함께 대의를 펴 보기 위함이라는 겁니다. 하지만 공이 별로 그 뜻을 따를 생각이 없어 보이자 수를 쓴 듯하오. 일부러 지부의 아들을 죽여 공으로 하여금 돌아갈 길을 없게 한 뒤에 산채로 모셔 가려 한 겁니다."

시진은 그래 놓고 집 안쪽을 향해 소리쳤다.

"오 선생, 뇌 형, 어서 나오시지 않고 뭐하시오?"

그 소리에 오용과 뇌횡이 안에서 나와 주동 앞에 엎드리며 말했다.

"형님, 용서하십시오. 이 모든 게 송공명 형님께서 시키신 일입니다. 산채에 가 보시면 다 알게 될 겁니다."

"아무리 좋은 뜻에서라도 그렇지, 어찌 그리 수단이 독할 수가 있소. 그 어린것을……."

주동은 그래도 속이 안 풀려 못마땅하게 받았다. 오용과 뇌횡이 두 번 세 번 빌고 시진도 곁에서 속을 풀기를 권했다. 주동이 한동안 말없이 있다가 문득 말했다.

"갈 때 가더라도, 그 흑선풍이란 놈 상판대기는 한번 봐야겠소!"

그러자 시진이 다시 집 안을 향해 소리쳤다.

"이 형, 어서 나오시오."

그 소리에 다시 이규가 집 안에서 나왔다. 이규의 모습을 보자 주동의 가슴에서 무명업화(無明業火)가 삼천 길이나 솟아올랐다. 다짜고짜 이규에게 덤벼 때려죽이려 들었다. 오용과 뇌횡, 시진이 힘을 다해 그런 주동을 말렸다. 그러나 주동은 종내 화가 풀리지 않는 모양이었다.

"만약 나를 산채로 데려가려면 한 가지 일을 해 주셔야겠소. 그러면 당장 따라가겠소."

주동이 이를 갈아붙이며 그렇게 내뱉자 오용이 얼른 물었다.

"한 가지 아니라 열 가지 일이라도 들어 드리겠소. 그래, 그게 무슨 일이오?"

"만약 나를 데려가려면 저놈 흑선풍을 죽이시오! 이 분을 풀기 전에는 못 가겠소."

주동이 이규를 가리키며 그렇게 소리쳤다. 그 말을 들은 이규도 몹시 성이 났다.

"짖지 마라, 이 자식아. 이건 모두 조개와 송강 두 분 형님께서 시킨 일이란 말이야. 그걸 왜 나보고 따지고 들어!"

그렇게 냅다 소리 질렀다. 주동이 그 소리를 듣고 어찌 참겠는가. 다시 이규에게 덤벼들어 끝장을 낼 기세였다. 이번에도 세 사람이 힘을 다해 그런 주동과 이규를 떼어 놓았다.

"아무래도 안 되겠소. 내게 한 생각이 있으니 그대로 따르시오. 이 형은 여기 우리 집에 남겨 두고 세 분만 먼저 산채로 돌아가도록 하시오. 조, 송 두 두령께서 기다리실 테니 우선 그렇게 하고 뒷일은 차차 봅시다."

시진이 오용과 뇌횡, 주동을 보고 그렇게 권했다. 그러나 주동은 다시 다른 일이 걱정되는 모양이었다.

"이번 일로 지부는 반드시 운성현에도 문서를 보냈을 것이오. 그리되면 내 가솔들을 모조리 잡아 가둘 터인데, 그 일은 또 어쩐단 말이오?"

"그건 걱정하지 마십시오. 지금쯤은 송공명 형님께서 이미 공의 식구들을 모두 산채로 모셔 놓았을 겁니다."

오용이 그렇게 주동을 안심시켰다. 주동은 송강이 거기까지 배려를 하고 있었다는 말을 듣자 비로소 마음을 놓았다. 시진은 크게 술상을 차려 그런 세 사람을 대접한 뒤 그날로 양산박을 향해 떠나게 했다.

세 사람은 시진에게 감사하고 장원을 떠났다. 시진은 머슴들에게 말 세 필을 끌어 오게 해 세 사람을 관 밖까지 배웅하게 했다.

떠날 무렵 하여 오용이 다시 이규에게 당부했다.

"부디 조심하게. 대관인의 장원에 얼마나 있게 될지는 모르겠지만 결코 소동을 부리거나 사람을 괴롭혀서는 아니 되네. 몇 달 지나 저 사람의 화가 가라앉으면 내려와 자네를 산으로 데려가겠네. 그때에 기회가 닿으면 시 대관인도 함께 모셔 가도록 하지."

그러고는 말 위에 올라 시진의 장원을 나섰다.

주동은 양산박의 패거리에 들기 위해 오용과 뇌횡을 따라갔다. 창주를 벗어날 무렵 해서 시진의 일꾼들은 말과 함께 돌아가고 세 사람은 걸어서 양산박을 향했다. 도중에 별일이 없어 오래잖아 그들은 주귀의 주막에 이를 수 있었다.

주귀가 먼저 산 위로 세 사람이 온 것을 통보하자 조개와 송강은 크고 작은 두령들을 이끌고 피리 소리, 북소리도 요란하게 금사탄까지 내려와서 그들을 맞았다. 그들은 서로 인사를 나눈 뒤에 모두 말을 타고 양산박의 대채로 가서 취의청에 둘러앉아 옛날 이야기로 꽃을 피웠다.

"아우는 다행히 형님들의 부르심을 받아 이 산채로 몸을 피하게 되었습니다만 집에 있는 가족들이 걱정입니다. 창주 지부는 틀림없이 운성현으로 공문을 보내 가족들을 잡게 할 것인데 이 일을 어찌하면 좋겠습니까?"

이야기 도중에 주동이 아무래도 걱정된다는 듯이 그렇게 말했다. 송강이 환히 웃는 얼굴로 대꾸했다.

"주형은 마음 놓으시오. 아주머니와 자제분들은 벌써 며칠 전에 이곳에 와 계시오."

"그래요? 그들은 지금 어디 있습니까?"

주동이 놀라움 반 기쁨 반으로 그렇게 물었다. 송강이 대답했다.

"우리 아버님이 계신 곳에 있소. 함께 가서 보시지요."

그 말에 주동은 기쁨을 이기지 못했다. 송강을 따라 송 태공이 있는 곳으로 가서 가족을 만났다. 송강의 말대로 가족은 한 사람 빠짐없이 무사할 뿐 아니라 살림살이와 재물까지도 고스란히 양산박으로 옮겨 와 있었다. 주동의 아내가 울먹이며 말했다.

"며칠 전에 어떤 사람이 글을 가지고 와서 당신이 이미 이 산채에 와 계시다더군요. 그래서 짐을 싸고 밤길을 떠나 이곳에 이르게 되었어요."

그 말을 들은 주동은 두령들에게 절하며 감사했다. 송강은 주동과 뇌횡을 다시 산 위로 데려가 자리에 앉히는 한편 크게 잔치를 열게 했다. 두령들도 주동과 뇌횡이 새로이 한패거리가 된 것을 기뻐하며 유쾌한 술잔을 들었다.

한편 창주의 지부는 아들을 데리고 나간 주동이 밤이 깊어도 돌아오지 않자 사람을 풀어 사방을 찾아보게 했다. 그러나 그날은 찾지 못하고 다음 날에야 아들의 시체가 숲속에 버려져 있다는 보고만 듣게 되었다. 지부는 깜짝 놀라 몸소 아들의 시체가 있다는 숲속으로 달려가 보았다. 틀림없이 자신의 사랑하는 아들이었다. 지부는 슬픔과 괴로움 속에 관을 마련하고 아들을 장례 지냈다.

다음 날이었다. 어린 아들을 잃은 슬픔과 괴로움이 분노와 원한으로 바뀐 지부는 공문을 곳곳으로 보내어 범인으로 지목되는 주동을 잡아들이게 했다. 운성현에도 공문을 보내 주동의 가족을 잡아들이게 했지만 돌아온 보고는 주동의 처자가 이미 달아나 어디로 갔는지도 모른다는 것이었다. 그 바람에 더욱 화가 난 지부는 각 고을에다가 방을 붙이고 많은 상을 걸어 주동을 쫓았다.

그때 이규는 아직도 시진의 장원에 머물고 있었다. 그럭저럭 한 달쯤이 지난 어느 날이었다. 하루는 어떤 사람이 편지 한 통을 들고 무엇에 쫓긴 듯 시진의 장원으로 달려 들어왔다. 그 사람이 가지고 온 편지를 뜯어본 시진은 놀란 얼굴로 말했다.

"일이 그렇게 되었다면 내가 한번 아니 가 볼 수가 없구나!"

"나리, 무슨 일이십니까?"

곁에 있던 이규가 얼른 그렇게 물었다. 시진이 걱정스럽다는 얼굴로 대답했다.

고당주에 이는 전운

"내게 시 황성(柴皇城)이란 숙부님이 계시는데 지금 고당주(高唐州)에 사시네. 편지를 보니 이번에 지부로 온 고렴(高廉)이란 자의 처남 되는 은천석(殷天錫)이란 놈이 괴롭히는 모양이네. 그 놈이 숙부님의 잘 꾸며진 정원을 끝내 빼앗으려 해 화가 난 숙부님이 병이 나신 것 같네. 지금 자리보전을 하고 계신 모양인데 오래 사시지 못할 것 같아서 내게 당부할 말이 있다고 부르시네. 숙부님은 아들도 딸도 없는 분이라 내가 한번 아니 가 볼 수가 없겠어."

그 같은 시진의 말에 이규가 울컥 치솟는 화를 누르며 말했다.

"나리께서 가신다면 저도 데려가 주십시오."

"형이 좋다면 같이 갑시다."

시진은 별생각 없이 쉽게 허락했다.

시진은 곧 길 떠날 채비를 하게 하고 여남은 필 좋은 말과 장객(莊客) 여럿을 골라 함께 가기로 했다. 다음 날 새벽 일찍 시진과 이규는 뒤따르며 시중들 일꾼들과 함께 말에 올랐다. 장원을 떠난 지 하루도 안 돼 시진과 이규 일행은 고당주에 이르렀다. 성안으로 들어간 일행은 곧바로 시 황성의 저택으로 가서 말에서 내렸다. 시진은 이규와 데려간 일꾼들을 바깥채에서 기다리게 하고 홀로 숙부가 누워 있는 방 안으로 들어갔다. 시진이 병상 아래에서 목을 놓아 울자 황성의 후처가 나와 달랬다.

"먼 길 오느라 피곤하실 터인데 먼저 이리로 오셨군요. 너무 괴로워하지 마세요."

나이는 젊어도 숙모뻘이라 시진이 얼른 일어나 예를 올리고 그간의 사정을 물었다. 시 황성의 후처가 떨리는 목소리로 말해주었다.

"이번에 고렴이란 사람이 이곳의 지부 겸 병마(兵馬)로 왔습니다. 동경의 고 태위와 사촌 간이라는데 그 사촌 형의 위세를 등에 업어선지 이곳에서 못하는 짓이 없습니다. 그러나 더 못된 것은 고렴이 데려온 처남 은천석이란 놈인데 사람들은 모두 그를 은 직각(殷直閣)이라 부릅니다. 나이는 몇 살 되지 않으면서 매형의 위세를 업고 못된 짓만 가려 가며 하지요. 어느 간사한 아첨꾼이 그놈에게 우리 집 뒤뜰의 꽃밭이 매우 아름답고 연못과 정자가 아주 좋다고 꼬드긴 모양입니다. 그러자 그놈은 못된 건달 수십 명을 거느리고 우리 집 안으로 들어와서 뒤뜰을 구경하더니 다짜고짜 우리더러 나가라고 하지 않겠습니까? 자기가 여기 와서 살겠다는 거지요. 황성께서 그를 타일렀지요. '우리 집안은 황실의 후손으로 예로부터 물려받은 단서철권이 있어 아무도 함부로 굴지를 못하네. 그런데 어찌 자네가 함부로 우리 집을 빼앗고 내 식구들을 내쫓으려 하는가?' 그래도 그놈은 들은 척도 않고 우리더러 나가라고 을러댔습니다. 황성께서는 참다못해 그놈을 꾸짖었는데 오히려 그놈이 저희 패거리와 함께 황성을 두들겨 패기까지 했습니다. 이에 황성께서는 분함을 이기지 못해 그길로 병이 나신 것입니다. 음식도 드시지 않고 약을 써도 아무런 효과가 없으니 아무래도 오래 사실 것 같지 않습니다. 오늘 조카님을 부른 것은 이 일을 바로잡아 주십사 하는 뜻에서일 것입니다."

듣고 난 시진은 분하기 그지없었으나 억지로 목소리를 부드럽게 해 젊은 숙모를 안심시켰다.

"너무 걱정하지 마시고 숙부님 병세나 잘 보살펴 드리십시오. 조카는 사람을 창주로 보내 단서철권을 가져오게 한 뒤 그걸로 그놈을 타일러 보겠습니다. 관가에 이야기해서 안 되면 천자께라도 상주해 이 일을 바로잡을 테니 조금도 두려워하실 건 없습니다."

"황성께서는 어찌할 바를 모르시더니 조카님이 오시니까 일이 풀린 듯도 하군요. 고맙습니다."

황성의 후처는 그제야 얼굴이 밝아진 듯이 시진에게 감사했다.

숙부를 보고 나온 시진은 이규와 자신이 데려온 일꾼들에게 들은 말을 그대로 전했다. 듣고 난 이규가 불같이 성을 내며 벌떡 몸을 일으켰다.

"저런 못된 놈이 있나! 내 이 큰 도끼가 여기 있으니 그놈에게 도끼 맛을 한번 보입시다. 생각 따위는 나중에 하구요."

이규가 그같이 소리치며 도끼를 들고 나서려는 것을 시진이 말렸다.

"이 형, 잠시 참으시오. 그따위 놈을 상대해 이 형의 도끼를 더럽힐 건 없소. 그놈이 비록 세력을 업고 사람을 괴롭히려 들지만 우리 집안에는 천자께서 내려 주신 물건이 있소. 그 물건을 가지고 그놈을 달래 보다 안 되면 바로 동경으로 가지요. 거기 가서 이 일을 알리면 모든 것이 밝혀지고 그놈은 관청에 잡혀갈 거요."

"조정의 약속 따위를 어떻게 믿습니까? 그런 게 제대로 지켜졌다면 천하가 이렇게 어지럽지도 않을 거요. 나는 뭐든지 먼저 해치우고 생각은 나중에 합니다. 만약 그놈이 관가에 고소를 한다면 관가고 뭐고 한꺼번에 찍어 버리겠소!"

이규가 씨근거리며 그렇게 소리쳤다. 시진이 웃는 얼굴로 달랬다.

"주동이 왜 형과 얼굴도 맞대지 않으려 하는지 알겠소. 이곳은 법도가 엄한 성안이오. 어찌 산채에서처럼 마음대로 할 수야 있겠소?"

"성안이면 어떻습니까? 강주, 무위군에서도 나는 마음대로 사람을 죽였소."

"내가 형세를 보고 필요하면 형을 쓰도록 하지요. 그때 한번 솜씨를 보여 주시오. 아직은 그럴 때가 아니니 방 안에 들어가 계시오."

두 사람이 그렇게 주고받고 있는데 계집종 하나가 황망히 달려나와 황성이 시진을 찾는다는 말을 전해 왔다.

시진이 다시 병실로 돌아가 침상 앞에 엎드리자 황성이 두 눈 가득 눈물을 흘리며 당부했다.

"조카는 당당한 남아로서 조상을 욕되지 않게 하라. 나는 이제 은천석에게 맞아죽는다만 너는 골육의 정을 보아서도 이 일을 그냥 넘겨서는 아니 된다. 도성으로 올라가 조정에 알리고 억울한 아재비의 원수를 갚아 다오. 그러면 나는 지하에서도 너의 정을 잊지 않으리라. 부디 몸조심하고 내 당부 잊지 말라."

그리고 마침내 힘이 다했는지 말을 끝내기 바쁘게 숨이 끊어졌다. 시진은 그런 숙부의 어이없는 죽음 앞에서 목 놓아 울었다. 보다 못한 황성의 후처가 시진을 말렸다.

"조카님, 슬퍼하시는 것은 뒷날이라도 늦지 않을 거예요. 앞일부터 헤아리셔야지요."

"단서(丹書)를 집에 두고 가져오지 않았으니 사람을 보내 어서 가져오게 해야지요. 그게 오면 동경으로 올라가 이번 일을 바로 잡겠습니다. 그러나 그때까지는 여유가 있으니 관곽을 마련하고 상복을 입어 숙부님의 장례부터 치러야 합니다. 앞일은 단서가 온 뒤에 다시 의논하면 됩니다."

시진은 그렇게 대답하고 숙부의 장례부터 치렀다. 이어 시 황성의 집은 곧 초상집으로 변했다. 관곽을 마련한다, 상복을 짓는다, 중을 불러와 재를 올린다, 시끌시끌해졌다.

밖에서 그 소리를 들은 이규는 치솟는 화를 억누를 길이 없었다. 주먹을 쥐었다 폈다 하며 씩씩거렸지만 시진의 말이 없어 함부로 움직이지는 못했다.

그런데 시진과 이규가 고당주로 간 지 사흘째 되던 날이었다. 은천석이란 자가 한 마리 덩실한 말에 오른 채 수십 명 건달들을 데리고 들이닥쳤다. 사냥질에 풍악까지 잡히고 성 밖에서 한바탕 논 뒤에 술까지 얼큰해서 시 황성의 집으로 달려온 것이었다.

은천석이 기세 좋게 주인을 찾는 소리에 시진이 상복을 입은 채 달려 나갔다.

은천석은 말에서 내리지도 않고 거만하게 물었다.

"너는 뭣하는 놈이냐?"

"저는 시 황성의 조카 되는 시진이라 합니다."

시진이 치미는 속을 억지로 누르고 공손하게 대답했다. 은천석이 한층 거만을 떨며 목소리를 높였다.

"내가 전날 이르기를 이 집을 비우라 했는데 어찌 듣지 않느냐? 내 말이 말 같지 않으냐?"

"숙부님께서 병이 나서 움직이실 수가 없었습니다. 그런데 간밤에는 숙부님께서 돌아가셔서 지금은 장례 중입니다. 초상은 치러야 하지 않겠습니까?"

이번에도 시진은 억지로 참고 그렇게 공손히 받았다. 그러나 은천석은 그럴수록 더 기세가 등등했다.

"헛소리 마라! 앞으로 사흘의 말미를 줄 터이니 그 안에는 꼭 집을 비워야 해. 만약 사흘을 넘기면 먼저 네놈부터 묶어 가 한 백 대 곤장을 안길 테다!"

그러면서 눈까지 부라렸다. 시진도 은천석이 그렇게까지 나오자 더 참지 못했다. 목소리를 가다듬어 타이르듯 말했다.

"직각(直閣) 어른께서 사람을 너무 얕보시는구려. 우리 가문은 황손(皇孫)으로 송조(宋朝)에서도 단서철권을 내리신 바 있소. 누구도 함부로 대할 수는 없소!"

"그렇다면 어디 그걸 내게 한번 보여 봐라!"

은천석이 조금도 기죽지 않은 표정으로 소리쳤다. 오히려 그 때문에 더 기분이 상했다는 태도였다. 시진도 이미 시작된 시비라 뻣뻣하게 맞섰다.

"창주의 내 집에 있소. 벌써 사람을 시켜 가지러 보냈소이다."

그러자 은천석이 벌컥 화를 냈다.

"저놈이 누구에게 헛소리를 지껄여 대느냐! 설령 네놈에게 그런 단서철권이 있다 해도 나는 조금도 두렵지 않다! 여봐라, 뭣들 하느냐? 저놈을 정신이 번쩍 나도록 두들겨 줘라!"

그 갑작스러운 호령에 은천석을 따라왔던 건달들이 소매를 걷어붙이고 나섰다. 하지만 실인즉 그게 바로 잠자는 범 콧등에 침 놓기였다. 그때 흑선풍 이규는 벌써부터 문께에 와서 시진과 은천석의 시비에 귀를 기울이고 있었다. 은천석이 시진을 때려 주라고 고함치는 소리를 듣자마자 대문을 밀어젖히고 안으로 뛰어들었다.

이규는 똑바로 은천석에게 달려가 왁살스레 말 위에서 끌어내리더니 그대로 땅에 메다꽂고 바위 같은 주먹을 휘둘렀다. 건달들은 그 때아닌 소동에 시진에게는 다가가 보지도 못하고 은천석부터 구하러 덤볐다.

이규는 은천석을 버려 두고 그런 건달들을 상대했다. 이규가 몇 주먹 휘두르기도 전에 대여섯 명의 건달이 짚단처럼 쓰러졌다. 그제야 겁을 먹은 나머지 건달들은 저마다 머리를 싸매고 달아났다.

이규는 다시 은천석을 일으켜 세우고 마구잡이 주먹질을 해댔다. 놀란 시진이 겨우 이규를 뜯어말렸을 때는 벌써 은천석의 숨이 끊어진 뒤였다. 걱정이 된 시진은 얼른 이규를 뒤채로 데려가 말했다.

"여럿이 보는 앞에서 일을 저질렀으니 곧 사람들이 몰려올 것이오. 형은 이제 이곳에서는 편히 보낼 수 없게 되었소. 양산박으로 돌아가시오!"

"내가 달아나면 죄를 모두 대관인이 뒤집어쓰실 텐데……."

이규가 어색한 듯 머리를 긁적이며 받았다. 시진이 그런 이규의 등을 떼밀듯 말했다.

"나는 단서철권이 있으니 몸을 지킬 수가 있소. 어서 형이나 달아나시오. 늦어서는 아니 되오!"

그러자 이규도 마지못해 도끼 두 자루와 노자를 챙겨 뒷문으로 빠져나갔다.

이규가 달아나고 얼마 안 되어 이백이 넘는 사람이 창과 몽둥이를 들고 시 황성의 집을 에워쌌다.

지부 고렴이 보낸 사람들임에 틀림없었다. 시진은 그들이 몰려든 걸 보고 나가 소리쳤다.

"여러분, 이럴 게 아니라 나와 함께 관가로 갑시다."

그러나 무리는 들은 척도 않고 먼저 시진을 묶은 뒤 집 안을 뒤져 시커멓고 몸집 큰 사내를 찾았다. 흑선풍 이규를 찾는 것이었다. 그러나 끝내 이규가 보이지 않자 시진만 끌고 주아로 갔다.

그때 지부 고렴은 처남이 맞아 죽었다는 소리를 듣고 분함으로 이를 갈고 있는 중이었다. 어느 놈인지 끌려오기만 하면 당장에 물고를 내리라 하고 벼르며 대청 높이 앉아 있는데 시진이 끌려왔다. 고렴은 다짜고짜 시진을 엎어 놓고 매질부터 하게 했다. 한차례 모진 매질이 있은 뒤에야 고렴이 소리 높여 물었다.

"네놈이 감히 우리 은천석이를 때려죽인 놈이냐?"

금세 씹어 먹기라도 할 듯한 눈길이었다. 시진이 정신을 가다듬어 대답했다.

"저는 시세종(柴世宗)의 적파(嫡派) 후손으로 우리 집안에는 태조께서 내리신 단서철권이 있습니다. 지금은 창주 제 집에 모셔 두었지요. 제가 여기 온 것은 얼마 전 숙부님이신 시 황성께서 병환이 깊으시단 전갈이 와서였습니다. 그런데 불행히도 숙부님께서는 제가 여기 온 그날로 돌아가시어 장례를 치르는 중에 은 직각께서 오셨더군요. 은 직각은 수십 명의 사람을 데리고 몰려와 당장 집을 비워 내라 하시더군요. 제가 여러 가지로 사정을 말씀드렸지만 소용이 없었습니다. 그러다가 데려온 사람들을 시켜 저를 때려 주게 하니 이대(李大)가 나서게 된 것입니다. 저를 구해 준답시고 나선 게 그만 끔찍한 살인을 저지르고 말았습니다."

"그 이대란 놈은 어디 있느냐?"

고렴이 얼른 그렇게 물었다. 시진이 뜨끔한 중에도 시치미를 떼며 대답했다.

“아마도 겁을 집어먹고 멀리 달아난 것 같습니다.”

그 말에 고렴이 다시 목소리를 높였다.

“그놈이 정말로 네 집 일꾼이라면 어찌 네가 시키지도 않았는데 나서서 감히 사람을 때려죽인단 말이냐? 너는 일부러 그놈을 놓아주고 관가를 속이려 드는 게 분명하다. 이놈, 얼마나 맞아야 바로 대겠느냐? 여봐라, 저놈이 바른말을 할 때까지 매우 쳐라!”

시진도 고렴이 그렇게까지 나오자 당하고만 있을 수는 없었다.

“일꾼이 주인을 구하려다 잘못해 사람을 죽인 걸 내가 어떻게 합니까? 또 내게는 이 나라 송 태조께서 내리신 단서철권이 있습니다. 어찌 이렇게 마구잡이로 때릴 수 있습니까?”

그렇게 맞받아 소리쳤다. 고렴이 조금 꺾인 듯한 기세로 물었다.

“그 단서철권은 어디 있느냐?”

“창주 내 집에 있다고 하지 않았습니까? 벌써 사람을 보내 가져오게 했습니다.”

시진이 자신 있게 대답했다. 그러나 고렴은 결코 기세가 꺾인 게 아니었다. 오히려 그런 시진을 비웃듯 소리쳤다.

“저놈이 되지도 않는 헛소리로 관청에 맞서려 드는구나. 여봐라, 저놈을 세게 쳐라! 아픈 맛을 봐야 정신을 차리겠다.”

그러자 옥졸들이 시진을 엎어 놓고 사정없이 매질을 했다. 금세 시진의 살이 갈라지고 피가 흘렀다. 아무리 시진이라 해도 쏟아지는 매 아래서는 배겨 낼 재간이 없었다. 끝내는 지부가 바라는 대로 말해 주고 말았다.

"내가 이대를 시켜 은천석을 때려죽이게 했소!"

지부는 기다리던 공초를 받아 내자 비로소 매질을 멈추게 했다. 그리고 시진에게 사형수에게나 씌우는 스물닷 근짜리 칼을 씌운 뒤 감옥에 가두게 했다.

고렴의 못된 짓은 그걸로 그치지 않았다. 남동생의 원수를 갚아 주려는 은(殷) 부인이 시키는 대로 시 황성의 집안을 뒤집어엎고 식구들을 모조리 가둔 뒤 집을 빼앗아 버렸다.

한편 밤길을 달려 양산박에 이른 이규는 산채로 가서 두령들을 만났다. 두령들 속에 섞여 있던 주동은 이규를 보자 억눌렀던 화가 다시 치솟았다. 차고 있던 칼을 뽑아 이규에게 덤볐다. 이규도 이제는 더 못 참겠다는 듯 도끼를 빼 들고 주동과 맞섰다. 조개와 송강을 비롯한 두령들이 모두 달려 나와 두 사람을 말렸다.

송강이 좋은 말로 주동을 달랬다.

"전에 지부의 아들을 죽인 일은 저 이규의 잘못이 아니오. 군사 오학구가 형을 우리 산채로 불러들이기 위해 짜낸 계책이외다. 이제 이왕 우리 산채에 드셨으니 옛일은 모두 잊고 서로 힘을 합쳐 대의를 일으키도록 합시다. 그래야 바깥 사람들의 비웃음을 받지 않을 거요."

그러고는 이규를 보며 말했다.

"아우, 이리 와서 미염공에게 잘 말씀드리게."

하지만 이규는 이미 심사가 몹시 틀어진 뒤였다. 두 눈을 부릅뜨고 송강을 쏘아보며 소리쳤다.

"형님, 그 무슨 소리요? 나는 산채를 위해서 힘을 썼고, 저놈은 반 푼어치의 공도 세운 게 없는데 어째서 나보고 빌고 들란 말이오?"

송강이 펄펄 뛰는 이규를 타일렀다.

"이보게 아우, 비록 그 아이를 죽인 것은 군사(軍師)의 명에 따른 것이라 하지만 나이를 보더라도 저쪽이 형뻘 되지 않는가. 오늘은 내 낯을 봐서 저분에게 예를 갖추게. 그러면 나는 자네에게 절을 올려 감사하겠네."

이규도 송강이 그렇게 간곡히 말하자 더 뻗대지 않았다. 그러나 곧 머리를 숙이기는 싫은지 주동에게 한마디 했다.

"내가 너를 두려워해서 이러는 게 아니다. 송강 형님이 하도 몰아세우니까 너한테 사과하는 거야."

그러고는 쌍도끼를 거둔 뒤에 주동에게 두 번 절을 올려 잘못을 비는 시늉을 했다. 주동도 이규가 그렇게까지 나오자 더 화를 낼 수가 없었다. 두 사람이 화해를 하자 조개를 비롯한 산채의 두목들은 몹시 기뻐하며 크게 술잔치를 해 두 사람을 경하했다.

떠들썩하게 술을 마시던 중에 이규가 문득 말했다.

"시 대관인이 숙부인 시 황성의 병 때문에 고당주로 갔다가 일이 벌어졌우. 고당주의 지부 고렴의 처남인 은천석이가 시 황성의 정원을 빼앗으려고 하다가 시진을 욕하고 때리기에 내가 한 주먹에 은천석 그놈을 때려죽이고 말았단 말이우."

그 말을 들은 송강이 깜짝 놀라 말했다.

"너는 도망쳐 왔다만, 그렇다면 시진 형은 관가에 잡혀갔을 것 아니냐?"

"형님, 걱정하지 마십시오. 대종이 산채로 돌아오면 곧 모든 걸 알게 될 겁니다."

오학구가 곁에서 그렇게 송강을 안심시켰다. 이규가 그런 오학구를 보며 멀뚱하게 물었다.

"대종 형님은 어디로 갔우?"

"나는 자네가 시진 나리 댁에 있으면 무언가 좋지 못한 일을 벌일 것 같아 특히 그를 내려보냈네. 자네를 산채로 되불러들이기 위해서였는데 대종이 거기 갔다가 아무도 없으면 반드시 고당주까지 가서 자네를 찾을 것이네. 그때는 자연 시진 나리의 소식도 알게 될 것 아닌가."

오용이 그렇게 까닭을 설명했다. 그런데 미처 그 말이 끝나기도 전에 졸개 하나가 들어와서 알렸다.

"대 원장께서 돌아오셨습니다."

송강은 얼른 밖으로 나가 대종을 맞아들이고 시진의 소식을 물었다. 대종이 어두운 얼굴로 대답했다.

"제가 시진 나리 댁에 가니 이미 이규는 시진 나리와 함께 고당주로 가고 없더군요. 그래서 고당주로 가 알아보았더니 은천석이가 시 황성의 집을 빼앗으려다 시커멓고 몸집이 큰 사내에게 맞아 죽었다는 소문이 파다합디다. 시진 나리는 그 일에 연루돼 지금 감옥에 갇혀 있고 시 황성의 집과 재물은 모두 몰수됐다더군요. 이제는 시진 나리의 목숨도 곧 날아갈 거란 이야기들이었습니다."

대종이 그렇게 대답하자 조개가 벌컥 화를 내며 이규를 꾸짖었다.

"저 시커먼 놈은 나가기만 하면 가는 데마다 말썽이구나."

"시 황성을 두들겨서 드러눕게 한 것만 해도 화가 나 죽겠는데 또 와서 집을 빼앗으려 들고 더구나 시진 나리까지 때리려 드는 걸 어떻게 참을 수 있소? 내가 부처님 가운데 토막이었더라도 결코 참지 못했을 거요!"

이규가 그래도 잘했다는 듯이 삐딱하게 우겼다. 조개는 그런 이규를 상대하기도 싫다는 듯 여러 두령들을 돌아보며 의논조로 말했다.

"시진은 우리 산채에 여러 가지로 은혜를 베푼 사람이다. 이제 위태롭고 어려운 지경에 빠져 있으니 어찌 산을 내려가 구해 주지 않을 수 있겠는가? 내가 직접 한번 내려가 봐야겠다."

그러자 곁에 있던 송강이 말을 받았다.

"형님은 이 산채의 주인이십니다. 어찌 가볍게 움직일 수 있겠습니까? 제가 시진 나리의 은덕을 입은 적도 있고 하니 형님을 대신해 한번 내려가 보겠습니다."

오학구도 송강과 뜻이 같았다. 송강이 가는 것이 옳다는 표정으로 거들었다.

"고당주가 비록 성은 작으나 사람은 많고 양식도 넉넉해 가볍게 보아서는 안 될 겁니다. 번거롭지만 임충, 화영, 진명, 이준, 여방, 곽성, 손립, 구붕, 양림, 등비, 마린, 백승, 이 열두 두령과 마보군 오천을 선봉으로 삼으심이 좋을 듯합니다. 중군은 송공명 형님이 거느리시고 저와 주동, 뇌횡, 대종, 이규, 장횡, 장순, 양웅, 석수 등 열 명의 두령이 역시 마보군 삼천으로 뒤를 받치도록 하지요."

그렇게 되자 조개도 자기 뜻을 내세우지는 않았다. 이에 스물두 명의 두령과 팔천의 병마는 그날로 산채를 떠나 고당주로 향했다.

오래잖아 양산박의 전군(前軍)이 고당주 부근에 이르렀다. 고당주의 군사들이 그걸 보고 지부 고렴에게 알렸다. 고렴이 싸늘하게 비웃으며 말했다.

"이 양산박의 하찮은 좀도둑 떼가 제 발로 죽을 곳을 찾아왔구나. 그러지 않아도 내가 그 근거지를 쓸어버리려 하던 참인데 이제 스스로 떼 지어 몰려왔으니 이는 하늘이 나에게 공을 이루게 하려 하심이다. 여봐라! 빨리 영을 전해 군마를 모으라. 성을 나가 적들과 싸울 채비를 하고 성안의 백성들을 지킴에도 소홀함이 없게 하라!"

고렴의 그 같은 호령에 성안은 금세 싸울 태세로 들어갔다. 한편으로는 군사들을 끌어모으고 한편으로는 백성들을 진정시켜 성안을 정돈한 뒤 높고 낮은 장수들은 군사들과 함께 성을 나가 적을 맞았다.

그때 고렴 밑에는 비천신병(飛天神兵)이라 불리는 무서운 부대가 있었다. 하나하나가 다 산동, 하북, 강서, 호남, 양회(兩淮), 양절(兩浙) 지방에서 고르고 골라 뽑은 날랜 군사들이었다. 고렴은 그들을 몸소 이끌고 갑옷 투구를 갖추고 쓴 뒤 말에 올라 성 밖으로 나갔다. 거기서 기다리던 군사를 호령해 진을 펼친 뒤 자신의 신병을 중군에 배치했다. 관군은 펄럭이는 깃발 아래 함성을 지르고 북과 징을 울리며 적을 기다렸다.

이윽고 임충과 화영, 진명 등이 거느린 오천의 병마가 이르렀다. 두 편 군사가 서로 부딪치자 금세 화살이 오르내리고 북소리, 징소리가 요란해졌다. 화영과 진명은 열 명의 두령을 데리고 진 앞에 나와 섰다. 임충이 장팔사모를 비껴들고 말을 박차 내달으며 소리쳤다.

"고가 성 쓰는 놈아, 어서 나오너라! 어디 한번 싸워 보자!"

그러자 고렴이 서른 명 가까운 군관을 이끌고 기가 꽂혀 있는 문으로 말을 타고 나와 임충을 손가락질하며 꾸짖었다.

"제 죽는 것도 모르는 역적 놈들아, 네놈들이 감히 나의 성을 넘보다니!"

"백성을 해치는 이 강도 같은 놈아, 나는 곧 도성으로 쳐들어가 임금을 속이는 역적 고구를 잡아 가루를 만들 작정이다. 하물며 네 까짓것이야!"

임충이 그렇게 맞받아쳤다. 그 말에 고렴은 몹시 화가 났다. 주위를 돌아보며 소리쳤다.

"누가 나가서 저 도적놈을 잡아 오겠느냐?"

그 소리에 군관들 중에서 한 통제관(統制官)이 말을 몰아 나왔다. 우직(于直)이란 장수로 그는 고렴의 말을 더 듣지도 않고 칼을 휘두르며 박차를 가해 진 앞으로 달려 나갔다. 그를 본 임충이 창을 뻗어 맞붙었다. 그렇지만 우직은 임충의 적수가 되지 못했다. 두 사람이 어울린 지 다섯 합도 못 되어 우직은 임충의 한 창을 가슴에 맞고 말에서 굴러떨어졌다. 그걸 본 고렴은 놀랍고도 분했다. 다시 주위를 돌아보며 소리쳤다.

"이번에는 누가 나가서 우직의 원수를 갚겠느냐?"

그러자 군관들 가운데서 또 다른 통제관 하나가 달려 나갔다. 그는 온문보(溫文寶)란 장수로 한 자루 긴 창을 잘 쓰는 사람이었다. 온문보는 말방울 소리도 요란하게 말을 달려 나가 똑바로 임충을 덮쳐 갔다. 그걸 본 진명이 임충을 향해 소리쳤다.

"형님은 조금 쉬십시오. 이번에는 제가 저놈을 세워 둔 채 목을 따 버리겠습니다."

그러자 임충이 빙긋이 웃으며 창을 거두고 말 머리를 돌려 온문보를 진명에게 넘겼다.

곧 진명과 온문보 사이에 한바탕 싸움이 벌어졌다. 그런데 열 합 정도가 지났을까, 진명이 문득 한 군데 빈틈을 보여 그리로 온문보의 창을 끌어들였다. 온문보는 기세 좋게 창을 내질렀으나 실은 그게 이 세상에서의 마지막 창질이었다. 진명이 가시 방망이 든 손을 번쩍 치켜들었다가 내려치는가 싶더니 온문보는 머리 반쪽이 쪼개지며 말 아래로 떨어져 죽었다. 장수 잃은 말만 자기 진채로 돌아가는 걸 보고 양쪽 군사들이 일제히 함성을 올렸다.

고렴은 연이어 두 장수를 잃자 등에 매고 있던 태아보검(太阿寶劍)을 빼내 들고 무어라 주문을 외워 댔다.

"빨리!"

이윽고 고렴이 그렇게 소리쳤다. 그러자 고렴의 진중에서 한 줄기 검은 기운이 일더니 사방으로 얇게 흩어졌다. 그 기운은 곧 괴상한 바람으로 변해 천지를 흔들고 모래와 돌을 날렸다. 그 모래와 돌이 양산박의 진중을 덮치니 임충, 진명, 화영 등은 서로 상대방을 볼 수가 없게 되고 타고 있던 말들은 어지럽게 울며 길길이 뛰어 싸울 수가 없었다. 놀란 두령들이 먼저 말 머리를 돌려 그 요사스러운 기운에서 벗어나려고 달리자 양산박의 군사들도 그들을 따라 달아나기 시작했다.

그걸 본 고렴이 다시 칼을 허공에 대고 휘둘렀다. 그러자 삼백의 신병이 달려 나가 그런 양산박 군사들을 덮쳤다. 그 뒤를 관군이 따르며 힘을 더하니 양산박 군사들은 그 기세를 견뎌 낼 재간이 없었다. 임충을 비롯한 오천의 병마는 곧 일곱 동강 여덟 동강이 나 형과 아우를 부르며 사방으로 흩어져 달아났다.

그날 양산박의 오천 병마는 그중 천여 명을 잃고 오십 리나 달아나서야 겨우 진채를 얽을 수 있었다. 고렴은 양산박의 군사들이 멀리 달아나는 걸 보자 군사를 거두어들이고 고당주 성안으로 돌아가 쉬었다.

그날 늦게 송강의 중군이 이르자 임충을 비롯한 선봉의 열두 두령은 첫 싸움에서 있었던 일을 자세히 송강에게 들려주었다. 그 말을 들은 송강과 오용은 깜짝 놀랐다. 송강이 걱정스러운 얼굴로 오용에게 물었다.

"아무래도 그놈이 술법을 부리는 모양이오. 이 일을 어찌하면 좋겠소?"

"제 생각에 그건 아무래도 요술 같습니다. 바람을 돌리고 불길을 바꾸어 보낼 수 있다면 적을 깨뜨릴 수도 있을 겁니다."

오용이 그렇게 말했다. 그 말을 들은 송강은 전에 구천현녀에게서 받은 천서를 펼쳐 보았다. 세 번째 책에 바람을 돌리고 불길을 바꾸는 비법이 적혀 있었다. 송강은 몹시 기뻐하며 거기에 쓰인 주문과 비결을 외웠다.

준비가 끝난 송강은 다시 인마를 점검한 뒤 군사들에게 새벽밥을 지어 먹이고 북과 징을 울리며 고당주 성 아래로 밀고 들어갔다.

송강의 군사가 이르렀단 말을 들은 고렴은 전날처럼 성에 딸린 관군과 자신의 삼백 신병을 이끌고 성 밖으로 나왔다. 고렴이 성 밖에 진세를 벌이는 걸 보고 송강이 말에 올라 진 앞으로 나갔다. 고렴의 진 쪽을 보니 한 개의 검은 깃발이 눈에 띄었다. 오학구가 그 깃발을 가리키며 걱정했다.

"저 진 안에 있는 검은 깃발은 '신사계(神師計)'란 요술을 부리는 데 쓰는 것입니다. 저놈이 또 그 술법을 쓰면 어찌하시렵니까?"

"군사께선 마음 놓으시오. 내게 저 진법을 깨뜨릴 비법이 있소이다. 여러 장수들과 군졸들은 놀라지 말고 힘껏 앞으로 밀고 나아가라!"

천서의 효험을 믿는 송강이 그렇게 자신에 찬 목소리로 외쳤다.

한편 고렴은 그런 송강의 움직임을 살펴보다가 높고 낮은 군교를 돌아보며 가만히 일렀다.

"기세가 오른 적과 함부로 맞붙어 싸울 건 없다. 다만 방패 소리가 나거든 그때 일제히 뛰어나가 송강을 사로잡아라. 송강을 사로잡는 자에게는 무거운 상을 내릴 것이다."

말을 마친 고렴은 짐승을 아로새긴 구리 방패를 안장에 걸고 손에는 보검을 든 채 진 앞으로 나아갔다. 송강이 그런 고렴을 가리키며 꾸짖었다.

"어젯밤에는 내가 아직 오기 전이라 아우들이 너에게 한 싸움을 내주었다만 오늘은 다를 거다. 반드시 네놈을 잡아 죽이고 말리라!"

고렴도 지지 않고 맞받아 소리쳤다.

"이 역적 놈아, 어서 말에서 내려 묶일 생각은 않고 무슨 개수작이냐? 기어이 내 깨끗한 손과 발이 네놈의 피로 더럽혀져야겠느냐?"

그러고는 허공에 한차례 칼을 휘젓더니 입속으로 무언가를 중얼거리다가 갑자기 소리쳤다.

"빨리!"

그러자 검은 기운이 이는 곳에 다시 괴이한 바람이 불었다. 송강은 그 바람이 자기 편 진중에 이르기 전에 입으로 주문을 외기 시작했다. 왼손으로 무언가를 쓰는 시늉을 하고 오른손으로 칼을 들어 한 곳을 가리키며 송강도 고렴처럼 소리쳤다.

"빨리!"

그 소리에 송강 쪽으로 불어오던 괴이한 바람이 거꾸로 고렴의 신병을 향해 불어 갔다. 송강은 때를 놓치지 않고 인마를 휘몰아 고렴의 군사를 덮쳤다.

고렴은 자기가 불어 보낸 바람이 되돌아오는 걸 보고 급히 구리 방패를 들어 올려 칼로 쳤다. 그 방패 소리에 다시 놀라운 변화가 일었다. 갑자기 신병들 쪽에서 한 줄기 누런 모래바람이 일며 한 떼의 괴상한 짐승들과 독충들이 쏟아져 나왔다.

그 괴상한 짐승들과 독충들이 몰려오자 송강의 진중에서는 소란이 벌어졌다. 사람과 말이 함께 놀라 울부짖고 혹은 얼이 빠져 옴짝달싹을 못했다. 놀라기는 송강도 마찬가지였다. 얼른 칼을 거두고 말 머리를 돌려 앞장서 달아났다. 여러 두령들이 그런 송강을 에워싸고 목숨을 보존하려고 뒤따랐다. 그러자 그 아래 군교들이며 졸개들은 너와 나를 돌볼 틈이 없이 저마다 길을 앗아 사방으로 흩어졌다. 그걸 본 고렴이 다시 칼을 들어 한번 휘저었다. 그 신호에 따라 신병은 앞장을 서고 관군은 그 뒤를 받쳐 주며 한꺼번에 송강의 군사들을 덮쳤다. 또다시 송강 쪽의 참담한 패배였다. 고렴은 이십 리나 뒤쫓으며 마음껏 양산박 군사들을 죽인 후에야 징을 쳐 군사들을 거두었다.

송강은 고렴이 뒤쫓지 않음을 알고서야 어떤 언덕 아래서 인마를 수습해 보았다. 다시 적지 않은 군사가 꺾여 있었다. 그러나 두령들은 하나도 상하지 않았음을 보고 안도하며 그곳에다 진채를 세웠다. 진채 가에 목책을 둘러 방비를 한층 든든히 한 뒤에야 송강은 군사 오용을 불러 의논했다.

"이번에 고당주를 치러 왔다가 벌써 두 번이나 싸움에 졌소. 적의 신병을 무찌를 계책이 없으니 어찌하면 좋겠소?"

그러자 오학구가 말했다.

"만약 그놈이 법술을 잘 쓰는 놈이라면 오늘 밤 반드시 야습을 하려 들 것입니다. 먼저 계책을 세워 방비를 해야 합니다. 이곳에는 약간의 군마만 남겨 놓고 우리들은 저번에 진채로 썼던 곳에서 기다리도록 합시다."

송강은 그런 오용의 계책을 따랐다. 새로 세운 진채에는 양림과 백승에게 약간의 군사를 주어 남게 하고 그 나머지 인마는 모두 전에 쓰던 진채로 옮겨 쉬게 했다.

진채를 지키게 될 양림과 백승은 진채 안에 있지 않고 반 리쯤 떨어진 언덕 풀숲에 군사들을 매복시켰다. 이윽고 밤이 되자 갑자기 바람이 불고 번개가 치기 시작했다. 양림과 백승이 거느린 삼백여 군사들은 풀숲에 숨어 가만히 앞쪽을 살펴보았다. 과연 고렴이 야습을 해 왔다. 삼백 신병을 거느리고 온 고렴은 함성과 함께 진채를 들이쳤다. 그러나 진채가 텅 비어 있는 걸 알자 거꾸로 계책에 빠졌음을 깨닫고 얼른 몸을 돌려 달아나기 시작했다. 양림과 백승이 함성을 지르며 그들을 쫓는 척했다. 고렴은 자신이 적의 계책에 떨어졌다는 생각 때문에 변변히 맞서 보지도 않고 달아나기에 바빴다. 그를 따라온 삼백의 신병들도 각기 사방으로 흩어져 달아나기 바빴다.

양림과 백승은 달아나는 고렴과 그 군사들을 향해 활과 쇠뇌를 어지러이 쏘아붙였다. 그중의 화살 한 대가 고렴의 왼쪽 어깨에 가서 꽂혔다. 그렇게 되자 고렴의 군사들은 더욱 갈팡질팡했다. 비 오듯 쏟아지는 화살에 수없이 목숨을 잃었다. 고렴은 다친 몸으로 신병을 이끌고 점점 멀어졌다. 양림과 백승은 거느린 군사가 많지 않아 그런 고렴을 함부로 뒤쫓지 못했다. 얼마 안 있어 비가 그치고 구름이 걷혔다. 다시 나온 달빛 아래 언덕 쪽으로 가 보니 고렴의 신병 스무남은 명이 화살을 맞고 쓰러져 있었다. 백승과 양림은 그들을 묶어 송강의 진채로 끌고 갔다.

양림과 백승으로부터 바람과 구름에다 비와 번개까지 일더라는 말을 들은 송강은 더욱 놀랐다.

"이곳은 그 싸움터에서부터 오 리밖에 떨어지지 않았는데 비는커녕 바람 한 점 인 적이 없지 않은가!"

송강이 그 같은 감탄의 소리를 내지르자 다른 두령들도 입을 모아 말했다.

"정말로 대단한 요술이다. 여기서 겨우 몇십 길 떨어진 곳에 구름과 비가 일었다니…… 어쩌면 가까운 호수에서 물을 빌려 왔는지도 모르지."

그러면서 기죽은 두령들을 격려하듯 양림이 말했다.

"고렴은 머리칼을 늘어뜨리고 칼을 짚은 채 진채로 쳐들어왔지만 제 놈인들 별수 있겠소? 몸에 우리가 쏜 화살을 맞고 성안으로 쫓겨 갔소이다. 우리는 거느린 군사가 적어 뒤쫓지 못했을 뿐이오."

송강은 그런 양림과 백승을 기특하게 여겨 후하게 상을 주고 붙들려 온 신병들의 목을 베어 장졸들의 사기를 돋워 주었다. 그런 다음 여러 두령들을 나누어 일고여덟 개의 작은 진채를 세운 뒤 본 진채를 에워싸듯 해서 다시 있을지 모를 야습에 대비했다.

하지만 두 번이나 싸움에 진 것은 어쩔 수가 없었다. 군사도 줄고 사기도 꺾여 그대로는 고렴과 싸우기 어려웠다. 이에 송강은 사람을 양산박으로 보내 산채의 군마를 더 보내 달라고 청했다.

한편 화살을 맞고 성안으로 돌아온 고렴은 그제야 조금 정신이 든 듯했다. 성안의 군사들에게 가만히 일렀다.

"성을 굳건히 지키고 야습에 철저히 대비하도록 하라. 적과 함부로 싸워서는 아니 된다. 내 화살 맞은 자리가 아물거든 그때 다시 한바탕 크게 싸워 송강을 사로잡아도 늦지 않다."

그렇게 되니 잠시 송강과 고렴의 군사들 간에 싸움이 그쳤다.

송강은 싸움에 지고 인마가 꺾인 뒤라 마음이 매우 답답했다. 군사 오용을 불러 걱정스러운 얼굴로 의논했다.

"저 고렴이란 놈도 깨뜨리지 못하고 있는데 딴 곳의 관군들까지 와서 힘을 합쳐 덤비면 어찌하겠소?"

송강이 그같이 말하자 오학구가 한참 생각에 잠겼다가 말했다.

"고렴의 저같이 요사한 술법을 깨뜨리려면 사람을 계주로 보내 공손승을 찾아오는 수밖에 없습니다. 그가 온다면 고렴쯤은 간단히 깨뜨릴 수 있을 겁니다."

"지난번에 대종을 보내 봤지만 자취도 찾아내지 못하지 않았소? 그런데 어디 가서 그를 찾는단 말이오?"

송강이 더욱 어두운 얼굴이 되어 오용에게 반문했다. 오용이 그런 송강을 위로하듯 대답했다.

"계주에 가 봤다고 하지만 저잣거리와 마을을 뒤져서는 그를 찾을 수 없습니다. 제 생각에 공손승은 도를 배우는 사람이라 틀림없이 이름난 산이나 큰 물가의 동굴 같은 곳에 살고 있을 것입니다. 이번에는 대종을 계주로 보내더라도 저잣거리나 마을 말고 경치 좋은 산이나 물가에서 공손승을 한번 찾아보게 하십시오. 그러면 그를 찾기는 어렵지 않습니다."

송강이 들어 보니 그도 그럴듯한 말이었다. 그 자리에서 대종을 불러 공손승을 찾아보라는 말을 했다. 대종이 길 떠나기에 앞서 송강에게 청했다.

공손승을 찾아서

"가기는 제가 가겠습니다만, 갈 때 누구 한 사람을 데리고 갔으면 좋겠습니다."

"그렇지만 자네가 신행법을 일으키면 누가 자네를 따라갈 수 있단 말인가?"

오용이 그렇게 대종의 말을 받았다. 대종이 걱정할 것 없다는 듯 그렇게 말했다.

"저와 같이 가는 사람에게도 다리에 갑마를 묶어 주면 빨리 닫게 할 수 있습니다."

그러자 이규가 나섰다.

"제가 대종 형과 함께 갔다 오겠습니다."

"만약 나하고 가려면 가는 도중에 술과 고기를 먹지 못함은 물론 무엇이든 내가 시키는 대로 해야 하네."

대종이 그렇게 이규에게 다짐받듯 말했다.

"그거야 무어 어려울 게 있겠우? 모두 형님 시키는 대로 하지요."

이규가 선선히 대꾸했다. 일이 그렇게 결정되자 송강과 오용도 굳이 이규를 말리지는 않았다. 그러나 아무래도 걱정이 되는지 이규에게 거듭거듭 당부했다.

"가는 길에 부디 조심하고 말썽 피우지 말게. 그리고 공손승을 찾거든 되도록 빨리 돌아오게."

"은천석이를 때려죽여 시진 나리를 관가에 잡혀가게 한 건 바로 나유. 그런 내가 나리를 구하지 않고 누가 구하겠우? 이번엔 절대로 말썽 피우지 않을 거유!"

의논이 끝나자 대종과 이규는 각기 몸에 무기를 감추고 봇짐을 싼 뒤 송강을 비롯한 두령들과 작별했다. 고당주를 떠나 계주로 향한 지 이삼십 리쯤 갔을 때 이규가 문득 걸음을 멈추고 말했다.

"형님, 술 한 사발 마시고 갔으면 좋겠소."

"네가 나를 따라 신행법을 쓰자면 술을 마셔서는 안 돼."

대종이 핀잔을 주듯 이규의 말을 받았다. 이규가 웃으면서 매달렸다.

"까짓 술 한잔에 고기 몇 점을 먹은들 무슨 큰일이 나겠우?"

"갈 길이 멀다. 오늘은 이만 늦었으니 주막이나 찾아 하룻밤 쉬고 내일 일찍 길을 떠나자."

이에 이규는 더 우기지 못하고 대종의 말을 따랐다. 두 사람이 삼십 리 남짓을 더 갔을 때 날은 완전히 깜깜해졌다. 두 사람은 가까운 곳에서 한 객점을 찾아 방을 얻고 저녁을 지어 먹은 뒤 각기 술 한 사발씩을 사 마셨다. 그날 저녁은 이규도 고기 없는 밥에 나물국으로 때우지 않을 수 없었다.

그러나 고기와 술이 없으면 음식이 넘어가지 않는 이규로서는 얼른 수저를 들 생각이 나지 않았다. 대종이 그런 이규에게 물었다.

"왜 밥을 먹지 않느냐?"

"생각 없우."

이규가 퉁명스레 대답했다. 대종이 속으로 생각했다.

'저놈이 나를 속이고 이것저것 함부로 몰래 먹으려는 수작이군……!'

그러나 대종은 그런 내심을 드러내는 법 없이 나물국에 밥을 먹고 밖으로 나갔다. 이규가 하는 양을 몰래 살펴볼 참이었다. 아니나 다를까, 이규는 대종이 가고 없자 술 두 사발에 쇠고기 한 접시를 널름 먹어 치웠다.

'그러면 그렇지. 오냐, 오늘은 아무 말 않으마. 그렇지만 내일 한번 두고 보자.'

대종은 그렇게 속으로 벼르며 아무 내색 없이 방으로 들어와 잠을 잤다. 이규는 고기와 술을 먹은 터라 혹시라도 대종이 물을까 봐 은근히 겁을 내다가 슬그머니 대종 옆에 누웠다.

다음 날 새벽이었다. 대종은 일찍 일어나 이규를 깨우고 밥을 짓게 했다. 여전히 아무런 내색 없이 밥을 먹은 대종은 방값을 치르고 이규와 함께 객점을 나섰다.

한 두어 마장 갔을 때 대종이 문득 이규를 불러 세우고 말했다.

“우리가 어제는 신행법을 쓰지 않았지만 오늘은 먼 길을 가려면 그걸 써야겠다. 어서 너도 짐을 싸서 단단히 몸에 묶어라. 내가 너에게 그 법을 써서 팔백 리를 하루에 걷게 해 주마.”

그리고 네 개의 갑마를 꺼내 이규의 두 다리에 묶어 주었다.

“먼저 가서 앞에 있는 주막에서 나를 기다려라.”

대종이 그 말과 함께 주문을 외어 이규의 다리에 기운을 불어넣었다. 갑자기 이규의 다리가 마치 구름을 밟는 듯 허공에 떠서 나는 듯 앞으로 내달았다. 그런 이규를 보고 대종이 웃으며 속으로 중얼거렸다.

‘이놈, 어디 오늘 하루는 한번 굶어 봐라!’

그러고는 자신도 다리에 갑마를 묶은 뒤 이규를 뒤따랐다.

이규는 신행법을 모르기 때문에 대종이 하는 대로 몸을 맡겼다. 한참을 지나자 귓가에 비바람이 치는 듯한 소리가 들리며 길 양쪽의 집이며 나무들이 거꾸로 뒤집힌 채 화살처럼 지나가고 발 아래는 구름과 안개가 자욱이 끼었다. 이규는 덜컥 겁이 났다. 몇 번이나 걸음을 멈추어 보려 했지만 도무지 두 다리를 멈출 수가 없었다. 누가 밑에서 다리를 끄는 듯 마음대로 서고 닫고 할 수가 없어 대종이 말한 주막이 나와도 서지 못하고 잇따라 지나칠 수밖에 없었다. 주막에 들지 못하니 음식을 사 먹지 못할 것은 당연했다. 하루 종일 쫄쫄 굶으며 내닫게 된 이규는 속으로 괴롭게 부르짖었다.

'어이구, 오늘 이 어르신네가 골로 가는구나.'

그러면서 무엇에 밀리듯 내닫다 보니 어느덧 해는 서쪽으로 기울었다. 하루 종일 굶어 목마르고 배가 고프기 짝이 없었지만 멈출 수가 없으니 놀랍고 두렵지 않을 수가 없었다.

이규가 식은땀을 흘리며 겁에 질려 내닫고 있는데 문득 대종이 따라오며 소리쳤다.

"이규 형, 어찌 점심도 사 먹지 않고 그리 바쁘게 가시오?"

대종의 존대에 놀리는 뜻이 다분히 들어 있었지만 이규는 그걸 느낄 겨를조차 없었다. 급한 김에 죽는소리만 내며 사정할 뿐이었다.

"아이구 형님, 날 좀 살려 주시오! 이 철우 놈을 굶겨 죽이시려는 거유?"

그래도 대종은 못 들은 척하고 품속에서 몇 개의 구운 떡을 꺼내 맛있게 먹기 시작했다. 이규가 다시 죽는소리를 냈다.

"서려고 해도 설 수가 없으니 사 먹기는 뭘 사 먹는단 말이오? 제발 이놈이 굶어 죽지나 않게 해 주시우."

"아우, 자네가 서면 이 떡을 나누어 주지."

대종은 여전히 시치미를 떼며 그렇게 말했다. 궁한 이규는 걸음이 멈춰지지 않는 대로 대종에게 손을 내밀었다. 그러나 대종과는 한 길이나 떨어져 있어 그가 내미는 떡을 받을 수가 없었다.

이규가 또 죽는소리를 했다.

"아이쿠, 우리 형님 좋은 형님, 제발 날 세워 주시유."

"오늘 길을 다 가기 전에는 나도 어쩔 수 없어. 내 두 다리도 서지 않는단 말이네."

대종이 여전히 그렇게 능청을 떨었다. 이규가 더욱 괴로운 소리를 내질렀다.

"이런 빌어먹을! 이놈의 두 다리가 남의 것이 되었나? 몸 아래 반쪽은 계속 달리기만 하다니! 정 나를 화나게 하면 도끼를 꺼내 찍어 내 버릴 테다."

"그것도 괜찮겠는걸. 그러지 않으면 내년 정월 초하루까지 계속 달리게 될 거야."

이제 대종은 드러내 놓고 이규를 놀리기 시작했다. 이규도 그제야 대종이 무슨 술법을 쓰고 있음을 깨달은 듯했다. 다시 사정조가 되어 말했다.

"형님, 그런 말씀 마십시오. 두 다리를 잘라 내면 나는 어떻게 돌아갑니까?"

그 말을 들은 대종이 비로소 웃음을 거두고 엄한 소리로 나무랐다.

"네놈이 어제저녁 내 말을 어기지 않았느냐? 그래서 오늘은 나도 너를 서게 할 수가 없다. 갈 데까지 가 보아라."

"형님, 아니 어르신네, 부디 이놈을 살려 주시오. 이놈을 세워 굶어 죽지나 않게 해 주시오!"

이규는 드디어 우는소리가 되어 대종에게 빌었다.

그래도 대종은 쉽게 이규를 용서해 주지 않았다.

"나의 신행법은 비린 음식을 먹지 못하게 하고 특히 쇠고기를 가장 경계한다. 만약 쇠고기 한 덩이를 먹었다면 한 삼십 년쯤 뛰어다녀야 겨우 설 수 있게 될걸."

"어이쿠, 이거 큰일 났네. 형님, 실은 어젯밤 이놈이 형님을 속였소. 몰래 쇠고기를 대여섯 근 먹었단 말이오! 이걸 어쩌면 좋소?"

"어쩐지 나도 두 다리가 땅기더라. 철우 이놈아, 나까지 속일 작정이냐?"

대종이 그렇게까지 겁을 주자 이규는 더욱 어쩔 줄 몰라 했다. 외마디 소리를 내지르며 하늘로 뛰어오르기라도 할 기세였다.

그제야 대종이 껄껄 웃은 뒤 이규를 보고 말했다.

"앞으로 네가 한 가지만 내 말대로 따라 준다면 신행법에서 풀어줄 수도 있지."

"형님, 어르신네! 빨리 말하시오. 무엇이든 말씀대로 따르겠소!"

이규가 매달리듯 말을 받았다. 대종이 다시 웃음 지은 얼굴로 다짐 삼아 물었다.

"네 이놈, 앞으로 또다시 나를 속이고 비린 음식을 먹겠느냐?"

"내가 또 그런다면 내 혀에 사발만 한 종기가 날 거요! 실은 형님이 고기 없는 음식을 드시는 걸 보고 따라 하기 귀찮아 한번 시험해 보았을 뿐이라구요. 앞으로 다시는 그러지 않겠소!"

이규가 그렇게 두 번 세 번 다짐하자 비로소 대종은 큰 인심이나 쓰듯 말했다.

"그럼, 이번 한 번은 용서해 주지."

그러고는 이규 곁으로 바짝 다가와 이규의 다리를 소매로 쓸며 소리쳤다.

"서라!"

그러자 신통하게도 쉴 새 없이 내닫던 이규의 다리가 그대로 딱 멎었다.

"그럼, 내가 먼저 갈 테니 너는 천천히 따라오너라."

대종이 이규에게 그렇게 한마디 던지고는 앞서 갔다.

비록 닫기는 멈췄으나, 온종일 모질게 다리를 쓴 터라 이규는 움직일 수가 없었다. 꼭 두 다리에 쇠사슬을 얽어 둔 것 같아 뻿뻿이 선 채 다급하게 외쳤다.

"어이쿠, 것두 안 되겠소! 형님, 부디 이놈을 한 번만 구해 주시오."

그러자 대종이 뒤돌아보며 다시 한번 껄껄 웃더니 문득 목소리를 엄하게 하여 물었다.

"이제 내 말을 어기면 벌을 받게 된다는 게 거짓이 아닌 줄 알겠느냐?"

"형님은 제게 아버님 같은 분이십니다. 제가 어찌 형님의 말씀을 어기겠습니까?"

"이번에는 틀림없겠지?"

대종이 한 번 더 그렇게 다짐을 받은 뒤 이번에는 손을 들어 이규의 몸을 쓸어 주며 소리쳤다.

"일어나라!"

그제야 이규의 온몸이 평시처럼 풀렸다. 대종은 그런 이규를 재촉해 다시 걷기 시작했다. 얼마 가지 않아 이규가 우는소리로 빌었다.

"형님, 부디 이 철우 놈을 가엾게 여겨 주시오. 목이 말라 죽겠소!"

대종도 그만하면 됐다 싶었던지 주막이 눈에 띄는 대로 이규를 데리고 들어갔다. 방 안으로 들어간 뒤 대종은 다리에 묶은 갑마를 떼고, 지전 몇 장을 꺼내 살랐다.

"그래, 어떠냐?"

지전을 살라 신행법을 푼 뒤 대종이 이규를 보고 물었다. 이규가 두 다리를 문지르며 퉁명스레 대꾸했다.

"이놈의 두 다리가 정말 내 것인지 모르겠소."

대종은 곧 비리지 않은 것으로 음식을 시켜 저녁을 먹었다. 이규는 끽소리 못하고 대종이 시켜 준 대로 따라 먹었다. 이어 물을 데운 두 사람은 발을 씻고 잠자리에 들었다.

다음 날 새벽같이 일어난 대종과 이규는 세수를 하고 아침밥을 지어 먹기 바쁘게 다시 길을 떠났다. 길 떠난 지 서너 마장 되었을까, 대종이 갑마를 꺼내며 말했다.

"아우, 오늘도 자네에게 이걸 묶어 줄 테니 천천히 가도록 하세."

"형님, 나 그거 묶지 않겠소."

한번 혼이 난 이규가 고개를 절레절레 흔들었다. 대종이 정색을 하고 나무랐다.

"너 어제 무엇이든 나의 말대로 따른다고 했지? 이 같은 큰일에 농담을 하면 못써. 만약 내 말을 듣지 않으면 오늘 밤에 너를 못 박은 듯 한곳에 잡아 둘 테다. 내가 계주에서 공손승을 찾아서 돌아온 뒤에야 놓아주지!"

그러자 이규는 겁먹은 얼굴로 소리쳤다.

"아니오, 그걸 여기 묶으시오. 나한테 묶으시라니까요!"

그걸로 보아 혼이 나기는 단단히 난 모양이었다. 대종은 이규에게 다시 두 개의 갑마를 묶고 신행법을 일으켜 계주로 달렸다. 원래 대종의 신행법은 가고 싶으면 가고 서고 싶으면 설 수 있는 것이었다. 이규가 대종이 시키는 대로 따라 주자 대종은 가는 도중 밥 먹는 시간만을 빼고는 부지런히 달렸다.

두 사람이 신행법을 쓴 덕분에 열흘도 안 되어 계주성 밖에 이를 수 있었다. 성 밖 주막에서 하룻밤을 쉰 두 사람은 다음 날 일찍 성안으로 들어갔다. 대종은 주인처럼 꾸미고 이규는 하인 행세를 하며 하루 종일 성안을 뒤졌지만 공손승을 아는 사람은 아무도 없었다. 두 사람은 어쩔 수 없이 전날 묵은 주막으로 돌아와 그날 밤을 보냈다.

다음 날 두 사람은 다시 성안을 뒤졌다. 골목골목을 이 잡듯 훑었으나 여전히 공손승의 자취는 알 길이 없었다. 화가 난 이규가 혼잣말로 욕을 퍼부었다.

"이 거지 같은 도사 놈이 도대체 어디 가 처박혀 있는지 알 수가 있어야지! 찾기만 하면 대갈통을 잡아 형님에게 끌고 가야지."

"또 그런 소릴…… 아직도 혼이 덜 났는가?"

대종이 이규를 흘기며 나직이 꾸짖었다. 이규가 웃음 섞인 넉살을 떨었다.

"천만에요. 제가 그럴 리 있습니까? 그저 한번 해 본 소리요."

그러고는 못마땅한 대로 두 번 다시 그런 말을 하지 않았다. 그날도 두 사람은 아무런 소득 없이 주막으로 돌아와 잤다.

다음 날부터 성 밖의 마을과 저잣거리를 돌며 공손승을 찾았다. 대종은 나이 든 사람만 보면 가서 절을 하며 공손승 선생의 집이 어딘가를 물었지만 아는 사람은 아무도 없었다. 그렇게 여남은 사람을 거치고 나니 벌써 점심때가 되었다. 뱃속이 출출해진 두 사람은 길에 있는 국숫집을 보고 점심을 먹으러 들어갔다. 그러나 이미 자리가 차서 앉을 곳이 없었다. 할 수 없이 길가에 서 있는 대종과 이규를 보고 점원 녀석이 다가와 말했다.

"손님들, 국수를 잡수시려면 저기 저 어른하고 함께 앉으시지요."

대종이 그 말을 듣고 점원이 가리키는 쪽을 보니 과연 늙은이 한 사람이 탁자 하나를 홀로 차지하고 있었다. 두 사람은 그 늙은이의 허락을 받고 그 맞은편 빈자리에 가 앉았다. 점원에게 국수 네 그릇을 내오게 했다. 대종이 이규를 보고 말했다.

"나는 한 그릇이면 돼. 너도 세 그릇이면 되겠지."

"아니 되오. 한꺼번에 여섯 그릇은 먹어야 되겠소."

이규가 그렇게 말하자 점원 녀석이 웃었다.

그런데 대종과 이규가 앉아 기다린 지 반나절이 되어도 국수가 나오지 않았다. 벌써 반쯤은 화가 난 이규가 앉아서 기다리지 못하고 안으로 들어가 살펴보았다. 가 보니 겨우 한 그릇의 국수가 삶아져 있었다. 국수는 먼저 늙은이 앞에 날라져 왔다. 그 늙은이는 사양하는 기색도 없이 젓가락을 들어 국수를 먹으려 했다. 늙은이가 고개를 숙이고 국수를 먹으려는데 화가 난 이규가 탁자를 치며 소리쳤다.

"이봐, 점원, 이 어르신네도 반나절이나 기다렸단 말이야!"

그 바람에 국수 사발이 튀어 올라 뜨거운 국물이 늙은이의 얼굴에 끼얹어졌다.

화가 난 늙은이가 일어나 이규의 멱살을 잡으며 꾸짖었다.

"너는 어떤 놈이기에 이토록 도리를 모르느냐? 내 국수를 쏟아 놓다니!"

이미 화가 나 있던 이규는 그 말에 대꾸도 않고 주먹부터 을러메었다. 늙은이를 때리려는 이규를 황망히 말린 대종이 늙은이에게 잘못을 빌었다.

"어르신네, 저놈을 성한 놈으로 여기지 마십시오. 어르신네의 국수는 제가 물어 드리겠습니다."

그래도 늙은이는 성난 기색을 거두지 않았다.

"손님은 모르고 하는 말이오. 이 늙은이는 갈 길이 멀어 빨리 국수를 먹고 떠나야 한단 말이오. 오늘 설법을 들으려면 늦어서는 아니 되오."

늙은이의 그 같은 말에 대종이 물었다.

"어르신네는 어디 사시는 분이십니까? 설법을 들으시다니 누구에게 듣습니까?"

"나는 이곳 계주의 구궁현(九宮縣) 이선산(二仙山) 아래에 사는 사람이오. 성안의 좋은 향을 사서 돌아가 산 위에 계시는 나 진인(眞人)의 장생불사(長生不死)에 관한 설법을 들으려 하오."

늙은이가 그렇게 대답했다. 그 말에 대종은 속으로 생각했다.

'혹시 공손승이 그곳에 있는 것이 아닐까?'

이에 대종은 얼른 늙은이에게 물었다.

"어르신, 혹시 어르신네 마을에 공손승이란 사람이 살지 않습니까?"

그러자 늙은이가 갑자기 자신 있는 표정이 되어 대답했다.

"만약 손님이 딴 사람에게 물었으면 아무도 몰랐을 거요. 그렇지만 이 늙은이는 그 사람 이웃에 살아 잘 알지. 지금 노모와 함께 살고 있는데 그 선생은 이리저리 떠돌아다니다 돌아왔소. 그때는 공손일청(公孫一淸)이라 불렀는데 지금은 성을 빼 버리고 청도인(淸道人)이라 한다오. 공손승은 그분의 속세 이름이라 아무도 모르지."

"이거야말로 쇠 신발이 닳도록 찾아다녀도 못 찾던 것을 아무 힘 들이지 않고 찾은 격이 되었구려."

대종이 그런 감탄의 소리와 함께 늙은이에게 절한 뒤 다시 물었다.

"구궁현 이선산은 여기서 얼마나 됩니까? 그 청도인은 지금 집에 있는지요?"

"이선산은 이곳에서 사십오 리쯤 되오. 청도인은 나 진인의 으뜸가는 제자이니 어찌 스승에게서 멀리 떠나 있겠소?"

늙은이의 그 같은 대답에 대종은 매우 기뻤다. 점원에게 거듭 재촉해 국수를 내오게 한 뒤 함께 먹고 값을 치렀다.

그 늙은이와 함께 국숫집을 나온 대종은 그에게서 이선산으로 가는 길을 자세히 들은 뒤에 말했다.

“어르신네께서는 먼저 가십시오. 저희들은 향과 지전을 조금 사서 곧 뒤따르겠습니다.”

그렇게 그 늙은이를 보낸 대종과 이규는 묵고 있던 주막으로 돌아가 보따리를 꾸렸다. 그리고 다리에 갑마를 묶은 뒤 주막을 떠나 구궁현 이선산으로 향했다. 대종이 신행법을 일으키니 사십오 리 길은 금방 이를 수 있었다. 구궁현에서는 다시 이선산으로 가는 길을 물어 산 아래에 이른 두 사람은 지나가는 나무꾼을 보고 물었다.

“청도인의 집이 어디에 있습니까?”

“저 산자락을 지나면 문밖에 작은 돌다리가 놓인 집이 있는데 그게 바로 청도인의 집이오.”

나무꾼이 그렇게 일러 주었다. 두 사람이 일러 준 대로 가 보니 과연 그곳에 작은 초가 한 채가 보였다. 나지막한 울타리를 둘렀는데 울타리로는 작은 돌다리가 놓여 있었다. 그 돌다리 가에 이른 두 사람은 햇과일 바구니를 들고 나오는 한 할머니와 만났다. 공손히 예를 한 대종이 물었다.

“할머니, 청도인 댁에서 나오신 것 같은데 청도인은 지금 집에 계십니까?”

“집 뒤에서 단약을 짓고 있소.”

할멈의 대답을 들은 대종은 속으로 매우 기뻤다. 이규를 돌아보며 넌지시 말했다.

"너는 저쪽 나무가 무성한 곳에 가서 기다리고 있어라. 내가 안으로 들어가서 공손승을 보게 되면 너를 부르마."

그러고는 집 안으로 들어갔다. 초가에는 세 칸의 방이 있었는데 그중 한 방문 앞에 갈대로 엮은 발이 내려져 있었다. 대종은 크게 헛기침을 해서 인기척을 냈다. 이내 머리가 하얀 할머니가 집 안에서 나왔다. 대종이 그 할머니에게 예를 올린 뒤에 물었다.

"할머님, 한마디 여쭙겠습니다. 저는 청도인을 뵈러 왔는데 계시는지요."

"당신은 누구요?"

할머니가 대답은 않고 대종의 이름부터 물었다.

"저는 대종이라 하며 산동에서 왔습니다."

그러자 할머니는 별 내색 없이 말했다.

"우리 아이는 멀리 나가고 아직 돌아오지 않았소."

"저는 청도인과 옛적부터 알고 지내던 사이입니다. 꼭 드릴 말씀이 있으니 한번 만나게 해 주십시오."

조금 전 돌다리 가에서 만난 할멈에게 공손승이 집에 있다는 말을 들은 터라 대종이 물러나지 않고 그렇게 빌어 보았다. 그러나 할머니는 여전히 잡아떼었다.

"글쎄, 집 안에 없다니까 그러시오. 내 말을 못 믿겠거든 들어가서 아이가 돌아올 때까지 기다리시오. 그러면 만나게 될 테니."

할머니가 그렇게까지 나오자 대종도 더는 어쩌는 수가 없었다.

"다음에 한 번 더 들르지요."

그렇게 말하고는 문밖으로 나왔다.

하지만 대종은 공손승의 어머니가 자기들을 따돌리고 있다는 생각을 떨쳐 버릴 수가 없었다. 좀 무례하지만 계책을 써 보기로 하고 이규를 불렀다.

"이번에는 아무래도 너를 써 먹어야겠다. 지금 저 할머니는 공손승이 집에 없다고 하지만 그런 것 같지는 않아. 이번에는 네가 가서 공손승을 찾아보되 또 없다고 하면 금방이라도 일을 벌일 듯 설치란 말이야. 그러나 공손승의 늙으신 어머니를 다치게 해서는 안 된다. 시늉만 하고 있으면 내가 가서 너를 꾸짖고 그만두게 하마."

그 말을 들은 이규는 먼저 보따리 안에서 쌍도끼를 꺼내 허리에 찬 뒤 공손승의 집 안으로 들어갔다.

"네 이놈, 나오너라."

이규는 다짜고짜로 고함부터 질렀다. 공손승의 어머니가 놀라 달려 나오며 물었다.

"누구요?"

그러나 이규의 부릅뜬 눈이며 쌍도끼에 벌써 적잖이 겁을 먹은 눈치였다.

"무슨 일이 있으십니까?"

다시 그렇게 묻기는 해도 목소리는 적잖이 떨리고 있었다. 이규가 험한 기세로 말했다.

"나는 양산박의 흑선풍이오. 송강 형님의 명을 받고 공손승을 데리러 왔소. 어서 공손승을 불러내시오. 내 눈은 속이지 못하오. 만약 공손승이 나오지 않으면 이놈의 초가에 불을 확 싸질러 버리겠소!"

그래 놓고는 다시 집 안을 향해 소리 높이 외쳤다.

"어서 빨리 나오지 못하겠느냐!"

그러자 겁을 먹은 공손승의 어머니가 달랬다.

"여보시오 호걸, 그러지 마시오. 이곳은 공손승의 집이 아니오. 청도인이란 이의 집이라우."

"어서 그를 불러내시오. 나는 그놈의 얼굴을 알고 있소. 보면 안단 말이오."

이규가 여전히 거친 기세로 소리소리 질러 댔다. 공손승의 어머니가 다시 둘러대었다.

"지금은 멀리 나가고 아직 돌아오지 않았다우."

이규는 말로 되지 않겠다 싶었던지 허리에 찬 도끼를 빼 들었다. 먼저 도끼로 초가의 벽을 한번 후려쳤다. 공손승의 어머니가 그런 이규를 말리려 했다. 그러나 이규는 금방이라도 무슨 끔찍한 일을 저지를 사람처럼 눈을 부라렸다.

"어서 빨리 아들을 불러내시오. 그렇지 않으면 당신을 죽이겠소!"

이규의 으름장은 말로 그치지 않았다. 정말로 사람을 찍을 듯 도끼를 쳐들었다. 공손승의 어머니가 놀라 물러서다 땅에 쓰러졌다.

"너무 무례하지 마시오."

그때 누군가 집 안에서 뛰어나오며 그렇게 소리쳤다. 때를 같이하여 숨어 있던 대종도 뛰쳐나오며 이규를 꾸짖었다.

"철우 이놈아, 네가 어째서 늙으신 어머니를 그렇게 놀라시게 하느냐?"

대종이 그러면서 공손승의 어머니를 일으키는 걸 보고 이규는 비로소 도끼를 거두었다. 그리고 내가 언제 그랬느냔 듯 공손히 대꾸했다.

"형님, 이상하게 생각할 것 없우. 이러지 않았다면 저 사람이 나오지 않았을 게요."

그사이 늙은 어머니를 일으켜 집 안으로 모신 공손승이 다시 나와 두 사람을 안으로 청했다. 조용한 방 안에 자리를 잡은 뒤 공손승이 두 사람을 보고 물었다.

"두 분께서는 어인 일로 예까지 찾아오셨소?"

"형님이 산채에서 내려가신 뒤 저는 형님을 찾아 계주를 한번 샅샅이 뒤진 적이 있습니다. 그러나 형님을 찾지는 못하고 다른 호걸들만 한 떼 만나 산채로 데려갔지요. 이번에 내려온 것은 급한 일이 생겨서입니다. 송공명 형님이 시진을 구하려고 고당주로 갔다가 지부 고렴에게 애를 먹고 있습니다. 그놈이 요술을 부리는 바람에 세 번이나 싸움에 지고 어찌할 줄 몰라 하다 저더러 이규와 함께 가 형님을 찾아오라 한 겁니다. 저희들은 이번에도 계주를 이 잡듯 뒤졌지만 형님의 거처를 모르다가 우연히 어떤 국숫집에서 이곳에 사는 늙은이 하나를 만나 형님 계신 곳을 알고 예까지 이르렀습니다. 오는 길에 만난 촌 할머니는 형님이 집에서 단약을 짓고 있다고 일러 주더군요. 그런데 늙으신 어머니께서는 없다고 잡아떼시니 하는 수 없이 이규를 써서 형님이 나오게 만든 것입니다. 어머님을 놀라게 한 죄 너그러이 용서하시고 저희들의 청을 들어주십시오. 지금 송공명 형님은 고당주에서 하루가 한 해같이 형님이 오시기만을 기다리고 있습니다. 되도록이면 빨리 그리로 가시어 한번 맺은 의가 끝까지 가는 아름다움을 보여 주시기 바랍니다."

대종이 그렇게 길게 그곳까지 오게 된 경위를 말했다. 듣고 난 공손승이 난처한 표정을 짓다가 천천히 입을 열었다.

"빈도(貧道)는 젊었을 적에 강호를 떠돌며 여러 호걸과 사귄 적이 있었소. 그러나 양산박을 떠나 고향으로 돌아오게 된 데는 까닭이 있소. 첫째는 어머님이 늙어 가시는데 나 말고 따로이 모실 만한 자식이 없는 것이요, 둘째는 나의 스승 나 진인 아래 머물면서 도를 닦기 위함이었소. 그러자니 산채의 옛 친구들이 다시 나를 데리러 올까 걱정이 되더구려. 이름을 일부러 청도인으로 바꾸고 이곳에 숨어 산 것도 모두가 그 때문이었소."

그러나 공손승은 이미 예전의 거친 호걸이 아니었다. 그사이 지긋한 도인이 다 되어 있었다. 공손승이 쉽사리 따라나설 것 같지 않다는 느낌에 다급해진 대종의 목소리가 절로 사정조가 되었다.

"지금 송공명은 아주 위급한 지경에 빠져 있습니다. 형님께서 불쌍히 여기시어 한번만 가 주십시오."

"그렇지만 늙으신 어머님을 돌봐 줄 이가 없고 스승님께서도 나를 보내 주지 않을 게요. 아무래도 가기 어렵겠소."

공손승은 여전히 차분한 목소리로 거절의 뜻을 나타냈다. 대종이 두 번 세 번 절을 하며 그런 공손승에게 매달렸다. 공손승은 대종이 절까지 올리자 그를 부축해 일으키며 말했다.

"이러지 마시고 그 일은 다시 한번 의논해 보도록 합시다."

아마도 대종의 정성에 조금 마음이 흔들린 듯했다.

공손승은 대종과 이규를 방 안에 앉혀 놓고 나가더니 고기 없는 술과 밥을 차려 내와 그들을 대접했다. 음식을 먹은 뒤에 대종이 다시 간곡한 목소리로 빌었다.

"만약 형님께서 가지 않으시면 송공명은 고렴에게 사로잡히고 말 것입니다. 그리되면 산채고 대의고 모두가 끝장입니다!"

그러자 공손승도 마지못한 듯 말했다.

"그렇다면 스승님께 한번 여쭤 보겠소. 만약 스승님께서 허락하시면 한번 가 보도록 합시다."

돌아온 공손승

"그럼, 얼른 가서 스승님께 여쭈어 보십시오."

혹시라도 공손승의 마음이 변할까 두려워 대종이 그렇게 재촉했다. 그러나 공손승은 별로 서두르는 기색이 없었다.

"오늘은 마음 편히 여기서 쉬십시오. 내일 아침 일찍 갔다 오겠습니다."

"저쪽에 있는 송공명은 하루가 일 년 같은 기분으로 기다리고 있습니다. 번거롭지만 한시라도 빨리 떠날 수 있게 지금 당장 스승님께 여쭈어 보도록 하십시오."

대종이 다시 그렇게 졸랐다. 그러자 공손승도 어쩔 수 없다는 듯 대종과 이규를 데리고 집을 나섰다. 때는 이미 가을도 다해 겨울로 접어든 터라 밤은 길고 낮은 짧았다. 세 사람이 이선산을 반도 오르기 전에 붉은 해는 서산으로 기울었다. 빽빽한 소나무 사이에 난 한 가닥 길을 따라 나 진인이 있는 도관(道觀)에 이르니 처마에 걸린 편액에는 자허관(紫虛觀) 세 글자가 붉은 바탕에 금빛으로 쓰여 있었다.

세 사람은 도관 앞에서 다시 한번 옷차림을 단정히 하고 낭하로 들어섰다. 나 진인이 거처하는 송학헌(松鶴軒)에 이르니 두 명의 동자가 나와 공손승을 맞아들이는 한편 나 진인에게도 알렸다. 오래잖아 나 진인으로부터 세 사람 모두 들어오라는 분부가 떨어졌다.

공손승은 대종과 이규를 데리고 송학헌 안으로 들어갔다. 마침 나 진인은 제례를 끝내고 침상에 앉아 쉬고 있는 중이었다. 공손승은 그런 나 진인에게 예를 표한 뒤 허리를 굽히고 길게 읍했다. 대종은 나 진인의 위엄에 눌렸는지 황망히 절을 했지만 이규는 번쩍이는 눈으로 나 진인을 쏘아볼 뿐이었다.

나 진인은 공손승에게 물었다.

"저 두 사람은 어찌하여 왔는가?"

"이들은 제자가 일찍이 스승님을 떠나 산동을 떠돌 때 의를 맺은 친구들입니다. 지금 고당주의 지부 고렴이 요술을 부리는 바람에 어려움에 빠져 송강 형이 이들을 보내 저를 부르고 있습니다. 그러나 함부로 따라나설 수가 없어 스승님께 여쭤 보려고 온 것입니다."

공손승이 매우 어려워하는 태도로 가만가만히 스승의 물음에 답했다. 나 진인이 은근히 나무람 섞인 말투로 다시 물었다.

"일청은 이미 시끄러운 세상일에서 떠나 장생(長生)의 도를 닦기로 작정한 사람이 아닌가? 그런데 어찌하여 또다시 속세의 일에 마음이 끌려 하는가?"

그때 곁에 있던 대종이 다시 나 진인에게 절을 올리며 빌고 들었다.

"잠시만 공손 선생의 하산을 허락해 주십시오. 고렴을 쳐부순 뒤에는 즉시 이곳으로 돌려보내 드리겠습니다."

그러나 나 진인의 응답은 차갑기만 했다.

"이미 집을 떠나 도를 닦는 사람은 그런 일에 끼어들지 않는다는 걸 두 분은 어찌 모르시오? 이만 내려가서 따로 궁리를 내보도록 하시오."

그렇게 되자 공손승은 어쩔 수 없다는 듯 두 사람을 데리고 송학헌을 나왔다. 도관을 나서 밤길로 산을 내려가다가 이규가 불쑥 물었다.

"그 늙은 선생이 뭐라던가요?"

"너는 귀도 없느냐? 같이 있어 놓고 무슨 말인지 알아듣지 못했어!"

대종이 불편한 속을 그렇게 드러냈다. 그리고 이규가 못마땅한 듯 불퉁거리자 떠먹여 주듯 차분히 일러 주었다.

"한마디로 말해서 공손 형의 스승님은 가지 말라고 하는 거야."

그런 대종의 말에 이규가 대뜸 소리를 내질렀다.

"우리 두 사람이 그렇게 먼 길을 걷고 고생을 해 찾아냈는데 무슨 개수작이야! 만약 이 어르신네를 화나게 하면 그 늙은 도적

놈의 상투를 끌어서라도 산 밑으로 끌어내리고 말겠소."

그제야 대종이 놀란 눈으로 이규를 보며 꾸짖었다.

"너 이놈, 또 한 번 못에 박힌 듯 서 있어 보고 싶으냐? 그게 무슨 말버릇이야?"

한번 혼이 나 본 이규가 엄살 섞어 웃으며 꽁무니를 뺐다.

"아니, 천만에요. 제가 감히 어찌…… 그저 한번 해 본 소리유."

이규의 그 같은 말에 대종과 공손승도 웃지 않을 수 없었다. 오래잖아 공손승의 집으로 되돌아온 세 사람은 저녁밥을 차려 먹었다. 그런데 알 수 없는 것은 이규였다. 먹성 좋은 그가 무언가 골똘한 생각에 잠겨 밥을 먹지 않는 것이었다. 공손승은 이규가 걱정이 돼서 그런 줄 알고 좋은 말로 달랬다.

"오늘 하룻밤만 지내 봅시다. 내일 다시 스승님께 가서 말씀드려 보지요. 스승님의 허락만 떨어지면 곧 떠날 수 있습니다."

이규는 여전히 대답이 없고, 대종은 걱정되는 대로 떠날 채비를 했다. 대강 보따리를 싸고 난 뒤 대종은 이규를 데리고 조용한 방으로 가 잠을 청했다.

그날 밤이었다. 이규는 새벽이 가깝도록 잠을 이루지 못하고 몸을 뒤척이다 가만히 일어났다. 대종에게로 엉금엉금 기어가 귀를 기울이는 게 그가 잠들었나를 확인하는 눈치였다. 그때 대종은 코를 골며 깊은 잠에 빠져 있었다.

'뭐 이런 자식이 있어. 너는 원래 우리와 같이 산채에서 지내던 놈 아니냐? 스승께 물어본다고? 그렇지만 내게는 잘 드는 도끼가 있다. 스승인지 나발인지 그 늙은것을 쪼개 버리면 누구에게

가서 허락을 받고 자시고 한단 말이냐?'

이규는 속으로 그렇게 중얼거렸다. 공손승을 두고 하는 소리였다. 이어 이규는 속으로 생각했다.

'내가 그 늙은것을 죽여 버리면 내일 아침 허락이 떨어지지 않는다 해도 송강 형님의 큰일을 망치는 일은 없을 게 아닌가. 안 되겠다. 그 늙은 도사 놈을 죽여 공손승이 물을 곳이 없게 해 놔야지. 그러면 제가 우리와 같이 아니 가고 배겨?'

생각이 그렇게 정해지자 이규는 망설일 것 없이 쌍도끼를 꺼내 들고 일어났다. 가만히 방문을 열고 나오니 달빛과 별빛이 아울러 밝은 새벽이었다. 이규는 뛰듯이 걸어 자허관 앞에 이르렀다. 대문은 잠겨 있었으나 담은 그리 높지 않았다. 이규는 훌쩍 몸을 날려 담을 넘은 뒤 대문을 열어 두고 안으로 들어갔다. 송학헌 앞에 이르니 누군가가 경문을 외는 소리가 창밖으로 흘러나왔다. 이규가 살금살금 기어가 문종이를 찢고 방 안을 들여다보니 나 진인이 혼자 앉아 있었다. 방 안의 광경은 모든 게 낮에 본 그대로였는데 다만 탁자 위에 켜진 두 자루의 촛불만이 다를 뿐이었다. 나 진인은 그 촛불에 의지해 무언가를 외고 있었다.

'이 늙은 도사 놈아, 이제 너는 죽었다.'

이규는 속으로 그렇게 웅얼거리며 문을 열고 뛰어들어가 대뜸 도끼로 나 진인의 머리통을 쪼개 버렸다. 이상하게도 나 진인의 몸에서는 붉은 피가 아닌 흰 피가 쏟아졌다. 그러나 이규는 겁내기는커녕 오히려 비웃었다.

"보아하니 이 늙은것이 평생을 숫총각으로 지낸 모양이구나.

몸에 고인 양기를 내쏟지 않아서 피가 이 모양이 된 게지. 붉은 빛이라고는 한 점도 없구나."

그리곤 다시 나 진인의 시체를 자세히 들여다보았다. 머리에 쓴 관은 반으로 쪼개져 있고 목은 몸에서 떨어져 나가 방바닥을 뒹굴었다.

"이 늙은것을 없앴으니 이제 공손승이 간다 아니 간다 망설일 것도 없겠지."

이규는 그렇게 내뱉고는 몸을 돌려 송학헌을 나왔다. 그런데 미처 낭하를 다 빠져나오기도 전이었다. 푸른 옷을 입은 동자 하나가 길을 막으며 소리쳤다.

"네놈이 우리 스승님을 죽여 놓고 어디로 달아나려느냐!"

"이 새끼 도사 놈아, 너도 어디 도끼 맛 한번 봐라!"

이규는 그 한마디와 함께 손에 들고 있던 도끼를 그대로 내리쳤다. 동자의 목 또한 머리통에서 떨어져 낭하를 굴렀다. 이규가 낄낄거리며 소리쳤다.

"기분 한번 시원하구나."

그러고는 한달음에 자허관을 뛰쳐나와 산 아래로 내려갔다.

공손승의 집으로 돌아온 이규는 가만히 문을 열고 들어가 다시 빗장을 채워 둔 뒤 대종이 누워 자는 방 안으로 들어갔다. 이규가 귀를 기울여 보니 대종은 아직도 깊은 잠에 빠져 있었다.

이규는 살금살금 대종 곁으로 기어가 누웠다.

날이 밝자 공손승이 일어나 아침밥을 차려 왔다. 이규와 함께 밥상을 받고 난 대종이 공손승에게 말했다.

"다시 한번 저희 두 사람과 함께 산으로 올라가 진인에게 허락을 청해 봅시다."

그 말을 들은 이규는 입술을 깨물면서 찬웃음을 지었다. 공손승은 대종의 말대로 그들 두 사람을 데리고 다시 산 위로 올라갔다. 자허관에 이른 공손승은 송학헌으로 들며 마중 나온 두 동자에게 물었다.

"진인께서는 어디 계시냐?"

"진인께서는 지금 자리에 앉으셔서 양성(養性)하고 계십니다."

이규는 그 말에 깜짝 놀랐다. 길게 늘어난 목이 한나절이 지나도록 움츠러들지 못했다. 세 사람이 발을 걷고 안으로 들어가 보니 나 진인은 자리에 단정히 앉아 있었다.

'내가 어젯밤에 사람을 잘못 죽였나?'

이규는 속으로 그렇게 중얼거리며 뚫어지게 나 진인을 살펴보았다. 그러나 나 진인은 이규를 본 척 만 척하며 누구에게랄 것도 없이 물었다.

"그대들 세 사람은 또 무슨 일로 왔는가?"

대종이 떨리는 목소리로 대답했다.

"스승님께서는 부디 자비를 베푸시어 어려움에 빠진 여럿을 구해 주십시오. 공손승이 산을 내려가는 걸 허락해 주시면 그 은혜 길이 잊지 않겠습니다."

그러자 나 진인은 비로소 이규에게 눈길을 돌리며 대종에게 물었다.

"저 시커멓고 몸집 큰 사내는 누군가?"

"제 의형제로서 이규라고 합니다."

대종이 얼떨떨해 그렇게 대답했다. 진인이 빙긋이 웃으며 말했다.

"내 원래 공손승을 보내지 않으려 했으나 저 사람의 낯을 보아 한번 보내 주겠네."

그 말에 대종은 기뻐 어찌할 줄 모르며 나 진인에게 거듭 절을 올려 감사하고 이규에게도 감사를 드리게 했다. 이규는 또한 얼떨떨한 중에도 속으로 생각을 굴려 보았다.

'이 늙은것이 내가 저를 죽이려 한 줄 알았더라면 이런 소리는 못할 게다.'

그때까지도 이규는 자신이 사람을 잘못 죽인 것으로만 안 것이었다. 이어 나 진인이 말했다.

"내가 그대들 세 사람을 한달음에 고당주로 갈 수 있게 해 주겠다. 어떠냐?"

한시가 급한 마당에 나 진인이 그렇게 말하자 세 사람은 기쁘지 않을 수 없었다. 나 진인만 한 신통력이 있으면 빨리 싸움터로 돌아가 송강을 도울 수 있게 되기 때문이었다. 특히 대종은 세 사람 중에서 가장 기대가 컸다.

'나 진인 같은 분이시라면 나의 신행법보다 훨씬 높은 신통력이 있겠지.'

그런 짐작에 가슴까지 설레었다. 진인은 곧 동자를 시켜 수건 석 장을 가져오게 했다. 대종이 궁금함을 못 참고 물었다.

"감히 여쭙겠습니다만, 어떻게 하여 저희를 그토록 빨리 고당주로 보내 줄 수 있으십니까?"

그러자 진인이 몸을 일으키며 말했다.

"모두 나를 따라오너라."

이에 세 사람은 나 진인을 따라 도관 밖에 있는 큰 바위 위로 올라갔다. 나 진인이 먼저 붉은 수건 한 조각을 펴 놓고 말했다.

"여기에는 일청이 타라."

그 말에 공손승이 그 수건을 받았다. 나 진인이 소매를 떨치며 소리쳤다.

"떠올라라!"

그러자 그 수건은 한 조각 붉은 구름으로 변해 공손승을 태운 채 허공으로 떠오르기 시작했다. 공손승을 태운 구름이 산 위에서 스무남은 길쯤 떠오른 걸 보고 다시 소리쳤다.

"서라!"

그러자 그 붉은 구름은 공중에 꼼짝 않고 떠 있었다. 진인은 다시 푸른 수건 한 조각을 펴고 그 위에 대종이 서게 했다. 공손승 때처럼 떠오르라 소리치자 그 수건은 한 조각 푸른 구름으로 변해 대종을 태운 채 공중으로 떠올랐다. 그 두 개의 붉고 푸른 기운이 나란히 공중에 떠올라 있는 걸 쳐다본 이규는 놀라 얼이 빠졌다.

나 진인이 길 위에다 이번에는 하얀 수건을 펴고 이규를 불렀다. 그 수건 위에 올라서라는 나 진인의 말에 이규가 비웃듯 말했다.

"무얼 하시려는 거요? 만일 발을 헛디뎌 떨어지기라도 하는 날에는 묵사발이 될 텐데."

"너는 저 두 사람이 보이지 않느냐?"

나 진인이 먼저 떠오른 공손승과 대종을 상기시키면서 말했다. 그제야 이규도 마지못해 수건 위로 올라섰다. 나 진인이 다시 주문을 외웠다.

"떠라!"

그러자 그 수건은 한 조각 흰 구름이 되어 날기 시작했다. 이규가 놀라고 겁먹은 소리로 외쳤다.

"아이쿠, 이거 겁나서 안 되겠소. 나를 놓아주시오."

하지만 나 진인은 아무 대답 없이 오른손을 들어 한번 휘저었다. 대종과 공손승이 탄 푸르고 붉은 구름이 가만히 땅바닥으로 내려왔다. 대종이 나 진인에게 감사하며 구름에서 내려 진인의 오른편에 서고 공손승은 왼편에 섰다. 혼자서만 공중 높이 선 이규가 소리쳐 댔다.

"아이쿠, 나 죽는다. 만약 나를 내려 주지 않으면 대가리가 터지더라도 아래로 뛰어내리고 말겠소."

"나는 출가한 사람으로서 일찍이 너를 괴롭힌 적이 없거늘 너는 어찌하여 한밤중에 담을 넘어 들어와 나를 죽이려 했느냐? 도끼로 나를 쪼갰으니 만약 내가 도력(道力)이 얇았다면 죽고 말았을 게다. 게다가 너는 또 나를 시중드는 아이까지도 죽이지 않았느냐?"

갑자기 나 진인이 엄한 목소리가 되어 이규를 꾸짖기 시작했다.

"그건 내가 아니오. 그게 꼭 나라고 어찌 안단 말이오?"

이규가 그렇게 잡아뗐지만 아무 소용이 없었다. 나 진인이 못 들은 척 껄껄 웃으며 이규를 나무랐다.

"비록 네가 쪼갠 것은 호리병 두 개였을 뿐이지만 그 심보가 매우 고약하다. 이번에 어디 혼 좀 나 봐라."

그러고는 손을 휘저으며 주문을 외웠다.

"가라!"

나 진인의 그 같은 외침이 떨어지기 바쁘게 한 줄기 거센 바람이 불더니 이규가 탄 구름을 둥실 띄웠다. 그런 이규 곁에는 두 명의 누런 두건을 쓴 역사(力士)가 이규를 꼼짝 못하게 붙잡고 있었다. 귓가에는 비바람 소리만 가득하고 발 아래는 집과 나무들이 줄 잇듯 잇대어 지나가는데 구름과 안개가 자욱해 도대체 어디로 가는지 알 수가 없었다. 반나마 얼이 빠진 이규는 손만을 허우적거리며 몸부림을 쳤으나 구름이 바람에 몰려가는 대로 이끌려 갈 수밖에 없었다.

그렇게 얼마나 갔을까, 갑자기 시끌벅적한 소리가 들리더니 이규는 그대로 공중에서 땅바닥에 패대기쳐졌다. 바로 계주부의 관아 대청 앞마당이었다.

때마침 부윤 마사홍(馬士弘)은 대청에 여러 관원들을 모아 놓고 일을 보고 있었다. 갑자기 하늘에서 시커멓고 몸집이 큰 사내가 떨어지자 모두 놀라지 않을 수 없었다. 마사홍이 좌우를 돌아보며 소리쳤다.

"어서 저놈을 잡아 오너라."

그 말에 거기 있던 여남은 명 포졸들이 우르르 달려가 이규를 끌고 부윤 앞으로 갔다. 부윤이 끌려온 이규를 보고 소리쳐 물었다.

“너는 어디서 온 요사스러운 인간이냐? 어떻게 하여 하늘에서 떨어졌느냐?”

하지만 이규는 당장 대답할 처지가 못 되었다. 높은 하늘에서 떨어지는 바람에 머리는 터지고 얼굴은 찢어졌으며 제정신이 아니었다. 이규가 한동안이나 제대로 대답조차 못하고 멍하니 있는 걸 보고 마 부윤이 중얼거렸다.

“이놈은 틀림없이 요인(妖人)이다.”

그러고는 좌우를 돌아보며 소리쳤다.

“가서 요술을 깨뜨리는 물건들을 가져오너라.”

지부의 명에 옥졸이며 절급들이 이규를 땅바닥에 엎어 놓고 한 우후가 가져온 개의 피 한 독을 뒤집어씌웠다. 또 다른 우후는 한 통의 똥오줌을 가져다가 이규의 머리끝부터 발끝까지 뒤집어씌웠다. 모두가 당시에는 요술을 깨뜨릴 수 있는 비법으로 여겨지던 것들이었다. 이규는 입 안이며 귓속까지 개의 피와 똥오줌이 차 소리쳤다.

“나는 요인이 아니다. 나 진인의 제자다!”

계주 사람들은 모두가 나 진인을 살아 있는 신선으로 우러르고 있었다. 따라서 이규의 그 같은 외침에 더는 손찌검을 하지 않고 다시 그를 대청 앞으로 끌고 갔다. 한 관원이 부윤을 보고 아뢰었다.

“계주의 나 진인은 천하에 널리 이름이 알려진 살아 있는 신선

이십니다. 그분을 따르는 사람이라면 함부로 손댈 수 없습니다."
"나는 많은 책을 읽고 지금과 옛날의 갖가지 일을 들은 적은 있지만 신선이 저 같은 제자를 두었다는 말은 들어 보지 못했다. 저놈은 틀림없이 요인이다. 여봐라! 어서 저놈을 매우 쳐라."
부윤이 눈도 깜짝 않고 그렇게 받았다. 다시 옥졸들의 사정없는 매질이 시작되었다. 아무리 범 같은 이규라고 하지만 묶인 몸에 쏟아지는 매는 견뎌 낼 재간이 없었다. 끝내는 부윤이 원하는 대로 자백하고 말았다.
"그렇습니다. 저는 이이(李二)라고 하는 요인입니다."
그나마도 이름을 바로 대지 않은 게 용할 정도였다. 그 자백이 있자 이규는 곧 큰칼을 쓰고 감옥에 던져졌다. 자기가 던져진 감옥이 죽을죄를 지은 죄수들이 갇히는 감옥임을 알아본 이규가 뒤늦게 반항을 했다.
"나는 치일신장(值日神將)이다. 어찌 내게 칼을 씌우느냐? 너희 계주 놈들을 모조리 죽여 버리겠다!"
옥졸이며 절급들은 모두가 다 나 진인의 덕이 높고 도술이 신통함을 잘 알고 있었다. 이규의 그 같은 고함에 은근히 켕기는 데가 있는지 모두 몰려와서 물었다.
"당신은 정말로 누구요?"
"나는 나 진인을 따르는 치일신장으로서 한때의 실수로 진인의 노여움을 사 이곳에 오게 되었다. 진인께서는 나를 혼내 주기 위해 이렇게 하셨지만 사흘 안으로 나를 구해 내실 것이다. 네놈들이 술과 고기로 나를 잘 대접하지 않으면 네놈들은 물론 모든 가족까지 죽게 될 것이다."

자신의 말이 먹혀 들어가는 것을 보고 이규가 그런 엄포까지 놓았다. 옥졸과 절급들은 그 말에 더욱 겁을 먹고 술과 고기를 사 가지고 와 이규를 대접했다. 이규는 그들이 겁을 먹는 걸 보고 한층 더 신이 났다. 계속해 허풍을 떨어 대자 그들은 더운물을 가져와 이규를 목욕시키고 새 옷까지 갈아입혀 주었다.

"만약 앞으로 한 끼라도 술과 고기가 떨어지는 날이면 나는 당장 이곳에서 날아 나가 네놈들을 혼내 줄 테다!"

이규는 그렇게 떠벌리면서 계주의 감옥에서 어렵잖게 지냈다.

한편 나 진인은 이규를 그 지경으로 만든 뒤에야 대종에게 자세한 까닭을 설명했다. 대종은 나 진인에게 엎드려 이규를 구해 주기를 간곡히 빌었다. 나 진인은 대종을 도관에 묵게 하고 양산박의 일을 자세히 물었다. 대종은 조 천왕과 송공명이 의를 위해 재물을 아끼지 않고 하늘을 대신해 도를 행하는 사람임을 밝히고 결코 충신열사에 뒤지지 않음을 아뢰었다. 그 밖에 뛰어난 효자와 훌륭한 남편, 절개 있는 아내 등 수많은 인재들이 양산박에 있음을 말하자 나 진인도 말없이 듣고만 있었다.

그럭저럭 닷새가 지났다. 대종은 매일 나 진인을 찾아뵙고 이규를 구해 주기를 빌었다.

"그런 인간은 없애는 게 낫겠네. 함께 데리고 돌아갈 생각은 말게."

대종의 호소에 나 진인은 냉담하기만 했다. 대종이 더욱 간곡하게 빌었다.

"진인께서는 모르십니다. 이규란 자는 비록 어리석고 무례하나 좋은 점도 많습니다. 첫째로 그는 정직하고 욕심이 없어 작은 것이라도 남의 것을 빼앗는 법이 없습니다. 둘째로는 남에게 아첨하지 않아 비록 죽는 한이 있더라도 한번 바친 충성은 바꾸지를 않습니다. 세 번째로 그는 음탕하지도 않고 사심이 없으며 재물을 탐해 의를 저버린 일도 없습니다. 또 싸움터에서는 용감하여 언제나 앞장을 서는 호걸이지요. 그런 까닭에 송공명은 몹시 그를 아낍니다. 만약 그 사람을 데리고 가지 않으면 저도 송공명 형님을 다시 볼 낯이 없습니다."

그제야 나 진인이 빙긋이 웃으며 말했다.

"실은 나도 이규가 상계(上界)의 천살성(天殺星)임을 알고 있네. 세상 사람들이 하도 죄를 많이 지어 하늘이 그를 내려보내 그런 세상 사람들을 죽이려 함이니 내 어찌 그런 하늘의 뜻을 거역하고 그 사람을 죽일 수 있겠는가? 지금은 한번 그를 다듬고 있을 뿐이네. 곧 불러 자네에게 돌려주지."

대종은 그런 진인 앞에 엎드려 두 번 세 번 절을 하며 감사를 드렸다. 나 진인이 가만히 눈을 감고 있다가 문득 좌우를 돌아보며 물었다.

"역사(力士)들은 어디에 있는가?"

그러자 송학헌 앞에서 한바탕 바람이 일더니 바람이 지나간 곳에 한 사람의 누런 두건을 쓴 역사가 나타나 나 진인 앞에 허리를 굽혔다.

"스승님께서는 어떤 분부가 있으신지요?"

그렇게 묻는 역사에게 나 진인이 일렀다.

"전에 내가 너에게 계주로 잡아가게 한 자는 이제 충분히 그 죗값을 치렀으므로 데려오기 바란다. 어서 계주의 감옥으로 가서 되도록이면 그를 빨리 데려오너라."

그 말에 바람같이 사라진 역사는 한 시진도 안 되어 이규를 데려와 하늘에서 떨어뜨렸다. 대종이 반갑게 달려 나와 이규를 부축하며 물었다.

"아우, 이 며칠 어디 가 있었나?"

이규는 그런 대종에게는 대꾸도 않고 먼저 나 진인 앞에 넙죽 엎드려 절부터 올렸다.

"어르신네, 이 철우란 놈이 정말로 몹쓸 짓을 했습니다요."

단단히 혼이 난 이규가 그렇게 빌고 들자 나 진인이 엄숙히 받았다.

"앞으로 너는 네 흉포한 성미를 죽이고 힘을 다해 송공명을 도와주어라. 조금이라도 딴마음을 먹어서는 아니 된다."

"어르신네는 저의 친아버님과도 같은 분이십니다. 어찌 그 말씀을 어기겠습니까?"

이규가 연신 고개를 조아리며 그렇게 다짐했다. 대종이 다시 물었다.

"자네는 이 며칠 어디에 가 있었나?"

그제야 이규가 그동안 고생한 일을 말했다.

"나는 그날 바람에 날리어 똑바로 계주성 관아 마당에 떨어졌우. 그러자 관원이며 군졸들이 우르르 달려와 나를 묶고 지부란 놈은 나를 요인이라고 하면서 졸개들을 시켜 개 피니 똥오줌이니를 내게 뒤집어씌웠우. 어디 그뿐이오? 두 다리의 살이 헤어지도록 매질을 한 뒤에 감옥에 내던지더군요. 하지만 감옥 안에서는 견딜 만했우. 옥졸들이 와 어디서 온 신장(神將)이기에 하늘에서 굴러떨어졌느냐고 묻더군요. 나는 나 진인을 따르는 치일신장으로 작은 잘못을 저질러 벌을 받고 있는데 사흘 안으로 구함을 받게 될 거라고 이야기해 주었수다. 그 바람에 한차례 매질을 당해도 술이야 고기야 먹는 것은 푸짐했다오. 게다가 겁을 먹은 놈들이 목욕을 시키고 옷까지 갈아입혀 주었지. 오늘도 감옥 안에서 술이며 고기며 신나게 퍼먹고 있는데 하늘에서 한 사람 누런 두건을 쓴 역사가 와서 칼을 풀어 주고 눈을 감으라 합디다. 그래서 시키는 대로 했더니 꿈속같이 이곳으로 되돌아왔구려."

"우리 스승님께서는 그런 역사를 천 명이 넘게 거느리고 계시네. 모두가 스승님의 일꾼들이지."

듣고 있던 공손승이 이규에게 조용히 일러 주었다. 이규가 공손승을 원망하듯 말했다.

"정말 살아 있는 신선 같은 분이시군요. 그런데 내게는 왜 진작 말해 주지 않았소. 그랬으면 내가 그따위 짓은 안 했을 거 아니오!"

대종이 다시 나 진인에게 두 번 절하며 간곡히 빌었다.

"제가 이곳에 온 지도 이미 여러 날이 되었습니다. 고당주의 우리 군마가 매우 위급한 지경에 있으니 바라건대 스승님께서는 자비를 베푸시어 공손승이 그리로 가도록 허락해 주십시오. 가서 송공명 형님을 구하고 고렴의 군사를 깨뜨린 후에는 이내 돌려 보내 드리겠습니다."

나 진인도 더는 고집을 부리지 않았다.

"나는 원래 공손승을 보내려 하지 않았지만 이제 그대들의 대의가 무거움을 보아 한번 다녀오도록 허락하겠네. 그러나 내가 하는 말을 반드시 기억해 지켜 주기를 바라네."

그러고는 공손승을 돌아보면서 일렀다.

"얘야, 지금까지 네가 배운 것만도 고렴만큼은 될 것이다만 이제 특히 너에게 한 가지 더 가르쳐 주겠다. '오뢰천심정법(五雷天心正法)'이라고 하는 법술인데, 그걸 쓰면 송강을 구할 수 있을 것이다. 나라를 지키고 백성을 편안하게 하며 하늘을 대신해 도를 행하는 데 소홀함이 없게 하라. 너의 늙은 어미는 내가 보살펴 줄 테니 걱정하지 않아도 된다. 너는 원래 천간성(天間星)의 운수를 타고 난 사람이라 이렇게 가는 걸 허락하는 바이니 부디 지금까지 도를 닦던 마음을 잃지 말고 사람들의 욕심에 흔들리어 네 큰일을 그르침이 없게 하라."

이에 공손승은 나 진인 앞에 꿇어앉아 오뢰천심정법의 비결을 전수받았다.

공손승은 새 법술을 다 배우기 바쁘게 대종과 이규를 데리고 나 진인에게 작별을 고했다. 함께 도를 닦던 사람들과도 작별한 뒤 집으로 돌아가 곧 길 떠날 채비를 했다. 두 자루 보검을 챙기고 도사의 복장에 쇠로 된 관을 쓴 뒤 늙은 어미에게도 절하고 작별했다.

“제가 먼저 가서 송강 형님께 이 소식을 전하겠습니다. 선생은 이규와 함께 큰길로 천천히 뒤따라오십시오. 나중에 만나 뵙겠습니다.”

“그것참 생각 잘했소. 아우님이 먼저 가서 소식을 알리면 우리도 곧 뒤따라가도록 하지요.”

공손승이 선뜻 그렇게 받았다. 대종은 앞서 떠나기 전에 이규를 불러 당부했다.

“오는 길에는 조심해서 공손 형님을 모셔야 한다. 혹시라도 어긋남이 없게 하라.”

“그분은 나 진인과 마찬가지로 법술을 아는 분이오. 내가 어찌 감히 가볍게 모실 리 있겠소?”

이규가 그렇게 받았다. 나 진인에게 혼이 난 것이 아직도 효험을 발휘하고 있는 셈이었다.

대종은 곧 두 다리에 갑마를 매고 신행법을 일으켜 사라졌다. 대종이 떠나간 뒤 공손승과 이규는 구궁현을 벗어나기 바쁘게 큰길로 접어들었다. 오래잖아 해가 저물어 두 사람은 곧 주막을 찾아 쉬었다. 이규는 나 진인의 법술에 잔뜩 겁을 먹은 터라 공손승에게도 그지없이 고분고분했다.

두 사람이 길 떠난 지 사흘째 되던 날이었다. 무강진(武岡鎭)이란 곳에 이르러 보니 제법 번잡한 저잣거리였다. 공손승이 이규를 보고 말했다.

“이틀이나 쉬지 않고 걷느라고 매우 피곤할 테니 어디 가까운 객점에라도 들러 고기 없는 술이나마 한잔씩 하고 가세.”

"그거 좋지요."

술이란 말에 귀가 번쩍 띈 이규가 얼른 그렇게 대답했다. 두 사람은 곧 길가에 있는 작은 술집으로 들어갔다. 공손승은 윗자리에 앉고 이규는 지고 있던 보따리를 벗은 뒤 아랫자리에 앉았다. 공손승이 술집 일꾼을 불러 술과 나물 안주를 시켰다.

"여기서 점심도 사 먹을 수 있소?"

술과 안주를 시킨 뒤 공손승이 다시 그렇게 덧붙여 묻자 술집 일꾼이 대답했다.

"저희 집에서는 술과 고기는 팝니다만, 고기 없이 점심만 팔지는 않습니다. 길거리에 나가면 대추 떡 파는 데가 있습죠."

그러자 이규가 몸을 벌떡 일으키며 말했다.

"제가 가서 그걸 좀 사 오겠습니다."

이규는 그 말과 함께 보따리에서 동전을 몇 푼 꺼내 길거리로 나갔다.

이규는 어렵지 않게 떡집을 찾아 대추 떡 한 봉지를 샀다. 그런데 이규가 공손승이 기다리는 주막으로 막 가려던 참이었다. 길가에 사람들이 모여 갈채를 보내는 소리가 들렸다.

"대단한 힘이로구나!"

이규가 그 소리에 돌아보니 한 떼의 사람들이 한 몸집 큰 사내를 둘러싸고 있는데, 그 사내는 참외만 한 쇳덩이가 달린 철퇴를 잡고 있었다. 힘쓰는 일이라면 그냥 지나갈 수 없어 이규는 걸음을 멈추고 그 사내를 살폈다. 키는 일곱 자가 넘고 얼굴은 마마를 앓았는지 곰보인데 콧등은 넓적했다. 이규는 다시 그 사내가 들고 있는 철퇴를 살폈다. 서른 근은 넘어 보였다. 사내가 갑자기 철줄을 휘둘러 길가에 있는 돌을 후려쳤다. 돌 한 머리가 부서져 가루를 날리자 구경꾼들이 다시 떠들썩하게 갈채를 보냈다.

사내의 그 같은 힘자랑을 보고 이규는 더 참고 있을 수 없었다. 대추 떡을 품속에 감춘 뒤 불쑥 다가들어 사내의 철퇴를 낚아챘다.

"너는 어떤 놈이기에 감히 나의 철퇴에 손을 대느냐?"

사내가 눈을 부라리며 소리쳤다. 이규가 거만하게 받았다.

"너도 꽤나 철퇴를 쓸 줄 안다만 내가 보기엔 우습다. 어중이떠중이들은 갈채를 보낼지 몰라도 내겐 눈만 어지럽게 할 뿐이란 말이다. 어디 이 어르신네가 철퇴를 한번 써 볼 테니 구경이나 해라."

"좋다. 빌려 달라면 빌려주지만 만약 네놈이 제대로 휘두르지 못한다면 그때는 한주먹 얻어걸릴 줄 알아라."

사내가 그러면서 이규에게 철퇴를 넘겨주었다. 이규는 철퇴를 받아 들고 마치 공깃돌 돌리듯 한차례 휘둘러 보았다. 한참이나 그 무거운 철퇴를 휘두르다 내려놓는데도 얼굴이 붉어지기는커녕 숨소리조차 거칠어지는 법이 없었다. 그걸 보던 사내가 갑자기 몸을 굽혀 절을 올리며 말했다.

"어이구, 형님의 존함은 어떻게 되십니까?"

이규는 이름을 밝히는 대신 되물었다.

"자네 집은 어디 있는가?"

"바로 요 앞입니다."

사내는 그 대답과 함께 이규를 자신의 집으로 이끌었다. 사내의 집 대문에는 자물통이 채워져 있었다. 사내는 이규를 집 안으로 청해 들여 자리에 앉혔다. 이규는 집 안에 쇠모루며 철퇴, 화로, 풀무, 괭이, 삽 따위가 있는 걸 보고 속으로 생각했다.

'보아하니 대장장이인 모양이로구나. 산채에 쓸모가 있겠다. 이 친구를 데리고 가야겠다.'

마음을 먹으면 바로 행동에 들어가는 게 이규의 특성이다. 이규가 불쑥 사내에게 물었다.

"이봐, 서로 이름이나 알고 지내지, 자네 이름이 뭔가?"

"제 이름은 탕륭(湯隆)이라 합니다. 아버님은 원래 연안부에서 지채(知寨) 일을 보았으나 쇠를 잘 다루어 노충 경략 상공 밑에 있게 되었지요. 그러나 몇 해 전 아버님은 돌아가시고 저는 또 노름을 즐겨 결국 그곳에는 있지 못하고 강호를 떠돌게 되었습니다. 지금은 여기서 대장장이 일을 하며 지내고 있는데 워낙 창봉 쓰는 일을 좋아하는 데다 얼굴에 마마 앓은 자국이 있어 사람들은 모두 저를 금전표자(金錢豹子, 이마에 누른 엽전 같은 무늬가 있는 표범. 곰보를 빗댐)라고 부릅니다. 어르신네의 크신 이름은 어떻게 되는지요?"

사내가 먼저 제 이름을 밝힌 뒤 그렇게 물었다. 이규가 숨김없이 밝혔다.

"내가 바로 양산박의 흑선풍 이규일세."

그러자 탕륭은 넙죽 절부터 올린 뒤 말했다.

"형님의 크신 이름은 오래전부터 들어왔습니다만 이렇게 만나 뵙게 되니 실로 뜻밖입니다."

"자네, 여기 있어 봤자 무슨 신통한 수가 있겠나? 차라리 나를 따라 양산박으로 가서 함께 지내도록 하세. 자네를 두령으로 만들어 주지."

이규가 바로 그렇게 나왔다. 탕륭이 반색을 하며 이규의 말을 받았다.

"형님께서 저를 버리지 않고 데려가 주신다면 그보다 더 고마운 일이 어디 있겠습니까? 말 채찍을 들고 등자를 떠받치는 일이라도 기꺼이 하겠습니다."

그리고 그 자리에서 다시 엎드려 절해 이규를 형님으로 모셨다.

이규도 탕륭을 아우로 맞는 데 주저하지 않았다. 이에 두 사람은 그 자리에서 형제가 되었다. 탕륭은 그것이 미진하다는 듯 말했다.

"나는 집안 식구도, 거느린 사람도 없습니다. 형님과 함께 거리로 나가 술이나 한잔하며 의형제를 맺은 뜻을 더욱 굳히고 싶습니다. 그런 다음 오늘 밤은 여기서 주무시고 내일 아침 일찍 떠나는 것이 어떻습니까?"

"내게는 모시는 선생님이 한 분 있는데 지금 술집에 계시네. 내가 대추 떡을 사 오면 곧 떠나기로 했으니 별일 없다면 지금 나와 함께 바로 가는 게 어떤가?"

이규가 곤란하다는 표정으로 그렇게 탕륭의 말을 받았다. 탕륭이 알 수 없다는 듯 물었다.

"무슨 일이 그렇게 급하십니까?"

"자네는 모르지만 지금 송공명 형님은 고당주에서 큰 싸움을 하고 계시네. 내가 모시고 있는 선생님을 데려가야 이길 수 있어 몹시 기다리고 계신 거야."

"그 선생님은 누구십니까?"

"그것까진 물을 것 없네. 어서 짐을 싸서 가도록 하세."

이규가 다시 그렇게 재촉을 하자 탕륭은 더는 늑장을 부리지 않았다. 얼른 보따리를 싼 뒤 노자로 쓸 은자를 챙기고 전립을 쓰며 길 떠날 채비를 했다. 살고 있던 집이며 이런저런 가재를 모조리 버린 채 탕륭이 따라나서자 이규는 바로 공손승이 있는 술집으로 데려갔다.

공손승은 술집으로 들어서는 이규를 보자마자 나무랐다.

"자네 이렇게 오랫동안 어디 가 있었나? 다시 또 이렇게 늑장을 부리면 나 먼저 떠나고 말겠네!"

그 말에 이규는 감히 대꾸하지 못하고 탕륭을 내세워 공손승에게 절하게 한 다음 그동안에 있었던 일을 자세히 늘어놓았다. 공손승도 탕륭이 대장장이란 것을 알고는 속으로 매우 기뻐했다. 그제야 이규는 거리에서 사 온 대추 떡을 내놓고 술집 일꾼에게 음식을 차려 내오게 했다. 몇 잔 술에 대추 떡을 나누어 먹은 세 사람은 술값을 치른 뒤 술집을 나왔다. 보따리를 멘 이규와 탕륭 및 공손승은 무강진을 떠나 다시 고당주로 향했다.

세 사람이 길을 거지반 다 갔을 무렵 먼저 간 대종이 마중을 나왔다. 공손승은 대종을 만나 기뻐하면서도 걱정을 이기지 못한 듯 물었다.

"요즘 싸움은 어떻소?"

"고렴이란 놈은 얼마 전부터 화살 맞은 상처가 아물었는지 매일 군사를 이끌고 나와 싸움을 걸고 있습니다. 그러나 송강 형님은 굳게 진채를 지킬 뿐 나가 맞서지 않고 오직 선생께서 오시기만을 기다리고 계십니다."

대종이 그렇게 본 대로 대답했다. 그제야 공손승은 마음이 좀 놓이는 듯했다.

"그렇다면 어렵게 되지는 않았군."

그런 중얼거림과 함께 서둘러 남은 길을 재촉했다. 가는 길에 이규가 탕륭을 대종에게 소개시키며 그간에 있었던 일을 이야기했다.

네 사람이 고당주에 이르자 진채 밖 오 리까지 여방과 곽성이 백여 기의 군사를 이끌고 나와 맞았다. 거기서 말을 얻어 탄 네 사람은 곧 진채로 들어섰다. 송강과 오용을 비롯한 두령들이 모두 진채 밖으로 나와 그들을 맞아들였다. 서로 예를 마친 뒤 가볍게 술 한 잔을 나누고 그간 벌어진 정을 새삼스럽게 하며 장막 안으로 들어갔다. 먼저 이규가 탕륭을 데리고 송강과 오용 및 여러 두령들을 뵙게 했다. 공손승이 돌아온 데다 새로이 탕륭까지 얻게 되자 양산박의 두령들은 기쁘기 짝이 없었다. 곧 그 일을 경하하는 술자리가 벌어져 밤늦도록 서로 잔을 권하며 술을 즐겼다.

다음 날이었다. 송강과 오용은 새로 온 공손승과 함께 군막 안에서 머리를 맞대고 고렴을 깨뜨릴 일을 의논했다. 이런저런 의논 끝에 공손승이 송강을 보며 말했다.

"주장께서 명을 내리시어 진채를 움직여 보도록 하십시오. 먼저 그것들이 어떠한지를 본 뒤에 그것들을 칠 방도를 생각해 보겠습니다."

이에 송강은 그 자리서 영을 내려 모든 양산박 군사를 일으켰다. 진채를 뽑아 고당주 성 아래로 가까이 옮기고 고렴이 하는 양을 살폈다.

더욱 커지는 싸움

하룻밤이 일없이 지나고 다음 날이 왔다. 양산박 군사들은 새벽같이 아침밥을 지어 먹고 모두 갑옷 투구를 갖춰 싸울 채비를 했다. 송공명과 오학구, 공손승은 말 머리를 나란히 하고 군사들 앞에 서서 고렴에게 싸움을 걸었다. 기를 흔들고 북을 치며 함성을 지르고 징을 울려 성 아래로 밀고 드니 그 기세가 자못 높았다.

그때 성안에 있던 지부 고렴도 손발 묶어 놓고 기다리지만은 않았다. 간밤 송강의 군마가 성 가까이 이르렀단 말을 들은 터라 새벽부터 갑옷 투구를 걸쳐 입고 싸움 채비를 단단히 하고 있었다. 그런데 송강이 와서 싸움을 걸자 고렴은 곧 성문을 열고 적교를 내리게 한 뒤 군사를 이끌고 성을 나왔다. 깃발을 서로 알아볼 만한 곳에 이르자 양편 군사는 각기 진세를 벌이고 싸울 태세에 들어갔다. 송강 쪽의 진문이 열리며 열 명의 말 탄 장수가 나와 기러기 날개처럼 양편으로 늘어섰다. 왼쪽으로는 화영, 진명, 주동, 구붕, 여방 다섯이었고, 오른쪽으로는 임충, 손립, 등비, 마린, 곽성 다섯 사람이었다. 그 가운데 세 명의 주장이 말 머리를 나란히 하고 섰는데 바로 송공명, 오학구, 공손승이었다. 고렴 쪽에서도 북소리, 징소리 요란한 가운데 진문이 열렸다.

고렴이 이삼십 명의 군관들에게 에워싸여 진 앞으로 나왔다. 문기 아래 말을 세운 고렴이 송강 쪽을 향해 소리 높이 꾸짖었다.

"이 하찮은 도적놈아, 이왕 여기까지 왔으니 오늘은 결판을 내자. 달아나는 놈은 결코 호걸이 아니니다."

이미 여러 번 싸움을 벌여 보았으나 송강 쪽이 맞서지 않는 바람에 한껏 얕잡아 본 말이었다. 송강은 그 말에는 대꾸를 않고 주위를 돌아보며 가만히 물었다.

"누가 나가 저 도적놈을 베어 버리겠는가?"

그러자 소이광 화영이 창을 끼고 말 배를 걷어찼다. 송강 쪽에서 화영이 달려 나오는 걸 보고 고렴이 다시 제 편을 돌아보며 물었다.

"누가 나 대신 나가 저 도둑놈을 잡아 오겠소?"

그러자 통제관(統制官) 중에서 설원휘(薛元輝)라는 장수 하나가 쌍칼을 휘두르며 말을 달려 나갔다.

가운데서 맞부딪친 두 사람은 곧 칼부림을 시작했다. 그러나 어찌 된 셈인지 대여섯 합 싸우기도 전에 화영이 말 머리를 돌려 자기편 진채로 달아나기 시작했다. 신이 난 설원휘가 말 배를 차며 그런 화영을 뒤쫓았다. 하지만 그게 바로 화영의 속임수였다. 달아나던 화영이 멈칫 말을 세우더니 갑자기 활을 들며 몸을 뒤틀어 화살 한 대를 날려 보냈다. 화살은 똑바로 설원휘의 머리에 가 박히고 설원휘는 한마디 구슬픈 비명과 함께 말에서 떨어졌다.

저희 편 장수가 죽는 꼴을 보자 고렴은 몹시 화가 났다. 급히 말안장에 놓여 있던 구리 방패를 집어 들었다. 짐승이 아로새겨진 기괴한 방패였다. 고렴이 칼을 들어 그 방패를 세 번 내리치자 신병대 쪽에서 누런 모래가 치솟으며 갑자기 하늘과 땅이 캄캄해졌다. 이어 함성이 요란한 가운데 늑대, 호랑이, 표범 같은 짐승들과 지네, 전갈 같은 독벌레들이 누런 흙먼지 속에서 쏟아져 나왔다.

공손승도 그걸 보고 가만있지 않았다. 한 자루 송문고정검(松文古定劍)을 꺼내 들고 적군 쪽을 가리키며 무언가를 외다가 소리쳤다.

"빨리!"

그러자 한 줄기 금빛이 쏟아져 나가며 그 짐승과 독벌레들이 누런 흙먼지 가운데서 어지럽게 적진 쪽으로 떨어졌다. 양산박 군사들이 보니 그것들은 모두가 흰 종이에 그린 짐승과 독벌레였다. 이윽고 누런 흙먼지도 모두 흩어져 버렸다. 그걸 본 송강이 채찍을 휘둘러 군사를 내몰았다. 영을 받은 군사들이 모두 함성을 지르며 앞으로 쏟아져 나아갔다.

기세가 꺾인 고렴의 군사는 이미 그런 양산박 군사들의 적수가 되지 못했다. 보이느니 죽은 사람과 쓰러진 관군이요, 나뒹구

느니 고당주의 깃발과 북이었다. 이미 글렀다 싶은 고렴은 신병 삼백만 건져 성안으로 쫓겨 들어갔다. 송강은 군사를 몰아 그들을 뒤쫓았지만 급히 적교가 올라가고 성문이 닫힌 데다가 성벽 위에서는 통나무와 바위가 비 오듯 굴러떨어져 성안으로 들어갈 수가 없었다.

사람이 많이 다칠 것을 걱정한 송강이 징을 울려 군사를 거두었다. 인마를 점검해 보니 큰 승리였다. 군막으로 돌아간 송강은 공손승의 높은 도술을 크게 치하하고 삼군에게도 골고루 상을 내렸다. 이튿날 송강은 사방으로 성을 에워싸고 힘을 다해 고렴을 쳤다. 보고 있던 공손승이 송강과 오용에게 말했다.

"간밤에 비록 적군의 태반을 죽이긴 했으나 그들의 신병 삼백은 고스란히 살아서 돌아갔습니다. 오늘 싸움에 몰리면 그것들은 반드시 밤중에 우리 진채를 급습할 듯합니다. 오늘 밤 군사를 한곳으로 몰아 둔 뒤에 밤이 깊거든 사방에 매복을 하도록 하십시오. 그리고 진채는 비워 두었다가 거기서 포성이 들리고 불길이 일거든 일제히 쳐들어가 적을 치면 될 것입니다."

송강과 오용도 그 말을 옳게 여겼다. 곧 영을 내려 일찌감치 성 공격을 중단하고 군사를 물렸다. 그런 다음 진채로 돌아가 크게 나팔을 불고 북을 울리며 술을 마시고 즐기게 했다.

그러는 사이 날은 차츰 어두워 갔다. 송강은 다시 여러 두령들에게 영을 내려 공손승이 시키는 대로 하게 했다. 곧 진채를 비우고 사방에 매복하는 일이었다.

모든 배치가 끝나자 송강과 오용, 공손승, 화영, 진명, 여방, 곽성은 가까운 산언덕을 올라가 결과를 살폈다. 그날 밤 과연 고렴은 삼백 명의 신병을 이끌고 기습해 왔다.

신병들은 각기 등허리에 쇠로 된 호리병을 차고 있었는데 그 안에는 유황이며 염초 같은 불붙기 쉬운 화약들이 들어 있었다. 그들은 각기 칼을 들고 입에는 소리를 내지 못하게 갈대 잎을 문 채 이경 무렵 해서 크게 성문을 열었다. 적교를 내리고 앞장선 고렴이 서른여 기를 뒤딸린 채 신병들과 함께 양산박 군사의 진채로 쳐들어갔다.

진채 가까이 이른 고렴은 말 위에서 요술을 부려 사방에 검은 기운이 일고 미친 듯한 바람에 돌, 모래까지 자욱이 날리게 했다. 삼백의 신병들은 각기 불씨를 일으켜 쇠로 된 호리병 끝에 붙인 뒤 요란스러운 함성과 함께 진채 안으로 뛰어들었다. 검은 기운 속에서도 불길이 일고 칼과 도끼가 번쩍거렸다.

높은 곳에서 그걸 본 공손승은 검을 휘둘러 법술을 일으켰다. 그러자 빈 진채 안에서 갑작스레 여기저기 벼락이 떨어졌다. 삼백의 신병들은 놀라 급히 물러나려 했지만 이미 때가 늦었다. 갑자기 빈 진채에서 불이 일고 횃불이 어지럽게 날려 아래위로 온통 벌겋게 비쳤다. 그와 함께 사방에서 복병이 일어 진채를 둘러싸니 달아나려야 달아날 길이 없었다. 그 바람에 삼백의 신병은 모조리 양산박의 진채 안에서 죽임을 당하고 말았다.

고렴은 가까스로 목숨을 건지고 겨우 삼십여 기만 건져 성으로 돌아갔다. 그 뒤를 한 떼의 군마가 뒤쫓아 왔다. 바로 표자두 임충이 이끄는 양산박 군사였다. 성 앞에 이른 고렴은 급히 적교를 내리라고 외쳤다. 적교가 내려지고 고렴과 그를 따르던 사람들은 성안으로 뛰어들었으나 무사한 것은 여덟아홉뿐이었고 나머지는 모두 임충에게 사로잡혔다.

성안으로 돌아온 고렴은 백성들을 긁어모아 성을 지킬 궁리를 했다. 고당주의 군사들은 대부분 그 전날 싸움에서 없어지고 삼백의 신병도 모두 송강과 임충에게 죽어 버린 탓이었다.

다음 날 송강은 다시 군사를 이끌고 성을 에워쌌다. 그 기세가 매우 사나워 가슴이 서늘해진 고렴은 속으로 생각했다.

'내가 여러 해 법술을 배웠는데 오늘 이같이 낭패를 당할 줄은 몰랐구나. 일이 이 지경이 되었으니 이제 어쨌으면 좋겠는가…….'

하지만 뾰족한 수는 없고 가까운 고을로 구원을 요청하는 길뿐이었다. 고렴은 급히 동창(東昌), 구주(寇州) 두 곳으로 보내는 글 두 통을 썼다.

'이 두 곳은 여기서 멀지 않을 뿐 아니라 그곳 지부 두 사람이 모두 우리 형님 고 태위가 뽑은 사람들이다. 내가 위급한 걸 알면 밤낮을 가리지 않고 군사를 일으켜 나를 구해 줄 것이다.'

그렇게 생각한 고렴은 통제관 두 사람을 불러 그 글을 주고 동창과 구주로 달려가게 했다. 갑자기 성문을 열어젖히고 두 사람의 통제관이 길을 앗아 서쪽으로 달아나자 양산박 장수들이 그들을 뒤쫓았다. 오용이 영을 내려 뒤쫓는 두령들을 불러들였다.

"가게 놔두시오. 그러면 오히려 저들의 계책을 거꾸로 이용할 수 있소."

그런 오용의 말을 이상히 여겨 송강이 물었다.

"군사께서는 저들을 어떻게 쓰려고 그러시오?"

"성안에는 군사도 장수도 턱없이 모자랄 테니 저들은 틀림없이 구원을 청하러 갔을 것입니다. 우리가 구원병을 가장해 두 갈래 군사로 도중에서 싸우는 척하고 있으면 고렴은 틀림없이 달려 나와 싸움을 거들려 들 것입니다. 그때 우리는 한편으로는 비어 있는 성을 차지하고 다른 한편으로는 고렴을 좁은 길로 꾀어들이면 그를 사로잡을 수도 있을 것입니다."

듣고 보니 그럴듯한 계책이었다. 송강은 곧 그 계책을 따르기로 하고 대종을 양산박으로 보냈다. 거기 남은 군마를 두 갈래로 나눠 구원군을 가장하게 해 고렴을 꾀어낼 셈이었다.

한편 고렴은 성안 빈 터에다 장작과 마른풀을 산더미처럼 쌓아 놓고 구원군이 오면 불을 질러 신호로 삼을 채비를 갖춘 채 매일 성벽 위에 올라가 구원군이 오기만을 눈이 빠지게 기다렸다. 그렇게 며칠이 지난 어느 날이었다. 송강 편의 진중이 싸움도 없는데 어지러운 걸 보고 군사 하나가 고렴에게 달려와 알렸다. 고렴은 얼른 갑옷에 투구 쓰고 성벽 위에 올라가 살펴보았다. 멀리 두 갈래 인마가 엉켜 싸우는데 먼지가 해를 가리고 함성이 하늘에 닿을 듯했다.

사방으로 성을 에워싸고 있던 양산박 군사들까지 흩어져 달아나는 걸 보고서야 고렴도 속아 넘어갔다. 동창과 구주 두 곳에서 드디어 구원군이 이른 줄 알고 군사들과 함께 성을 나왔다. 고렴이 송강의 진채에 이르러 보니 송강은 화영, 진명과 함께 샛길로 달아나는 중이었다. 고렴은 군사를 휘몰아 그런 송강을 뒤쫓았다. 그런데 얼마 뒤쫓기도 전에 갑자기 산언덕 뒤에서 연주포 울리는 소리가 들렸다. 그제야 의심이 든 고렴은 얼른 군사를 물리려 했지만 그럴 틈이 없었다. 왼쪽에서는 여방이, 그리고 오른쪽에서는 곽성이 각기 오백의 인마를 이끌고 쏟아져 나왔다.

놀란 고렴은 싸울 생각은커녕 길을 앗아 달아날 뿐이었다. 그러나 군사의 태반을 잃고 성으로 되돌아갔을 때는 더 기막힌 일이 기다리고 있었다. 성벽 위를 올려다보니 꽂힌 것은 양산박의 깃발이었다.

고렴은 아무래도 믿을 수가 없어 자세히 살펴보았다. 하지만 구원병 비슷한 건 어디에도 눈에 띄지 않았다. 드디어 자신이 계략에 빠진 줄 깨달은 고렴은 남은 군사를 이끌고 산기슭 좁은 길로 달아나기 시작했다. 그러나 멀리 달아날 운수는 못 되었다. 미처 십 리도 가기 전에 산 뒤에서 갑자기 한 떼의 인마가 나타났다.

고렴의 길을 막은 것은 병울지 손립이 이끄는 인마였다.

"내 여기서 너를 기다린 지 오래다. 어서 말에서 내려 밧줄을 받아라!"

손립이 그렇게 소리쳤다. 고렴은 대꾸할 겨를도 없이 군사를 되돌려 달아나려 했다. 하지만 소용없었다. 등 뒤쪽에서 또 한 떼의 인마가 나타나 길을 막았다. 앞선 장수는 미염공 주동이었다.

손립과 주동이 앞뒤에서 들이치니 고렴은 당해 낼 재간이 없었다. 얼결에 말을 버리고 산 위로 기어올랐다. 사방에서 에워싸고 있던 양산박 군사들이 그런 고렴을 뒤쫓아 올라왔다. 고렴은 황망한 가운데도 급히 주문을 외었다.

"일어나라!"

고렴이 주문 끝에 그렇게 소리치자 문득 한 조각 검은 구름이 일어 고렴에게로 떠올라 왔다. 때마침 산비탈을 돌아오던 공손승이 그 구름 위로 오르는 고렴을 보았다. 공손승이 얼른 칼을 빼어 들고 주문을 외다가 소리 높이 외쳤다.

"빨리!"

그리고 칼끝을 들어 고렴 쪽을 가리키자 구름 위에 올라앉아 한숨을 돌리던 고렴은 그대로 굴러떨어졌다. 고렴이 떨어진 곳은 마침 삽시호 뇌횡 곁이었다. 뇌횡이 한칼에 고렴을 두 동강 내버렸다.

고렴의 목을 베어 들고 산을 내려간 뇌횡은 곧 송강에게 사람을 보내 그 일을 알렸다. 송강은 고렴이 죽었단 말을 듣자 군사를 거두어 고당주 성안으로 들어갔다. 모든 장졸들에게 엄한 영을 내려 함부로 백성을 해치지 못하게 하고 한편으로는 방문을 써 붙여 백성들을 안심시켰다. 그렇지만 무엇보다 중요한 일은 갇혀 있는 시진을 구하는 것이었다.

그때 이미 감옥을 지키고 있던 절급이며 옥졸들은 모두 달아나고 없었다. 양산박 호걸들은 감옥을 깨고 그 속에 있던 죄수 수십 명을 풀어 주었다. 그런데 알 수 없는 일은 그 죄수들 속에 시진이 없는 것이었다. 걱정이 된 송강은 다시 감옥 안을 뒤져보게 했다. 다른 감방에서 시 황성의 가족이 나왔고 또 다른 감방에서는 창주에서 잡혀 온 시진의 가족이 나왔다. 모두 잡아들이긴 했지만 성 밖의 싸움 때문에 아직 심문을 못한 듯했다. 그러나 시진만은 끝내 찾을 길이 없었다.

오용은 고당주의 압옥(押獄)이며 옥졸들을 모두 잡아들여 시진의 행방을 물었다. 잡혀 온 것들 중에 하나가 말했다.

"저는 이곳에서 절급 노릇을 하던 인인(藺仁)이라고 합니다. 전날 지부 고렴의 당부로 시진을 맡아 지켰는데 그때 고렴은 만약 일이 여의치 않으면 얼른 시진을 죽이라고 했습니다. 또 사흘 전에는 고렴이 직접 시진을 끌어내 죽이려 했지요. 그러나 저는 시진이 호걸인 줄 알아보고 차마 죽일 수 없어 고렴을 말렸습니다. 시진이 병들어 다 죽어 가니 구태여 손을 댈 필요가 없다고 거짓말을 했지요. 그런데 며칠 후 고렴은 다시 시진을 죽이려고 서둘렀습니다. 저는 이미 시진은 죽었다 하고 또 고렴을 속였지요. 그다음은 성 밖의 싸움이 급해 고렴이 더 묻지는 않았으나 저는 혹시라도 그가 사람을 보내 알아보고 저를 벌줄까 겁이 났습니다. 그래서 어젯밤 시진을 뒤뜰에 있는 마른 우물로 데려가 칼과 사슬을 풀어 주고 그 안에서 잠시 몸을 피하도록 한 겁니다. 지금은 살아 있는지 죽었는지 잘 모르겠습니다."

그 말을 들은 송강은 얼른 인인을 데리고 뒤뜰로 갔다. 인인이 말한 마른 우물을 내려다보니 캄캄한 동굴 같아 깊은지 얕은지 알 수가 없었다. 송강은 사람을 시켜 우물 속에 대고 고함을 쳐보게 하였지만 아무런 대꾸가 없었다. 이에 다시 끈을 드리워 깊이를 재어 보니 거의 열 길이나 되었다.

"아무래도 시 대관인이 죽은 모양이로구나!"

송강이 그렇게 말하며 눈물을 흘렸다. 오학구가 곁에서 그런 송강을 위로하며 말했다.

"형님은 너무 걱정하지 마십시오. 사람을 내려보내 찾으면 금세 모든 걸 알 수 있을 것입니다."

그때 흑선풍 이규가 뛰어나오며 소리쳤다.

"내가 내려가겠소."

"그것 좋지. 이번 일은 애초 네놈이 일으킨 것이니 오늘은 마땅히 그래야지."

송강이 그렇게 허락했다. 이규가 싱긋 웃으며 말했다.

"내가 내려가는 것은 겁나지 않지만 이 위에 계시는 분들이 밧줄을 끊어 버릴까 걱정이구려."

"그게 무슨 막된 소린가?"

그 마당에 와서도 이규가 빙글거리는 것이 못마땅하다는 듯이 오학구가 그렇게 이규에게 핀잔을 주었다.

그렇지만 결국은 누군가가 우물 밑으로 내려가 찾는 수밖에 없었다. 오용은 이규를 내려보내기로 하고 밧줄과 사람이 담길 만한 바구니를 구해 오게 했다. 이규는 옷을 모두 벗어부친 뒤 넓적한 도끼만 들고 바구니에 앉았다. 줄이 달린 바구니는 곧 우물 안으로 내려갔다. 바구니가 우물 바닥에 이르자 이규는 거기서 기어 나와 시진을 찾기 시작했다. 어둠 속에서 뭔가 짚이기에 더듬어 보니 사람의 해골이었다.

"이런 빌어먹을! 뭐 이런 게 다 여기 있어."

이규는 그렇게 구시렁대고는 다시 우물 바닥을 찾기 시작했다. 바닥은 질퍽해서 발이 무릎까지 빠졌다. 이규는 도끼를 바구니에 놓고 두 손으로 바닥을 더듬으며 사방을 찾아보았다. 한참 만에 물이 괸 구덩이 안에서 뭉클 하고 사람이 만져졌다.

"시 대관인이 아니십니까?"

이규가 놀라움과 반가움으로 버럭 소리를 질렀다. 그 사람이 꿈틀하는 걸 보고 다시 손으로 더듬어 보았으나 소리가 워낙 약해 무슨 말인지 알아들을 수 없었다.

말은 알아듣지 못해도 그게 시진이라고 짐작한 이규는 기뻐 소리쳤다.

"천지신명께 감사합니다. 이렇게라도 계시니 구할 수가 있게 되었군요."

그러고는 다시 바구니로 기어가 줄에 매달아 두었던 방울을 흔들었다. 우물 밖 사람들이 밧줄을 끌어올렸다. 혼자 올라간 이규는 우물 바닥의 일을 여럿에게 자세히 말해 주었다.

"네가 다시 내려가서 먼저 대관인을 바구니에 넣어 올려 보내라. 그다음에 다시 바구니를 내려보낼 테니 너는 그때 올라오너라."

송강이 이규를 그렇게 재촉했다. 이규가 내려가면서 말했다.

"형님, 내가 계주에서 두 도사에게 당한 걸 모르시지요. 이번에 또 당하면 나도 끝장이오."

"너하고 우스갯소리 할 시간 없다. 어서 빨리 내려가거라."

송강이 웃으며 한 번 더 그런 이규를 재촉했다. 이규는 바구니에 앉아 다시 우물 바닥으로 내려갔다. 시 대관인을 안아다 바구니에 담고 끈에 달린 방울을 울리자 바구니는 위로 올라갔다.

바구니에 담겨 나온 사람은 정말로 시진이었다. 그를 알아본 두령들은 기뻐해 마지않았다. 그러나 시진의 꼴은 말이 아니었다. 머리는 깨지고 얼굴은 찢어졌으며 두 다리는 하도 맞아 해져 있었다. 눈만 껌벅껌벅하는 게 보기에도 처참한 모습이었다. 두령들은 얼른 의원을 불러 그런 시진을 치료하게 했다.

그때 우물 속에서 이규의 벼락같은 고함 소리가 들려왔다. 기다리다 못해 내지른 소리였다.

송강이 얼른 바구니를 내려보내게 했다. 다시 땅 위로 올라온 이규가 성을 내며 말했다.

"이것 정말로 좋지 않은 사람들이로구먼. 어서 바구니를 내려 나를 끌어올리지 않고 뭘 했소?"

"우리가 시 대관인을 보살피느라고 깜박 자네를 잊었네. 너무 화내지 말게."

송강이 그렇게 이규를 달랬다.

의원이 대강 시진을 치료하자 송강은 시진을 수레에 태우고 그와 시 황성의 가족 및 재물을 모조리 거두어 스무남은 대의 수레에 실은 뒤 양산박으로 가게 했다. 그 수레들을 보호하는 일은 이규와 뇌횡이 맡았다. 이어 송강은 고렴의 가족 서른 명을 모조리 목 베어 저잣거리에 매달게 하고 시진을 구해 준 절급 인인에게는 무거운 상을 주어 고마움을 나타냈다. 그런 다음 고당주의 부고(府庫)를 열어 거기에 있는 재물과 곡식 및 고렴의 재물을 모두 털어 양산박으로 옮기게 했다.

고당주를 떠나 양산박으로 돌아가는 길은 평온했다. 도중에 여러 고을을 지나가게 되었지만 송강은 터럭만큼도 백성을 해치지 못하게 했다. 며칠 만에 양산박에 이르니 그사이 몸을 추스른 시진이 일어나 조개와 송강 및 여러 두령에게 구해 준 은혜에 감사했다. 조개는 시진을 송공명의 거처에 있게 하고 시진의 가족들에게는 또 다른 집을 내주었다.

모든 일이 좋게 끝난 데 대해 조개와 송강은 물론 나머지 두령들도 모두 기뻐했다. 고렴을 죽여 원수를 갚았을 뿐만 아니라 시진과 탕륭 두 호걸을 새로이 두령으로 맞게 되었으니 그도 그럴 법한 일이었다. 그 바람에 산채에서는 다시 며칠이고 떠들썩한 잔치가 이어졌다.

한편 고렴으로부터 구원을 요청받은 동창과 구주 두 마을은 미처 군사를 내기도 전에 고당주가 떨어지고 고렴이 죽었다는 소식을 들었다. 더는 어찌해 볼 길이 없게 된 두 곳 지부는 조정에 표문을 올려 그 사실을 알렸다. 또 고당주에서 간신히 목숨을 건진 벼슬아치 하나도 동경으로 올라가 그 일을 조정에 고했다.

그 말을 들은 고렴의 사촌 고 태위는 놀랍고도 화가 났다. 다음 날 새벽같이 대루원(待漏院)에 달린 종을 울리게 했다. 나라에 급한 일이 있을 때 급히 벼슬아치들을 불러 모으는 데 쓰는 종이었다. 높고 낮은 조정의 벼슬아치들이 종소리에 놀라 모두 관복을 갖춰 입고 달려왔다.

문무의 벼슬아치들이 들어선 가운데 천자인 도군황제(道君皇帝)까지 나와 자리에 앉았다. 전두관(殿頭官)이 벼슬아치들을 향해 소리쳤다.

"아뢸 말씀이 있으면 아뢰시오. 아무 일이 없으면 이만 발을 내리고 조회를 파하겠소."

고 태위가 줄에서 빠져나가 아뢰었다.

"요즘 제주 양산박에는 송강과 조개란 도적의 우두머리가 있어 세상을 크게 어지럽히고 있습니다. 성을 쳐서 부수고 그 창고를 노략질하며 많은 졸개들을 모아 곳곳에서 못된 짓을 하는데 제주에서는 관군을 죽였고 강주의 무위군을 쑥밭으로 만들었으며 이제는 고당주에서 관원들과 무고한 백성을 모두 죽였다 합니다. 뿐만 아니라 관청의 창고까지 부수고 그 안의 재물을 몽땅 쓸어 갔으니 이는 실로 배와 가슴의 큰 병이라 할 수 있습니다. 만약 일찍 잡아 죽이지 아니하면 적은 더욱 세력이 커져 뒷날에는 잡기 어려울 것입니다. 엎드려 바라건대 밝으신 결단을 내려 주옵소서."

천자는 그 말을 듣고 몹시 놀랐다. 그 자리에서 성지(聖旨)를 내려 고 태위로 하여금 관군을 이끌고 도적들을 치게 했다. 양산박을 깨끗이 쓸어버리고 그 같은 무리는 씨도 없이 하라는 엄한 어명이었다. 명을 받은 고 태위가 다시 아뢰었다.

"제가 헤아리기에 이들은 한낱 숲속의 도적들에 지나지 않으니 큰 군사를 일으킬 것까지는 없습니다. 제가 추천하는 한 사람이면 넉넉히 그들을 잡을 수 있을 것입니다."

"경이 천거하는 사람이라면 틀림없겠지. 당장 영을 내려 떠나도록 하라. 싸움에 이긴 소식이 들어오면 벼슬을 높이고 상을 내릴 뿐만 아니라 앞으로도 크게 쓰리라."

천자가 반가운 얼굴로 고 태위의 말을 받았다. 고 태위가 한 사람을 추천했다.

"이 사람은 우리 송나라를 열 때에 공이 많은 하동의 이름난 장수 호연찬(呼延贊)의 직계 자손입니다. 이름을 호연작(呼延灼)이라 하는데 두 가닥 쇠 채찍을 잘 써 홀로 능히 만 명을 당해 낼 수 있습니다. 지금은 여령군 도통제(都統制)로 있는데 그 아래는 날랜 군사와 용맹한 장수들이 아주 많다 하옵니다. 이 사람을 천거하오니 그를 써서 양산박의 도적들을 치게 하십시오. 병마지휘사로 삼아 날랜 마보군을 거느리고 떠나게 하면 며칠 안 돼 도적들의 근거를 뿌리뽑고 개선가를 부르며 되돌아올 것입니다."

천자는 이번에도 고 태위의 말을 그대로 받아들였다. 추밀원에서 사람을 뽑아 호연작에게 보내는 칙서를 주고 밤낮없이 달려가게 했다.

천자의 영이 떨어지자 고 태위는 조회가 파하기 무섭게 추밀원에서 한 명의 날랜 군관을 뽑았다. 그리고 천자가 내린 칙서를 주어 호연작을 동경으로 불러들였다. 그때 호연작은 여령주의 통군사(統軍司)에 있었다. 어느 날 사람이 들어와 알렸다.

"성지가 있어 장군을 도성으로 들라 하십니다. 천자께서 맡기실 일이 있으신 듯합니다."

그 말에 호연작은 데리고 있는 관원들을 데리고 성 밖으로 나가 조정에서 온 사람을 맞아들였다. 이미 들은 대로 천자의 성지는 자신을 도성으로 들라는 것이었다. 호연작은 크게 술자리를 열어 사신을 대접하는 한편 급히 갑옷과 투구를 갖춰 쓰고 말에 올랐다. 몇십 명만 딸린 채 천자의 칙서를 가지고 온 사신과 함께 여령주를 떠난 호연작은 오래지 않아 동경에 이르렀다. 성안의 전수부 앞에서 말을 내린 뒤 먼저 찾아간 것은 고 태위였다.

때마침 고 태위는 전수부에 나와 있었다. 문을 지키던 군사가 안으로 들어와 고 태위에게 알렸다.

"여령주에서 호연작이 왔습니다. 지금 문밖에 있습니다."

그 말을 들은 고 태위는 몹시 반가워하며 호연작을 안으로 불러들이게 했다. 먼저 먼 길을 온 걸 위로한 뒤 듬뿍 상을 내린 고 태위는 다음 날 아침 일찍 호연작을 데리고 도군 황제를 알현하러 갔다. 천자는 호연작의 모습이 범속하지 않음을 보고 기뻐하며 척설오추마 한 필을 내렸다. 그 말은 온몸이 숯덩이같이 검고 네 발굽만 눈처럼 희어 척설오추마란 이름으로 불리었는데 하루에 천 리를 갈 만큼 힘차고 날랬다. 천자의 뜻에 따라 그 말을 타본 호연작은 기쁨을 이기지 못해 천자의 은혜에 거듭 감사했다.

알현을 마친 호연작은 고 태위와 함께 전수부로 돌아가 양산박 칠 일을 의논했다. 거기서 호연작이 다시 두 사람을 추천했다.

"저는 일찍부터 가만히 양산박을 염탐해 보았습니다만 군사는 날래고 장수는 용맹한 데다 말과 무기도 넉넉해 가볍게 볼 적이 아닌 듯합니다. 바라건대 두 장수를 더 뽑아 선봉으로 삼고 함께 군마를 이끌게 되면 반드시 큰 공을 세울 수 있을 것입니다."

호연작의 그 같은 말에 고 태위가 반가워하는 얼굴로 물었다.

"장군은 어떤 사람을 뽑아 선봉으로 삼고 싶으시오?"

"저는 먼저 진주의 단련사로 있는 한도(韓滔)를 천거하고 싶습니다. 그는 원래 동경 사람으로 일찍이 무과에 급제했는데 한 자루 긴 창을 잘 써서 사람들은 모두 그를 백승장군(百勝將軍)이라 부릅니다. 그를 선봉으로 썼으면 좋겠습니다. 또 한 사람은 영주의 단련사 팽기(彭玘)입니다. 역시 동경 사람인데 여러 대 장수를 낸 집안의 후손이지요. 한 자루 삼첨양인도(三尖兩刃刀)를 쓰는데 솜씨가 아주 뛰어나 천목장군(天目將軍)이라 불립니다. 그를 부선봉으로 삼았으면 좋겠습니다."

듣고 난 고 태위가 몹시 기뻐하며 말했다.

"만약 한, 팽 두 장수를 얻어 선봉을 삼는다면 미친 도적 떼를 없애지 못할까 봐 걱정할 게 무에 있겠는가!"

그러고는 그날로 두 통의 글을 써서 진주와 영주 두 곳으로 보냈다. 한도와 팽기를 급히 동경으로 불러들이는 글이었다. 열흘도 안 되어 동경에 이른 두 장수는 전수부로 달려와 고 태위와 호연작 앞에 모습을 드러냈다.

다음 날 고 태위는 호연작과 한도, 팽기를 데리고 어교장(御敎場)으로 데리고 갔다. 세 사람의 무예를 보니 군사를 믿고 맡길 만했다. 이에 만족한 고 태위는 세 장수와 함께 전수부로 돌아가 추밀원 벼슬아치들을 모아 군사를 낼 의논에 들어갔다. 고 태위가 먼저 세 장수에게 물었다.

"그대들 세 갈래 군마를 모두 합치면 얼마나 되는가?"

"말은 오천 필이 좀 넘고 사람은 보군을 합쳐 만 명 가까이 됩니다."

호연작이 그렇게 대답했다. 고 태위가 아는 척 영을 내렸다.

"그대들 세 사람은 각기 제 고을로 돌아가 마군 삼천과 보군 오천을 가려 뽑으라. 그런 뒤 날을 맞춰 군사를 일으켜 양산박의 도적 떼를 쓸어버리라!"

"그 세 갈래 군마는 매우 잘 훈련돼 있어 군사는 날래고 말은 씩씩합니다. 전수(殿帥)께서는 심려하지 않으셔도 될 것입니다. 다만 한 가지 걱정스러운 것은 갑옷이 제대로 갖춰지지 않아 날짜를 대지 못하는 일입니다. 기한을 어기게 되는 일이 있더라도 부디 너그럽게 보아주십시오."

호연작이 그같이 걱정을 하자 고 태위가 한마디로 시원스레 풀어 주었다.

"그렇다면 그대들 세 사람은 도성의 갑장고(甲仗庫)로 가서 품목과 수량에 얽매이지 말고 갑옷이든 투구든 쓸 만큼 가져가라. 군마의 채비를 단단히 하여 적을 치는 데 모자람이 없어야 한다. 군사가 떠나는 날 내 사람을 보내어 점검하리라."

이에 호연작은 갑장고로 가서 쇠로 된 갑옷 삼천 벌과 가죽으로 된 말 갑옷 오천 벌, 구리 투구 삼천 개, 장창 이천 자루, 곤도(滾刀) 천 자루, 그리고 헤아릴 수 없을 만큼의 활과 화살에다 화포 오백 문까지 얻어 수레에 얹었다. 그들이 떠날 무렵 해서 고 태위는 다시 말 삼천 필을 내주고 셋 모두에게 금은과 비단을 상으로 내렸다. 호연작과 한도, 팽기는 그런 고 태위에게 반드시 이기고 돌아오겠다는 군령장(軍令狀)을 써 바쳤다

도성을 떠난 세 사람은 모두 여령주로 먼저 갔다. 여령주에 이르자 호연작은 그곳에 자리 잡고 한도와 팽기를 각기 진주와 영

주로 보냈다. 그곳에서 군사를 일으켜 여령주로 돌아오라는 명과 함께였다. 보름도 안 되어 세 곳의 군마는 떠날 채비를 모두 갖추었다. 사람과 마필뿐만 아니라, 군기(軍器)며 깃발까지도 나무랄 데가 없었다.

호연작으로부터 모든 준비가 이루어졌다는 보고를 받은 고 태위는 전수부의 군관 두 명을 보내 삼군을 점고한 뒤 많은 상을 내려 군사들의 기세를 돋워 주었다. 의식이 끝나자 호연작은 곧 삼군을 출발시켰다. 한도는 전군이 되어 길을 열고 호연작은 중군이 되었으며, 팽기는 후군이 되어 뒤를 맡았다. 양산박으로 밀고 드는 그들의 기세가 자못 볼만했다.

흔들리는 양산박

호연작을 으뜸 장수로 한 관군이 몰려들고 있음을 멀리서부터 탐지한 양산박의 눈과 귀는 나는 듯 그 소식을 산채로 전했다. 그때 취의청에서는 조개와 송강, 군사 오용, 법사(法師) 공손승을 비롯한 두령들이 새로이 온 시진을 반겨 술잔치가 한창이었다. 여령주의 쌍편(雙鞭) 호연작이 토벌하러 온다는 말에 두령들은 그를 맞아 싸울 계책을 의논했다. 먼저 오용이 말했다.

"내가 듣기로 그는 개국공신인 하동의 명장 호연찬의 후예라 합니다. 무예를 깊이 닦아 두 가닥 쇠 채찍을 매우 잘 쓴다니 함부로 맞서서는 아니 될 것입니다. 반드시 싸움에 뛰어난 장수를 내보내 먼저 힘으로 버텨 나가고 나중에 꾀를 써서 그를 사로잡아야 됩니다."

그런데 미처 그 말이 끝나기도 전에 이규가 뛰어나왔다.

"나하고 당신이 나가 그놈을 붙잡아 옵시다."

송강이 고개를 저으며 그런 이규를 주저앉혔다.

"너는 좀 가만있거라. 내게 다 생각이 있다. 이번에는 벽력화 진명이 앞장을 서고 표자두 임충이 그다음 진을 맡으며 소이광 화영이 세 번째 진을 맡고 일장청 호삼랑이 네 번째, 병울지 손립이 다섯 번째 진을 맡았으면 좋겠소. 이 다섯 부대가 앞에서 나가 싸우되 수레바퀴 돌듯 나서고 빠지면 될 것이오. 나는 따로이 열 명의 형제와 함께 큰 부대를 거느리고 뒤를 받치도록 하겠소. 내가 이끄는 부대의 왼편 군은 주동, 뇌횡, 목홍, 황신, 여방 다섯 장수가 거느리고 오른편은 양웅, 석수, 구붕, 마린, 곽성 다섯 장수가 거느리도록 하시오. 물길에는 이준, 장횡, 장순과 완씨 삼 형제가 배를 이끌어 주시오. 그리고 이규와 양림은 보군을 이끌고 두 줄로 나누어 매복하고 있다가 위급하면 나서 주기 바라오."

마치 미리 생각하고 있었다는 듯 정연한 배치였다.

영이 떨어지자 전군을 맡은 진명이 인마를 이끌고 산을 내려가 넓은 들판에다 진세를 벌였다. 때는 아직 겨울이었지만 날씨는 그리 차갑지 않았다. 하루를 기다리니 과연 관군이 몰려드는 게 보였다. 관군의 선봉은 백승장군 한도였다. 그날 한도는 진채와 목책을 세우기만 하고 저물도록 싸움은 걸어 오지 않았다.

다음 날 날이 밝자 양군은 진을 맞세워 벌였다. 북소리가 크게 세 번 울리면서 양산박 쪽에서는 진명이 늑대 이빨 같은 가시가 촘촘 난 방망이를 들고 진 앞에 나섰다. 관군 쪽 진문을 보니 그

선봉장 한도도 창을 비껴들고 말을 몰아 나왔다. 한도가 진명을 보며 소리쳐 꾸짖었다.

"천병(天兵)이 여기 이르렀거늘 항복할 생각을 않고 감히 맞서려 하다니! 너는 그러다 사로잡혀 죽는 게 두렵지도 않느냐? 나는 이 물을 메우고 양산을 짓밟은 뒤 너희 괴수들을 모두 사로잡아 도성으로 끌고 갈 작정이다. 그리되면 네놈들은 천 토막 만 토막 시체조차 온전하지 못할 줄 알아라!"

진명은 원래 성미가 급한 사람이었다. 그 말을 듣자 화가 나 대답할 겨를조차 없었다. 그대로 말 배를 차고 가시 방망이를 휘두르며 달려 나갔다. 한도도 지지 않고 창을 들어 진명과 맞섰다. 곧 둘 사이에 불꽃 튀는 싸움이 벌어졌다.

그렇지만 한도는 진명의 적수가 되지 못했다. 싸움이 스무 합을 넘어서자 한도는 힘이 달려 달아날 틈만 엿보게 되었다.

그때 마침 관군의 중군을 이끄는 호연작이 당도했다. 호연작은 한도가 진명을 당해 내지 못하는 걸 보자 스스로 두 가닥 쇠 채찍을 휘두르며 달려 나왔다. 그가 타고 있는 것은 바로 천자가 내린 척설오추마였다.

진명은 호연작이 달려 나오는 걸 보고 그와 맞싸울 준비를 했다. 그러나 두 번째 부대를 이끌고 온 표자두 임충이 그렇게 되도록 놓아두지 않았다.

"진 통제는 잠깐만 쉬시오. 내가 저놈과 삼백 합을 싸우리다!"

임충이 그런 외침과 함께 창을 비껴들고 달려 나와 호연작을 맞았다. 진명은 그런 임충에게 싸움을 맡기고 말을 몰아 산비탈 뒤로 물러났다. 이에 호연작과 임충 간에 다시 한바탕 불꽃 튀는 싸움이 벌어졌다. 두 사람은 참으로 좋은 맞수가 되었다. 창이 오고 채찍이 가면서 허공에 한 다발 꽃이 그려지고 채찍이 오고 창이 가면서 한 폭의 비단을 펼치는 듯한 광경이 벌어졌다. 둘은 그렇게 오십 합 이상을 싸웠으나 승부는 쉽게 가려지지 않았다.

그때 다시 양산박 군사의 제삼대 소이광 화영이 이끄는 부대가 싸움터에 이르렀다. 화영이 진문 앞에 나서서 크게 소리쳤다.

"임 장군은 잠시 쉬시오. 잠시 쉬면서 내가 저놈을 사로잡는 걸 구경이나 하시오."

그 소리를 들은 임충은 마침 지치기도 한 터라 그대로 말 머리를 돌려 자기편 진으로 돌아갔다. 호연작도 임충의 무예가 대단한 걸 보고 함부로 뒤쫓지 못해 자기 진채로 돌아갔다. 임충은 자기가 이끄는 인마와 함께 산비탈 뒤로 사라지고 싸움을 화영에게로 넘겼다.

세 번째로 싸움을 맡은 화영은 창을 비껴든 채 말을 타고 나가 싸움을 걸었다. 그 무렵 해서 관군 쪽에서도 천목장군 팽기가 싸움터에 이르러 호연작을 대신했다. 팽기는 삼첨양인도를 휘두르며 오명천리황화마(五明千里黃花馬)를 타고 진문 밖으로 달려 나왔다.

"나라에 반역하는 도적놈아, 내 너와 더불어 무슨 말을 하리. 어서 나와 승부나 가리자."

팽기가 그같이 소리치자 화영은 벌컥 화가 났다. 그도 진명처럼 대답조차 않고 말을 몰아 팽기를 덮쳤다. 이번에는 화영과 팽기 사이에 싸움이 벌어졌다. 둘의 싸움이 스무남은 합에 이르렀을 때였다. 호연작은 팽기의 힘이 달리는 것을 보고 그냥 있을 수가 없었다. 다시 쇠 채찍을 휘두르며 달려 나가 화영에게 덤볐다.

화영과 호연작의 싸움이 채 삼 합에도 이르기 전이었다. 다시 양산박의 네 번째 부대인 일장청 호삼랑이 이끄는 인마가 싸움터에 이르렀다. 호삼랑이 화영을 보고 소리쳤다.

"화 장군은 잠시만 쉬시오. 저놈은 내가 사로잡겠소."

그 말을 들은 화영은 미리 짜인 대로 자신의 인마를 이끌고 산비탈 뒤로 사라져 버렸다.

팽기가 나서서 일장청을 맞았다. 둘의 싸움이 한창일 때 양산박의 다섯 번째 부대인 병울지 손립의 인마가 그곳에 이르렀다. 손립은 말고삐를 당겨 잠시 말을 세우고 호삼랑과 팽기가 싸우는 모습을 구경했다. 둘이 자욱한 먼지에 휩싸여 싸우는데 주위에 살기가 그득했다. 한 사람은 넓고 큰 칼을 쓰고 한 사람은 가벼운 쌍칼을 나누어 쓰며 찌르고 베기를 거듭했다. 그런데 싸움이 스무 합을 넘어선 지 얼마 안 되어서였다. 일장청이 쌍칼을 휘둘러 한 차례 공격을 한 뒤 말 머리를 돌려 달아나기 시작했다. 팽기는 일장청이 힘이 모자라 달아나는 것이라고 생각했다. 급하게 말을 몰아 그녀를 뒤쫓았다.

달아나던 일장청이 갑자기 쌍칼을 모두 안장에 걸더니 소매 속에서 붉은 비단실로 꼰 밧줄을 꺼냈다. 그 밧줄에는 스물네 개의 쇠갈고리가 달려 있었다. 그녀는 팽기의 말이 가까이 오기를 기다려 갑자기 몸을 비틀며 밧줄을 던졌다. 팽기는 어떻게 손쓸

틈도 없이 밧줄에 걸려 말 아래로 굴러떨어졌다. 그걸 본 손립이 군사를 이끌고 달려 나가 팽기를 사로잡아 버렸다. 잠깐 사이에 팽기가 사로잡히는 걸 보자 호연작은 크게 노했다. 급히 말을 몰아 팽기를 구하러 달려 나갔다. 일장청이 그런 호연작을 가로막았다. 호연작은 일장청을 한입에 씹어 삼키지 못하는 게 한스러울 따름이었다. 급하게 그녀를 몰아댔으나 열 합이 넘도록 이길 수가 없었다.

'이 계집년이 이미 나와 여러 합 싸웠는데도 저 모양으로 버티는구나. 이게 어찌 된 일이냐?'

호연작은 그런 생각으로 마음이 더욱 급해졌다. 꾀를 써서 빨리 이길 요량으로 짐짓 빈틈을 내보였다. 호연작이 쇠 채찍을 들어 후리다가 헛친 체하자 일장청의 쌍칼이 빈틈을 헤집고 들어왔다. 기다리고 있던 호연작은 그때를 놓치지 않고 오른쪽의 쇠 채찍을 휘둘러 일장청의 머리통을 후렸다. 하지만 일장청은 솜씨뿐만 아니라 눈치까지도 빨랐다. 금세 호연작의 그런 속셈을 알아차리고 슬쩍 비켜서며 오른손의 칼로 호연작의 쇠 채찍을 막았다. 칼과 쇠 채찍이 부딪치며 요란한 소리와 함께 불꽃이 일었다.

간신히 급한 꼴은 면했지만 그리되고 난 일장청도 더는 호연작과 싸울 마음이 없어졌다. 얼른 말을 돌려 자기편 진채 쪽으로 달아났다. 호연작이 그녀를 놓치지 않으려고 말 배를 차며 뒤쫓았다. 그 광경을 보고 있던 병울지 손립이 창을 비껴들고 달려 나와 호연작을 막았다. 때마침 등 뒤에서 송강이 열 명의 장수와 수많은 인마를 거느리고 나타나 진세를 벌였다. 그사이 일장청은 자신이 이끄는 인마를 이끌고 앞서의 세 장수들처럼 산비탈 그늘로 사라졌다.

송강은 천목장군 팽기를 사로잡았다는 말을 듣자 마음속으로 몹시 기뻤다. 보다 싸움이 더 잘 풀리기를 바라며 진문 앞에 나가 손립과 호연작이 맞붙는 걸 구경했다. 그때 손립은 창을 거두고 대나무 마디 모양의 쇠 채찍을 꺼내 들고 있었다. 그 또한 채찍으로 호연작의 채찍에 맞서 보고 싶었던 것 같았다.

뒤이어 맞닥뜨린 두 사람의 모습은 실로 볼만했다. 병울지 손립은 뿔이 엇갈린 쇠 투구에 붉은 비단 머릿수건을 두르고 갖가지 꽃이 수놓인 검은 전포 위에 역시 검은 윤이 나는 갑옷을 걸쳤다. 탄 말도 숯처럼 검은 오추마인 데다 한 가닥 죽절호안편(竹節虎眼鞭)이라 불리는 쇠 채찍을 늘어뜨리고 우뚝 올라앉은 품이 당태종 때의 이름난 무장 울지공(尉遲恭)보다 더 늠름했다.

호연작도 그에 못지않았다. 뿔이 삐쭉 솟은 쇠 투구에 금실로 수놓은 머릿수건이요, 쇠 단추 달린 검은 전포에 역시 번쩍이는 갑옷을 걸쳤다. 타고 있는 말 또한 발굽 외에는 새까만 척설오추마인 데다 손에 든 병기도 손립과 마찬가지로 쇠 채찍이었다.

다만 쇠 채찍이 두 자루인 게 다를 뿐이었다. 왼손에 든 것은 열두 근짜리요, 오른손의 것은 열세 근짜리로, 그걸 가볍게 휘두르며 달려 나오는 모습이 꼭 그 조상 호연찬이 되살아나온 듯했다.

두 사람이 맞붙어 싸운 지 서른 합이 넘도록 승부가 나지 않았다. 보고 있던 한도가 갑자기 모든 관군을 휘몰아 밀고 나왔다. 팽기가 사로잡힌 분풀이를 한꺼번에 할 작정인 듯했다. 송강도 그 기세에 밀리는 게 싫어 들고 있던 채찍으로 신호를 했다. 그 신호를 본 열 명의 두령들 역시 양산박의 군사를 휘몰아 마주쳐 나갔다.

호연작은 싸움의 양상이 그렇게 바뀌자 손립에게만 붙잡혀 있을 수는 없었다. 곧 손립을 떨쳐 버리고 자신이 이끌던 군사를 거둬 적을 막게 했다. 양산박 군사들의 드높은 기세에도 불구하고 호연작의 군사들이 끼어들면서 싸움은 양산박 쪽이 불리해지기 시작했다. 호연작의 군마가 모두 연환군마(連環軍馬)였기 때문이었다. 사람도 말도 모두 갑옷으로 뒤덮여 있어 드러난 것은 사람의 두 눈과 말의 네 발굽뿐이었다.

하기야 양산박의 말들도 갑주가 있기는 했다. 그러나 그것은 겨우 말 머리와 엉덩이를 가릴 수 있을 뿐이었다. 거기다가 호연작의 군사들은 모두 활을 가지고 있어 이쪽이 나가기도 전에 활부터 쏘아 대니 도무지 어찌해 볼 수가 없었다.

일이 그런 걸 안 송강은 곧 징을 쳐 군사를 거두게 했다. 호연작도 이길 자신은 없었던지 군사를 거두고 이십여 리나 물러나 진채를 내렸다. 송강 또한 산 서편으로 물러나 진채를 내렸다.

진채가 자리를 잡자 양산박 군사들이 사로잡은 팽기를 끌고 왔다. 멀리서 그걸 본 송강은 얼른 일어나 달려 나갔다. 군사들을 꾸짖어 물리치고 몸소 밧줄을 풀어 준 송강은 팽기를 부축해 장막 안으로 맞아들여 손님의 자리에 앉히고 정중하게 절을 했다.

놀란 팽기가 맞절을 하며 떨리는 목소리로 물었다.
"저는 사로잡혀 온 사람입니다. 죽어 마땅하거늘, 장군은 어찌해 도리어 손님의 예로 맞으십니까?"
송강은 그지없이 공손하게 그런 팽기의 말을 받았다.
"저희들은 세상에 몸둘 곳이 없는 죄인들이라 잠시 이 물가에 숨어 지내고 있습니다. 이번에 조정에서 장군을 보내 우리를 잡아들이게 했으니 마땅히 목을 늘이고 밧줄을 받아야 하나 구차스러운 목숨이 두려워 감히 맞싸우게 되었습니다. 행여라도 장군의 위엄을 해친 일이 있다면 너그러이 용서해 주십시오."
조금도 거짓이 섞인 말 같지가 않았다. 고생 끝에 죽게 되려니 하고 있던 팽기로서는 감동하지 않을 수가 없었다.
"일찍부터 장군께서는 의를 짚어 인을 행하고, 위태로운 자를 구해 주고 어려운 이들을 도와주신다는 말은 들어 왔습니다만 이렇도록 의기로울 줄은 몰랐습니다. 하찮은 목숨이나마 구해 주신다면 힘을 다해 그 은혜를 갚겠습니다."
그렇게 진심 어린 항복을 해 왔다. 송강도 기꺼이 그 항복을 받아들였다. 그날로 팽기를 산채로 올려보내 조 천왕을 찾아보고 그곳에 머물게 했다.
한편 호연작은 호연작대로 진채가 정비되기 바쁘게 한도를 장막으로 불러들여 양산박을 쳐부술 의논을 했다. 한도가 조심스레 제 생각을 말했다.
"오늘 제가 보니 저것들이 밀고 들 때는 기세가 좋았으나 우리 군사가 가까이 이르자 갑자기 황망하게 물러갔습니다. 내일은 마군을 모조리 긁어모아 앞세우고 쳐들어가면 반드시 크게 이길 것입니다."

"실은 나도 이미 그렇게 준비하게 해 두었네. 다만 자네와도 뜻을 맞춰 두고 싶어서 이야기를 꺼냈을 뿐이네."

호연작도 이미 그걸 알고 있었던 듯 그렇게 한도의 말을 받았다. 그리고 당장에 영을 내려 삼천의 군마를 모조리 모은 뒤 서른 필씩 쇠고리와 사슬을 묶게 했다. 적을 만나면 멀리서는 활을 쏘다가 가까워지면 창을 휘두르며 바로 찌르고 든다는 게 그가 세운 계책이었다. 그 뒤는 오천의 보군이 맡기로 되어 있었다.

"내일 우리는 나가 싸움을 걸 것 없이 뒤에서 군사들을 다잡아 두기나 하세. 그러다가 싸움이 붙으면 세 길로 나누어 연환마군(連環馬軍)를 앞세우고 쳐들어가는 거네."

호연작과 한도는 그렇게 의논을 맞추고 날이 밝기만을 기다렸다.

적의 그 같은 계책을 알 리 없는 송강은 다음 날도 전날처럼 싸움을 시작했다. 다섯 부대를 앞세우고 열 부대로 그 뒤를 받치며 두 부대를 매복해 두는 방식이었다. 거기 따라 앞장이 된 진명은 그날도 진문 앞에 나가 호연작에게 싸움을 걸었다. 그런데 알 수 없는 것은 호연작이 이끄는 관군 쪽이었다. 진채 속에서 우우 함성만 질러 댈 뿐 아무도 싸움을 받아 주지 않았다.

앞의 다섯 부대를 맡은 두령들은 까닭을 알 수 없어 말 머리를 나란히 하고 적진을 건너다보았다. 진명을 가운데로 하고 왼편이 임충과 일장청이요, 오른편이 화영과 손립이었다.

때마침 송강이 뒤 부대의 열 장수를 이끌고 그곳에 이르렀다. 송강도 사람들에 둘러싸인 채 적진을 건너다보았다. 보군 일천여 명이 북을 치고 함성을 올릴 뿐 하나도 나와 싸우려 들지 않았다. 보고 있던 송강은 문득 의심이 들었다. 가만히 영을 내려 후군을 물러나게 한 뒤 화영의 부대 쪽으로 옮겨 좀 더 자세히 적진을 살폈다. 그때 갑자기 한 소리 연주포 터지는 소리가 들리더니 적진 앞에 나와 있던 일천의 보군이 양쪽으로 갈라지며 연환군마가 세 갈래로 짓쳐 나왔다. 바깥의 두 갈래는 어지럽게 화살을 쏘아 대고 가운데 있는 연환군마는 긴 창을 휘둘렀다. 놀란 송강은 얼른 군사들에게 영을 내려 활을 쏘게 했다. 그러나 두꺼운 갑옷으로 뒤덮인 적의 군마에게 아무런 해도 줄 수가 없었다.

서른 기씩 묶인 적의 군마는 이윽고 속도를 내어 양산박 군사들을 덮쳐 왔다. 산과 들을 뒤덮듯 밀려오는 연환군마에 양산박의 다섯 부대는 곧 흔들리기 시작했다. 앞의 부대가 그렇게 흔들리자 뒤를 받치던 부대들도 버텨 내지 못했다. 앞 부대와 마찬가지로 저마다 흩어져 살길을 찾기에 바빴다.

군사들이 그 모양이 되니 송강도 별수 없었다. 얼른 말 머리를 돌려 달아나자 열 명의 장수가 뒤따르며 그를 지켰다. 연환군마의 한 부대가 그런 송강을 놓치지 않으려고 급히 뒤쫓아왔다.

갈대숲 속에 매복하고 있던 이규와 양림이 군사를 이끌고 달려 나와 급하게 된 송강을 구했다.

송강을 비롯한 장졸들이 물가에 이르렀을 때 다시 이준과 장횡, 장순 및 완씨 삼 형제가 싸움배를 이끌고 달려왔다. 송강은 급히 배에 오르면서 그들에게 길을 나누어 다른 두령들과 부대를 구하게 했다. 물가까지 뒤쫓아온 연환군마는 거기서 비 오듯 화살을 퍼부었다. 다행히도 배에 방패가 있어 송강은 다친 데 없이 압취탄에 이를 수 있었다. 언덕에 올라가 수채(水寨)의 인마를 점검해 보니 태반이 꺾여 있었다. 그래도 두령들이 모두 성한 것이 조금 위로가 되었다.

한참 있으려니 석용, 시천과 손신, 고대수가 산 위로 도망쳐 와서 알렸다.

"적의 보군이 밀고 들어와 우리 주막들을 박살내 버렸습니다. 신호에 맞춰 배가 와 구해 주지 않았더라면 저희들도 모두 사로잡혔을 것입니다."

송강은 그들을 하나하나 위로해 준 뒤 다른 사람들도 살펴보았다. 두령들 중에 화살에 다친 이는 임충, 뇌횡, 이규, 석수, 손신, 황신 여섯이었고, 졸개들은 그 수를 헤아릴 길이 없었다.

싸움이 뜻 같지 못함을 들은 조개는 오용, 공손승과 함께 자세한 형편을 알아보려고 산채에서 내려왔다. 송강은 얼굴을 잔뜩 찌푸리고 걱정에 잠겨 있었다. 오용이 먼저 그런 송강을 위로했다.

"형님, 너무 걱정하지 마십시오. 이기고 지는 것은 병가(兵家)에게는 늘 있는 일입니다. 너무 마음 쓰지 마시고 따로이 좋은 계책을 내보십시다. 연환군마를 깨뜨릴 수도 있을 것입니다."

한편 조개는 수군들에게 영을 내려 산채와 배들을 굳게 지키게만 하고 송공명을 산 위로 불러 올려 쉬게 했다. 송강은 산 위로 돌아가지 않고 압취탄에 머물면서 다친 두령들만 올려 보내 상처를 돌보게 했다.

싸움에 이긴 호연작은 몹시 기뻤다. 저희 진채로 돌아가 연환마를 풀고 모든 장졸들에게 그날 세운 공을 알려 오게 했다. 죽인 적은 헤아릴 수가 없을 정도였고 사로잡은 적만도 오백 명이 넘었으며 말도 삼백 필을 넘게 빼앗았다. 호연작은 사람을 뽑아 도성에 그 소식을 알리는 한편 삼군에게 두둑하게 상을 내려 그 공로를 치하했다.

호연작이 보낸 첩보가 도성에 이르렀을 무렵 고 태위는 마침 전수부에 나와 있었다.

"호연작 장군이 양산박 도적과 싸워 크게 이겼다는 소식을 전해 왔습니다."

바깥을 지키던 군졸 하나가 들어와 고 태위에게 알렸다. 그 말을 들은 고 태위는 마음속으로 매우 기뻤다. 다음 날 아침 일찍 조정에 나가 호연작의 승전보를 천자께 알렸다. 천자도 그 소식에 몹시 기뻐했다. 황실 궁중에 있던 좋은 술 열 병과 비단 전포 한 벌에다 돈 십만 관을 주어 호연작의 장졸들에게 상을 내렸다. 천자의 그 같은 명을 받은 고 태위는 전수부로 돌아가자마자 사람을 뽑아 호연작에게 보냈다.

호연작은 조정에서 보낸 사자가 이르렀단 말을 듣고 한도와 더불어 이십 리 밖까지 나와 맞아들였다. 진채에 이른 사자는 천자가 내린 상을 전했고 호연작과 한도는 크게 술상을 차려 그 사자를 대접했다. 선봉장 한도를 시켜 군졸들에게 골고루 상을 내린 호연작은 사로잡은 오백여 명의 도적을 조정에서 보낸 사자에게 보여 주었다. 우두머리를 사로잡으면 조정으로 함께 끌고 가리라는 호연작의 말을 듣고 있던 사자가 불쑥 말했다.

"팽(彭) 단련사는 어찌하여 보이지가 않소?"

"송강을 잡으려고 너무 급히 적진으로 들어갔다가 도리어 사로잡히고 말았소이다. 이번에 도적들은 단단히 혼이 났으니 두 번 다시 쳐들어오지는 못할 것입니다. 저는 군사를 나누어 양산박의 산채를 쓸어버리고 도적들을 사로잡은 뒤 그 소굴을 불사르려 합니다만 한 가지 한스러운 것은 사방이 물로 에워싸여 있어 쳐들어갈 곳이 없는 것입니다. 적의 산채는 화포를 날려 부수지 않으면 치기 어려울 듯하니 조정으로 돌아가시거든 그런 저희들의 어려움을 말씀 올려 주십시오. 제가 듣기로 동경에는 능진(凌振)이란 포수가 있어 그 별호를 굉천뢰(轟天雷, 하늘을 뒤흔드는 우레)라 하는데 아주 화포를 잘 만든다고 합니다. 그가 만든 화포가 십사오 리나 날아가 터지면 천지가 내려앉는 듯하고 산이 허물어지며 바위가 쪼개진다는 것입니다. 그 사람만 얻을 수 있다면 적의 소굴은 반드시 뿌리 뽑을 수가 있습니다. 천사(天使)께서는 도성으로 돌아가시게 되면 태위께 이 일을 말씀드리고 급히 능진을 이곳으로 내려보내게 하시어 하루빨리 도적들을 쓸어 없애게 해 주십시오."

호연작이 사로잡힌 팽기의 이야기보다 능진을 보내 달라는 쪽으로 길게 대꾸했다. 조정에서 내려간 사자도 그런 호연작의 말을 좋게 들었다. 고개를 끄덕거려 찬동하고 도성으로 돌아가 호연작의 말을 고 태위에게 전했다. 고 태위는 호연작이 포수 능진을 보내 주면 큰 공을 세울 수 있다는 말을 듣자 얼른 사람을 보내 능진을 불렀다. 그때 능진은 갑장고(甲仗庫)의 무사로 있었다. 원래 연릉 사람으로 송나라 천하에서 포술에 가장 능했다. 게다가 무예도 남 못지않아 장수로서도 부족함이 없었다.

능진이 불려오자 고 태위는 그에게 행군통령관(行軍統領官)이란 직함과 함께 문서를 주어 양산박으로 보냈다. 가서 호연작을 도와 도적들을 쓸어버리라는 명령과 함께였다.

조정의 명을 받은 능진은 그날로 길 떠날 채비를 했다. 먼저 화약을 만드는 데 쓸 여러 재료들과 화포, 탄환, 화포를 얹을 포가(砲架) 따위를 수레에 실었다. 그리고 자신이 입을 갑옷이며 투구에다 병기를 챙기고 필요한 짐 몇 개를 꾸린 뒤 삼사십 명의 군졸과 함께 동경을 떠났다.

양산박에 이른 능진은 먼저 주장인 호연작을 만나 보고 이어 선봉장 한도를 만나 관군의 진채와 양산박의 산채 사이의 거리며 길의 거칠고 험함 따위를 물었다. 두 사람이 아는 대로 일러주자 능진은 거기에 맞춰 세 문의 화포를 벌여 세웠다. 첫 번째는 풍화포(風火砲), 두 번째는 금륜포(金輪砲), 세 번째는 자모포(子母砲)였다. 능진은 먼저 군졸들을 시켜 포가를 설치한 뒤 그 위에 포를 얹고 물가로 끌고 가 포를 쏠 준비를 하게 했다.

한편 송강은 압취탄에 있는 작은 진채에서 군사 오학구와 더불어 적을 깨뜨릴 방법을 의논했다. 그러나 마땅한 계책이 없어 답답해하고 있는데 문득 졸개 하나가 들어와서 알렸다.

"동경에서 새로이 포수 한 사람이 왔는데 굉천뢰란 별명을 가

진 능진이라고 합니다. 그는 오자마자 물가에 포를 세우고 쏠 준비를 갖췄습니다. 곧 우리 진채를 공격할 듯합니다."

"그거야 그리 걱정할 건 없지요. 우리 산채에는 사면이 모두 물로 둘러싸인 데다 그 물은 또 폭이 넓고 깊으며 완자성은 물가에서 멀리 떨어져 있지 않습니까? 설령 비천화포(飛天火砲)가 있다 한들 어찌 우리 성까지야 이를 수 있겠습니까? 여기 이 압취탄의 진채에서 잠시 물러나 저것들이 하는 꼴이나 보지요. 다음 일은 그때 가서 의논하면 될 겁니다."

오학구가 별로 걱정 없다는 듯 그렇게 말했다. 송강은 그 말대로 압취탄의 진채를 떠나 관 위의 완자성으로 올라갔다. 송강이 올라오자 조개와 공손승이 그를 취의청으로 불러들이고 걱정스레 말했다.

"일이 이러하니 어떻게 적을 물리칠지 실로 걱정이구려."

그런데 미처 그 말이 끝나기도 전이었다. 문득 산 아래서 포 소리가 울렸다. 세 개의 화포를 연이어 쏘았는데 두 개는 물속에 떨어졌지만 하나는 곧바로 압취탄의 진채를 맞혔다. 그 말을 들은 송강은 더욱 걱정이 커졌다. 다른 두령들도 모두 안색이 변했다. 오학구가 생각에 잠겼다가 여럿을 둘러보며 말했다.

"누구 한 사람이 가서 능진을 물가로 유인하는 게 좋겠소. 그래서 그를 사로잡은 뒤에 적을 깨뜨릴 의논을 합시다."

조개가 그 말을 받아 영을 내렸다.

"이준, 장횡, 장순과 완씨 삼 형제 여섯 두령이 배를 저어 가서 이 일을 맡아 주시오. 물가에서는 주동과 뇌횡 두 형제가 도우리다."

그러고는 그들이 할 일을 자세히 일러 주었다.

영을 받은 여섯 명의 수군 두령은 두 길로 나뉘었다. 이준과 장횡이 먼저 물길에 익숙한 졸개 사오십 명을 데리고 두 척의 빠른 배로 갈대숲 사이로 숨어 나가고 그 뒤를 장순과 완씨 삼 형제가 마흔 척 가까운 작은 배를 이끌고 뒤따랐다.

가만히 물가에 이른 이준과 장횡은 얼른 함성과 함께 포가를 덮쳐 지키던 관군들을 내쫓고 포가를 둘러엎어 버렸다. 놀라 쫓겨 간 관군들이 능진에게 그 일을 알렸다. 능진은 풍화포 두 대를 끌고 스스로 창을 잡은 채 말에 올랐다. 천여 명 군졸을 이끌고 포가를 되찾으러 달려왔다.

이준과 장횡은 능진이 군사들을 데리고 몰려오자 얼른 달아났다. 능진은 겁 없이 그들을 뒤쫓았다. 그런데 능진이 갈대가 무성한 물가에 이르렀을 때였다. 문득 갈대숲 속에 마흔 척이 넘는 배가 벌려 서 있는 것이 보였다. 배 위에는 모두 백 명이 넘는 수군들이 타고 있었다. 거기까지 쫓겨 온 이준과 장횡은 모두 그 배 위로 뛰어올랐다. 그러나 어찌 된 셈인지 배를 저어 달아날 생각은 않고 능진이 이끈 인마가 가까이 오기만을 기다렸다.

아무것도 모르는 능진은 인마를 휘몰아 갈대숲까지 밀고 들었다. 그걸 본 양산박 패거리는 모두 배를 버리고 물속으로 뛰어들었다. 능진은 군졸들을 시켜 빈 배를 모두 끌어 오게 했다. 그때 맞은편 물가에서는 주동과 뇌횡이 북을 두드리며 함성을 올리고 있었다. 힘들이지 않고 마흔 척이 넘는 배를 뺏은 능진은 기세가 올랐다. 군사들을 호령해 그 배에 오르게 했다. 곧바로 물을 건너가 주동과 뇌횡의 군사들마저 쓸어버릴 작정이었다.

능진이 이끈 군사들이 탄 배가 물 한가운데 이르렀을 때였다. 맞은편 언덕에서는 주동과 뇌횡이 징까지 치며 관군들에게 약을 올렸다. 그 바람에 관군들은 앞만 바라보고 배를 저어 가는데 문득 물속에서 사오십 명의 양산박 수군들이 나타나 배꼬리에 달라붙었다. 양산박 수군들이 물속에서 배의 널빤지를 뜯어내자 배마다 콸콸 물이 쏟아져 들어왔다. 거기다가 관군들이 놀라 우왕좌왕하는 틈을 타 배를 뒤집어 버리니 배에 타고 있던 관군들은 몽땅 물속으로 빠져 버렸다. 놀란 능진은 얼른 배를 돌리게 했다. 그러나 그때는 이미 노고 키고 모조리 부서지고 빼앗긴 뒤라 배를 움직일 수가 없었다.

능진이 당황해 어찌해야 할지 모르고 있는데 배 양쪽에서 두 명의 양산박 두령이 나타나 배를 뒤집어엎었다. 능진은 곧 물속으로 끌려 내려가 완소이에게 사로잡혔다.

완소이가 능진을 잡아서 맞은편 언덕에 이르자 그곳에는 수많은 양산박 두령들이 나와 있었다.

두령들은 능진을 꽁꽁 묶어 산채 위로 올려 보냈다. 그때 관군들은 물속에서 사로잡힌 게 이백 명이 넘고 태반은 물에 빠져 죽어 살아서 도망간 자는 얼마 되지 않았다.

그 소식은 호연작의 귀에도 곧 들어갔다. 호연작은 급히 인마를 끌고 능진을 구하러 달려갔으나 그때 이미 양산박의 배들은 압취탄을 건너간 뒤였다. 활을 쏴 봐도 닿지가 않고 사람도 전혀 보이지 않으니 분하고 답답하기만 할 뿐 어찌할 수가 없었다. 호연작은 반나절이나 물가에 서서 발을 구르며 이를 갈다가 별수 없이 빈손으로 되돌아갔다.

한편 굉천뢰 능진이 사로잡혀 산 위로 끌려오고 있다는 소식을 들은 송강은 산채에 있던 여러 두령들과 함께 두 번째 관문까지 내려가 기다렸다. 오래잖아 온몸이 꽁꽁 묶인 능진이 끌려왔다. 송강은 그를 보자마자 달려 나가 그 밧줄을 풀어 주고 그를 끌고 온 두령들을 돌아보며 나무랐다.

"나는 자네들에게 예를 다해 통령(統領)을 산 위로 모셔 오라 했는데 어찌 이리 무례하게 굴었느냐!"

송강이 그같이 나오니 능진이 감격하지 않을 수 없었다. 넙죽 송강에게 절하며 살려 준 은혜에 감사했다. 송강은 그를 일으켜 세워 술잔을 내린 뒤 그의 손을 끌듯 산 위로 데려갔다.

대채에 이르러 보니 사로잡혀 간 팽기가 두령들 사이에 섞여서 있는 것이 보였다. 능진은 무어라 해야 될지 몰라 입을 꾹 다문 채 팽기를 보았다. 팽기가 좋은 낯으로 능진을 달랬다.

"조개와 송강 두 분 두령은 하늘을 대신해서 바른 일을 하시는 분들이오. 널리 호걸들을 불러 모아 힘을 기르며 나라의 부름만을 기다리고 있소. 그때는 나라를 위해 크게 힘을 쓰실 것이오. 우리는 이왕에 이렇게 잡혀 온 몸이니 이분들의 명을 따르는 수밖에 없겠소."

곁에 있던 송강도 여러 가지 좋은 말로 능진의 마음을 누그러뜨렸다. 한참을 말없이 듣고 있던 능진이 무거운 어조로 말했다.

"내가 이곳에 있는 것은 크게 어려운 일이 아닙니다만 도성에 있는 노모와 처자가 걱정입니다. 이 일이 알려지면 반드시 죽임을 당할 것인즉 이 일을 어찌하면 좋겠습니까?"

"그건 걱정하지 마시오. 며칠 안으로 모두 모셔 오도록 하겠소."

송강이 능진의 말을 받아 그렇게 안심시켰다. 그제야 능진도 조금 마음이 놓이는지 송강에게 감사했다.

"만약에 두령께서 그렇게만 해 주신다면 죽어도 제대로 눈을 감을 수 있겠습니다."

"그럼 됐소. 자, 이제 우리 흥겨운 술자리나 벌여 새로운 형제가 늘게 된 걸 경하합시다."

능진의 얼굴이 펴지는 걸 보고 조개가 호기롭게 소리쳤다.

하지만 호연작의 연환군마가 그대로 있는 한 양산박의 걱정은 줄어들지 않았다. 다음 날도 술자리는 계속되었지만 송강과 두령들이 걱정스레 의논하는 것은 여전히 어떻게 하면 연환마를 쳐부수는가였다. 능진을 사로잡아 급한 불은 껐지만 양산박은 아직도 흔들리고 있는 셈이었다.

(6권에서 계속)

수호지 5

번지는 들불

개정 신판 1쇄 인쇄 2021년 6월 1일
개정 신판 1쇄 발행 2021년 6월 15일

지은이 이문열

발행인 양원석 **편집장** 최두은 **책임편집** 정효진
디자인 김유진, 김미선 **표지 일러스트** 김미정
영업마케팅 양정길, 강효경, 정다은

펴낸 곳 ㈜알에이치코리아
주소 서울시 금천구 가산디지털2로 53, 20층(가산동, 한라시그마밸리)
편집문의 02-6443-8847 **도서문의** 02-6443-8800
홈페이지 http://rhk.co.kr
등록 2004년 1월 15일 제2-3726호

ISBN 978-89-255-8851-3 (04820)
978-89-255-8856-8 (세트)